딜리버리

딜리버리

DIE LIEFERUNG

안드레아스 빙켈만 지음
나현진 옮김

아름다운날

딜리버리

초판 1쇄 발행 | 2021년 1월 8일
　　　3쇄 발행 | 2023년 2월 15일

지은이 | 안드레아스 빙켈만
옮긴이 | 나현진
펴낸이 | 김형호
펴낸곳 | 아름다운날
편집주간 | 조종순
북디자인 | Design이즈

출판등록 | 1999년 11월 22일
주소 | (05220) 서울시 강동구 아리수로 72길 66-19
전화 | 02) 3142-8420
팩스 | 02) 3143-4154
이메일 | arumbooks@gmail.com

ISBN | 979-11-86809-97-6 03850

이 도서의 국립중앙도서관 출판예정도서목록(CIP)은 서지정보유통지원시스템 홈페이지
(http://seoji.nl.go.kr)와 국가자료공동목록시스템(http://www.nl.go.kolisnet)에서 이용하실
수 있습니다.(CIP 제어번호: 2020047177)

옆집 문은 잠겨있지 않았다. 살짝 열러있었다. 문을 열자마자 여자는 즉시 알아차렸다.

무언가 끔찍한 일이 벌어졌다는 것을.

윙윙대며 발악하는 파리 소리가 귀를 때리고, 퀴퀴한 악취가 콧속으로 훅 달려들었다. 지난 며칠 간의 후텁지근한 열기와 끈적함이 집 안을 가득 메우고 있어서 숨이 쉬어지지 않았다.

들어가지마. 그녀의 속마음이 경고했다.

"베아트릭스?"

여자가 숨죽여 이름을 불렀다.

대답을 하듯 파리의 윙윙거림이 더욱 거세졌다. 그 집 어딘가에서 똥파리가 떼로 날아들었다. 그중 몇 마리가 술에 취한 듯 비틀대며 집 안에서 현관으로 이어지는 복도를 지나 여자에게로 달려들었다. 그녀는 몸을 피하며 파리떼를 피했다. 살갗에 파리가 닿는 건 죽어도 싫었으니까.

유독 크고 새카만 파리 하나가 여자의 코 바로 앞에서 빙빙 돌더니 다시 집 안으로 들어갔다. 따라오라는 듯이.

이리 와봐. 보여줄 게 있어. 네가 엄청나게 좋아할 거야.

그녀는 집 안으로 들어갔다. 이웃인 베아트릭스가 한참 동안 보이지 않길래 이 집으로 와 본 것이었다. 베아트릭스의 집에서 지독한 냄새가 나서, 꼭 그래서 온 건 아니었다. 딱 한 가지 이유 때문이 아니라 여러 가지 이유가 있어서 와 본 것이었다.

뚱뚱한 파리가 집안 복도를 따라 붕붕 날아가다가 벽에, 전등에, 거울에 부딪혔다. 거실로 가는 길을 찾으려는 듯이. 그녀를 거실로 데려가려는 듯이.

그녀는 손으로 입과 코를 막고 얕은 숨을 쉬었다. 역겨운 냄새로 가득한 꾸덕꾸덕한 공기에 현기증이 났다. 가죽 소파 옆 낮은 테이블을 보고 흠칫 놀랐다.

테이블 위의 하얀 피자박스 때문에……

피자박스의 뚜껑은 닫혀 있었다. 박스의 가느다란 틈 사이로 파리들만 들락날락 기어 다닐 뿐. 부지런하고 게걸스럽게. 벌집의 벌들처럼.

그녀는 한 번 더 베아트릭스를 불렀다. 그러나 답이 없었다. 가지 말라는 속마음을 뒤로 하고 그녀는 피자박스로 향했다. 하얀색 피자박스 뚜껑에는 크고 빨간 글씨로 'PIZZA'라고 쓰여 있고, 글자 위엔 피자 굽는 사람이 허리를 굽혀 피자를 권하는 그림이 있었다. 따뜻한 김이 폴폴 나고 있는 피자를.

박스 옆의 얼룩은 뭐지?

박스에서 나온 건가?

피? 아니면 파리의 배설물?

그녀는 테이블 위에 있던 칼로 피자박스 테두리를 조심스럽게 잘랐다. 그리고 덮개를 홱 젖혔다.

시커먼 파리떼가 훅 날아들었다. 꺅! 그녀는 비명을 질렀다.

DELIVERY

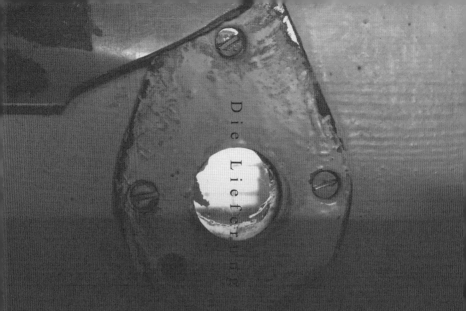

Die Lieferung

PART 1

1

저기다!

또 나타났어!

레기나 헤세는 이번엔 그냥 넘어가지 않았다.

레기나는 겁 많은 여자가 아니었다. 겁이 많았다면 땅거미가 내려앉은 어둑한 숲에 혼자 있지 않았을 것이다. 그래도 그 순간 등골이 서늘한 건 어쩔 수 없었다.

그녀는 능숙한 손놀림으로 개머리판을 어깨에 대고 총대를 나무 난간 위에 탁 올리고 움직임이 감지된 쪽으로 총구를 겨누었다.

레기나는 알고 있었다. 저 앞 50m 정도 떨어진 곳, 수풀이 무성하게 나 있는 좁고 구불구불한 길 끝에 빈터가 있다는 것을. 그녀는 빈터를 계속 주시했다. 칠흑 같은 어둠 속에서 함부르크의 인근 숲인 '검은 산'을 통과하는 건 보통 일이 아니었다. 그 길을 헤쳐나가려면 길을 아주 잘 알고 있어야 했다.

대체 누가 이 시간에 저길 지나간단 말인가.

레기나는 총의 조준경을 통해 보이는 둥근 화면을 오른쪽 왼쪽으로 움직이며 미로 같은 길을 살피다가 다시 원래 자리로 돌아왔지만 아무것도 없었다. 그러나 레기나는 확신했다. 무언가, 아니 누군가 있었다는 걸.

정말 사람이었을까?

은은하게 쏟아지는 창백한 달빛이 빈터를 비추고 있었다. 달빛 아래에서는 그게 무엇이든 낮과는 다르게 보였다.

그런데도…….

그 형상은 하얀 옷을 입은 여자, 즉 언론에서 법석을 떨며 수도 없이 방송했던 미스터리한 처녀 귀신과 같아 보였다. 하얀 처녀 귀신의 전설은 17세기부터 전해지긴 했지만, 요즘 같은 시대엔 헛소리일 뿐이었다. 그런 유령 따위를 믿는 사람은 아무도 없으니 말이다.

이곳에서 나고 자란 사람으로서, 또 냉철한 이성을 가진 사람으로서 자신의 삶을 올바르게 구축하고 그리고…….

"이런, 제길!"

레기나가 갑자기 조준경에서 휙 물러났다.

귀신이 조준경 쪽으로, 그녀 쪽으로 달려오고 있었다! 귀신 얼굴이 똑똑히 보였다. 하지만 너무 놀라 아마추어같이 소리를 지르는 바람에 아주 잠깐밖에 못 봤다. 사실 레기나처럼 사냥 경험이 많은 사냥꾼은 매복 중엔 찍 소리도 내지 않는다. 아무리 사냥감이 총 쪽으로 달려온 데도!

레기나는 충격적인 유령의 실체를 직접 확인할 마음의 준비를 마치고 오른쪽 눈을 꼭 감고 우물쭈물 총의 가늠자를 들여다봤다.

하얀 여자는 아직 어린 소나무 사이에 서 있었다. 여자의 얼굴은 섬뜩했다. 기괴하게 찡그려진 그런 얼굴을 레기나는 전에 본 적이 없었다. 맥박이 빨라졌다. 어서 저 위에 높은 오두막으로 들어가, 숨으란 말이야! 그녀는 속마음과 싸웠다.

하얀 여자가 길게 뻗은 소나무와 푸석푸석한 수풀을 헤치며 기다랗게 나 있는 길을 따라 레기나 쪽으로 다가오고 있었다. 이리저리 비틀비틀 휘청대다 바닥으로 넘어지면서도 다시 일어섰다. 또 독수리처럼 머리를 이쪽저쪽으로 움찔대기도 했고, 어디 쉴 곳을 찾으려는 듯 더듬더듬 팔을 휘두르기도 했다.

레기나가 총을 내려놓고 핸드폰을 들어 하얀 여자의 사진을 찍었으나 먼 거리와 어둠 때문에 형체가 제대로 찍히지 않았다. 레기나는 남자친구 핸드폰으로 사진을 보내고 곧장 그에게 전화를 걸었다.

게오르그가 바로 전화를 받았다. 그는 레기나가 사냥을 하러 갈 때면 늘 깨어있었다. 몇 시든 간에. 여자친구의 취미를 적극 지지하는 건 아니었지만, 그렇다고 여자친구 집안의 오랜 전통에 맞설 생각도 없었다. 그건 레기나도 마찬가지였다.

"나야." 레기나가 전화기에 대고 속삭였다. 핸드폰 화면의 눈부신 블루 라이트에 그녀가 눈을 찡그렸다. "자기한테 사진 보냈는데……. 어떤 여자가 숲속을 뛰어다니고 있어……. 뭔가 도움이 필요한 것 같은데."

"뭐라고? 잠깐만……. 잘 안 보이는데. 그냥 허연 것만 보여……."

"그게 그 여자야."

"유령 같아."

"어."

"자기 지금 어디야?"

"높은 오두막이야. 하셀브라크에서 동쪽으로 200m쯤."

"거기 가만히 있어, 내 말 들어! 절대 아래로 내려가지 마! 내가 지금 갈게."

"여기까지 오려면 못해도 45분은 걸리잖아. 그 사이에 저 여자 사라져. 경찰에 전화해서 여기로 오라고 좀 해줘. 난 그동안 저 여자한테 한번 가볼게."

"안 돼. 기다려. 제발 위험한 짓 좀 하지 말라고!"

게오르그의 노파심, 그의 그런 걱정 많은 성격을 레기나는 좋아했다.

"나 성인이야. 총도 있고!"

"제발 내 말 한 번만 들어줬으면 좋겠어……."

"걱정하지 마. 나한테 다 생각이 있어. 경찰이나 좀 불러줘, 응? 사랑해!"

레기나는 전화를 끊고 핸드폰을 한쪽으로 집어넣었다. 물론 게오르그의 말이 맞다. 높은 오두막에 몸을 숨기고 있는 게 더 나을지도 모른다. 여기 높은 오두막 나무 바닥에 달린 문이 제법 튼튼하긴 한데, 그냥 여기서 진 치고 앉아서 게오르그나 기다릴까? 레기나는 심각하게 고민했다. 그러나 저 아래에 있는 창백한 여자를 저렇게 둘 수는 없는 노릇이었다. 또 한편으로는, 설마 뭔 일 일어나겠어? 총도 가지고 있는데……, 라는 생각이 들기도 했다.

레기나는 난간에 기대어 오두막 바닥의 뚜껑을 열고 총을 들고 소나무 줄기로 만든 계단을 내려갔다. 그리고 높은 오두막의 짙은 그늘 아래에 멈춰 섰다. 키가 큰 수풀 저 너머에 창백하다

못해 푸르스름한 그 여자의 머리가 살짝 보였다. 여자는 몸을 숨기고 있었다. 마치 둥둥 떠다니는 유령이 점점 레기나에게 다가오는 것 같았다.

그때 핸드폰 진동이 울렸다. 불현듯 위험하다는 생각이 들었다. 레기나는 열려있는 높은 오두막 문을 올려다보며 다시 저 위로 올라가고 싶다고 생각했다. 아니, 당장 집으로 도망가고 싶었다. 하지만 용기를 끌어모아 앞으로 세 발짝 나아갔다.

그 순간만큼은 달빛을 가려주는 구름이 한 점도 없어서 시야도 아주 좋았고, 공기 역시 창백하고 푸르렀다.

20m 앞, 바싹 말라 바스락대는 거대한 수풀 숲이 양쪽으로 나누어져 있었다. 레기나는 총을 움켜쥐고, 그러나 총구는 바닥으로 향하게 한 채 길을 나섰다.

"이봐요……. 좀 도와드릴까요?"

레기나의 부름에 여자가 급작스럽게 일어서더니, 앞에 벽이라도 있는지 미친 듯이 돌진했다. 또다시 독수리처럼 머리를 이리저리로 움찔댔다. 소리가 어디서 나는지 알아내려는 것 같았다. 이 여자, 앞이 안 보이는 걸까?

레기나는 한 발짝 더 다가가 그녀의 아버지가 높은 오두막을 지을 당시 오두막 다리의 토대로 다져놓은 자그마한 흙담 위를 밟고 섰다. 덕분에 한 10cm 정도 높은 곳을 볼 수 있었다.

레기나는 조금 더 정확히 보고 싶었다. 허나 그만큼 떨어진 거리에서 본 여자의 얼굴은 정말이지 처참하기 짝이 없었다. 말문이 막혀 말이 나오지 않았다.

하얀 여자의 왼쪽 머리에는 부스스한 머리가 흘러내려 있고, 오른쪽은 완전 민머리였다. 피부는 긴장한 것처럼 팽팽했고, 광대뼈와 코는 눈에 띄게 돌출되었으며, 귀 양쪽은 비정상적으로 멀리 떨어져 있었다. 또 얼굴색은 창백하다 못해 투명했다. 백색증 환자처럼.

그 여자가 뭐라고 중얼대면서 레기나 쪽으로 비틀비틀 다가오고 있었지만, 레기나는 거리가 있어서 무슨 말인지 알아들을 수가 없었다. 그늘이 드리워져 있는 빈터의 끝에는 키 작은 풀들이 가지런히 깔려있었기 때문에 벌거벗은 그 여자의 몸이 무척 도드라져 보였다. 여자의 몸은 밀랍처럼 창백했다. 얼마나 말랐는지 갈비뼈가 한눈에 다 보일 정도였다. 엉덩이뼈와 어깨뼈도 마찬가지였고.

도망쳐! 레기나의 속마음이 소리쳤다. 당장 도망치란 말이야! 최대한 멀리!

그러나 레기나는 그럴 수 없었다. 그 여자가 안쓰러웠으니까.

"이리로 오세요. 제가 도와드릴게요."

레기나가 간신히 말을 내뱉은 그때, 창백한 여자가 두 주먹을 꽉 쥐고 팔을 쭉 뻗으며 레기나에게로 더 빠르게 달려들었다. 그러고는 기괴하게 벌어진 입으로 같은 말을 반복했다. 레기나가 이해하지 못하는 말을.

창백한 여자가 점점 더 가까워졌다. 그러나 여자는 멈추지 않고 레기나를 지나쳐 계속 달려갔다.

레기나가 총을 들어 올렸지만, 이미 늦어 버렸다.

2

비올라 메이는 두려웠다. 또다시.

낮에는 두려움이 자취를 감추고 있다가 늦은 저녁만 되면 되살아났다. 비올라는 아직 일어나지도 않은 일이 두려워 몸서리치며 머리를 배 쪽으로 깊숙이 밀어 넣어 웅크리고 있었다. 끊임없이 먹어대는 짐승처럼.

그러나 충분히 일어날 수 있는 일이다!

바깥에는 아직 가시지 않은 한낮의 습한 열기가 바람 한 점 없이 함부르크의 집들을 무겁게 내리누르고 있었다. 그 열기를 직통으로 맞고 있는 18평 비올라의 옥탑방은 몹시 후텁지근하여 숨을 쉬기 힘들 정도였다. 그런데도 창문은 활짝이 아니라 살짝만 열려 있고 커튼도 닫혀 있었다. 비올라는 4층 창문을 통해 자신의 집으로 들어올 수 있는 사람은 아무도 없다는 걸 알지만, 혼자일 때면 온갖 두려움과 싸우느라 그 사실을 금세 망각했다.

비올라는 원래 혼자 있는 걸 썩 좋아하지 않았다. 그러니 지금 이 순간 가장 친한 친구가 사무치게 그리운 건 당연한 일이었다.

핸드폰을 들고 자비네에게 전화를 걸었다. 늦은 시간인데도 자비네가 바로 전화를 받았다.

"어이, 친구! 뭔 일이야?"

"좀 물어볼 게 있어서. 우리 내일 만나는 거였나?"

사실 둘은 어제 쇼핑을 하러 가기로 약속했었다. 그러니까 당연히 내일 만나는 거였다. 자비네는 비올라의 뜬금없는 질문에 분명 놀랐을 것이다. 비올라는 자신의 두려움에 대해 자비네에게 말한 적이 한 번도 없었다.

첫 번째 이유는 그간 자기가 극도로 불안하고 예민했으니, 어쩌면 그냥 발자국 소리나 그림자, 뭐 그런 거에 민감하게 반응한 것일 수도 있어서였고, 두 번째 이유는 비올라가 불미스러운 일을 이야기하는 즉시 자비네는 전 남자친구인 마리우스를 의심할 테고, 그러면 저 다혈질 성격에 마리우스에게 덤벼들고도 남을 것이기 때문이었다. 일 년이 지난 지금에야 그와의 이별의 고통이 겨우 진정되었는데 그 상처를 다시 들쑤신다니, 비올라는 그런 건 원치 않았다.

"당연히 만나지!"

자비네가 평소와 같은 명랑한 어조로 대답했다.

자비네는 그런 친구였다. 새벽 세 시에도 깨울 수 있는 친구. 혼자 집에 갇혔대도, 침대 위에 커다란 거미가 나타났대도. 자비네는 이유가 무엇이든 오직 한 사람을 위해 당장 달려오는 그런 친구였다. 세상은 그녀 같은 사람이 필요하다. 웃으면, 어려운 일이나 불명확한 일, 해결하지 못할 일이 없다고 하는 사람 말이다. 비올라는 자기의 베스트 프렌드인 자비네를 정말 좋아했고, 친언니 같은 존재였다.

" 별로 가고 싶지 않은가 보네." 자비네가 불쑥 내뱉었다. "맞아, 아니야? 너 좀 이상한데?"

"어……, 아니, 아무것도 아냐. 그냥……하, 내일 다 말해 줄게. 전화로 할 얘기가 아냐."

"에이, 뭐야! 인제 와서 비밀이라 이거야? 그럼 난 밤새 무슨 일인가 생각하느라 한숨도 못 자겠네."

자비네가 웃었다. 큰 소리로 화통하게. 그녀는 삶이 어렵고 힘들어도, 아프고 무너져도, 혼자 감당하기 힘든 짐에 짓눌려 있을 때도, 그렇게 웃었다. 비올라는 때때로 그런 자비네에게 자기의 어려움을 조금이라도 덜어낼 수 있어서 기뻤다.

둘은 한동안 이 얘기 저 얘기를 나누다가 전화를 끊었다. 전화를 끊고 난 후, 비올라는 기분이 한결 나아졌다. 그러나 아무도 없는 집을 둘러보니 별안간 텅 빈 집의 무거운 침묵이 느껴졌다. 또다시 두려움이 그녀를 덮쳤다.

"이제 그만 좀 하라고!"

비올라가 소리를 빽 질렀다.

비올라는 외동이었다. 어릴 적 엄마가 일하러 가서 집에 혼자 있어야 할 때면, 어린아이들에게 해를 입히지 않는 온갖 종류의 유령이며 악령들과 싸우느라 종종 혼잣말을 하기도 했다.

어른이 된 후의 악령들은 달랐다. 훨씬 더 위험했다!

하지만 비올라는 굴복하고 싶지 않았기에 용기를 내어 창가로 가서 커튼을 양쪽으로 휙 치우고 창문을 활짝 열었다. 집 안으로 들이치는 공기가 그리 시원하지는 않았지만, 그래도 상쾌하기는 했다. 감옥에 살다가 잠깐 풀려난 것 같은 기분이었다.

비올라는 환기를 더 하기 위해 부엌과 욕실에 있는 창문도 모두 열어 공기가 순환되게 했다. 때마침 욕실에 있었으니까 잠들기 전 루틴의 첫 번째인 양치를 하려고 칫솔을 들었다. 양치하면서 집안을 왔다 갔다 했다. 언제나처럼.

가장 큰 거실 창문 앞, 비올라는 꼼짝없이 멈춰 섰다.

길 위에 누군가 있다!

그 길에는 가로등들이 꽤 다닥다닥 붙어 있고, 그 사이에 잎이 무성한 수풀과 나무들이 있긴 했지만 사람 그림자가 들어갈 만큼의 공간은 있었다.

정확히 그 공간에 그가 서 있었다.

아니, 여자인가? 성별을 확인하기엔 거리도 멀고 조명도 안 좋았다. 그 사람이 또 저기에 서 있다. 손에 가방을 들고, 미동도 없이, 눈에 확 띄는 자세로. 그 사람이 가로등 불빛에 반사되어 희멀게진 얼굴을 비올라 쪽으로 돌렸다.

비올라는 창가에서 뒷걸음질 쳤다.

칫솔을 물고 있는 입안의 거품이 턱 밑으로 뚝뚝 떨어졌다. 그러나 입가를 훔치기만 할 뿐 욕실로 가지 못하고 멍하니 보고만 서 있었다. 내면의 겁쟁이가 가만히 있으라고, 위험이 사라지길 기다리라고 충고했다. 하얀 치약 거품이 입 밖으로 너무 많이 흘러나와서 더는 손으로 닦아낼 수 없게 되었을 때, 욕실로 가 모두 뱉어내고 입을 헹궜다. 서둘러 거실로 나가서 탁자 위의 핸드폰을 집었다. 그 사람의 사진을 찍어 증명하고 싶었다. 자기 자신에게도, 내일 만날 자비네에게도, 그 두려움이 허황된 게 아니란 것을. 그러나 핸드폰을 켜기도 전에, 복도 계단에서 수상한 소리가 들렸다.

현관문 잠겨 있잖아. 아무 일도 일어나지 않아. 여긴 안전해.

비올라가 속으로 되뇌었다.

시선이 문 열림 버튼이 있는 인터폰으로 떨어졌다. 그리고 초인종이 울리길 기다렸다. 아무 일도 일어나지 않는다. 손에 핸드폰을 꽉 쥐고 신발도 신지 않은 채 조심조심 현관문으로 향했다. 뭐에 홀린 듯 현관문에 달린 작고 둥근 외시경으로 다가갔다. 두 손바닥으로 문을 지지하고 몸을 구부려 오른쪽 눈을 외시경에 갖다 댔다.

현관문의 외시경은 복도의 계단과 벽, 다른 집 문들을 볼록하게, 하여간 이상하게 일그러뜨려 놨다. 싸구려 리놀륨 바닥 위로 조명이 볼썽사납게 반사되어 비추고 있었다. 첫눈엔 아무도 보이지 않았다. 그런데 4층 계단에서 어떤 그림자가 올라오고 있는 것 같았다.

비올라는 외시경에서 물러났다.

비틀비틀 뒷걸음질 치며 거실로 이어지는 복도로 물러났다. 자신과 현관문 사이의 거리가 더는 멀어질 수 없을 때까지.

당장 자비네에게 전화하고 싶었다. 간신히 핸드폰 화면을 켰는데, 부재중 전화가 찍혀 있었다. 무음으로 되어 있어서 못 들은 모양이다.

모르는 번호였다. 456으로 끝나는 번호.

음성사서함에 새로운 내용이 있었다.

비올라는 음성사서함 번호를 눌렀다.

솨솨솨…… 딱딱딱…… 그리고 잠음.

3

"바로 눈앞에서 놓쳤습니다!"

옌스 케르너가 핸드폰을 귀에 댄 채 제자리를 맴돌았다. 주변에는 시커먼 숲뿐이었다. 소나무에, 가문비나무, 또다시 참나무, 단풍나무, 떡갈나무까지. 오밤중인데도 어디선가 부싯깃 냄새가 풍겼다. 지난 몇 주 동안 비가 한 방울도 내리지 않아서, 그리고 천 년 만에 찾아온 이례적인 더위로 땅이 바짝 말라버렸기 때문이었다.

옌스의 땀구멍에서 마지막 남은 땀방울까지 쏟아져 나오고 있었다. 조금 전 하르부르크 언덕의 빽빽한 숲으로 긴급 출동을 하느라 온몸이 땀에 흠뻑 절어 끈적거렸다. 그곳의 숲길과 자연적으로 난 길은 나름 체계적인 그물망처럼 되어 있었으나 칠흑 같은 어둠 속에선 방향감각이 제대로 발휘될 리 없었다. 어쨌거나 옌스는 자신의 차로 돌아가고 있었으니 꼭 길을 잃었다고 할 순 없었다. 여하튼 지난 삼십 분의 시간은 누가봐도 체계적인 수사라기보다는 길 헤맴에 가까웠다.

옌스는 행여 레기나 헤세와의 전화연결이 끊길세라 셔츠와 청바지가 몸에 들러붙어도, 머리에 침엽수 잎이 붙어도 신경 쓰지 않고 볼에 핸드폰을 바싹대고 있었다.

한편, 수상쩍은 창백한 여자를 찾기 위해 경찰이 열두 명이나 투입돼 하르부르크 언덕을 수색하고 있었지만 지금까지 그 여자를 본 사람은 딱 한 사람, 레기나 헤세뿐이었다. 그런데 지금은 레기나 헤세마저도 그 여자를 놓쳐버리고 말았다.

레기나 헤세라는 그 여자 사냥꾼 참 대단하군. 옌스는 생각했다. 그녀의 거침없는 말투와 깔끔하고 간결한 문장 구사, 게다가 이 밤에 혼자 숲을 뛰어다녔다니. 형사인 그가 지금까지 얻은 거라곤 레기나가 핸드폰으로 보내준 유령 같은 희미한 사진 한 장이 다였는데.

창백한 여자의 사진은 섬뜩했다. 이 스냅사진이 아니었다면, 그는 레기나 헤세의 신고를 가볍게 여겼을 거고 다른 경찰들도 이 사건을 하찮은 유령사건으로 치부해버렸을 것이다.

그러나 키 큰 수풀을 헤집고 레기나 헤세에게 다가오고 있는 건 귀신이 아니라 분명 사람이었다. 너무 하얗고 쇠약해서 할리우드 호러영화에서나 나올 법한, 완벽하게 분장한 캐릭터 같았다. 또한 그 여자는 실오라기 하나 걸치지 않고 있는데다가 민머리였다. 레기나가 옌스에게 그 여자와의 충돌을 차분하고 태연하게 설명하긴 했지만, 얼마나 무서웠을지 그도 충분히 짐작 가능했다. 창백한 여자가 위험한 인물인지 아닌지는 아직 확실치 않았다. 어쨌든 그 여자가 레기나를 정말로 공격한 게 아니라 밀치기만 한 것이었으니. 그래도 조심해서 나쁠 건 없었다.

"들립니까?"

옌스가 물었다.

"아뇨. 안 들려요. 어쨌든 그 여자는 계속 형사님이 계신 방향으로 가고 있을 거예요. 아니면 그 길로 안 가고 덤불 속에서 뛰어다닐 수도 있고요."

"알겠습니다. 여기서 기다리고 있죠. 그 여자 보면 다시 전화 부탁드립니다. 위험한 행동하지 마십시오!"

"알겠어요."

옌스는 주위를 두리번거리며 동료 경찰인 롤프 하게나에게 전화를 걸었다. 그 역시 창백한 여자를 수색 중이었다. 롤프는 옌스가 있는 곳에서 북쪽에 위치한 숲을 순찰 중이었다. 그는 경관 세 명과 함께 띠를 이룬 채 남쪽 구역으로 향하고 있고, 옌스의 오른쪽과 왼쪽은 나머지 동료 넷이 동쪽 구역으로 이어지는 숲을 봉쇄하기 위해 이미 막고 있었다. 옌스는 동료들이 보이지도 들리지도 않았다.

롤프 하게나가 곧장 전화를 받았다.

"롤프, 조심해. 레기나 헤세가 그 여자를 놓쳤어. 아마 동쪽으로 갔을 거라는군. 그러니까 내가 있는 쪽으로 와. 그런 다음 망을 좁혀 나가자고."

"좋아. 그런데 젠장할 여기 너무 어두워. 눈앞에 손도 안 보인다고. 헬기를 투입하는 건 어때?"

옌스도 진작에 서치라이트 용도로 헬기 투입을 고려했었다. 삼십 분이 지나도 그 여자를 체포하지 못한다면, 그녀가 경찰을 지나쳐 저 아래 고속도로인 A7까지 가거나 어디 다른 위험한 길로 도망가기 전에 헬기를 요구했을 것이다. 그러나 헬기는 비용이 많이 들 뿐더러 수색 성공을 보장하기가 어려웠다. 또, 7월 초라 나뭇잎이 무성하였기 때문에 크게 도움이 되지 않을 터였다.

"다른 방법이 없다면, 한번 생각해보지."

옌스가 대답했다.

롤프와 전화 통화가 끝이 난 후, 그는 또 다른 동료이자 한참 수색 중인 카리나 라이니케에게 전화를 걸었다. 옌스는 카리나에게 최대한 조용히 움직이면서 들리는 소리에 집중하라고 전했다.

그러고는 핸드폰을 집어넣었다.

핸드폰 화면이 꺼지자 사방에 어둠이 내려앉았다. 동공이 어둠에 익숙해지고, 세밀한 부분이 눈에 들어오기 시작했다. 수많은 나무줄기와 나뭇가지들, 땅 위로 튀어나온 뿌리들. 아주 골치 아픈 지형이었다.

청각이 몹시 예민해져 아주 작은 소리에도 민감하게 반응했다.

또다시 나무에서 무언가 떨어졌다. 솔방울인가? 그렇게 큰 소리는 아니지만, 분명 쿵 소리가 났다. 덤불 아래에서 할퀴는 듯한, 뭔가가 재빠르게 이리 갔다 저리 갔다 하며 와다다 기어가는 소리가 났다. 쥐나 여우, 뭐 그런 작은 동물이겠지. 옌스는 문득 이 숲에 살고 있는 야생 멧돼지가 떠올랐다. 두려움이 몰아쳤다. 새끼 야생 멧돼지와 함께 어미 멧돼지가 있는 곳으로 질질 끌려가고 싶지 않았다. 그는 동료들에게도 그런 일이 일어나지 않기를 바랐다.

가만히 서 있는 게 불안했기에 옌스는 바닥의 절반이 뿌리로 이루어진 좁다란 길을 따라 오른쪽 아래로 내려갔다. 멀지 않은 곳에 있는 동료를 소리쳐 부르고 싶은 충동을 힘겹게 눌러 삼키면서. 한밤중에 숲에 있는 건 그에게 익숙한 일이 아니었다. 그러니 당연히 기분도 영 별로였다. 함부르크 구역의 밤이 이 숲보다 훨씬 더 위험하다는 걸 아는데도, 여기에 있으니 차라리 도시의 밤거리를 걷는 게 나을 것 같았다.

어디선가 무슨 소리가 꿈틀댔다. 어디지? 나뭇가지들과 덤불, 수북한 나뭇잎으로 뒤덮인 우거진 곳, 그쪽이었다.

옌스는 꼼짝없이 서서 스스로에게 물었다. 그 창백한 여자가 갑자기 저 빽빽한 숲에서 달려들면 어떻게 하지? 분명 그 여잔 가만히 있지 않을 텐데……. 그리고 그 미친 여자가, 어쨌거나 미친 여자일 확률이 매우 높으니까, 난폭해져서 난동을 부리면 어찌해야 할까. 그에겐 수갑이 없었다. 권총을 가지고 있긴 했지만, 이런 상황에서 권총을 쓰는 건 지나친 일이었다.

소리가 점점 커지고 선명해졌다. 덤불 아래에서 누군가 빠른 속도로 달리고 있었다. 아직 그렇게 가까이에 있지는 않았다. 여기, 옌스가 있는 덤불 밖은 오로지 침묵뿐이었기 때문에 소리가 다가오는 게 분명하게 들렸다. 그에게 들린다면, 동료들에게도 들릴 것이고 그러면 그들도 그처럼 놀랄 것이 확실했다.

옌스는 동료들에게 전화할 마음을 넣어 두었다. 동료들의 핸드폰이 전부 무음모드로 되어 있기도 할 테지만, 갑자기 번쩍대는 핸드폰 화면에 자칫 위험해질 수도 있고, 혹시 수색하는 데 방해가 될 수도 있으니까.

그나저나 대체 이 시커먼 밤의 숲이 그 여자와 무슨 상관이 있는 걸까?

비명소리다!

짧고 날카롭다. 분명 여자 소리다.

멀지 않은 곳, 한 30m 정도 떨어진 곳이다.

옌스는 몸을 낮추고 다리를 쫙 벌려 당장 달려갈 태세를 하고는 낮은 관목 사이를 헤치고 나올 수도 있는 그 여자를 절대로 놓치지 않기 위해 좌우를 주의 깊게 살폈다.

심장이 방망이질했다. 땀이 쏟아져 흘렀다. 권총을 뺄 때마다 그랬다. 그래서 평소에도 권총집에서 총을 꺼내는 일이 별로 없었다. 총을 꺼내야 하는 중요한 순간에도 꺼내지 않았다. 빌어먹을 더티 해리 사건 전에는 이러지 않았었다……

"거기…… 멈춰!"

오른쪽이었다. 여러 소리 중 하나가 꽤 가까이에 있었다.

그 즉시 낮은 덤불 안에서 바스락 소리가 났다. 육중한 갈색곰이 뚫고 나오는 것 같은. 옌스는 얼마 전 캐나다에서 낚시 휴가를 보내던 중 그런 소리를 들은 적이 있었다. 소름이 쫙 돋았다.

"아…… 안 돼……"

비명이 계속됐다. 이번엔 공포에 질린 비명. 비명은 이내 끙끙 앓는 소리로 바뀌었다가 꿍얼꿍얼하더니 쿵쿵 소리로 변했다. 손으로 권총을 감쌌다. 옌스는 금속으로 된 권총집 지지대 위에서 손을 슬슬 움직였다. 권총집 가죽끈을 푸는 것은 병에 가둔 악령을 꺼내는 것 같았다. 그는 원치 않았지만, 누군가 강요한다면 숨쉬는 것만큼 간단한 일이었다.

갑자기 오른쪽에서 무언가 움직였다.

어떤 형체가 좁다란 길을 따라 내달렸다.

창백한 여자가 모습을 드러냈다. 그녀가 그에게 돌진했다.

빠르다! 제길, 너무 빠르다!

그 여자는 팔을 앞으로 쭉 뻗은 채 두 주먹을 꽉 쥐고 옌스와의 거리를 우습게 따라잡고 있었다. 옌스는 그녀의 벌거벗은 창백한 몸, 피투성이의 몸을 보았다. 그녀의 손과 팔, 가슴, 얼굴에, 삐쩍 말라 수척한 그녀의 몸 전체에, 셀 수 없이 많은 상처들이 뒤덮어 있었다. 숲을 헤치고 여기까지 와야만 했던, 그녀의 고통스러운 여정을 다룬 다큐멘터리 한 편을 보는 것 같았다.

옌스는 단단히 준비태세를 하고 팔을 양옆으로 벌렸다.

"멈춰!" 그가 크게 외쳤다.

창백한 여자는 아무런 반응 없이 계속 그에게 달려들었다.

옌스는 그녀가 가는 길목에서 상체만 살짝 옆으로 비켰을 뿐 발은 그 자리에 그대로 뒀다. 예상대로 그녀는 그의 발에 걸려 넘어졌다. 그녀가 가속도를 이기지 못하고 공중으로 붕 떠서 철퍼덕 땅으로 떨어졌다. 옌스는 자기 몸이 다 아픈 것 같았다. 살을 후벼파는 자신의 통증이 서서히 밀려올 때야 비로소 그는 얼굴을 찌푸렸다.

그 여자는 가슴과 얼굴을 땅으로 향한 채 메마른 흙바닥 위로 떨어진 다음 한 2m 정도 앞으로 쓸려 갔다.

옌스는 곧바로 그녀 쪽으로 튀어갔다. 동료 중 하나가 수갑을 들고 올 때까지 붙잡아 놔야겠다는 생각으로. 그런데 갑자기 여자가 발로 옌스의 배를 걷어찼다. 그의 입에서 공기가 슉 새어 나왔고, 그는 비틀대며 뒤로 물러나다가 털썩 땅바닥에 주저앉았다. 그 충격으로 위턱과 아래턱이 강렬하게 맞물렸고, 그 바람에 혀를 세게 물고 말았다.

쇠 맛이 나는 뜨끈한 피가 입안에 가득 차올랐다.

통증이 물밀듯 밀려왔지만, 옌스는 아무 소리도 내지 않고 피를 꿀꺽 삼켰다.

옌스는 그 여자와 동시에 일어섰다. 이번엔 주변을 충분히 확인하고 그녀 위로 몸을 내던졌다. 그러고는 온 힘을 다해 백 킬로그램이 넘는 체중과 혀의 통증, 분노로 응집된 폭발하기 직전의 압력으로 여자를 제압했다. 그의 몸이 이 불쌍한 미친 여자를 아래에 깔아뭉갰다. 옌스는 최소한 여자의 갈비뼈 하나 쯤이 부러지는 소리를 들은 것 같았다.

그의 입술 사이로 새어 나온 피가 턱 아래로 흘러 여자의 하얀 등 위로 뚝뚝 떨어졌다.

옌스는 여자의 뒤통수를 바라보았다. 삭발한 머리였다. 그런데 매끈한 게 아니라 머리카락이 뜯긴 것 같았다. 마치 누군가 머리카락을 칼로 썬 것처럼.

갑자기 그녀가 머리를 홱 들었다. 옌스는 그럴 줄 예상했기 때문에 다행히 그녀의 둥근 머리통을 피할 수 있었다. 끔찍하게 말라비틀어지고 뼈만 앙상한 그녀의 몸이 옌스 아래에서 뱀처럼 꿈틀댔다. 결국 약간의 공간이 생기긴 했지만, 여자는 그를 벗어나지 못했다.

"내 말 잘 들어요. 당신 도와주려고 이러는 겁니다!"

옌스가 소리를 내질렀다. 그러자 입 밖으로 피가 튀어나왔다.

좀 전에 삼킨 게 잘린 혀는 아니겠지?

여자가 소리를 지르기 시작했다. 처음엔 꽥꽥대더니 이내 어떤 단어들로 이루어진 말을 했다.

또다시 똑같은 단어들이었다.

"달링, 내 인생의 빛……. 달링, 내 인생의 빛……."

4

[얼마 전]

그녀의 역겨운 구토 소리가 신경에 거슬렸다. 차 문을 닫고 난 후 그 소리가 더 이상 들리지 않자 그는 기분이 한결 나아졌다.

소나무 사이에서 쏴쏴 불어오는 바람 소리가 얼마나 아름다운가. 그는 오랫동안 그 자리에 앉아 바람 소리를 들으며 변화하는 그 소리를 느꼈다. 또 가끔은 바람 속에서 보통 사람들은 들을 수 없는 소리를 걸러내기도 했다.

그는 숲 때문에 여기로 왔다. 숲은 그에게 모든 것을, 도시에서는 얻을 수 없는 모든 것을 주었다. 숲이 없었다면, 벌써 타락의 나락으로 떨어졌을 것이다. 그래서 그는 주기적으로 자신의 진정한 집인 그곳으로 도망왔다. 치료하는 데 쓰이던 이 장소를 사람들이 까맣게 잊어줘서 얼마나 고마운지 모른다. 덕분에 그는 오롯이 혼자서 그곳을 썼다.

길가 앞쪽에 차를 세우고 마지막 남은 100m는 걸어갔다. 그 분위기를 온전히 느끼고 싶기 때문이었다. 트럭을 타고서는 쉽지 않은 일이었다. 아니, 아예 불가능했다. 뒤쪽 화물칸에서 누군가 쉴 새 없이 구역질해대고 끙끙대고 있다면 말이다.

한 걸음 한 걸음을 옮길 때마다 살아있음을 느꼈고 모든 감각을 빨아들였다. 발아래 흙바닥의 무늬와 소나무 줄기에서 스며 나오는 축축한 냄새, 이끼를 밀쳐내는 생기 넘치는 버섯 향. 달빛을 벗 삼아 빛나는 버섯의 모자가 대성당의 지붕 같았다.

마침내 시커먼 건물이 눈앞에 나타났다.

그는 꿈꾸는 미소를 짓고 서 있었다.

이 광경을 보고 미소 짓게 될 줄이야. 정말 단 한 번도, 상상도, 생각도 하지 못했다. 예전엔 이 건물이라면 두려움이나 공포, 탈출할 생각, 그런 것밖에 떠오르지 않았다. 당연히 분노도 떠올랐다. 솔직히 분노는 마지막까지 수그러들지 않았었다. 그러나 이젠 모두 떨쳐버렸다. 이 장소에 그의 진정한 자아를 돌려주었더니, 지난 수년간 자신을 괴롭힌 사람들을 잊는 데 큰 도움이 되었다.

그는 앞으로 있을 흥미진진한 시간이 무척 기대됐다. 하지만 그는 체계적인 인간이기에, 그 기쁨을 경솔하게 즐기고 있을 수만은 없었다. 열정과 욕망은 아직도 누군가에겐 숙명이었다. 그가 열정과 욕망을 하나의 사슬에 묶어야만 하는 걸 이해하지 못하는 사람은 삶과 죽음을 오가는 게임에 발을 들이지 않는 게 나을 터였다.

일단 건물을 둘러보고 세심하게 점검하기로 했다. 그곳엔 걸려 넘어질 만한 장애물이 굉장히 많았는데도, 불 따윈 필요하지 않았다. 속속들이 잘 알고 있었으니까. 바닥에 아무렇게나 굴러다니는 공사장 쓰레기도, 폐지로 덮여있는 구멍과 웅덩이도, 경사가 심해서 잘못하다간 아래로 굴러떨어질 수 있는 경사로까지 모두.

건물을 다 돌아본 뒤에야 그는 안심이 되었다. 창문과 문들도 전부 멀쩡했다. 다행히 지난 2년간 반달리즘*의 횡포가 없었기 때문이다. 그러나 그 멍청이들은 언제가 됐든 다시 돌아올 수 있으니, 건물에 사람이 있다는 걸 분명히 알릴 필요가 있었다.

그는 터벅터벅 발을 힘껏 구르며 경사로를 올라가 트럭이 있는 곳으로 갔다. 숨이 찼다. 어디선가 쿵쿵대며 헐떡이는 소리가 들렸다. 덤불 속에서 무언가 큼지막한 것이 돌아다녔다. 담비나 곰이겠지. 예전에 두 동물은 종종 그의 다락방에 손님으로 찾아와 함께 지내곤 했다. 그들이 건물 전체를 돌아다닌 밤이 셀 수 없이 많았다.

트럭에 도착한 그는 화물칸 옆면을 두드렸다.

즉시 안에서 반응이 나왔다. 그는 그녀가 어떻게 쪼그리고 앉아 있을지, 벽면을 두드리는 소리가 났을 때 어떻게 반대쪽으로 기어 도망갔을지 상상했다.

"여기에서 너의 새로운 인생이 시작될 거야."

화물칸 안에서도 들을 수 있게 그가 큰소리로 외쳤다.

---

* 문화유산이나 예술품 등을 파괴하거나 훼손하는 행위를 가리키는 말로 쓰이지만, 넓게는 낙서나 무분별한 개발 등으로 공공시설의 외관이나 자연경관 등을 훼손하는 행위도 포함한다.

그러고는 차에 올라타 시동을 켜고 경사로 아래에 있는 건물로 트럭을 몰았다. 헤드라이트가 숲속에 빛의 터널을 만들며 가다가 마침내 하얀 창문이 박힌, 가문비나무로 만든 널따란 갈색 벽에 다다랐다. 창문에 헤드라이트의 빛이 반사됐다. 순간 누군가 안에서 손전등으로 그를 비추고 있는 것 같았다.

본관 건물의 오른쪽을 지나 약간 경사진 길 아래에 주차하는 곳으로 갔다. 여기는 전에 납품업자들이 짐을 내리는 곳이었다. 왼쪽의 내리막길에는 아담한 지하실이 땅 위로 튀어나와 있는데, 정면에서는 보이지 않았다. 세로줄 무늬 형식의 양쪽으로 열리는 하얀 문이 하차장 입구였다. 입구의 높이는 배송용 트럭이 들어가기에 충분했다. 그는 차에서 내려 단단해 보이는 자물쇠를 풀고 후진으로 차를 주차했다. 그러고는 입구를 닫고 안에서 빗장을 지른 다음 불을 켰다. 그 공간은 아름다울 필요 없는, 딱 정확한 목적이 있는 곳이기 때문에 실용적인 LED 전구로만, 아주 미치도록 차갑고 환한 조명으로만 꾸며져 있었다.

그가 트럭의 옆문 앞에 서서 숨을 깊게 들이마시고 내쉬었다. 마음의 준비가 완벽하게 끝날 때까지. 그러고는 화물칸의 문을 활짝 열었다.

"드디어 도착했다!"

그녀는 화물칸 가장 구석에 몸을 잔뜩 웅크리고 있었다. 얼마 전 시멘트 포대를 운송했었는데, 포대를 옮기는 도중에 하나가 찢어지는 바람에 그녀가 회색 시멘트 가루를 온통 뒤집어쓰고 있었다.

화장한 것 같네, 뭐. 그가 생각했다. 그녀가 좋아하는 것 같지는 않지만. 그녀는 소리를 지르거나 반항을 할 수조차 없었다. 입에는 재갈이 물려 있고 손과 발은 밧줄로 묶여 있었으니까.

그가 그녀를 뚫어지게 쳐다봤다.

저 아름다움. 모든 남자들을 열광시켰을 저 아름다움.

"이리로 와, 달링. 오늘부터 다 괜찮아질 거야. 약속할게."

그녀는 그에게 가지 않고 화물칸의 벽 쪽으로 더 바짝 붙었다. 그는 진정 다른 반응을 기대했던 걸까? 사실 어느 정도는 그랬다. 하지만 그도 알고 있었다. 그녀를 대할 때 인내심을 가져야 한다는 것을…… '인내심을 가지면 좋은 일이 생긴다.'는 글을 그는 어느 SNS에서 읽었다. 사람들이 자기들은 정작 따르지도 않는 격언을 줄기차게 올려대는 SNS에서.

"정말 내가 네 쪽으로 가야 하겠어?"

그는 그녀가 어리석지 않다는 것도, 자신의 경고를 잘 이해했을 거라는 것도 알고 있었다. 그는 잘 참았다. 마침내 그녀가 움직였다. 먼지 쌓인 화물칸 바닥 위를 우물쭈물 기어서 그에게 다가왔다. 그녀와의 거리가 50cm 정도 될 때까지 그는 기다렸다. 그녀는 커다랗고 매력적인 눈에 두려움을 욱여넣고 그를 쳐다봤다. 그는 그녀가 계속 울고 있었다는 걸 알아챘다.

그가 손을 뻗었다. 그녀가 몸을 움츠렸다.

"더는 무서워할 필요 없어. 이제 묶은 거 풀어줄게."

그는 그녀를 돌려 목덜미에 있는 재갈의 매듭을 풀었다. 거친 천이 입에서 떨어지자마자 그녀는 게걸스레 숨을 들이마셨다. 조금만 늦었어도 질식할 뻔했다는 듯이. 그러고는 등을 쭉 펴고 턱이 차의 지붕에 닿을 때까지 밀었다. 결박되어 있는 동안 몹시 힘들었던 모양이었다. 정신적으로 힘들면 육체적으로도 힘든 법이니까.

그는 그녀의 손목과 발목에서 밧줄을 풀고 한 걸음 뒤로 물러났다.

그와의 첫 접촉에서 그녀가 어떻게 반응했는지 뭐라 말하기는 어려웠다. 그녀에게는 자신을 방어할 힘이 아직 남아있었던 걸까? 예전의 오만함이 아직도 남아있었던 걸까?

그녀는 차에 웅크리고 앉아 그를 똑바로 바라보고만 있었다.

"왜 그랬어요?"

이 한마디만이 눈물과 함께 흘러나왔다. 기대에 찬 그의 기쁨과 희망을 무너뜨리는 그 한 마디만이. 그녀는 아무것도 이해하지 못했다.

그래도 그는 손을 뻗었다.

저 여자를 포기하지 마. 그가 속으로 말했다. 그러면 너도 다른 사람과 다를 게 없으니까.

"너도 곧 이해하게 될 거야."

그가 화를 억누르며 자애로이 말했다.

상상하고 바라는 것처럼 간단한 일은 이 세상에 없으며, 진정 달콤한 과일은 왕관 꼭대기에서 열린다. 그것은 오직 용감한 자, 두려움이 없는 자에게만 주어진다.

"이리 와. 우리 들어가자."

"집에 가고 싶어요."

"너 지금 집이잖아. 오늘부터 여기 말고 다른 집은 없어."

갑자기 그녀가 그의 손가락을 덥석 깨물었다. 개처럼. 손가락 뼈가 잘릴 정도로 세게 문 건 아니었지만, 검지와 중지 살이 뜯겨 나갈 정도로 꽉 깨물었다. 그래도 그가 손가락을 빼내려고 하지 않기 때문에 그나마 살점이라도 건질 수 있었다. 통증이 미친 듯이 몰려왔다. 그는 소리를 마구 지르며 주먹으로 여자의 배를 후려쳤다. 할 수 있는 한 가장 세게, 있는 힘껏.

그녀의 입이 떡 벌어졌지만, 그녀는 거기서 멈추지 않았다. 차에서 후다닥 뛰어내려 밖으로 뛰쳐나갔다. 그러고는 복수의 여신 푸리아처럼 괴성을 지르며 자기 몸을 마구 때렸다. 그녀는 그의 머리와 목덜미, 상반신을 닥치는 대로 갈겨댔고, 분노와 공격성으로 분출된 그녀의 초인적인 힘에 놀란 그는 몸을 웅크려 팔로 감쌌다.

마침내 그녀는 그에게서 벗어났다.

바닥에 누워있는 동안, 그는 몹시 괴로웠다. 지하실에서 그녀가 우당탕대는 소리가 들렸다. 그녀는 문을 흔들고 있었다. 좀 전에 빗장을 지르긴 했지만 열쇠로 잠그지는 않은 그 문을.

"이런……, 안 돼……, 기다려!"

그가 소리쳤다.

그러나 그녀는 기다리지 않았다. 빗장이 열리는 소리가 들렸고, 그 소리의 힘을 받아 그는 다시 일어섰다. 그녀가 이 건물을 벗어나면, 저 어두컴컴한 숲에선 절대로 찾아낼 수 없을 터였다.

그러면 모든 일이 수포가 될 테니.

그런 일은 결코 일어나선 안 된다!

그녀가 칠흑 같은 어둠 속에서 비틀대며 왼쪽 길로 가고 있었다. 나무에 부딪히고 또 땅으로 넘어지고 다시 일어서서 하염없이 달리고 있었다. 그런데, 그녀를 데리고 오기 위해 그렇게 큰 노력을 들일 필요는 없어 보였다…….

그런 생각이 든 지 얼마 지나지 않아, 그것이 현실이 되었다. 그녀는 서둘러 내달리다가 내리막길을 보지 못했고, 결국 중심을 잃고 아래로 떨어졌다. 계속 아래로 구르면서 병 들어 베고 남은 소나무 그루터기들에 사방으로 치었다. 무언가에 세게 부딪치는 소리가 한 번 더 들렸을 때, 비명소리가 뚝 멈췄다. 몇 초 후, 정말 아무 소리도 들리지 않았다.

뜨거운 불안감이 그의 몸을 뒤덮었다. 여자의 목이 부러졌을 수도 있어. 그러면 지난주 내내 한 일이 전부 무용지물이 되잖아!

그는 조심스레 그녀에게 다가갔다.

그녀는 굴러떨어지는 자기를 세워 준 자작나무 가지 옆에 몸을 구부리고 있었다. 아름다웠던 긴 머리칼은 침엽수 잎, 더러운 먼지들이 들러붙어 엉망으로 뒤엉켰다. 피까지 덕지덕지 붙은 채로.

그는 무릎으로 기어가서 여자를 조심스럽게 돌렸다. 얼굴에는 피와 생채기 투성이었다. 눈은 감겨있었지만 목에선 맥박이 느껴졌다.

아직 살아있어!

어디가 부러졌을 수도 있었다. 그러나 정확히 알 방법이 없었다. 그건 그렇게 중요한 게 아니었다.

그나저나 의식을 잃은 이 여자를 무슨 수로 저 위까지 다시 올리지? 그의 힘으로는 버거운 일이었다. 해결방안을 떠올려봤다. 그리 오래 걸리지 않아 방법을 찾았다. 그는 몸을 앞으로 구부려 두 팔과 두 다리로 오르막길을 기어 올라가서 차고 문을 열고 트럭 운전대에 앉은 다음, 후진으로 그녀가 쓰러져 있는 내리막길로 내려갔다. 그러고는 트럭에서 내려 장비 보관실에서 짱짱한 밧줄을 가지고 나와 한쪽은 차의 뒤편 트레일러를 연결하는 고리에 단단하게 묶고, 다른 한쪽은 들고 내리막길 끝에 있는 그녀에게로 갔다.

그녀는 여전히 의식이 없었다. 부디 의식만 없는 것이기를! 머리를 너무 세게 부딪쳐서 혼수상태에 빠진다면, 그녀는 아무런 가치가 없게 된다. 이제야 겨우, 그녀와 함께 앞으로 다가올 일분일초를 즐길 수 있게 되었는데 말이다!

그는 여자의 발목에 밧줄을 묶고 맥박을 다시 한번 확인했다. 규칙적이고 힘이 있었다.

천천히 오르막길을 올라가면서 한 걸음 한 걸음 옮길 때마다 뾰족한 나뭇가지는 없는지, 바닥에 튀어나온 돌은 없는지 살폈다. 그래도 이 구조작업은 말도 못 하게 고통스러울 것이다. 어쩌겠는가. 스스로 자초한 일인 것을. 그러게, 누가 도망가래?

위쪽에 도착한 그는 차에 올라타 작업을 시작했다. 세심하게 페달을 밟아 6, 7m 가량 앞으로, 차고로 차를 몰았다. 사이드미

러를 들여다봤으나, 밖이 어두워서 그녀의 몸이 위로 올라온 건지 아닌지 도통 보이질 않았다.

이제 더는 트럭을 앞으로 몰 수 없었다. 그는 시동을 끄고 차에서 내려 비탈길이 시작하는 곳으로 갔다.

허리가 꺾여 다리는 평평한 바닥에, 상반신은 비탈길에 널려있었다. 그 모습은 사람이라기보다는 더러운 쓰레기 더미 같았다.

5

옌스 케르너는 창백한 여자의 말뜻을 알아내는 데 지쳐버렸다.

혀에 난 상처에서 삼십 번째 피가 흐르고 있었다. 턱과 목, 셔츠를 보면 누군가 칼로 그의 목을 자르기라도 한 것 같았다. 그런데도 여자 구급요원은 반쯤 녹아있는 얼음팩만 놓아줄 뿐 아무 조치도 취해주지 않고 손가락으로 찜질팩을 잘 잡고 있으라고만 지시했다.

"그렇게 심각하지는 않네요. 금세 괜찮아 질 겁니다. 경관님 같은 사나이는 진통제나 그런 거 필요 없잖아요, 그렇죠?"

구급대원의 미소가 케이크 위의 아이싱처럼 딱딱했다. 물론 옌스는 진통제 같은 건 필요 없다고 대답했다. 그러고는 어디에서 또 언제쯤 저 구급대원에게 진통제 좀 달라고 귀띔해야 하나 고민했다. 방금 전의 자신의 대답을 후회하면서.

옌스가 구급차에서 입에 손을 집어넣어 얼음팩을 혀에 대고 있는데 롤프 하게나가 들어왔다.

옌스의 동료인 롤프 하게나는 실실 나오는 웃음을 숨기려고 하지 않았다. 핸드폰을 꺼내 사진까지 찍었다. 카메라 플래시에 옌스는 눈이 부셨다.

"네 연대기에 쓰라고 보내 주지! 그 창백한 여자는 너에 비하면 아주 괜찮아 보이던데?"

롤프 하게나가 그렇게 말하며 커다란 손을 옌스의 어깨에 털썩 떨어뜨렸다. 그런 접촉까지도 입안에 통증을 일으킬 줄은 정말 몰랐다.

"꿰매야 하는 거 아닌가?"

롤프 하게나가 물었다.

사실 좀 아까 구급요원이 얼음팩을 상처 위에 일 분 이상 두지 말라며 잠시 쉬었다가 다시 찜질을 시작하라고 충고했었다. 하지만 옌스는 그 말을 듣지 않았다. 차가운 걸 대고 있으니 통증이 줄어들어서 좋았으니까. 롤프의 질문에 대답하려고 얼음팩을 치웠더니, 혀끝이 간신히 매달려 있는 게 느껴졌다.

"낫고 있어." 옌스가 차갑게 얼어붙은, 퉁퉁 부은 혀로 대답했다. 아까는 혀의 감각이 죽은 것 같았는데⋯⋯. 그랬다면 이런 찌르는 듯한 고통은 느끼지 않아도 됐을 텐데⋯⋯. 라고 아쉬워하면서. "그나저나 그 여자는 어떻게 됐어?"

"병원으로 가는 길이야. 들것에 단단히 묶여서. 전혀 통제가 안 되더라고. 그리고⋯⋯ 제길⋯⋯." 롤프 하게나, 함부르크 경관들의 기둥 같은 존재인 그가 말을 멈췄다. 옌스는 롤프가 말을 멈추는 걸 여태껏 한 번도 본 적이 없었다. "……그런 건 정말 처음 봤어. 그 여자한테 대체 무슨 일이 있었던 걸까? 다른 행성에서 온 사람 같더군."

"그 여자가 무슨 얘기 하지 않던가?"

"아니, 계속 그 문장만 말했어. 달링, 내 인생의 빛, 달링, 내 인생의 빛. 대체 이게 뭔 소리지?"

주먹코가 박혀있는 롤프 하게나의 둥근 얼굴에 물음표 하나가 떠올랐다. 그 여자에게 무슨 일이 있었던 건지 옌스 역시 아는 게 없었다. 옌스는 물음에 대답하지 않고 얼음팩을 다시 입 안으로 넣어 구급요원이 어디에 있나 두리번거렸다. 아무래도 진통제를 먹는 게 나을 것 같았다.

"몸에 피하지방이 단 일 그램도 없어. 삐쩍 말랐더라고. 내가 보기엔, 그 여자 어딘가에서……."

옌스가 손가락을 세워 롤프가 말을 멈추게 했다. 밖의 어두운 숲길에서 누군가 그에게 다가오고 있었다. 당당한 걸음걸이, 큰 키, 가르마가 단정한 금발 머리, 초록색 바지, 가죽 부츠, 군용재킷. 그리고 어깨에 걸친 기다란 총.

분명 그 여자 사냥꾼일 것이다.

그 옆에는 옌스의 젊은 여자 동료인 카리나 라이니케가 있었다. 카리나 라이니케 역시 수색에 참여했었다. 카리나가 옌스를 가리키자 여자 사냥꾼이 그의 쪽으로 다가왔다. 그녀는 자기가 아프기라도 한 듯 얼굴을 찌푸렸다.

"끔찍하네요. 케르너 형사님이시죠?"

옌스가 고개를 끄덕였다. 깔끔하고 단정하게 대답하고 싶었는데, 입에서 손가락과 얼음팩을 빠르게 빼내기가 쉽지 않았다.

롤프 하게나가 대신 대답했다.

"네, 맞습니다. 혀를 좀 물었거든요, 아무래도 요 근래에 다이어트가 좀 심했나 봅니다, 허허."

"악수는 하지 않는 게 좋겠습니다." 옌스가 웅얼대며 말했다. "레기나 헤세 씨죠?"

"네, 맞아요."

"정말 대단하시더군요." 옌스가 통증을 무시하며 똑똑히 발음하려고 애썼다. "그렇게 차분하게 대처하는 사람 드뭅니다."

레기나 헤세가 어깨를 으쓱했다.

"솔직히 몰이 사냥하는 거랑 똑같았어요."

옌스는 새어 나오는 웃음을 피할 수 없었다. 전화 통화에서도 느꼈듯이 그 여자는 정말 시원시원했다.

"그래도 정말 무섭긴 하더라고요." 그녀가 덧붙였다. "그 아가씨 정말 제정신이 아니었거든요. 분명 누군가에게서 도망친 것 같던데, 안 그래요?"

그 순간, 옌스는 롤프 하게나를 바라보고 깨달았다. 자기의 동료 역시 거기까지 미처 생각하지 못했다는 것을. 자기와 똑같이.

"자, 전 이제 빨리 집에 가봐야겠어요. 좀 자야 하거든요. 아니면, 제가 더 필요하신가요?"

"아닙니다. 오늘은 이만하면 됐습니다. 며칠 후에 증언하셔야 하니까, 그때 다시 전화 드리겠습니다. 다시 한번 감사드립니다!"

레기나는 싱긋 미소를 보이며 인사를 하고 밖으로 나갔다.

"이런, 젠장." 레기나 혜세가 저 멀리, 들리지 않을 만큼 멀어지자 롤프가 내뱉었다. "저 여자 말, 충분히 가능성 있어! 그 창백한 여자가 도망 나온 숲에서 누군가 그녈 찾아 헤매고 있다면?"

"그럼 이미 늦은 거지."

옌스 시선이 검은 산의 능선을 따라갔다. 높이 100m가 넘는 수많은 언덕을 거느리고 있는, 도시의 입구에 길게 늘어 지형. 그 대부분은 니더작센 지역에 속했다. 그 여자는 험난한 도주를 하는 동안 이웃 도시인 니더작센을 몇 번이고 왔다 갔다 했을 것이다. 옌스는 자기가 그 여자를 잡았을 당시, 그곳이 정확히 함부르크 지역인지 아니면 니더작센 지역인지 확신할 수 없었다. 그는 급박한 순간에 그런 걸 따지는 걸 별로 좋아하지 않았다. 아니, 싫어했다.

이쪽이든 저쪽이든 상관없었다. 그러나 이 사건 자체에는 계속 관심을 가질 것이다. 그의 관할 구역에 해당하지 않더라도.

6

"진짜 역겨워!"

자비네 숄츠가 초록색 눈으로, 가끔 어떤 특별한 빛 아래에서는 갈색빛이 돌기도 하고 초록색으로 반짝이기도 하는 신비한 눈으로 비올라를 바라보며 이마를 찡그리더니 특유의 화난 표정을 지었다.

"이게 뭐야, 대체?"

비올라가 어깨를 으쓱했다.

"수도꼭지나 뭐 그런 데서 물방울이 똑똑 떨어지는 소리 같기도 하고."

자비네가 추측했다.

비올라는 어제저녁 자비네에게 전화해서 다 이야기했고, 자비네는 곧바로 그 음성을 듣고 싶어 했다. 지금 자비네는 핸드폰을 귀에서 떼고 화면을 들여다보고 있었다.

"여기에 찍힌 번호로 전화 해봐야지?"

자비네의 질문이 매우 수사적이었다. 그녀는 대답을 기다리지 않았다. 이미 번호를 다 눌러 놓고는 눈썹을 바싹 올린 채 날카로운 눈빛으로 비올라를 쳐다보았다.

비올라는 지금까지 전화번호를 누를 생각은 한 번도 하지 않았다. 용기가 없었으니까. 그러나 자비네는 그런 부분에선 겁이 없었다. 물론, 자비네가 언제나 비올라보다 더 용감하기는 했다.

자비네는 신호가 계속 가기를 기다렸다. 아무도 받지 않았다.

음성사서함으로 연결되지도 않았다. 지금은 전화를 받을 수 없다는 안내만 나올 뿐이었다.

"확실하네. 어떤 찌질한 개자식이네."

자비네가 크게 소리를 내지르자 카페에 있는 사람들의 시선이 모여들었다. 그녀는 신경 쓰지 않고 계속 관심을 집중시켰다. 자비네는 160cm도 안 될 정도로 키가 작은데다가 체중도 50kg이 나가지 않아 왜소했다. 옷 사이즈는 XS밖에 안 되면서도, 안에서 뿜어내는 에너지는 자기보다 몸집이 세배나 큰 남자들도 쓰러뜨릴 만큼 대단했다. 머리 스타일은 귀까지 오는 쇼트커트였는데, 그건 목에 있는 작은 불가사리 모양의 문신을 돋보이게 하기 위함이었다. 자비네의 얼굴 앞으로 금발 머리 한 가닥이 스르륵 떨어졌다.

"이 전화 때문에 계속 기분이 그랬던 거야?" 자비네가 테이블에 핸드폰을 올려놓으며 물었다.

비올라는 아니, 라고 말하고 싶은 충동을 애써 삼켰다.

자비네의 말이 틀린 건 아니었다.

오늘 아침, 잠에서 깼을 때부터 기분이 쭉 더러웠다. 그 역겨운 소리를 자면서도 들어야 했고, 결국 괴상망측한 꿈까지 꿨다. 누군가 뒤를 쫓아와 젖은 회색 걸레로 그녀를 마구 때렸다. 그 묵직한 걸레는 얼굴 오른쪽, 왼쪽을 사정없이 갈겨대며 머리가 흠딱 젖을 때까지 쉬지 않고 때렸다. 그러다가 화들짝 놀라면서 잠에서 깨어났다. 머리가 땀에 젖어 축축해진 채로…… 일어나 뜨거운 물로 샤워를 했다. 그때까지도 수상한 전화에 대해서 자비네에게 털어놓을까 말까 확신이 서지 않았었다. 그런데 카페에서 자비네를 만나자마자 모든 이야기가 입에서 저절로 튀어나왔다. 그냥 누군가에게 알려야 할 것 같았다.

"전화 때문만이 아니야……. 한 2주 전부터 누가 날 감시하는 기분이 들어."

"무슨 소리야?"

"내 뒤에서 발소리가 들려. 근데 뒤돌아보면, 아무도 없어. 그림자가 보이는데 갑자기 사라지고. 어제저녁에 내가 창가에 서 있는데, 누군가 날 쳐다보고 있었어. 또, 지하철에서는 어떤 사람이 날 넘어뜨릴 뻔 했거든. 그런데 뒤돌아보니까 나이 많은 아줌마가 있는 거야. 며칠 전에는 필라테스에서 나오는데, 누군가 따라오기도 했고. 확실해. 그치만 누굴 본 건 또 아니야."

비올라의 목소리가 파르르 떨렸다. 그녀도 자비네처럼 용감해지고 싶었지만, 내면 깊숙이 뿌리박혀 있는 두려움이 그녀를 장악했다. 비올라의 엄마도 똑같았다. 온통 위험한 것에만 신경을 곤두세웠다. 이거 하지 마라, 저거 하지 마라, 조심해라, 여기에 가지 마라, 저기에 가지 마라. 늘 이런 훈계와 경고만 듣고 자란 아이는 용기 있고 자신감 넘치는 사람이 되지 못하는 법이다.

"그런 얘길 왜 여태까지 안 했는데?"

"난…… 내가 상상하는 거라고 생각했어……. 그런데 그 전화 이후엔……."

자비네가 거듭 이마를 찌푸렸다.

"이건 무조건 마리우스 짓이야."

비올라가 걱정했던 것이 바로 이거였다.

"자비네, 제발……. 난 그렇게 생각하지 않아. 그리고 이제 더
는 걔랑 얼굴 붉히고 싶지 않단 말야."

자비네가 마리우스를 얼마나 싫어했는지 비올라는 너무나도
똑똑히 기억하고 있었다. 자기를 위한답시고 마리우스와 서너 번
주먹다짐을 했던 것도……. 자비네는 12년간 킥복싱을 했기 때문
에 필요할 때면 언제든 실력을 드러냈다. 마리우스는 그 참맛을
제대로 느낀 장본인이었다.

"네 음성사서함에 그런 추잡한 짓거리를 한 게 정말 그 자식이
면, 그 자식과 얼굴 붉힐 사람은 네가 아니라 나야. 아니면, 지금
당장 경찰서로 가든지!"

비올라가 머리를 세차게 흔들었다.

"아니야. 난 그런 걸 원하는 게 아니야. 저절로 좋아질 거야. 나
가자. 우리 쇼핑이나 가자. 다른 생각 하고 싶어."

비올라는 동의하지 않는 친구의 눈빛을 애써 무시한 채 자리
를 박차고 일어나 계산대로 가서 자비네가 먹은 것까지 전부 계
산했다. 자비네는 요즘 일을 하고 있지 않아서 금전적으로 여유
가 없었다. 비올라는 노인전문 간호사로 근무하고 있었기 때문에
벌이가 꽤 괜찮기도 했고, 이 정도 계산쯤은 전혀 문제 되지 않았
다. 또 이런 걸 좋아하기도 했고.

"고마워."

자비네가 밖으로 나와 딱딱한 말투로 톡 쏘아붙였다. 영수증
에 찍힌 금액을 십 원 단위까지 확인해야 하는 걸 자비네가 얼마

나 싫어하는지 비올라는 알고 있었다. 그러나 그보다 더 싫어하는 건 상대방에게 "괜찮아."나 "내가 사려고 했어." 같은 말을 듣는 거였다. 자비네는 인정하지 않았지만. 만일 그 말속에 교만함이나 자신을 깔보는 뉘앙스가 조금이라도 들어가 있으면, 자비네에게 그날은 최악의 날이 되곤 했다.

의사소통의 문제는 친한 친구 사이에도 있기 마련이다.

둘은 시내 쪽으로 걸어갔다. 분위기가 어쩐지 팽팽하고 뻣뻣했지만, 자비네에게는 모든 어색함을 깨부수고 단번에 분위기를 좋게 만드는 탁월한 능력이 있었다. 그녀는 늘 웃긴 이야깃거리를 생각해냈다. 이런 상황에서는 이런 이야기를 했다. - 인생의 황금기를 보내고 있는 잘 차려입은 한 신사가 자기 손을 잡아줄 젊은 친구를 애타게 찾는다. 이유는? 차체가 땅에 붙은 것처럼 낮은, 무지하게 비싼 최고급 스포츠카에서 일어나려고.

"하하하하. 나는 이런 이야기가 너무 좋아. 둘이 서로 모르는 사이일 거 아니야. 크큭큭."

자비네가 큰 소리로 깔깔대며 웃었다.

또 하나 더. 자비네는 이번엔 어떤 힙한 청년의 이야기를 침 튀기며 말하기 시작했다. - 청년이 병 보증금 환불이 가능한 빈 병을 노숙자가 보는 앞에서 쓰레기통 깊숙이 집어 넣는다. 노숙자의 손에 쥐어주지 않고 말이다. 노숙자의 다음 행동은? 뭐라고 불평도 하지 않고 온화한 얼굴로 바라만 본다.

비올라는 오늘 친구의 유머가 어딘가 낯설게 느껴졌다.

"네 속옷 사러 가자."

자비네가 명령하듯 말했다.

"지금도 서랍이 터질 것 같은데 뭘."

비올라가 반대했다.

"그래도 속옷이 안정감을 느끼게 해줘. 기분이 처질 때마다 속옷을 사면 괜찮아지더라고."

"너 오늘 기분이 좀 그래?"

자비네가 비올라를 흘끗 쳐다봤다.

"왜 그렇게 생각하는데?"

비올라가 어깨를 으쓱했다.

"그냥 좀 그래 보이는 것 같아서……."

역시 베스트 프렌드의 레이더는 한쪽에서만 작동하지 않았다. 비올라는 자비네의 기분이 어떤지 늘 알고 있었다. 뭐, 항상은 아니겠지만 대부분은 맞았다.

걸음을 늦추지 않으며 자비네가 말했다.

"우리 엄마 때문에 미쳐버릴 것 같아."

그녀의 목소리에 그 어떤 냉소도, 조소도 담겨있지 않았다. 절망만 있을 뿐.

자비네의 엄마는 몸이 많이 불편했다. 신경이 망가져서 일주일에 세 번씩 혈액 투석을 해야 하고, 그로 인해 여러 질병이 생겼고, 결국엔 다리를 절단해야만 했다. 견디기 힘든 고통에 엄마는 날이 갈수록 공격적이고 예민해져만 갔다. 그러나 자비네는 독립할 형편이 되지 않아서 엄마와 함께 살아야 했다. 물론 엄마를 도와주었다. 할 수 있는 한은. 미우나 고우나 자기 엄마니까.

"며칠만 우리 집에서 자는 건 어떨까……."

비올라가 제안했다.

"좋은 생각이긴 한데, 정말로. 그치만 괜찮아. 엄마가 시도 때도 없이 욕만 퍼 붓지 않는다면. 에휴, 차라리 엄마가 가버렸으면 좋겠어. 할 수만 있다면."

"에이, 그게 무슨 소리야. 엄마도 다 알고 계셔. 엄마는 네가 아니라, 이 세상에 화가 나신 거잖아. 어쨌거나…… 엄마도 분명 널 사랑하고 있을 거야."

횡단보도의 신호등이 빨간색이라 둘은 멈춰 섰다. 자비네가 비올라를 바라봤다.

"'어쨌거나'라는 말이 되게 와닿네. 모녀간의 사랑, 그거 참 아주 소름끼치도록 놀라워."

둘은 한동안 아무 말도 하지 않고 초록불만 기다리고 서 있었다. 비올라는 시선을 바삐 움직이며 수상쩍거나, 전화 통화를 하거나, 자기를 관찰하고 있는 남자가 주변에 있나 없나 살폈다. 그 순간에는 전혀 무섭지 않았다. 자비네가 바로 옆에 있었으니까. 그러나 그 생각만큼은 쉬이 떨쳐지지가 않았다.

비올라의 핸드폰이 진동했다. 바지 주머니에서 핸드폰을 꺼냈다.

"이상한 소리 지껄이는 개자식이야?"

자비네가 물었다.

"아니, 카트린이야. 같이 일하는. 괜찮아."

비올라가 전화를 받았다.

손가락으로 반대쪽 귀를 막고 시선을 바닥으로 떨구고 카트린과 통화를 시작했다. 자비네는 길 건너편에 있는 신발 가게의 쇼윈도를 자세히 보려고 좁은 길을 건넜다.

카트린은 비올라가 근무하는 노인 요양원에서 주간근무를 하고 있었다. 비올라는 오늘 저녁 6시부터 야간근무에 들어가야 했다. 카트린이 비올라에게 전화할 이유는 딱 한 가지. 비상 신호를 보내기 위해서였다. 존넨베르크 할머니가 위독하다는 비상 신호.

"오늘은 아닐 것 같아. 오늘 밤도 아닐 거고. 언제냐고 묻는다면, 글쎄, 내일일 것 같아. 그러니까 네가 근무시간을 바꾸는 게 나을 듯해."

카트린이 말했다.

"조정 좀 해줄 수 있을까?"

"이미 했지. 오늘 저녁엔 막스가 네 대신 오기로 했어. 넌 내일 아침에 오고. 그러면 주말이니까, 딱 맞아."

"고마워. 역시 네가 최고다!"

"내 예상이 틀리지 않길 바랄 뿐이지 뭐."

"틀린 적 한 번도 없잖아."

카트린은 환자들이 일단 사망에 가까워지는 단계에 들어가면, 사망 시간을 놀라울 정도로 정확하게 예측했다. 존넨베르크 할머니는 일주일 전에 그 단계에 진입한 상태였다.

비올라는 동료와의 통화를 끝낸 후 핸드폰을 손에 든 채 잠시 생각을 정리했다. 갑자기 쇼핑이 가기 싫어졌다. 일과 사생활을 구분해야 한다는 건 잘 알고 있었지만, 쉬운 일이 아니었다. 자비네가 없었더라면, 아마 벌써 집으로 돌아갔을 것이다. 가장 친한 친구와 함께 있어서 참 다행이란 생각이 들었다.

비올라가 자비네를 따라 건너편으로 가려고 서 있는데 자비네가 이상한 표정을 지었다. 놀람과 의심, 불안이 섞인 표정을.

"왜 그래?"

"너 그 남자 몰랐어?"

"누구?"

"요상한 하늘색 가방 들고 있던 남자 말이야."

비올라는 고개를 돌려 하늘색 가방을 든 남자를 찾았다. 그러나 그런 사람은 없었다.

"완전…… 특이하던데." 자비네가 평소답지 않게 조심스레 속삭였다. "쇼윈도에 있는 보라색 파나마잭 신발 사진을 찍고 있었거든. 인터넷에서 더 싸게 살 수 있나 보려고. 근데 사진에 그 남자가 찍힌 거야……. 무슨 귀신처럼. 바로 네 옆에 있었어. 이거 봐봐."

자비네는 비올라가 화면을 볼 수 있게 핸드폰을 내밀었다.

쇼윈도에 길거리가 반사되어 있고 그 뒤로 신발 진열대가 있었다. 사진 속 비올라가 손가락으로 한쪽 귀를 막고 반대쪽 귀에 핸드폰을 대고 있는데, 어떤 남자가 옆에 바싹 붙어 있었다. 흐릿한 형체가 마치 유령 같았다. 그나마 하늘색 가방이 있어서 실제처럼 보였다.

"내가 뒤돌아봤을 때, 그 남자가 네 쪽으로 몸을 기울이던 참이었어. 눈도 감고 있었고. 진짜, 음……, 네 냄새를 맡고 있는 것 같았다고."

그 말에 비올라의 등에 한기가 훅 몰려들었다. 뱃속에 커다란 덩어리가 얹힌 듯 뒤틀리기 시작했다.

어떻게 그 남자를 알아차리지 못했을까? 그렇게 가까이에 있었는데도?

"어떻게 생겼어?"

"그냥 평범해. 보통 키에 완전 금발이고, 바가지 머리에 콧수염도 금발이었어. 찌질한 마마보이 같더라. 내가 자길 보고 있다는 걸 눈치채고는 냅다 도망치던데?"

"하……, 젠장. 또 무서워."

"그럴 필요 없어. 내가 있잖아."

자비네는 비올라의 허리에 팔을 두르고 자기 쪽으로 당겼다.

"그 남잔 여자도 한번 사귀어 본 적 없는 겁 많은 미친놈일 뿐이야. 들고 있던 가방도, 세상에, 진짜 구려. 요즘에 어떤 남자가 그런 가방을 들고 다니냐!"

7

"같이 저쪽 갈래요?"

레베카 오스발트는 자신의 귀를 믿을 수 없었다. 여기에서 그런 질문을 받을 거라곤 생각지도 못했다. 어디에서나 그랬지만 특히 이곳, 6개월에 한 번씩 일주일간 치료를 받아야 하는 통증 클리닉에선 더욱 그랬다.

"나 혼자는 모르겠지만, 당신이랑은 절대 안 가죠. 어리석은 건 고칠 수 없으니까요."

레베카는 그에게 온화한 미소를 보이고는 휠체어 바퀴를 굴려 앞으로 가버렸다. 그녀는 약간 서둘렀다. 약 15분 후에 올레그 마사지사에게 마사지를 받기로 했는데, 절대 늦으면 안 되기 때문이었다. 올레그는 탄탄한 몸에, 대머리이고, R 발음을 아주 희한하게 굴리는, 엄청난 악력으로 근육을 풀어주기도 하고 강화시켜주기도 하는 러시아인이었다.

다리 한쪽이 절단된 그 남자, 점심 동안 식당에서 계속 레베카만 힐끗힐끗 쳐다보던 그가 넋 나간 얼굴로 혼자 남겨졌다. 감자수프와 시금치 사이로 보이는 그의 눈빛에 기분 나쁜 음흉함과 치근덕거림이 차고 넘치길래 레베카는 단호하게 거절 의사를 내비친 것이었다. 차라리 그가 어눌한 말투로 고백했더라면, 그냥 "미안하지만, 아닙니다."라고 했을 것이다. 게다가 레베카는 거의 이십 년째 휠체어에 앉아서 받는 저런 질문들이 정말 짜증 났다. 너그러워지려고 노력하긴 하지만 싫은 건 쭉 싫었다. 눈에 띄는 걸 꺼리는 레베카 같은 장애인에게 다른 장애인들과 관계를 맺는다는 건 그렇게 간단한 일이 아니었다.

마사지실이 모여 있는 곳으로 들어오자마자 레베카의 머릿속에서 조금 전 한쪽 다리 남자의 일이 말끔히 지워졌다. 그곳에서는 향긋한 아몬드오일 향이 풍겼고, 한쪽 구석의 작은 스피커에서 졸졸졸 흘러가는 물소리와 새소리 같은 자연의 소리가 흘러나오고 있었으며, 벽은 은은한 파스텔 톤이었고, 플라스틱으로 된 대나무가 한데 어우러져 조금 싼 티 나지만 나름 그럴듯한 분위기를 자아냈다. 정부 소속의 건강보험공단에서 운영하는 통증클리닉이라 럭셔리한 걸 기대할 수는 없었다. 중요한 건, 올레그가 마법의 손으로 레베카에게 마술을 부린다는 것이었고 레베카는 그거면 충분했다.

사실 레베카는 이번엔 마지못해 통증클리닉에 입소했다. 여기에 일주일씩이나 있어야 하는 바람에 엘베강에서 열리는 카약 경기를 포기해야 했으니까. 작년에는 참가했었는데…… 10위 안에 든 적이 없다는 건 문제가 되지 않았다. 중요한 것은 레베카가 장애인인 걸 모르는 일반인들, 그녀에게 단 일 밀리미터도 양보하지 않는 그들과 동등하게 겨룰 수 있다는 점이었다.

그러나 아쉽게도 건강보험공단에서 클리닉 일정을 잡아버렸고, 앞으로 계속 혜택을 받으려면 입 다물고 시키는 대로 하는 수밖에 없었다. 다음 날이면 드디어 집으로 가는 날. 5일은 금세 지나갔다. 레베카는 마자지사 올레그의 특이한 R 발음을 기대하는 것만큼이나 옌스 케르너와의 만남을 기대하고 있었다. 여기에 들어오는 날, 그녀의 차가 고장 나는 바람에 옌스가 그의 차인 '레드 레이디' - 미국산 픽업트럭*이고 1965년에 생산되었다 - 로 여기까지 데려다줬고, 다시 데리러 오겠다고 약속했었다. 옌스는 자

* 적재함의 뚜껑이 없는 소형 트럭이다.

기가 한 약속은 꼭 지켰다. 그와 함께라면 차 안에서 아무 말 없이 두 시간도 거뜬히 보낼 수 있었다. 그가 편했으니까.

몇 분 후, 대기실에 하얀색 클리닉 작업복을 입은 여자가 들어오는 모습을 보고 레베카는 크게 낙담했다. 그 여자는 중간 키에, 밝은 금발에, 층을 많이 낸 짧은 머리를 하고 있었다. 가슴에 있는 이름표에는 비앙카 도이터 라고 쓰여 있었다.

"아쉽게도 올레그가 오늘 아파서요. 괜찮으시면, 제가 대신 마사지해드릴게요."

레베카는 약간 내키지 않아 도망가고 싶었지만, 내면의 타고난 친절함이 도망가려는 그녀를 붙들었다. 비앙카 도이터는 R을 이상하게 굴리지 않았고 튼튼한 손도 없었고 팔뚝도 단단하지 않았다. 레베카는 힘 좋은 남자가 마사지해서 자신의 근육이 잘 이완되기를 몹시 바랐는데……

아니, 그래야만 했다. 이 지루한 통증클리닉에 정기적으로 와서 며칠씩 머무는 건 근육감소를 저지하고 몸속의 장기들을 움직이게 하기 위함이었으니까. 특히, 다리. 더 이상 제 역할을 하지 못하는 이 다리를 움직여줘야만 한단 말이다!

레베카는 여자 마사지사를 따라 마사지실로 들어가 하는 수 없이 자기의 운명을 맡겼다. 올레그는 날씨에 대한 철학적인 이야기를 끊임없이 했고, 레베카는 그의 말을 경청하고 집중해야만 했다. 그의 부드러운 R 발음에 귀 기울일 수밖에 없었다.

레베카는 휠체어에서 내려 마사지 침대로 옮긴 다음 트레이닝 바지와 윗도리를 벗고 등을 대고 누웠다.

마사지사가 전자동식 침대를 높게 올렸다.

"오늘이 마지막 날이시죠, 그렇죠?"

비앙카 도이터가 물었다.

"네, 마지막이에요. 나라에서 부르니까 가야죠."

"경찰서에 계신다면서요, 올레그가 알려줬어요."

"네, 맞아요. 그냥 행정경찰이에요."

"그러면 살인사건이나 이런 건 수사 안 하시겠군요."

레베카는 그녀의 말투에서 왠지 모를 실망감을 느꼈다. 얼마 전, 레베카 덕분에 연쇄살인범을 체포한 이후로 그녀는 자기의 직업에 대한 자부심이 좀 생겼기 때문에 이 마사지사와 약간 긴장감 있는 대화를 한 번 나눠보는 것도 괜찮겠다는 생각이 들었다. 올레그와 있을 때는 한 삼십 분을 아무 말도 못 하고 물고기처럼 누워만 있어야 했는데······.

"해요. 가끔씩 팀장님이 제 도움을 필요로 하기도 하는걸요? 중요한 수사에서는 제삼자의 시선도 늘 필요하니까요."

"와, 정말 신기하네요!"

비앙카는 레베카의 종아리를 몸으로 받치고 조금 남아있는 근육을 무릎 위로 올렸다. 통증이 심하게 느껴졌으면 레베카는 소리를 질렀을 것이다.

비앙카의 마지막 말에 어딘가 미묘한 뉘앙스가 담겨있었다. 이 마사지사가 대화 자리를 일부러 마련한 걸까? 레베카는 스멀스멀 의심이 들기 시작했다. 자기가 이 여자에게 마시지를 받고 있는 건 올레그가 아파서가 아닐 수도 있다는 의심. 이 여자는 레베카에게 무엇을 원하는 걸까?

"혹시 직업과 관련된 것 좀 물어봐도 될까요?"

그럼 그렇지. 레베카가 생각했다. 이제야 본색을 드러내시네. 부디 불법주차 딱지나 과속위반 범칙금 이런 거 면제해달라는 부탁은 하지 마시길.

"물어보셔도 돼요. 그런데 제가 답을 할 수 있을지 모르겠네요. 기밀 사항이 꽤 있어서요."

비앙카 도이터는 들은 체도 하지 않고 펄펄 끓는 주전자에서 뿜어져 나오는 수증기처럼 갑자기 말을 쏟아냈다.

"어떤 사람이 흔적도 없이 사라졌는데, 경찰이 두 손 놓고 있다면 어떻게 해야 할까요?"

"경찰이 수사하지 않는 실종 사건은 없어요."

레베카가 즉흥적으로 말했다. 경찰이 수사하지 않는 실종 사건도 있다는 걸 알고 있으면서도……. 누군가 실종되었다고 해서 당사자가 강제적으로 범인이 되거나 피해자가 되는 건 아니기 때문이다. 세상엔 단순히 사라져 버리고 싶은 사람이 있다. 그건 그들의 권리다. 모든 성인은 자신이 원하는 곳에 머물 수 있고, 그 누구에게도 설명할 필요가 없다.

"경찰이 그 남자를 쫓긴 했죠. 그런데 제 생각엔 경찰이 너무 빨리 포기했다는 거예요."

비앙카가 말했다. 그녀는 레베카의 오른쪽 다리를 어깨에 올리고 옆으로 쭉 뻗어지게끔 들어 올렸다. 지속해서 짧아지고 있는 인대와 힘줄이 조금 더 늘어날 수 있도록.

"모든 단서를 다 수사한 거 아닐까요? 의심 정황이 없을 수도 있고요."

"그렇게 말해요? 의심 정황이 없다고요?"

"네."

"괜찮은 용어네요. 좀 냉정하기도 하고요. 그래도 경찰이 해결을 못 했으니 걱정은 하겠죠?"

마지막 말에서 비앙카의 목소리 톤이 바뀌었다. 목소리가 살짝 떨렸고 절망적인 느낌도 담겨 있었다. 비앙카는 레베카의 다리를 내려놓고 허벅다리를 풀기 시작했다.

"누구 얘기예요?"

레베카가 물었다.

비앙카의 손이 멈췄다. 레베카는 등을 대고 누워 있었기 때문에 서서히 변하는 그녀의 표정이 한눈에 보였다. 처음에는 아랫입술만 떨리더니 이내 턱 전체가 부들부들 흔들렸다. 곧바로 눈꺼풀이 요동치기 시작했고, 눈에 눈물이 차올랐다.

"죄송해요."

비앙카가 레베카를 두고 몸을 돌려 창가로 갔다. 그녀는 울고 있었다.

"울지 않으려고 했는데……."

그녀의 목소리가 갈라졌다. 어깨도 움츠러졌다.

"미안해요……. 다시 시작할게요……."

레베카가 몸을 일으켜 팔꿈치로 지탱했다. 유리창에 그녀의 얼굴이 비쳤다. 흐릿하고 생기 없는 얼굴. 낙담한 얼굴.

"산드라 이야기예요. 제 딸이요⋯⋯." 마침내 비앙카가 속삭였다.

레베카가 옆에 있는 눕혀지는 의자를 톡톡 두드렸다.

"자, 이리로 오세요. 저한테 얘기해 줘요."

비앙카는 머리를 흔들었다.

"그래선 안 되잖아요. 당신은 환자로 여기에 온 거니까요."

"그게 무슨 상관이에요. 또 알아요? 내가 도와줄 수도 있을지?"

그제야 비앙카는 몸을 돌리고 종이 타월로 눈물을 훔쳤다.

"정말요?"

"약속할 순 없지만, 시도는 해 볼 수 있어요."

비앙카는 눕혀지는 의자로 돌아와 가장자리에 걸터앉고는 코를 팽 풀었다.

"제 딸⋯⋯ 산드라⋯⋯ 그 애는 이 년 전에 실종됐어요. 그때 스무 살이었고요."

"그래도 경찰이 산드라를 분명 찾아다녔을 텐데요."

"네. 그랬죠. 그렇지만⋯⋯ 산드라가 당시 약간 우울해했거든요, 어쨌든 담당 형사님이 자살했을 거라고 했어요."

"그걸 믿지 않는 거고요?"

비앙카가 고개를 끄덕였다.

"절대 그럴 리가 없어요. 산드라는 그럴 애가 아니에요. 그 앤 승부욕이 넘치는 아이였어요. 절대 쉽게 포기 하지 않았거든요. 그런 일을 벌일 이유가 전혀 없었어요. 정말로."

레베카는 속으로 마사지와 작별 인사를 하고 허리를 세워 앉았다.

"우리 어디 조용한 데서 이야기 나눌까요?"

레베카가 제안했다.

8

[얼마 전]

그녀의 몸은 상처투성이였다. 여기저기 안 아픈 데가 없었다. 특히 머리, 조금만 움직여도 머리가 터져버릴 것 같았다. 무슨 일이 있었던 거지? 기억나는 거라곤 절벽 위에 서 있는 자신의 모습, 그리고 추락 후의…… 암흑뿐이었다.

"이제 좀 정신이 들어?"

그가 아직 여기에 있었다. 아주 가까이에. 그가 그녀의 머리에 단단하게 묶여있는 눈가리개를 찢어 버렸다. 눈가리개의 거친 천이 눈동자를 너무 세게 압박하고 있어서 눈가리개를 풀었는데도 앞이 잘 보이지 않았다. 형체를 인식하려고 눈을 연신 깜빡였지만 불빛과 그림자와 어떤 움직임만 보일 뿐이었다. 그녀는 확신할 수 없었다. 그것이 어디선가 불쑥 쏟아지는 불빛이었는지 아니면 쉴 새 없이 머리를 가격당함으로 인해 느껴지는 머릿속의 울림이었는지.

그녀는 의자에 묶여있는 상태였다. 그것만은 분명했다. 공기는 미지근했고 케케묵은 먼지 냄새가 진동했다. 남자의 접근이 생각을 마비시켰다. 끔찍한 공포가 덮치고 있었다. 지금은 언젠가는 나른한 전율을 느끼며 깨어날 악몽이 아니라 현실이라는 것을, 비참하고 믿을 수 없는 실제상황이라는 것을 비로소 깨달았다.

그에게 집중하려고 신경을 바짝 세웠다. 그러나 흐리멍덩한 정신에 지배당하고 있는 상태에서는 쉽지 않았다. 게다가 그는 방 안을 이리저리 부단하게 움직이면서도 이상하게 그녀 쪽으로는 오지 않았다.

그는 그녀가 자기의 질문에 반응할 수 있게끔 여자의 눈을 정면으로 때리는 강렬한 빛 앞으로 느릿느릿 걸어갔다. 저렇게 뜨거운 열기를 내뿜는 빛이라면 엄청나게 센 조명이 틀림없었다.

"아……안보여요……."

"그래, 그렇지. 원래 다 그렇잖아, 안 그래? 이제부터 내가 네 눈을 열어주지."

그의 말이 들리긴 했지만, 무슨 뜻인지 이해하지도 못했고 이해하고 싶지도 않았다. 저 남자가 뭐라고 지껄이든 상관없었다. 머릿속은 정전상태나 마찬가지였고 무시무시한 의문만 점점 더 빠르게 휘몰아치고 있었다.

저 남자가 나한테 무슨 짓을 하려는 걸까?

"내 눈동자가 어떤 색이지?"

오른쪽에서 들려왔다. 꽤 먼 거리였다. 그래서일까? 그의 숨결이 아직은 느껴지지 않았다.

"저…… 전 못 봤어요!"

"전에도 나를 그렇게 봤으면서 몰라? 계속 봤잖아. 네 주변에 얼마나 자주 있었냐고. 그런데 내 눈 색깔을 기억 못 해? 이거 아주 실망이네."

그는 방안 여기저기로 옮겨 다니며 쉬지 않고 말했다. 그의 목소리도 그에 발맞춰 사방에서 들리는 듯했다.

그녀는 목소리를 따라 머리를 이쪽저쪽으로 돌렸다. 어지럽고 매스꺼웠다.

"내 머리 스타일 말해봐."

그가 명령했다. 뒤쪽 어딘가에서.

"내 체형 말해봐."

이번엔 왼쪽이었다.

"내 키는 얼마나 되지?"

그가 또다시 거대한 조명 앞으로 천천히 걸어왔다. 그녀의 눈엔 오로지 윤곽만 보였다. 커다랗고 까맣게. 다리, 팔, 머리. 자세한 건 보이지 않았다. 눈의 초점을 맞추려 죽어라 애썼지만, 눈과 뇌가 따로 놀았다.

"제발…… 저 좀 보내주세요."

그녀가 애원했다. 눈물이 부서져 떨어졌다.

"가고 싶어?" 그가 맥없이 웃었다. "오호라, 그래, 너도 가게 되겠지. 꽤 오랫동안 넌 다른 건 아무것도 하지 않을 거야. 그런데 그 전에 말이야……."

그가 말을 멈추고 조명에서 오른쪽으로 나갔다. 더 이상 눈이 부시지 않았기 때문에 아까보다 더 잘 보였다. 그러나 그녀는 그 즉시 시야가 더는 뚜렷해지지 않기를 바랐다.

그의 손에 들린 커다란 가위. 가위의 날이 방 전체에 날카로운 반사광을 흩뿌렸다.

"……여기서 마무리해야지."

"집에 가고 싶어요……. 제발!"

그녀의 공포가 비명으로 터져 나왔고 또 다시 눈물이 흘렀다. 가위는 기다랗고 뾰족했고 새것처럼 광택을 내고 있었다. 가위를 보자 배가 구겨지듯 쪼그라들었다. 저 가위로 자기를 찌를 테니.

"예쁘게 얌전히 있으면 하나도 아프지 않을 거야. 약속할게."

어느새 그는 또 뒤에 서 있었다. 그녀는 자신의 고통스러운 통곡 속에서 가위의 양날이 창창 거리며 맞물리는 소리를 계속 듣고 있어야만 했다. 눈을 질끈 감고 찢어지는 아픔을 기다렸다. 차가운 금속의 전율이 등으로 스며들었다. 그런데 통증이 느껴지지 않았다. 그는 몸을 찌른 것이 아니라 머리카락을 잘랐다!

"아니……, 안 돼!"

그녀가 본능적으로 머리를 마구 흔들어댔다.

그의 손이 그녀의 긴 머리칼 속에 가려져 있는 이마를 움켜잡고 머리통을 뒤로 홱 젖혔다.

"가만히 있어!" 그가 속삭이며 외쳤다. "안 그러면 내가 널……."

그가 그녀의 눈앞에 가위를 들이밀었다.

"싹둑싹둑, 잘근잘근. 귀를 잘라 버릴 거니까."

그녀는 계속 울부짖으면서도 가만히 있었다. 머리카락이 바닥에 원을 이루며 떨어지는 동안……. 그녀의 아름다운 머리, 기다랗고 윤이 나는 부드러운 머리칼이 먼지 더미 속에 뒹굴었다. 그가 그녀의 소중한 일부였던 머리카락을 잘라 죽인 것처럼, 그 순간엔 그녀도 바닥에 널브러진 수천 가닥의 머리카락과 똑같이 죽은 것 같았다. 그가 차가운 날로 그녀의 민머리를 쉼 없이 문지르자 몸이 움찔거렸다.

가만히 있어, 가만히 있자. 그녀가 속으로 말했다. 얌전히 있으면 살려준다잖아.

소름 끼치는 작업은 몇 분이 채 걸리지 않았다.

눈물이 그렁그렁해서 조명 앞에 다시 나타난 그의 모습이 흐릿하게 보였다. 그러나 이제 더 이상 윤곽도 없고 디테일도 없는 스케치처럼 보이지 않았다.

"너는 오랜 시간 동안 이 머리카락으로 너무도 많은 걸 누렸어. 여기서는 필요 없어."

불쑥 톤이 낮은 지이잉 소리가 났다. 무슨 소리인지 즉시 알아챘다. 전기면도기!

그가 그녀의 뒤로 와서 부드럽게 머리에 손가락을 얹었다.

"조금만 더 가만히 있어. 그러면 다 끝나."

면도기가 남은 머리카락 사이를 비집고 들어가 머리를 반으로 갈랐다. 그는 그녀의 머리통을 이쪽으로 숙였다가 저쪽으로 숙이며 천천히 그리고 세심하게 머리카락을 밀었다. 그의 손길은 부드러웠다. 솔직히 다정하게 느껴지기까지 했다. 그녀가 움찔하면 그는 어린아이 대하듯 달래주었다.

"이제 거의 다 했어."

그가 또 같은 말을 했다.

언젠가는 정말 끝나겠지. 바닥은 온통 내 머리카락으로 뒤덮여 있겠지. 머리카락이 반지 모양으로 날 두르고 있겠지. 머리의 느낌이 너무 이상했다. 너무나 가볍고, 너무나 차가웠다.

"자, 네 모습이 어떨지 기대되지? 그렇지?"

그가 빛줄기를 뚫고 휙 지나가더니 잠시 뒤 손거울을 갖고 그녀 앞으로 다가왔다. 그녀에겐 선택권이 없었다. 보는 수밖엔.

그녀의 모습은 충격적이었다.

거울 속의 저 사람, 저거 나 아니지?

말도 안 돼!

삐쩍 마르고 딱지들이 듬성듬성 앉아있는 민머리. 아직 남은 머리칼 몇 가닥이 삐죽삐죽 튀어나와 있는 저 대머리. 너무 큰 귀, 온갖 상처와 멍과 떼로 끔찍하게 일그러진 얼굴.

더 이상 보고 싶지 않았다. 두 눈을 질끈 감아버렸다.

"봐. 내 작품이야."

고개를 흔들면서 눈꺼풀을 꽉 다물었다. 그러나 소용없었다. 그 참담한 몰골은 이미 망막에 박혀버리고 말았으니.

"네가 봤으면 좋겠다. 진심."

그의 목소리는 완고했다. 살아남으려면 시키는 대로 해야 한다는 걸 그녀는 알고 있었다. 하는 수 없이 눈을 떴다. 여전히 거울이 앞에 있었다. 추한 얼굴이 곧장 눈으로 달려들었다.

"어때? 소감 좀 말해봐."

아무 말 없이 거울을 응시했다. 충격이 그녀를 마비시켰다.

"음, 나는 만족해. 그런데 하나가 빠졌어. 색도 없애야지. 이리 와, 달링, 내 인생의 빛, 너에게 보여줄 장소가 있어. 모든 게 똑같은 곳이지. 그곳에선 그 누구도 다른 사람보다 아름다울 수 없거든."

9

햇볕이 무자비하게 도시를 내리쬐고 있었다. 벌써 몇 주째 아스팔트도, 포장도로도, 벽도, 온 사방이 펄펄 끓는 열기를 품고 있었다. 비올라는 도시 전체가 거대한 토스트기 같다면서 토스트기의 열선이 자기를 굽고, 저 높은 곳 부드러운 하늘의 눈부신 태양이 모든 걸 태우고 있는 것 같다고 생각했다.

사람들은 최대한 얇게 입고 있었다. 모두들 건물 사이의 그늘진 공간을 찾아다니고, 아이스크림 가게 앞마다 긴 줄이 즐비하고, 사잇길이나 뒷골목에는 에어컨 실외기가 전속력을 다해 돌고, 그 옆에서는 지열이 지글지글 생성되고 있었다.

에어컨이 시원하게 틀어져 있는 칼슈타트 백화점에 들어서니 세상 행복했다. 밖이 너무 더워 등에 파란색 윗옷이 척 들러붙고 머리에 땀방울이 솟아났다. 땀 냄새도 나는 것 같았다. 이런 날씨에는 땀에 전 수많은 사람들이 들락날락하는 날이니까 옷을 입어보고 그럴 수가 없었다. 그러나 자비네는 그런 두려움 따위 집어던지고 전쟁에 나가는 용감한 무사처럼 앞으로 나아갔다.

"일단 속옷 먼저 보자. 그러고 나서 우리 엄마가 좋아하는 드라마 있거든? 변두리에 사는 여자들이 서로 못 잡아먹어서 안달나는 뭐 그런 내용인데, 우리 엄마가 엄청 좋아해. 아무튼 그 드라마 굿즈 좀 사러 가자."

여성의류가 2층에 있어서 둘은 에스컬레이터를 타고 올라갔다. 날씨가 더운 데도 백화점은 꽤 북적였다.

비올라의 눈꼬리에 뭔가 파란 것이 잡혔다. 하늘색 가방이다! 그 생각이 머릿속을 쏜살같이 뚫고 들어왔다. 하지만 그쪽을 바라봤을 땐, 수영복 판매대 입구에 파란 원피스 수영복을 입고 망보고 있는 마네킹만 있을 뿐이었다.

자비네는 그 가방을 자세하게 묘사해주었다. 가방을 들고 있던 그 남자보다 훨씬 더 자세하게.

"가방 브랜드 중에 스카우트 있잖아. 거기 것 같았어. 요즘 것은 아닌 거 같아. 요새 그런 거 사려고 해도 없을 걸……. 좀 크고 각지고 세로보다 가로가 더 길었어. 한가운데 무슨 노란색 글씨가 있었고. 밝은 파란색이었는데……, 때가 좀 타 있더라. 약간 해진 것 같은 밝은 파란색이었어. 또, 가장자리에 술이 달려있었는데 더러웠고. 그니까 어떤 애가 한 몇 년을 줄기차게 그 가방만 메고 학교에 다닌 것 같더라고."

자비네의 손에는 벌써 속옷 세트가 두 개나 들려있었다. 비올라는 아직 란제리 쪽을 구경도 못 했는데 말이다.

"나도 좀 필요할 것 같아서." 자비네가 눈가와 입가에 앙큼한 미소를 지으며 말했다. "사실 체육관에 있는 카르스텐 있잖아……. 내 생각엔, 걔가 날 좋아하는 것 같아." 그녀가 브래지어를 가슴 앞에 댔다. "나는 빨강이 어울리잖아!"

"빨강은 너 때문에 생긴 색이지!" 비올라가 맞장구쳐주며 진열대에서 눈에 띄는 보라색 사각팬티를 집어 들었다. "근데 이게 더 나아 보이는데!"

비올라가 진심으로 한 말이 아니었지만, 자비네는 얼른 잡아채 자세히 살펴보았다.

"그렇네……, 괜찮네……. 보라색도 괜찮구나. 허억. 80유로, 너무 비싸다!"

자비네는 실망감에 보라색 사각팬티를 다시 내려놓았다.

둘은 속옷을 파는 곳에서 비키니 쪽으로 넘어가서 셔츠를 파는 곳까지 슬슬 걸었다. 비올라는 어깨끈이 없는 탑을 찾다가 맘에 드는 걸 발견하고 탈의실로 갔다. 탈의실 복도 가장 끝에 빈 캐비닛이 있어서 그 안으로 미끄러지듯 들어갔다. 그동안 자비네는 주변을 돌아다니며 뭘 살지 고르고 있었다.

밖에서 잔잔한 음악이 흘러나왔다. 비올라는 사람들이 서로 이야기하는 걸 들으며 친구가 가까이에 있는 걸 알면서도 왠지 외롭고 불안한 마음이 들었다. 여기저기 떠돌던 생각은 존넨베르크 할머니에게까지 다다랐다. 아무리 마음을 단단히 먹어도 내일은 많이 힘들 것 같았다.

그때 갑자기 거울 달린 캐비닛의 뒷벽에서 무슨 소리가 났다. 손톱으로 긁는 것 같은 소리. 탈의실엔 다른 캐비닛들도 있었다. 그래, 누가 옷을 갈아입다가 낸 소리겠지. 그러나 그 소리는 뒤쪽 캐비닛의 기다란 의자에서 들렸다.

비올라는 서둘러 탑을 입어보기 위해 머리 위로 윗옷을 벗었다. 귓가에서 윗옷이 바스락거렸다. 바스락 소리 사이로 누군가 자기의 이름을 부르는 것 같았다.

"비올라……."

속삭임. 뒤쪽 어딘가에서 거친 목소리가 들렸다. 비올라는 그 대로 멈춰 이마를 찌푸리고 다시 귀 기울였다.

"비올라……."

깜짝 놀라 캐비닛 뒷벽에서 물러났다. 벽 너머에 정말 누군가 있었다.

손톱으로 나무를 긁는 소리가 또 들렸다. 비올라는 꼼짝없이 굳어버렸다. 공포의 압박이 다시 찾아와 그녀를 마비시켰다. 숨통 을 조여왔다. 그대로 서서 벽을 쳐다보고 있을 수밖에 없었다.

"비올라?"

자비네였다. 친구의 목소리에 비올라는 무감각 상태에서 겨우 벗어났다. 마침내 커튼을 열어젖힐 힘이 생겼다. 그녀는 브래지어 차림으로 탈의실 복도로 뛰쳐나와 자비네를 와락 끌어안았다.

"너 여기에 있었어? 난……, 뭐야, 무슨 일이야? 귀신이라도 본 거야?"

"그 남자가 저기에 있어." 비올라가 갈라진 목소리로 속삭였다.

"반대편에."

더 이상 설명이 필요하지 않았다. 자비네는 더 물어보지 않았다. 즉시 상황을 파악하고 팔에 산더미처럼 걸려있던 옷을 바닥에 떨어뜨리고는 탈의실을 끝으로 달려가 반대편으로 돌진했다. 비올라도 반나체로 그녀를 따라갔다. 커튼이 닫혀있는 반대편의 첫 번째 캐비닛 앞에서 자비네가 커튼을 확 젖혔다.

아무도 없었다.

캐비닛 안의 얇고 기다란 의자에는 80유로짜리 보라색 사각팬티가 놓여 있었다.

10

레베카 오스발트는 사진을 한참 동안 들여다봤다.

사진 속 젊은 여자는 정말 아름다웠다. 길고 어두운 금발 머리, 매력적인 눈매, 긴 속눈썹, 이목구비가 완벽하게 조화를 이루고 있는 얼굴.

그녀의 미소는 환하게 맑았고, 치아도 가지런하게 곧았다.

"제 딸의 최종 목표는 가수가 되는 거였어요. DSDS*를 한 편도 빼지 않고 다 봤어요. 저는 딸아이가 그런 쓸데없는 방송을

---

* 《독일의 슈퍼스타를 찾습니다.(Deutschland sucht den Superstar.)》라는 텔레비전 방송 프로그램으로 아메리칸 아이돌과 비슷한 방식의 오디션 프로그램이다.

보는 게 정말 싫었어요. 그 문제로 딸과 저는 자주 다퉜죠. 허무맹랑한 이상에 맞추느라 점점 말라가는 딸을 보고 있자니, 하……, 정말 도저히 참을 수가 없었어요. 내가 뭘 요리해주든 참새가 모이 먹듯 먹었으니까요."

비앙카는 머리를 절레절레 흔들며 핏기없는 입술로 한탄한 미소를 지었다.

"제 딸은 무언가를 시작하기로 마음먹으면, 자신에게 엄한 잣대를 들이대는 아이였어요. 용맹한 승부사 같았거든요. 그래서 그 애가 그런 끔찍한 일을 저질렀다는 걸 도무지 믿을 수 없는 거예요."

레베카는 비앙카의 사라진 딸 이야기를 더 자세히 듣기 위해 마사지 치료구역을 빠져나와 카페로 자리를 옮겼다. 가슴 속에 담아 두었던 모든 이야기를 털어놓는 게 절망에 빠진 사람에게 얼마나 도움이 되는 일인지 레베카는 그녀를 보며 느낄 수 있었다.

레베카는 올레그가 아픈 게 아니라, 비앙카와 함께 계획한 일이란 걸 확신했다. 어쨌든 올레그는 레베카가 살인 사건 전담 수사반에서 담당 직원으로 일하고 있다는 것과 가끔 그녀의 상사가 사건 속에서 갈피를 잡지 못할 때 도움을 주고 있다는 것을 알고 있었다. 사실 그녀는 행정 경찰이기 때문에 행정업무만 맡으면 되었지만, 미스터리한 문제나 복잡한 사건의 실마리를 푸는 데 두각을 나타냈다. 그녀의 뇌는 그런 부분에 있어서 다른 사람들과 다르게 돌아갔다. 그래서 인터넷으로 방을 예약한 소녀들이 속수무책으로 사라지던 죽음의 집 사건 당시에도 레베카가 수사에 큰 도움이 되었다.

"딸과의 싸움이 실종과 어떤 연관이 있을까요?"

"당시에 경찰도 그렇게 묻긴 했어요. 그렇지만 그날 밤 이후로 매일 나 자신에게 물었어요. 나와의 싸움 때문일까? 라고요. 그렇지만 제 딸이 내 가슴에 그런 대못을 박을 리가 없다고 믿어요. 저와 싸우고 반항심에 집을 나간 후에도 딸은 계속 연락을 했으니까요. 평범한 모녀지간의 말다툼이었지 그렇게 심각하지 않았어요."

산드라는 다르게 생각했을 수도 있겠군. 레베카가 속으로 말했다. 첫눈에는 소녀가 애교 있고 내성적인 아이로 보였지만, 자세히 들여다보면 눈에 강인함과 자신감이 서려 있었다. 십 대들은 자신이 꼭 이루고 싶은 꿈과 관련된 일에 과격한 반응을 보이는 경우가 종종 있다. 레베카는 십 대 시절 기록경기에 집착하며 자기 부모님을 힘들게 했던 걸 떠올렸다. 당시 부모님이 운동을 못 하게 했을 때, 정말 화가 머리끝까지 차올랐었다. 그녀의 반항은 부모님과의 잦은 싸움으로 이어졌고, 결국엔 그녀를 휠체어 신세로 내몰았다.

"산드라는 그때 오디션 프로그램에 뽑혔었어요."

"정말요?"

"네. 근데 경쟁자가 너무 많아서 끝까지 가진 못했죠. 그래도 계속 도전하더라고요. 저는 제대로 된 교육을 좀 받아보라고 강요했어요. 산드라도 제 말을 따랐고, 그래서 사진사 교육을 받기 시작했어요."

"산드라가 실종됐을 때, 산드라는 어떤 상황이었어요?"

비앙카가 쓴웃음을 지었다.

"엄마가 이렇게 말하는 게 참 이상하게 들린다는 거 나도 알아요. 하지만, 나도 모르겠어요. 정말로요. 산드라는 작은 방을 하나 얻어서 살고 있었어요. 그땐 우리 둘 사이가 가장 안 좋을 때였고요. 서로 대화도 안 했으니까……."

비앙카가 마른 침을 삼키고 입술을 꾹 다물었다. 그녀의 눈에 금세 눈물이 맺혔다. 레베카가 비앙카를 안아줘야 하나 고민하는 사이, 비앙카는 이미 마음을 다잡았다. 딸을 잃은 지 2년이 지난 후, 그녀는 터져 나오는 감정을 추스르고 차단하는 데 도가 튼 것 같았다.

"그럼 산드라가 사라진 걸 누가 알아냈죠? 당신인가요?" 레베카가 물었다.

비앙카는 눈을 감고 고개를 흔들었다.

"산드라의 사장이요……. 사장이 말하길, 산드라가 일주일을 일하러 나오지 않더래요. 전화도 않고 나오지 않으니까 화가 났다고 하더라고요. 그러다가 연락이 계속 안 돼서 걱정이 되니까 나한테 전화한 거였어요. 우리도……, 우리도 몰라요. 정확히 언제 사라진 건지……. 경찰도 밝혀내지 못했고요."

"남자친구 있었나요?"

"제가 알기론 없었어요. 그런 낌새가 전혀 없었거든요. 그리고 전에 산드라와 함께 살 때, 이런 말을 한 적이 있어요. 남자친구는 자기 경력 쌓는 데 방해된다고요."

"놀랍네요."

비앙카가 미소 지었다.

"우리 딸은 정말 특별한 아이였어요."

"네, 정말 그런 것 같아요."

레베카는 산드라의 사진을 돌려주려 했지만, 비앙카가 고개를 저었다.

"가지고 있어주세요. 난 충분히 많아요. 처음엔 사람들에게 수십 장을 나눠주곤 했어요. 그런데 한 일 년 전부터 아무도 우리 딸 이야기를 듣고 싶어 하지 않더군요. 도와주는 건 말할 것도 없이 거절했고요. 나는 그래도 계속 사람들을 귀찮게 했고, 사람들은 날 욕했어요. 당신과 이런 얘기 하는 게 나한테 얼마나 큰 모험인지 아마 상상도 못 할 거예요. 우리 사장님이 아시는 날엔 제법 큰 문제가 생길 테니까……. 그래도 그냥 있을 순 없었어요. 나는 우리 딸, 못 잊어요. 이제 2년밖에 안 지났잖아요……."

비앙카의 목이 또다시 잠겼다. 하지만 이번엔 눈에 눈물이 고이지는 않았다.

"사장님한테는 절대 아무 말도 하지 않을게요." 레베카가 비앙카를 안심시켰다. "그런데 솔직히 말해서 내가 도와줄 수 있을지는 모르겠어요. 산드라는 실종됐을 당시에 여기 헤센에 살았잖아요. 내 관할 구역은 함부르크에요. 만약 내 친한 동료가 이 사건에 마음이 쓰여서 재수사하고 싶다고 해도, 관할 구역이 아니라서 불가능해요."

"아……. 함부르크에서 일하는지 몰랐어요."

비앙카가 실망감을 감추지 못했다. 고개를 떨구고 하얀색 테이블 보 위에 깔린 분홍색 천의 모서리를 만지작거렸다.

"음, 그래도요." 레베카가 입을 열었다. 솔직히, 이 낯선 여자의 아픔과 실망을 그냥 두고만 볼 수 없었다. "사무실로 돌아가면, 주변 지역에 비슷한 사건이 있는지 조사해 볼게요. 어쩌면 사건이 새로운 국면을 맞이할 수도 있으니까요."

"정말요?"

비앙카의 눈빛이 다시 희망의 눈빛으로 바뀌었다.

"한 번 해볼게요. 그래도 약속은 못 해요."

"그럼요. 약속 안 해도 돼요. 내가 받을 수 있는 도움은 다 받을 거예요."

"그런데 조건이 있어요."

레베카가 분명하게 말했다.

"뭐예요?"

"올레그 말이에요. 오늘 나 마사지해 주기로 한 거. 그 사람 아픈 거 아니죠, 그렇죠?"

비앙카는 웃을 수밖에 없었다.

"네, 올레그는 멀쩡해요. 이리 오세요. 올레그한테 데려다줄게요."

11

"나는 종일 혼자 여기에 죽치고 있고, 너는 밖이나 싸돌아다니냐!"

"간병인이 같이 있었잖아!"

자비네가 받아쳤다.

"날 견디지도 못하는 멍청한 러시아 년이야! 나도 더는 못 견디겠다고! 내 딸이 날 돌봐야지, 어디 알지도 못하는 년이 날 돌봐!"

"엄마, 나도 온종일 집에만 있을 수 없잖아."

"왜 못 해? 직장도 없는 게 무슨."

마지막 말이 친구의 가슴에 얼마나 큰 비수로 꽂혔을지, 비올라는 잘 알고 있었다. 자비네는 입술을 꽉 깨물고 울분을 힘겹게 삼켰다. 저 가슴 속에 층층이 쌓여있을 울분을.

"혈액투석은 좀 어떠세요?"

분위기 전환을 위해 비올라가 물었다.

비올라와 자비네는 조금 전에 자비네와 함께 사는 그녀의 엄마 집에 도착했다. 비올라는 함부르크 시티에서의 오랜 쇼핑과 뼛속까지 파고든 충격에 완전 녹초가 되어 버렸다. 자비네가 그녀를 진정시키려고 노력했지만, 제대로 성공하지는 못했다. 대체 누가 캐비닛에 보라색 사각팬티를 가져다 놓은 건지, 누가 비올라의 이름을 속삭여 부른 건지, 아니면 비올라 혼자 착각하고 있는 건지, 도무지 알 수 없었다. 어쨌거나 그 일로 인해 비올라는 쇼핑을 하고 싶은 마음이 싹 사라져 버렸다.

"피야 들어갔다가 다시 나오고 그러는 거지. 뭐 특별하게 돌아가겠니?" 자비네의 엄마가 짜증 내며 톡 쏘아붙였다. "너희는? 옷이며, 화장품이며, 이딴 거에 또 돈이나 펑펑 쓰고 왔냐? 있지도 않은 돈을?"

"엄마, 돈 필요해?"

자비네의 새로운 공격성이 이빨을 드러내기 시작했다.

"그래, 나 신경세포 필요하다. 그리고 딸도. 날 돌봐줄 딸."

자비네는 눈을 감고 고개를 저었다. 자비네가 다시 눈을 떴을 때, 비올라는 친구 눈빛의 변화를 알아챘다.

"엄마, 그거 알아? 나 이제 지쳤어. 이제 더는 못 참겠다고……"

자비네가 바닥에 놓여있던 쇼핑백 두 개를 잡아챘다. 쇼핑백 하나에는 엄마가 좋아하는 드라마의 포스터가 들어있었는데, 그 포스터는 조금 전 시내에서 30유로나 주고 산 거였다. 돈도 없으면서.

"가자, 비올라. 네 집으로 가자."

자비네는 비올라를 기다리지도 않고 집을 나섰다. 비올라는 잠시 쭈뼛대다가 자비네의 엄마와 눈이 마주쳤다. 60대 여자의 쓸쓸한 엄격함이 담겨있는 눈빛이었다.

"걱정 마세요. 제가 잘 데리고 있다가 다시 데리고 올게요!"

비올라가 낮은 목소리로 말했다.

자비네의 엄마는 어떤 언급도 하지 않았고, 비올라의 미소는 뭉개져 버렸다. 사실, 지금까지 친구의 엄마와 인사만 했을 뿐 특별히 잘 아는 사이가 아니라서 그동안 자비네가 말해온 엄마의 모습이 진짜일 거라고 믿지 않았었다. 엄마라면 누구나 자식을 사랑하고 자식이 행복하길 바라는 거니까!

자비네 엄마의 엄한 눈길에 어찌할 바를 몰라하며 비올라는 방을 나섰다. 자비네는 말 한마디 없이 밖으로 나가 계단을 내려 갔다. 길 위에 다다른 그녀는 잠시 멈춰 서서 숨을 깊게 들이마시 더니 흐르는 눈물을 억지로 참았다.

"네 제안 아직 유효해? 나 네 집에서 자도 돼?"

"네가 원하면 언제든."

"이틀이나 사흘 밤만. 엄마한테 나도 이럴 수 있다는 걸 보여 주려고."

"네가 원하면 언제든 괜찮아. 너도 알잖아."

자비네가 비올라를 끌어안았다. 둘은 잠시 동안 꽉 안고서 서 로의 슬픔을 나누었다. 둘은 기쁨과 아픔을 함께 나누는 베스트 프렌드였다. 비올라는 자비네가 떨고 있는 걸 눈치챘다. 체구는 작지만 강한 자비네, 모든 일을 해내는, 절대 포기하는 법이 없는 친구가 울고 있었다. 비올라는 가슴이 찢어졌다.

"됐어. 이제." 자비네가 코를 훌쩍이며 팔을 풀었다. "가자. 하. 집에 가서 공포영화나 한 편 봤으면 좋겠다."

비올라의 집은 그렇게 멀지 않아서 버스나 지하철을 탈 필요 가 없었다. 자비네가 턱을 앞으로 쭉 내밀고 어깨도 쫙 펴고 성큼 성큼 앞으로 걸어갔다. 자비네와 함께 보낸 고등학교 시절이 떠올 랐다. 둘은 고등학교 때 알게 되었고 처음부터 서로를 마음에 들어 했다. 자비네의 직설적인 성격이 내성적인 비올라에게 참 인상적이었다. 그러나 비올라는 친구의 모습 뒤에 숨겨진 여린 부분도 잘 알고 있었다. 자비네는 도움을 받을 일이 별로 없었지만, 도움을 받아야 할 일이 생기면 빗장을 풀고 영혼까지 전부 내려놓는 사람이었다. 그러고는 마지막엔 눈물을 흘리는……. 머지않아 그런 날이 올 것 같았다. 아직은 자비네가 뚜껑이 열리지 않게 잘 붙들고 있지만, 오래 가진 않을 것 같았다. 그녀의 엄마의 공격이 너무 독했으니.

비올라는 복도에서 우편함을 열었다. 우편함이 꽉 차 있어서 전단지가 밖으로 터져 나왔다. 안에는 수신인 부분이 투명한 비닐로 되어있는 우편물 세 개가 있었는데, 고지서나 은행에서 온 우편인 듯했다.

자비네가 난잡하게 꾸며진 커다란 배달 음식 전단지를 손에 들었다.

"푸드투유……, 좋네……, 너무 배고프다. 우리 여기서 시켜 먹자!"

12

통증클리닉에서의 저녁은 무료함을 넘어선 따분함의 연속이었다. 레베카는 지루한 걸 특히 싫어했고 텔레비전 시청도 이미 질리도록 한 상태였다. 솔직히 아까 한쪽 다리의 그 카사노바와 약속을 잡았더라면, 지금쯤 근처 술집에서 발바닥에 땀이 나도록 춤을 추고 있을지도 모를 일이었다. 그러나 그 카사노바는 분명 휠체어에 앉아있는 여자와 춤을 춰본 적이 없을 테니 잘 추진 못했을 거다.

레베카의 시선이 이바르에게 옮겨갔다.

레베카는 휠체어를 '이바르'라고 불렀다. 소나무 재질의 이케아 의자 중 이바르 라는 모델명에서 따온 건데, 함부르크 집에 그 이케아 의자가 몇 개 더 있었다. 앉기에는 너무 덜거덕거려서 별로이지만, 화분을 놓거나 옷가지를 걸기엔 안성맞춤이었다.

이바르가 비어있으면, 레베카는 늘 가슴 한켠이 시렸다. 이바르와 레베카는 떼려야 뗄 수 없는, 아니 떨어질 수 없는 관계였다. 인간과 사물 사이에서만 가능한 딱 그만큼의 관계. 애증의 관계. 의존적인 관계. 필요악.

그만. 레베카가 속으로 생각했다. 아예 시작을 말자.

레베카는 자신이 정한 금지된 생각에서 벗어나기 위해 핸드폰을 집어 들고 옌스에게 문자 메시지를 썼다. 그의 핸드폰에는 왓츠앱*이 깔려있지 않아서 - 아마 앞으로도 없을 거다 - 레베카는 아직도 옛날 방식으로 메시지를 써야 했다.

시계가 벌써 자정을 향해 나아가고 있었으나, 레베카는 옌스가 잠을 적게 잔다는 걸 잘 알고 있었다. 그가 아직 깨어있을 확

---

* 세계적으로 많이 쓰이는 채팅 앱이다. 카카오톡과 비슷하다.

률이 매우 높았다.

《지금 나 좀 데리러 와줄 수 있어요? 여기 진짜 지옥이에요. 》 레베카가 이렇게 썼다.

옌스의 답장은 언제나 한참을 기다려야 한다는 걸 알고 있었기에, 그녀는 인터넷에 접속하여 페이스북 검색 창에 산드라 도이터를 입력했다. SNS를 제일 먼저 확인하는 건 레베카만의 원칙이었다. 옌스는 그에 찬성하는 입장이 아니었지만, 그녀에겐 매우 중요한 일이었다.

산드라의 계정은 삭제되어 있었다.

그러나 구글에서는 기사 몇 개가 검색되었다.

'젊은 모델지망생 흔적도 없이 사라져'라는 제목의 기사를 클릭하고 해당 기사를 읽었다. 핸드폰이 문자 메시지 도착을 알렸다.

옌스가 사진 한 장을 보냈다. 굉장히 이상한 사진이었다.

《부상당함. 》 사진 아래에 덧붙여져 있었다. 레베카는 소스라쳤다.

너무 급해서 서둘러 찍느라 흔들린 것 같은 사진에는 억지스레 카메라를 바라보는 옌스의 모습이 담겨 있었다. 그의 손은 입안에 있고 턱과 목은 피범벅이 되어있었다. 셔츠도 마찬가지였고.

《세상에. 대체 무슨 일이에요?》레베카가 엄지손가락으로 화면을 탁탁 두드렸다.

또 답이 한참 걸렸다. 느려터진 답장 속도에 레베카는 정말 미쳐버릴 지경이었다.

《전설 속에 나오는 창백한 여자를 잡았지. 귀신은 아님. 》

옌스가 사진을 한 장 더 보냈다. 2분도 안 돼서 사진을 두 장이나 보내다니……, 그에겐 지나치게 빠른 속도였다. 옌스가 컴퓨터를 싫어하는 건 아니었다. 오히려 컴퓨터를 잘 다루면서도 끊임없이 울려대는 핸드폰과 그에 수반되는 낯선 이들의 요구가 자기의 시간을 방해하는 것을 무척이나 싫어했다.

두 번째 사진에서는 형체를 알아볼 수 있는 게 거의 없었다. 짙은 어둠이 내린 숲에 희미한, 하얗게 아니, 푸르스름하게 빛나는 것 같은 누군가의 찌그러진 얼굴. 진정 유령의 출몰인가?

《대체 무슨 일이 있었던 거죠? 많이 다친 거예요?》 레베카가 물었다.

옌스는 저돌적인 남자였다. 늘 그랬다. 생각하기 전에 먼저 행동부터 하고 보는, 그런 남자들 중 하나였다. 그래서 항상 위험한 상황에 부닥치곤 했다.

《혀를 좀 물었지. 이젠 괜찮아. 지금 차에 탔다. 그쪽으로 가는 길.》

레베카는 빨리 다음 메시지를 쓰려고 부지런히 핸드폰 화면을 두드렸다. 가끔씩 그는 어디로 튈지 모르는 행동을 하기도 했으니까.

《잠깐만요! 멈춰요! 그러고 싶은 마음은 굴뚝같지만, 내일까지 여기에 있어야 해요.》

이번엔 옌스의 답장이 바로 왔다.

《이런 행운이! 사실 내 차, 레드 레이디가 지금 자고 있거든.》

《에잇, 진짜! 너무해요!》

《하하! 별일 없었나?》

《저 여기서 당장 나가야 해요. 안 그러면 난동을 부릴지도 몰라요. 그니까 내일 오후 4시까지 딱 맞춰서 오세요!》

《레드 레이디와 함께 최선을 다하겠어. 대신 과속 딱지는 네가 내고!》

《당연하죠. 제가 또 그 정도는 손 써줄 경찰 하나 잘 알고 있죠.》

《그래?》

《그럼요. 빨리 내일이 왔으면 좋겠어요!》

사실 레베카는 이렇게 쓰고 싶었다. 《팀장님을 보고 싶어요.》라고. 하지만 쓰지 않았다. 그가 자기를 좋아하는지 아닌지 확신이 서지 않았으니까. 둘은 딱 한 번 키스한 게 다였다. 그것도 어쩌다가, 아일렌나우 사건이 끝난 후에.

그냥 실수였을까? 그 이상의 의미는 정말 없는 걸까? 레베카는 도통 알 수 없었다.

그 후, 옌스에게 그날의 이야기를 꺼낼 용기가 없었다.

《시간 딱 맞춰 갈게. 약속해!》옌스가 답장을 보냈다.

나도 빨리 내일이 왔으면 좋겠다는, 최소한 그런 말도 못 하는 걸까?

아니지. 그런 말을 할 줄 아는 사람이 아니지. 사실, 53세인 그에게 성격 변화를 기대할 순 없는 노릇이었다. 그건 레베카도 잘 알고 있었다. 대신 옌스는 언제나 믿음직해서 상대방을 실망시키는 일이 없었다. 또 그럴듯하게 꾸미지 않는 직설적이고 확실한 사람이었다. 옳다고 판단되는 일에서는 뒤로 빼는 법도 없었고 따뜻한 마음씨를 보여주기도 했다. 레베카는 하는 행동만 보고도 그런 류의 남자들을 단번에 알아볼 수 있었다. 그리고 옌스는 레베카를 위해 많은 걸 해주었다.

《그런데 운전을 할 수 있긴 한 거예요?》 레베카는 메시지를 쓰고 끔찍한 사진을 다시 한번 들여다봤다. 어쩌자고 나한테 이런 사진을 보낸 건지, 참!

《혀로 운전하는 건 아니잖아.》

《어휴, 못 살아, 정말.》

《두 번째에는! 내 차를 한 번 더 타는 거니까 이번에는 짐칸에 타고 가도록. 조수석은 이바르에게 양보하고.》

레베카가 미소 지었다.

《그런데 좀 차려입고 오세요. 안 그러면 여기에 못 들어오실걸요?》

《이렇게 멀쩡한 사람한테 설마……. 내일 보자고!》

레베카는 그에게 어떤 말을 더 쓸까 고민했지만, 그냥 두기로 했다. 한동안 그 자리에 앉아 핸드폰만 뚫어지게 쳐다보며 잡생각을 떨쳐냈다.

그리고 구글에서 본 신문 기사에 다시 정신을 집중시켰다.

기사에는, 2016년 6월 23일, 20세 산드라 도이터가 뮤직 캐스팅 쇼의 본선 진출을 앞두고 실종되었다며 정확한 사실은 아직 규명되지 않았다고 적혀 있었다. 당시 산드라의 에이전시 대표 올리버 쿠로브스키가 소환되었는데, 그는 그녀를 높이 평가하며 훗

날 슈퍼스타가 되었을 거라고 말하기도 했다. 또한, 그는 그녀의 실종 소식에 크게 낙담하고 충격을 받았다. 기사에는 무대 한가운데에서 조명을 받고 있는 산드라의 사진이 실려 있었다. 긴 머리에, 날씬하고, 아름다운 젊은 아가씨가 딱 붙는 청바지에 가죽 부츠를 신은 채 두 팔을 위로 번쩍 들고 있어서 배꼽이 살짝 드러나 있었다.

이 사진 때문에 그녀에게 불행이 닥친 걸까? 누군가 그녀를 지켜보고 있다가 살인 충동이 일었던 걸까? 어쩌면 저 밖의 광활한 야생은 사이코패스나 성범죄자, 살인자로 우글대지 않을 수도 있다. 그러나 그 괴물들의 눈에 띌 만한 자극적인 말이나 몸짓 또는 순간 포착, 흔적 등은 분명 그들의 수보다 훨씬 더 많이, 그리고 선명하게 남아있을 것이다.

산드라는 이미 죽었을까? 아니면 어딘가에 갇혀있을까?

생각이 꼬리에 꼬리를 물어 위가 뒤틀리는 것 같았다. 레베카는 핸드폰을 한쪽으로 밀어놓았다. 오늘은 그만하면 충분했다.

레베카는 왜 그냥 꽃집 주인이 되지 않았을까? 아니면 경리 직원이나? 시간이 지나도 이 세상이 여자들에게 얼마나 위험한지를 정확하게 들여다볼 수 없는 그런 직업 말이다.

레베카는 눈을 감았다. 잠으로 빠져드는 첫 장면에서 그녀는 한쪽 다리 그 미친놈에게 쫓기고 있었다. 그놈은 레베카 이름에 있는 R 발음을 이상하게 굴리며 계속 그녀를 부르고 있었다. 껄껄 끔찍하게 웃으면서. 그의 잇새에는 아직도 시금치 조각이 끼어 있었다.

13

바늘이 찌르는 듯 그의 손이 아팠다. 또다시 타는 것 같은 고통이 팔뚝을 강타했다. 그는 상처에 연고를 바르고 반창고를 붙였다. 앞으로 며칠은 상처 때문에 작업하는 데 좀 방해가 되겠지만, 자국이 오래 남을 것 같지는 않았다. 그녀가 그렇게 세게 문 건 아니었으니.

앙칼진 여우 같은 년! 그런 대단한 용기가 그녀에게 있을 거라곤 짐작도 하지 못했다.

그가 그녀를 쫓아다니며 탐구한 몇 주 동안, 그녀의 의존성이 눈에 띄게 드러났다. 또 그녀를 격리하고 감금시켰을 때도 그런 별난 공격성을 분출하리라고는 생각지도 못 했다.

그녀는 그를 놀라게 했다. 그도 인정했다. 그러나 마지막은 다를 게 없었다. 지금 그녀는 소리만 간신히 들리는 곳에서 응당한 징벌을 받고 있었다. 앞으로는 아무 일도 당하지 않을 그녀의 모습이 떠오르자 저절로 몸서리가 쳐졌다. 소름이 끼쳤다. 사람을 가둬놓기만 하고 아무것도 하지 않는다는 게 어떤 건지 너무나 잘 알고 있었다.

그 생각을 떨쳐버리기 위해 그는 오늘 저녁에 작업을 끝내기로 결정했다. 드릴은 이미 준비되어 있었다. 다친 손으로도 별문제 없었다.

문을 열고 불을 켰다.

즉시 사방이 한눈에 확 들어왔다. 방 한가운데에 들어서자, 무언가에 압도되었다. 사실은 그래서 아직까지 작업을 못 끝낸 것이기도 했다. 이제부턴 사치의 극치를 보여줄 것이다. 그곳은 이 집의 심장이 될 거고, 그의 생명의, 존재의, 자아의 심장이 될 것이다. 그는 이 방에서 자신의 인생 영화를 보여줄 것이고, 직접 프로젝터도, 스크린도, 영화 그 자체도 될 것이다. 그를 제외한 다른 누구도 중요한 역할을 맡을 수 없을 것이다.

그가 탁자 위의 드릴을 집어 들었다.

벽을 뚫다가 만 드릴이 아직 벽에 박혀 있었다. 그 드릴은 네 번째로 사들인 것이었다. 세 번째 드릴로 단단한 벽에 구멍을 백 개 이상 뚫느라 끝이 다 해져서 새로 마련했다.

거울 하나마다 고정 장치 여섯 개가 필요하니까 구멍도 여섯 개가 있어야 했다.

이제 벽면 하나만 남았다.

한 일주일이면 다 마무리될 것 같았다.

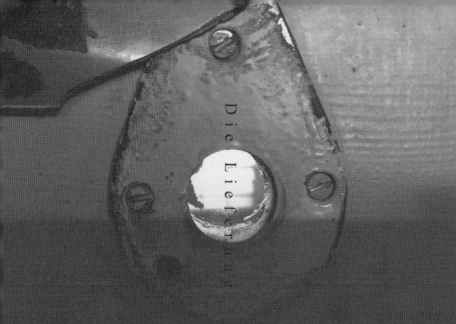

Die Lieferung

PART 2

1

비올라는 자비네를 깨우지 않으려고 거실 문을 살며시 닫았
다. 지난밤 거실에 있는 소파에서 잤는데 하필 소파가 문 가까이
에 있었다. 그래도 자비네는 잠귀가 밝은 편이 아니었다. 한밤중
엔 코까지 크게 골며 잤다.

비올라도 더 누워 있고 싶었다. 완전 피곤에 절어있는 상태였
다. 어젯밤 둘은 레드와인 두 병에 건하게 취했고 푸드투유에서
시킨 배달 음식을 배 터지도록 먹었다. 비올라와 자비네는 자정
이 넘어서야 겨우 잠자리에 들었다. 자비네는 심지어 배달원이랑
시시덕대기도 했다. 비올라는 배달원이 위아래 전부 시커먼 옷을
입고 있어서 좀 이상하다고 생각했지만, 그때 자비네는 이미 와인
두 병을 들이켠 후였기 때문에 그런 게 눈에 들어올 리 없었다.
또, 엄마를 향한 그녀의 분노가 돌연 슬픔으로 변했다가 다시 조
롱 섞인 빈정거림으로 바뀌기도 하고 그러던 상태였다.

비올라가 열쇠 꾸러미를 들고 건물 밖을 나서는데, 아침부터
낯설고 더운 기운이 몰아쳤다. 지난밤에도 기온이 20도 아래로
내려가지 않았다. 날씨 앱에 따르면, 오늘 또다시 최고기온 기록
을 갱신할 거라고 했다. 게다가 죽음의 길로 들어선 존넨베르크
할머니를 떠올리면, 배까지 살살 아팠다. 오늘은 여러모로 아주
힘든 날이 될 것 같았다.

집 건물 앞 도로에 주차해 놓는 차로 갔을 때였다. 말도 안 되
는 일이 벌어져 있었다.

여기에 주차한 게 벌써 몇 번째인데 이렇게 어이없는 적은 처음이었다. 4개월 전에 신용거래로 겨우 산 민트색 피아트 500. 비올라가 정말 아끼는 그 차가 단 일 밀리미터도 움직일 수 없는 상태로 중간에 끼어 있었다. 차 뒤에는 하얀색 박스형 트럭인 포드 트랜짓이, 앞에는 잘 빠진 유리와 스포일러가 둘러진, 세련되게 개량한 구식 BMW3 시리즈가 떡하니 주차되어 있었다. BMW는 운전면허증에서 아직 인쇄 잉크 냄새가 날 것 같은, 이제 막 면허증을 딴 어린 남자의 차 같았다. BMW 주인이 비올라의 민트색 차를 옴짝달싹 못 하게 막아놓은 게 분명했다. 백 퍼센트.

경찰에 전화하거나 견인차를 기다리자니 시간이 너무 오래 걸릴 것 같았다. 무엇보다 이 동네의 고요를 깨서 남들의 주목을 받고 싶지 않았다. 결국 지하철을 타기로 마음먹었다. 5분 뒤 지하철이 역에 도착할 예정이었다.

비올라는 뛰기 시작했다.

그러고는 하늘색 가방을 든 남자가 있는지 무의식적으로 주변을 살폈다.

2

"이름이 뭔지 말해줄 수 있어요?"

옌스 케르너가 물었다.

"달링…… 내 인생의 빛……, 달링…… 내 인생의 빛……."

창백한 여자가 초점 없는 눈으로 앞을 바라보며 중얼댔다. 함부르크-하르부르크의 마리아 힐프 병원의 벽을 바라보는 것도 아니고 형형색색으로 그려진 풍경화나 나뭇잎이 풍성하게 우거진, 연식이 오래된 나무들로 가득한 작은 공원을 보고 있는 것도 아니었다. 그러나 옌스 케르너는 모두 다 보고 있었다. 예전에는 유령처럼 창백하게 질린 여자의 얼굴 한가운데서 빛을 내고 있었을 그녀의 다채로운 아름다움을. 그리고 지금은 모든 색을 잃어버린 그 아름다움과 완전히 넋이 나간 그녀의 이성까지도.

그녀의 행동은 더 이상 다르게 설명되지 않았다.

그녀는 아직도 침대에 묶여 있었다. 병원에서 진정제를 투약했는데도 줄기차게 도망가려고 했으니 어쩔 수 없는 조치였다. 사람들이 그녀를 잡아두려고 말라비틀어진 팔뚝을 짱짱한 밴드로 묶어놨는데, 너무 꽉 고정시켜서 투명한 피부 위로 시퍼런 정맥이 툭 튀어나와 있었다. 마치 정맥이 양피지처럼 얇은 피부를 뚫고 터져 나올 것만 같아서 옌스는 등골이 오싹했다. 여자는 아직도 입을 옆으로 쫙 벌리고 있었다. 그 사이로 발치 된 치아도 더러 보였다. 위, 아래의 앞니가 하나씩 빠져 있어서 입안의 깊숙한 곳이 훤히 보였다. 이런 젠장, 너무 끔찍하군! 사실 옌스는 그렇게 자세히 보려던 건 아니었다.

옌스는 형식상의 절차로서 근무가 시작하자마자 정신과 병동을 방문했다. 그러나 거기엔 아무도 없었다. 이로써 확실해졌다. 완전히 제정신이 아닌, 육체적으로도 심각한 광기를 보이는 저 여자가 있는 병동에는 아무도, 그 어떤 간병인도 절대 배치되지 않으리란 걸. 그보다 더욱 확실한 건, 그가 이 문제에 대해서 나중에 뭐라 항의해봤자 어쩔 수 없다는 것이었다.

창백한 여자는 지난밤 마리아 힐프 병원으로 이송됐는데, 병원 의사들은 그녀가 아주 오랜 시간 동안 빛을 보지 못했다고 의견을 모았다. 유전질환인 백색증은 확실히 아니기 때문에 투명한 피부와 빠진 치아 그리고 움푹 팬 눈은 달리 설명될 길이 없었다.

그 여자는 스물두 살에서 스물여덟 살 쯤 된 것 같았고 키는 178cm 정도 돼 보였다. 정말 말도 안 되게 말랐고 피하지방조직은 전부 다 망가져 있었고 옛날에 뱃사람들이 걸렸던 괴혈병, 즉 비타민 결핍에 의한 질병도 앓고 있었다. 엉덩이에 있는 작은 문신 말고는 특별한 신체적 특이사항도 없었다. 그 문신은 가시가 돋친 덩굴이었는데, 덩굴 사이로 B.S. 라는 글자가 새겨져 있었다. 그 이상은 아무것도 없었다. 신원에 관한 정보는 정말이지 털끝만큼도 없었다. 옌스는 그녀의 이름이 절실히 필요했다. 이름이 없으면, 그가 병원을 계속 갈 이유가 없었다.

병원으로 들이닥치기 전에, 옌스는 함부르크 지역의 실종자 명단을 쫙 훑었으나 빈약한 정보력으로는 별다른 건수를 잡아내지 못했다. 그나마 지금은 담당 의사와의 대화로 최소한 그녀의 정확한 신체정보와 대략적인 나이, 문신에 새겨진 두 글자 정도는 알아낸 상태였다. 물론 이것 가지고는 어림도 없지만.

마리아 힐프 병원장이자 정신과 병동의 주임 의사인 리브크네히트 박사는 옌스도 병실에 동석하여 그녀에게 몇 가지 질문을 해도 좋다고 허락했다. 하지만 옌스는 의사와 함께 병실에 들어서자마자 질문이 불가능한 상황이란 걸 알아차렸다.

"달링…… 내 인생의 빛……."

계속 그 문장이었다. 어젯밤부터 들었던 문장. 혀를 깨물어 입에서 피가 철철 흐르는 와중에 그 여자 위로 덮쳤을 때 들었던 그 문장. 그때 옌스를 찾아낸 동료 둘은 분명 그의 우스꽝스러운 모습을 시시덕거리며 경찰서 전체에 퍼뜨렸을 것이다.

"달링…… 내 인생의 빛……." 창백한 여자가 또 반복했다.

리브크네히트 의사가 숨을 깊게 들이마시며 머리를 흔들었다.

"이 여자의 이름을 물어보는 걸 계속할 순 없습니다. 이미 해볼 만큼 다 했으니까요."

그의 목소리에 비난이 섞여 있었다.

"제가 대신 물어볼 만한 게 있을까요? 있으면, 말씀해 주세요."

옌스는 의사의 콧대가 어마어마하게 높다는 걸 깨달았지만, 뭐 어쩌겠는가. 여기 이 병원에선 저런 쪼잔한 놈이 신 같은 존재일 테니.

리브크네히트가 곤란한 표정을 지었다. 정말 진지하게 고민하는 것 같았다. 없을 텐데……. 옌스가 속으로 생각했다. 갑자기 리브크네히트가 고개를 세차게 끄덕이며 얼굴에 표정을 없앴다.

"이렇게 한번 해 보죠……."

의사가 시체처럼 창백한 여자를 똑바로 쳐다봤다.

"달링, 내 인생의 빛, 내 말 들려요?"

의사가 목소리 톤을 바꿨다. 옌스는 저런 목소리가 기분이 좋을 때만 자기도 모르게 나오곤 했다.

여자의 시선은 아직도 병실 안에서만 돌아다녔다. 어쩌면 그녀가 보냈던 마지막 세상을 찾아 헤매고 있는 건지도 모른다. 고통스러운 트라우마 이후에 자아가 송두리째 분열된 거라면 어찌해야 할까? 옌스는 그런 일이 결코 드물지 않다는 걸 읽은 적이 있다. 그리고 인간의 이성은 완전한 침몰 전에 자신을 보호하기 위해 고군분투한다는 것도.

"달링…… 내 인생의 빛, 내 말 들려요?" 의사가 다시 한번 질문했다.

놀랍게도 그녀가 의사 쪽으로 머리를 홱 돌렸다. 그 소리가 어디서 나는지 찾아내기라도 한 것처럼.

옌스는 그녀의 눈을 들여다봤다. 정말 믿기 어려웠다. 광기, 눈안에 깃든 그녀의 광기에 그는 소스라치게 놀랐다. 이렇게 섬뜩했던 적이 또 있었나?

그러더니 창백한 여자가 뭔가 굉장히 이상한 행동을 했다.

머리를 뒤로 홱 젖히고 살기 있는 눈으로 2.5m가 조금 안 되는 병실 천장을 응시하며 사방으로 눈알을 굴려댔다. 아무래도 천장 밖에 있는, 한참 동안 보지 못한 하늘을 찾는 것 같았다.

그녀가 미소를 짓기 시작했다. 즐겁고 희망 가득한 미소를. 하늘이 내려준 것 같은 미소를. 그러더니 갑자기 입을 옆으로 벌리고 혀를 쭉 내밀었다. 투명에 가까운 메마른 얼굴과 높게 치솟은 광대, 군데군데 빠진 치아. 그 추악한 모습은 마치 인간의 탈을 쓰고 나타난 마녀 같았다.

엔스는 더는 보고 싶지 않았으나 봐야만 했다. 비현실적인 그 모습을.

"달링…… 내 인생의 빛, 당신은 지금 어디죠?"

의사가 뒤이어 물었다. 의사는 사건 해결의 실마리를 찾은 강력반 형사처럼 흥분되어 있었다.

여자는 대답하지 않았다. 의사도 엔스의 존재조차도 인지하지 못하는 것 같았다. 계속 혀만 쭉 내민 채 오롯이 천장만 바라봤다.

그런데 그때, 그녀가 갑자기 입으로 딱딱딱 소리를 내기 시작했다. 어딘가 서늘한 느낌이 감도는 소리였다. 엔스가 한 번도 들어보지 못한 소리.

순간 팔뚝의 털이 바짝 섰다.

3

역으로 들어온 지하철은 또 꽉 차 있었다. 공기가 텁텁하고 끈적거렸다. 비올라는 원래 주변을 두리번거리며 다니는 스타일이 아니지만, 누군가 자기를 훔쳐보고 있다는 느낌을 받은 뒤로는 주변의 모든 남자를 의심의 눈으로 경계했다. 그들 대부분은 공격적인 모습이었고, 심지어 일부는 정말로 사악해 보이기까지 했다.

지하철이 출발하자 사람들로 이루어진 거대 뭉텅이가 꿀렁이며 움직였다. 몇몇은 자동문으로 들어오는 사람들을 막고 섰고, 진짜 개념 없는 인간들은 가방이며, 유모차, 지팡이를 내던지며 남들보다 먼저 자리를 맡기도 했다. 비올라는 학창 시절 등굣길 버스에서도 그런 얍삽한 행동을 할 줄 몰랐었다. 그래서 제대로 서 있을만한 자리라도 잽싸게 쟁취해야 했다. 오늘도 역시 마찬가지였다.

그래도 오늘은 지하철 출입문 근처에 혼자 서 있을 만한 작은 여유 공간이 있었다. 비올라는 뒤에 남자들이 빙 둘러서지 않기를 바라며 모든 촉각을 곤두세웠다. 뭐, 음성사서함에 이상한 소리를 남긴 그 사람이 - 아직 누군지는 모르지만 - 오늘 그녀가 평소와 달리 차 대신 지하철을 탔다는 걸 알 리가 없을 테지만.

다음 역에서 지하철이 멈추고 문이 열리자 더 많은 사람이 안으로 몰려들었다. 지하철 칸의 깊은 곳으로 빨려 들어가는 기분이 들었다. 그 순간 여유 공간이 없어졌다. 산소도 없어졌다. 도시 출신이라 그런 일을 많이 겪어 본, 러시아워에 매우 익숙한 비올라의 몸이 이상하게 반응한 건 그때가 처음이었다. 갑자기 숨을 쉬기가 어려웠다. 땀이 쏟아졌고 주위에 있는 사람들을 전부 밀쳐버리고 싶은 강한 충동이 일었다.

마음을 진정시키기가 너무 힘이 들었다. 호흡에 집중하고 안정을 찾으려 노력했다. 그리고 끊임없이 스스로에게 뇌까렸다. 공공장소는 위험하지 않다고.

다음 정거장에서 몇몇이 내리고 다시 몇 명이 탔다. 비올라는 지하철에서 도망쳐 나오려는 충동적인 움직임에 이를 악물고 저

항했다. 아직 두 정거장이나 더 가야 하는데, 걸어서 가기엔 시간이 너무 오래 걸리기 때문이었다.

조금만 더 참자. 비올라가 혼자 중얼댔다. 조금만 더…….

사람들 한 무리가 그녀 쪽으로 다가왔다. 누군가 그녀를 툭 밀쳤다. 짧은 순간, 목덜미에서 어떤 손길이 번뜩 느껴졌다.

"죄송합니다."

낯선 목소리가 꿍얼댔다. 뒤이어 또 다른 사람이 이번엔 등을 밀었다. 기차가 멈췄다. 문이 살짝 열리자 사람들로 이루어진 한 뭉텅이의 움직임이 다시 시작됐다.

다음 역으로 향하는 지하철 안에서 비올라는 뭔가 변한 것 같은 느낌이 들었다. 자신에게 무슨 변화가 생긴 것 같았지만 확신이 서지는 않았다.

비올라는 그냥 이번 역에서 내려 버렸다. 좁은 곳에서 빠져나오니까 정말 살 것 같았다. 서둘러 승강장을 벗어나 계단을 뛰어올라갔다. 계단 끝에 내리쬐는 햇볕이 그렇게 좋을 수가 없었다. 어깨너머를 바라봤다. 몸이 확 움츠러들었다.

계단 아래에 누군가 서 있었다. 움직이지 않고 가만히. 금발의 그 남자는 손을 바지 주머니에 넣은 채 그녀를 올려다보고 있었다. 하늘색 가방을 들고서.

비올라는 너무 놀라 고개를 돌렸다. 그러나 그의 얼굴을 확실하게 못 박으려고 다시 고개를 돌렸다. 허나 그는 사라지고 없었다.

비올라는 그의 얼굴이 기억나지 않았다. 무언가를 머릿속에 각인시키기엔 몇 분의 몇 초는 턱없이 짧았다.

뒤에서 어떤 사람이 뛰어오고 있었다. 그녀는 계단 꼭대기에서 한 번 더 뒤를 돌아봤다. 다른 누군가 그녀를 따라 계단을 올라오고 있었다. 그러나 그 가방 든 남자는 없었다.

비올라는 3분 정도를 더 걸어갔다. 그 3분이 영원처럼 느껴졌다. 오른쪽, 왼쪽, 뒤쪽까지. 온 사방을 훑어보며 휙휙 재빠르게 지나갔다. 불현듯 모든 남자가 두렵게 느껴졌다. 호흡이 점점 가빠졌다. 심장이 가슴을 쿵쿵 쳐댔다. 자기도 모르게 자꾸만 빠르게 달렸다.

기진맥진한 상태로 마침내 직장에 도착했다. 그녀의 뒤로 건물의 유리문이 닫혔을 때야 비로소 안심이 됐다.

4

그나마 하루의 절반이라도 되찾으려면 아스피린 두 알과 온몸으로 쏟아지는 냉수마찰이 절실했다. 자비네 슐츠는 알코올 분해 능력이 떨어지는 사람이었다. 그걸 알면서도 어제저녁엔 취하고 싶은 욕구가 너무 강해서 어쩔 수 없었다.

자비네는 젖은 머리에 옷도 입지 않은 채 부엌으로 향했다. 커피머신에 비올라가 메모해놓은 포스트잇이 붙어 있었다.

〈너만 괜찮다면 계속 있어도 돼. 그리고 내가 네 엄마랑 얘기

해볼게, 네가 원한다면 말야.〉

자비네가 작은 노란색 쪽지를 손에 들고 서 있는데, 목이 메고 눈물이 차올랐다.

비올라 같은 친구는 처음이었다. 공감도 잘해주고 도움도 많이 되고 솔직하고 정직하고 무엇보다 그녀의 이야기를 정말 잘 들어주었다. 비올라는 이야기 중간에 자기 쪽으로 화제를 돌린 적이 한 번도 없었다. 사람들은 대부분 자기 이야기, 예를 들면 본인의 영웅서사시나 푸념 뭐 이런 것들을 늘어놓고 싶어 하는데, 비올라는 그렇지 않았다. 자비네는 어젯밤 아끼는 친구를 감정의 쓰레기통으로 썼다는 생각에 뒤늦게 미안한 마음이 들었다. 게다가 친구가 오늘도 터질지 몰라 걱정하고 있는, 죽을 만큼 끔찍한 그 일에 맞장구도 쳐주지 않았다. 자비네는 단단히 마음먹었다. 오늘 저녁엔 비올라의 직장으로 가서 직접 그녀를 데리고 와 함께 집에 있어야겠다고.

커피를 준비하는 동안 자비네는 하늘색 가방의 남자를 가만히 떠올려 봤다. 비올라가 이상한 전화와 누군가 쫓아오고 있는 것 같다고 얘기했을 때, 가장 먼저 마리우스가 생각났다. 자비네는 자기 생각이 거의 맞을 거라고 추측했다. 비올라와 마리우스가 헤어진 지 일 년도 더 지나긴 했지만. 마리우스는 아주 질이 나쁜 놈이었고, 지금쯤 복수심에 이글대고 있을 것이다. 그 자식이 비올라에게 이별 통보를 받은 걸 잊었을 리가 없다.

당시 자비네는 비올라에게 마리우스가 어떤 남자 같으냐고 초반부터 슬쩍 떠봤었다. 그러나 비올라는 이미 눈에 콩깍지가 씌어서 귀도 막고 눈도 막고는 빤히 보이는 걸 보지 않았다. 물론 마리우스는 매력 있고 잘 생겼고 말도 잘하고 어디를 가나 눈에 띄는 남자였다. 그런데 그건 비올라도 마찬가지였다. 비올라는 얼굴만으로는 어떤 남자와도 사귈 수 있었다. 또, 몸매도 모델처럼 늘씬해서 아무런 제약 없이 슈퍼모델인 하이디 클룸에게 다가갈 수 있을 정도였다. 그녀가 조금만 더 자신감이 있었다면 말이다. 비올라는 마리우스 같은 멋진 남자가 자기한테 관심이 있다며 어찌나 좋다고 난리를 쳤는지 모른다. 그런데 마리우스는 전혀 아니었다. 그저 자기 체면이나 세우려고 예쁜 여자 친구를 화려하게 치장시킬 뿐이었다.

매력적인 그의 겉모습 뒤에는 냉정하고 이기적인 본모습이 숨겨져 있었다. 그는 속이 텅텅 빈, 아무것도 없는, 겉으로만 그럴싸한 인간이었다. 늘 비올라를 깎아 내리고 무시했으며 그녀의 에너지를 빼앗았다. 그런데도 자비네는 어쩔 도리가 없어 바라보기만 할 뿐이었다.

그러나 얼마 후, 바짝 말라 생기를 잃은 친구의 눈과 환한 미소가 사라진 입가를 보고서 자비네는 더는 참을 수 없었다. 곧바로 마리우스를 들이받을 방법을 모색했다. 일부러 그에게 말로 시비를 걸었고, 완전히 자존심이 상한 그 쥐새끼 같은 놈은 부들부들 치를 떨다가 결국 자비네의 예상대로 행동했다. 비올라에게 자비네와 연락하지 말라는 금지령을 내린 것이다.

그 극한 상황에서 모든 게 수포가 될 수도 있었지만, 자비네는 비올라와의 우정을 믿었고 비올라가 자기에게 실망하지 않았을 거란 걸 잘 알고 있었다.

비올라는 금지령을 거부했다. 그러자 마리우스는 비올라를 때렸다.

드디어 자비네가 나설 차례였다. 마리우스는 12년간 복싱 트레이닝을 받은 그녀 앞에서 맥을 못 췄다. 자비네는 그의 눈두덩이를 정갈한 솜씨로 시퍼렇게 만들어 놨다. 그리고 언제든 그 자식을 다시 그렇게 만들어 놓을 수 있었다.

자비네는 막 내린 신선한 커피 한 잔을 들고 부엌의 조리대에 기댄 채 어제 시켰던 식은 피자를 먹었다. 그 피자 배달원도 참 특이한 녀석이었다. 마리우스도 그렇고. 좀 평범한 남자는 정말 없는 걸까? 하늘색 가방의 남자는 배달원과 전혀 다르게 생겼다. 그래도 어제 그 배달원을 한번 떠볼걸, 하는 아쉬움이 들긴 했다. 어쩌면 그 배달원이 음성사서함의 역겨운 소리나 이상한 짓거리 뒤에 숨어있는 놈일 수도 있으니.

5

비젠담에 있는 33. 경찰서에 도착하자 창백한 여자가 낸 소리가 옌스의 귓가에서 계속 맴돌았다.

딱딱딱, 그 소리!

창백한 여자가 머리를 들어 목 뒤로 젖히고 턱을 위로, 천장

쪽으로 쭉 빼는 모습은 무언가 엄청나게 대단한 것을 보려는 것 같았다. 그 순간 그녀의 눈빛엔 기대에 찬 희망이 담겨 있었다. 그 여자가 침대에 묶여있지 않았더라면, 그녀는 어떤 알 수 없는 신의 부름을 받기 위해 양팔을 쫙 펼쳤을 것이다.

그러고 나서는 또다시 질문에 대꾸할 수 없는 상태가 되었다.

옌스는 그 여자의 이름을 포함하여 도움이 될 만한 건 아무것도 알아내지 못했다. 리브크네히트 의사가 알려준 거 말고는. 그 정보는 별 도움이 되지 못했다.

옌스는 레드 레이디에서 내리기 전, 주유소에서 산 저민 돼지고기가 들어간 빵과 생수를 꺼냈다. 생수병 뚜껑을 따고 약봉지에서 약을 꺼내 물과 같이 꿀꺽 삼켰다. 어제저녁부터 먹은 진통제 한 알 한 알이 개인적으로 너무나 굴욕적이었지만 어쩔 수 없었다. 혀의 통증은 치아신경치료를 받는 것보다 훨씬 더 고통스러웠다.

텅 비어있는 옌스의 위는 약 따위로 달래지지 않기에 서둘러 빵 포장지를 뜯어 한 입 베어 먹었다. 그런데 안타깝게도 빵이 아주 제대로 바삭바삭하고 신선해서 - 원래 그래야 하지만 - 딱딱한 빵 껍질이 입안에 들어가자마자 혀의 상처 부위를 강타했다.

옌스는 종이 포장지에 빵을 퉤 뱉었다.

"이런 제기랄!"

욕지거리가 튀어나왔다.

그러고는 잠자코 앉아서 향긋한 냄새를 풍기는 빵을 노려봤다. 사정없이 꼬르륵거리는 위장 소리를 못 들은 척하면서. 그러니까 그는 창백한 여자를 만나고 지금까지 빵 한 쪽도 먹지 못한 셈이었다.

결국 옌스는 저민 돼지고기만 집게손가락으로 살살 떼어서 입 속으로 집어넣어 상처 난 혀 너머에 살포시 얹고는 씹지도 않고 꿀꺽 삼켰다. 맛의 황홀함은 하나도 느껴지지 않았지만, 그래도 짜증 나는 통증과 혹독한 배고픔보다는 나았다.

마침 또 다른 한 덩이를 삼키려는데 누군가 차 옆 유리를 두드렸다.

옆 유리에 옌스의 상사인 마라이케 바움게르트너 경정의 얼굴이 떡하니 자리 잡고 있었다.

옌스는 입안의 음식물을 마저 삼키고 입에서 손가락을 빼고 손가락에 묻은 침을 바지에 슥슥 문지르고는 차 문을 열었다.

"여기서 뭐 하시는 거죠?"

바움게르트너가 혐오스럽다는 듯 물었다.

"아침 식사 중이었습니다."

"정말요? 아, 네, 뭐 각자 취향이 있는 거니까요. 시장님께 가는 길이라서 시간이 별로 없어요."

마라이케 바움게르트너는 늘 시간이 없었다. 언제나 시간과 격한 전투를 벌이는 사람이었으니까.

"니더작센에 있는 동료에게서 전화가 왔었어요."

"아하. 무슨 일 있습니까?"

옌스가 눈썹을 치켜떴다.

"어젯밤에 있었던 체포 건 때문에요."

"그건 구조였습니다."

"뭐가 어떻든 간에……, 아무튼 그 건은 니더작센이 담당합니다."

"아닙니다."

"뭐라고요?"

"제가 그 여자를 숲에서 데리고 나왔습니다. 그러다가 혀도 반쪽이나 잘릴 뻔했고요. 제 사건입니다."

"그 체포 건은…… 케르너 경관, 그러니까 그 구조 건은 니더작센 지역에서 발생했어요."

"과장님, 전 그렇게 생각하지 않습니다."

"중요한 건이 아니에요. 니더작센 쪽 형사에게 정보를 넘기세요. 그쪽 형사 이름이 프리스카 바그너예요. 그리고 우리 도시나 좀 잘 신경 쓰세요. 여기에도 할 일이 넘쳐흐르고 있으니까. 자, 난 이제 가야겠군요. 시장님이 기다리고 계셔서요."

바움게르트너는 완벽하게 갖춰 입은 제복 차림으로 완벽하게 단련된 장딴지 근육을 뽐내며 당당한 걸음걸이로 주차장을 지나 잘 빠진 업무용 차량에 올라탔다. 옌스는 그녀의 업무용 차가, 왁스를 어마어마하게 먹인 것이 꼭 광택이 좔좔 흐르는 냉장고 같다고 생각했다.

6

[얼마 전]

민머리인 그녀의 두개골이 얼음으로 둘러싸여 있는 것 같았다. 그와 아주 가까이에 있었는데도 잃어버린 머리카락 말고 다른 건 아무것도 떠오르지 않았다. 바닥에 떨어져 나뒹굴고 있는 금빛의 머리카락을, 몇 년에 걸쳐 정성스레 다듬고 가꾸고 관리했던 그 머리카락의 추악한 모습을 앞으로도 결코 잊을 수 없을 것이다.

그는 그녀의 머리를 다 밀고 나서 눈가리개로 눈을 가리고 목에 밧줄을 묶었다. 그는 밧줄을 당겨 그녀를 질질 끌었다. 그러면서 중간중간 밧줄을 앞으로 당기기도 했는데, 그건 목덜미에 압박을 주려는 게 아니라 가만히 있지 말고 따라오라는 걸 알려주기 위함이었다.

길은 꽤 멀고 좁고 구불구불하기도 했으며 계단도 몇 개 올라가야 했다. 가면 갈수록 점점 서늘해졌다. 그리고 냄새도 바뀌었고. 축축한 냄새가 났다. 곰팡이나 녹조, 이런 냄새가.

"거의 다 왔어. 조금만 더 가면 돼."

그의 목소리가 기분 좋게 들렸다. 대체 그가 기대하고 있는 이 길의 끝엔 뭐가 있는 걸까? 그녀는 두려웠지만 아무런 저항 없이 그를 따라갔다. 그의 목소리에 집중하면서. 그가 말을 하는 게 오히려 덜 불안하다고 느끼면서.

목을 옥죄는 침묵. 그녀는 미쳐버릴 것만 같았다.

"자, 도착."

그가 손으로 그녀를 멈추게 했다.

"처음엔 너도 놀랄 거야. 그렇지만 날 믿어. 네가 이 세계에 오래 있으면 있을수록 훨씬 편안할 테니까. 넌 다른 사람이 될 거야. 모든 자만심에서 자유로워질 거야. 그러고 나면 마침내 새로운 너를 보게 될 거야."

열쇠가 열쇠 구멍에 들어갔다. 열쇠를 돌리자 쇠붙이로 된 빗장이 큰소리로 철커덕거리며 풀렸다. 경첩들이 삐거덕 벌어지자 얼음처럼 차가운 폭포수가 몰아치듯 축축한 공기가 그녀에게 달려들었다. 그 날카로운 공기에 아직은 모든 게 낯설고 예민한 그녀의 두피가 확 움츠러들었다.

동시에 모든 소리가 사라져 버렸다. 잦아든 게 아니라, 먼 곳으로 가버린 게 아니라, 원래 없었던 것처럼 싹 사라져 버렸다.

분명하게 느껴졌다. 앞에…… 아무것도 없었다.

엄청난 공포에 그녀는 뒷걸음질 쳤다. 목에 감겨있는 밧줄이 팽팽하게 당겨졌다.

"제발……, 날 좀 내보내 줘요!"

그녀가 애원했다.

"내가 말했잖아. 너는 오랫동안 아무것도 하지 않을 거야. 이제 가, 달링!"

그가 밧줄을 세게 잡아당기자, 그녀가 앞으로 자빠지더니 조금 더 그의 쪽으로 끌려갔다. 그녀가 소리를 꽥 질렀다. 또다시 축축한 공기가 그녀를 에워쌌다. 무슨 반응을 하기도 전에, 뒤에서 문이 쾅 닫혔다.

큰 소리가 들려야 했지만, 그 소리는 그렇게 크지 않았다. 마치 물에 젖은 점토가 바닥으로 떵떵떵 떨어지는 소리 같았다. 그러더니 이내 사라졌다.

매우 얄팍하고 거친 호흡이 그녀를 겨우 받치고 있었다.

나는 움직이지도 못하고 눈가리개를 벗지도 못하고 소리도 지르지 못하고 진정하지도 못하고 여기에 이대로 서 있어야 해. 내가 이러고 얌전히 있으면, 그가 날 믿겠지. 그러면 분명 날 다시 데리러 올 거야. 그는 결코 내가 죽길 바라지 않아. 그게 아니라면 난 진작 죽었겠지. 머리카락은……, 그건 다시 기르면 돼. 그냥 그가 시키는 대로 잘하면, 다 잘 될 거야. 그는 그렇게 나쁜 사람이 아니니까. 어디에 전화 좀 하느라 날 잠깐 여기에 데려다 놓은 거일 수도 있어.

그녀의 생각이 넓은 동굴의 메아리처럼 머릿속을 가득 메웠다. 그러나 몇 분이 지나지 않아 자기암시의 효과는 사라졌고 공포가 다시 고개를 들이밀었다.

그녀가 소리쳤다.

"여기서 꺼내줘. 나가고 싶다고!"

또다시 소리 질렀다. 주먹으로 거대한 철문을 마구 두드려 봤지만 소용없었다. 그는 돌아오지 않았다. 몇 분 후, 힘이 다 빠졌다는 것이, 또 손이 아프다는 것이 느껴졌을 때, 그녀는 깨달았다. 희망이 없다는 걸. 아무 쓸모없는 팔을 아래로 툭 떨어뜨린 채 한동안 문을 노려보고만 있었다. 자신의 강한 정신력으로 저 경첩을 모조리 폭파시켜버릴 수도 있지 않을까, 라고 상상하면서.

그러나 언젠가는 고개를 돌리고 진실을 마주해야 했다. 하지만 그 진실의 길로 들어서면, 곧바로 소리가 어디로 사라진 건지, 자기는 어디로 사라져야만 하는지 알게 될 것 같았다. 알고 싶지 않았기에 최대한 미루고 또 미루고 있었다.

그녀는 그의 말을 곱씹어 보았다.

이리로 와. 보여줄 곳이 있어. 모든 걸 똑같이 만드는 곳이야. 그곳에선 그 누구도 다른 사람보다 아름다울 수 없거든.

아니, 도대체 이게 무슨 의미일까?

천천히 등을 뒤로한 채 문 쪽으로 다가갔다. 계속 조금씩. 주변이 새카맸다. 그런데 저 멀리서 빛이 보였다. 그렇게 먼 거리가 아닐 수도 있을까? 저 빛이 이 공간을 삼키려는 걸까, 그가 소리를 삼켜버린 것처럼?

그가 그녀도 삼켜버리려는 걸까?

7

마리우스 놀테는 핸드폰 판매원으로 일하고 있었다. 부업으로 주변 사람들에게 보험을 팔기도 했다. 소문에는 금융 브로커 일에도 손을 대고 있다고 했다. 마리우스가 일적으로 성공을 거두었을지 아닐지는 그의 겉모습만으로 판단할 수 없었다. 항상 햇볕에 잘 구운 구리빛 피부에 비싼 명품을 걸치고 다녔으니까. 그의 겉모습은 완전 쇼일 뿐이었다. 보잘것없는 본모습을 감추기 위한 쇼.

자비네는 시내에 있는 핸드폰 가게에서 마리우스를 찾아냈다. 비올라와 만날 때 다녔던 가게에서 아직 일하고 있었다. 자비네는 가게 유리에 붙어있는 새로 나온 핸드폰 광고판 두 개의 뒤에 숨어서 마리우스를 관찰했다. 매력적이고 스타일리시한 미소로 젊은 여자 손님과 상담 중이었다. 젊은 여자 손님의 시선이 핸드폰이 아니라 그의 입술에 걸려 있었다.

마리우스가 판매 상담 중일 때 들어가서 영업을 못 하게 망쳐 놓는 것도 나쁘지 않을 것 같았다.

자비네는 바로 결정을 내리고 곧장 가게로 들어갔다. 가게 안의 에어컨 바람이 너무 세서 공기가 거북하게 차가웠다. 키가 작고 통통한, 친절한 얼굴과 정직한 눈을 가진 판매원이 기대에 찬 표정으로 그녀에게 다가왔다.

마리우스는 하던 말을 계속하며 자비네 쪽으로 시선을 던졌다가 곧바로 다시 무척 아름다운, 미니스커트를 입고 있는 여자 손님에게 집중했다. 그러다가 금세 상담을 멈추고 과감하게 자비네에게 두 번째 눈길을 보냈다.

마리우스는 그제야 가게 안으로 들어온 사람이 누구인지 알아챘다. 그의 얼굴이 일그러졌다.

"무엇을 도와드릴까요?"

호감 가는 판매원이 자비네에게 말을 걸었다.

"괜찮아요. 오늘은 저 남자분이랑 할 얘기가 있어서요."

자비네가 턱 끝으로 마리우스 쪽을 가리켰다.

"놀테 씨는 아쉽게도 지금……."

"놀테 씨는 저하고 얘기하는 게 나을 텐데요. 제 기분이 상하기 전에요."

자비네가 판매원의 말을 끊었다. 그는 이런 상황을 어떻게 대처해야 하는지 몰라 쩔쩔맸다.

마리우스가 여자 손님에게 잠깐 핸드폰을 구경하고 있으라고 양해를 구하고는 자비네에게 다가왔다.

"여기서 뭐 하는 건데?"

마리우스가 날카롭게 쏘아댔다. 자비네와의 안전거리를 유지한 채.

"핸드폰 번호 대봐."

자비네가 명령했다.

"뭐라고?"

"네 핸드폰 번호! 어려운 일 아니잖아, 안 그래?"

마리우스가 원하는 대로 해줄 의향이 전혀 없다는 듯 어이없는 표정으로 자비네를 쳐다봤다.

"그래? 그럼 여기에서 네 과거에 대해 좀 떠들어 볼까나? 미니스커트 아가씨가 네 주변 여자들 얘기에 엄청 뜨거운 관심을 보일 것 같은데."

마리우스가 자비네 쪽으로 한 걸음 성큼 다가와 허리를 숙이고 매섭게 속삭였다. "대체 뭐야? 우린 이미 다 끝났잖아."

"핸드폰 번호 대라고."

"너 완전 돈 거냐, 뭐냐?"

"경찰에 신고할 수도 있어. 그러면 경찰이 다 설명할 거야."

마리우스가 한숨을 내쉬었다. 그의 내면에는 비올라와 만날 때도 자비네가 느꼈던 확실하고 분명한 공격성이 담겨 있었다. 그 공격성은 피부 아래에서 숨죽여 웅크리고 있다가 준비가 되면, 그게 언제든, 삽시간에 폭발해버렸다.

결국 마리우스는 핸드폰 번호를 댔다. 456으로 끝나는 번호가 아니었다. 비올라를 괴롭혔던 그 번호가 아니란 소리다. 그러나 단정 지을 순 없었다. 마리우스가 그새 핸드폰을 팔고 아무도 모르는 새 번호를 받았을 수도 있으니까.

"너 최근에 비올라한테 치근덕거렸니?"

자비네가 직설적으로 물었다. 꽤 큰소리로.

"뭐? 치근덕거려?"

미니스커트 아가씨가 이상한 눈길로 둘을 바라봤다.

"궁금해서. 네가……."

"따라와."

마리우스가 자비네의 말을 막고 단번에 가게를 나섰다. 그러니 자비네도 그를 따라나설 수밖에 없었다.

마리우스가 허리에 손을 얹고 자비네를 기다리고 있었다.

"너 미쳤냐? 내가 비올라한테 왜 치근덕대는데?"

"너는 너만 잘난 줄 아는 나쁜 놈이고 아직도 비올라가 널 차 버렸다는 사실을 인정하지 못하고 있으니까."

마리우스의 팔이 아래로 툭 떨어졌다. 그가 주먹을 꽉 쥐고 눈을 가느다랗게 떴다.

"비올라는 날 버리지 않았어!" 그가 억눌린 목소리로 말했다.

"네가 시켰잖아. 너 때문에 비올라가 날 떠났어."

자비네는 그와 거리를 유지했다. 각각 벌어질 수 있는 상황에 맞게 잘 대처하기 위해서.

"지금 난 예전과 전혀 다른 문제를 신경 쓰고 있거든? 네가 내 친구 털끝 하나라도 건드렸다는 게 밝혀지는 날엔 가만 안 둬."

가게 밖으로 미니스커트 아가씨가 나왔다. 여자는 머리에 얹혀 있던 커다란 선글라스를 콧대로 내리고 마리우스를 이상한 눈으로 흘겼다. 그러고는 또각또각 소리를 내며 저쪽으로 멀어져 갔다.

마리우스의 반응에 자비네는 흠칫 놀랐다. 그는 그 여자를 붙잡으려 하지 않았다. 쫓아가서 가게 문을 닫으려면 아직 시간이 남았으니 조금만 더 기다려 달라고 설득하지도 않았고, 실망한 얼굴로 그 여자의 뒤를 바라보지도 않았다. 마리우스는 온전히 자비네에게만 집중하고 있었다. 여전히 꽉 쥐고 있는 두 주먹, 자비네에게 고정된 가느다란 두 눈, 그리고 이마의 땀방울. 이 잘생긴 청년의 분노 게이지가 위험에 도달해 있었다.

"너 나 협박하냐?" 마리우스가 목소리를 깔고 물었다. "일 년 전엔 네가 날 묵사발로 만들었지. 내가 경고하는데! 네가 또 성공할 거라고 생각하지 마라."

마리우스는 그 말만 남기고 뒤로 돌아 가게 안으로 사라졌다.

8

하셀브라크는 높이가 116m 정도 되는 언덕으로 함부르크에서 가장 높은 지점이다, 라고 나무들로 우거진 그 언덕의 꼭대기 빈 터 정중앙에 있는 쐐기 모양의 표석에 적혀 있었다. 표석 옆에는 언덕 정상에 올라온 사람들이 기록한 방명록이 있는 금속으로 된 함까지 있었다. 북독일인들은 이런 야트막한 언덕도 정상이라며 만족해야 한다. 거참, 고작 이거 오르기를 젖 먹던 힘까지 아주 열심들이군. 옌스가 생각했다.

옌스는 도보 여행용 지도 덕분에 이곳까지 간신히 찾아왔다. 늘 그랬듯이 도보 여행용 지도가 주머니에 들어있어서 다행이었다. 그 여자 사냥꾼 레기나 헤세는 전화 통화에서 반드시 앞에 난 길만 따라 쭉 가야 한다며 자기 자신을 믿으라고 충고했었다. 그러면서 하셀브라크에는 새들이 알을 품는 경우가 드물어서 정상으로 가는 길을 잘 찾을 수 없기 때문에 잘못하다간 길을 잃을 수 있다고 덧붙였다.

옌스는 접힌 지도를 들고 같은 자리를 맴돌았다. 좀 아까 차를 템펠베르크 주택단지에 주차하고 산의 북서쪽으로 걸어 올라왔다. 레기나 헤세는 알페젠에 살고, 옌스와 통화할 때 집에서 언덕 정상까지 걸어서 갈 거라고 했다. 둘은 오후 한 시에 만나기로 했고, 지금은 1시 15분 전이었다.

언덕을 올라오느라 숨이 차서 혀를 쿡쿡 찌르는 불편한 통증이 더욱 심하게 느껴졌다. 경찰서에서 하나 남은 진통제를 먹으며 이제 그만 아프기를 간절히 바랐지만, 아무래도 좀 더 먹어야 할 것 같았다. 어쨌거나 당장은 진통제가 없었다.

옌스는 지도를 다시 자세히 들여다봤다. 지도 위에는 함부르크와 니더작센의 경계선이 표시되어 있었다. 지도에 창백한 여자를 제압했던 그곳을 대략적으로 표시했다. 정확히 니더작센에 속한 지역이었다. 그렇다고 해서 두 눈을 시퍼렇게 뜨고 있는데 이 사건을 니더작센에게 빼앗길 순 없었다. 그래서 창백한 여자가 경찰에게 잡힌 장소로 판단할 게 아니라 레기나 헤세가 제일 처음 그녀를 본 장소를 기준으로 관할 구역을 정해야 한다고 결론지었다. 그러니까 이제는 레기나 헤세에게 달려 있었다. 옌스가 이 사건과 관련하여 그의 상사를 명백하게 설득할 수 있을지 없을지는.

옌스는 기다리는 동안 주변을 살짝 둘러봤다. 전에 왔을 때와 전혀 다른 분위기였다. 왜일까? 주변에 뭐가 아무것도 없기 때문이었다. 오로지 숲만 있을 뿐. 그럴싸한 조망도 하나 없으니, 북독일에 사는 옌스에게도 하셀브라크 언덕은 지루하기 짝이 없었다.

가만히 귀 기울여 봤다. 그곳은 정말 조용했다. 편안한 고요함이었다. 나뭇가지 사이로 햇빛이 쏟아지고 밝은 얼룩들이 그림자와 번갈아가며 나타났다. 까마득하고 아득한 숲의 깊이가 으스스한 기분과 공포에 가까운 두려움을 주입시킬 것이 분명했다. 특히 밤에는. 옌스는 자신에게 또다시 물었다. 그곳엔 대체 어떤 비밀이 숨겨져 있는 걸까? 이 숲이 창백한 여자와는 무슨 연관이 있는 걸까……?

다시 정상의 표석으로 돌아가려는 그때, 옌스는 깜짝 놀랐다.

갑자기 앞에 레기나 헤세가 나타났다. 개미 새끼 한 마리 기어가는 소리도 듣지 못했는데.

"아우, 씨!" 옌스가 자기도 모르게 가슴팍을 붙들며 내뱉었다.

돌연 쿵쾅대는 심장 때문에 혀에 격렬한 자극이 몰아쳤다.

"저 때문에 놀라셨나 봐요?"

레기나 헤세가 그에게 다가오며 물었다.

레기나는 그날 밤과 같은 옷을 입고 있었다. 총은 없었지만. 그녀가 조롱이 섞인 듯한 미소를 지었다.

"오는 소리를 전혀 못 들었거든요."

옌스가 레기나의 질문을 피했다.

"한 15분 전부터 형사님이 여기에 도착한 거 들리던데요?"

레기나가 두 손을 쫙 펼쳤다.

"제가 그렇게 시끄럽던가요?"

레기나가 고개를 끄덕였다.

"코끼리가 숲을 걸어가는 것처럼 쿵쿵 대시던데."

"카우보이와 인디언 게임에서 꼬마 인디언 같았겠군요."

"흠, 꼬마라고 할 순 없지 않나요?"

"자, 용건부터 말씀드리죠. 먼저 갑작스러운 연락에도 시간 내어 주셔서 고맙습니다."

옌스는 레기나가 자기의 육중한 몸을 놀림거리로 삼고 있는 걸 모른 체하며 말했다.

"사실 좀 바쁘긴 한데요, 그런데 이 사건은 왠지 계속 신경이 쓰여요. 형사님이 그렇듯이요. 그 여잔 어때요?"

옌스가 어깨를 으쓱했다.

"지금 병원에 있습니다. 그냥 그런 상황이죠, 뭐. 안타깝게도 제정신이 아니라서 기본적인 신원정보나 이 숲에 어떻게 오게 됐는지 이런 건 말할 수 없는 상태입니다."

"네, 그럴 것 같네요. 가엾네요, 참."

"그날 밤 당신의 도움이 정말 컸습니다."

"누구나 할 일을 했을 뿐인데요, 뭐."

옌스가 무미건조하게 웃었다.

"그건 틀린 말씀입니다."

"하하, 네, 어쩌면요. 그런데 제가 형사님을 어떻게 도울 수 있죠?"

"그 여자를 제일 처음 발견한 곳이 어딘지 알려주시면 됩니다."

"얼마나 정확하게요?"

"가능한 매우 정확하게요. 딱 찍어서요."

"좋아요. 따라오세요."

레기나 헤세가 앞서 나갔고, 옌스가 뒤따랐다. 어찌나 숲을 능숙하게 헤쳐나가는지 새삼 놀라웠다. 그녀는 나뭇가지 하나에도 부딪히지 않았고 바닥에 울퉁불퉁 나 있는 나무뿌리도 하나 밟지 않았다. 10분 정도 후에 둘은 수풀로 뒤덮인 터에 도착했다.

"정확히 여기예요. 저기 위에 있는 높은 오두막 있죠? 저 안에서 그 여자를 봤어요."

옌스가 지도를 펼쳤다.

"여기가 어딘지 지도에 찍어주시겠습니까?"

117

레기나 헤세가 지도 위로 몸을 구부리더니, 눈으로 발견 지점을 찾아 다녔다. 드디어 손가락으로 가리켰다.

"여기면 니더작센이군요."

옌스가 말했다.

"그럼요, 당연하죠. 저도 니더작센에서 왔잖아요. 그리고 여긴 제 사냥터이기도 하고요."

"이런, 제길." 옌스가 읊조렸다. "경계선은 못 해도 여기서 20m는 떨어져 있겠네요."

"관할 구역 때문에 그러세요?"

레기나 헤세가 물었다.

"네, 맞습니다. 안타깝게도 이게 바로 관료주의의 맹점이죠. 그렇다고 바뀌는 건 아무것도 없습니다. 하는 수없이 이 건을 넘겨야겠군요."

"형사님은 그 여자에게 무슨 일이 있었던 건지 알아내고 싶으신 거죠, 그렇죠?"

옌스가 입술을 깨물고 고개를 끄덕였다.

"누군가 책임질 겁니다……. 제가 책임지고 적임자를 찾을 거고요."

레기나 헤세의 푸른 눈이 흥미롭게 빛났다. 레기나는 그 눈으로 옌스를 꼼꼼히 살펴보더니 마침내 고개를 끄덕이고 입을 열었다.

"세상에, 제가 착각했네요. 그 여자는 여기서 나타났었어요."

레기나의 손가락이 지도 위의 어느 곳을 가리키고 있었다. 정확하게 함부르크에 속한 그곳을.

"확실합니까?"

"그럼요! 무조건이죠. 조서에 기록되도록 진술도 가능해요."

9

체육관으로 가는 길에 비젠담에 있는 33. 경찰서가 있다. 자비네가 경찰서 앞을 지나가는데 눈초리에 경찰 마크가 들어왔다. 그녀는 우뚝 멈췄다.

운동복이 들어있는 백팩의 어깨끈을 꽉 움켜쥐고 경찰서 건물을 뚫어지게 바라봤다.

비올라는 경찰서에 갈 생각이 없었다. 하지만, 그렇다고 해서 스토커가 주먹을 휘두를 때까지 기다려야 하는 걸까? 이쯤에서 스토킹을 저지하기 위해 어떤 행동을 하면 좋을지 알아내는 게 더 낫지 않을까? 자비네가 기억하기로는, 지난해부터 스토킹과 관련된 처벌이 대폭 강화되었다고 했다.

서둘러 결정을 내리고 경찰서의 입구 쪽으로 방향을 틀었다. 마침 문을 열려고 하는데, 50대 초반 정도 되어 보이는 덩치 크고 약간 뚱뚱한 남자가 문 쪽으로 급하게 다가왔다. 그 남자는 청바지에 검은 티셔츠 차림이었고 옛날 서부영화에 나오는 카우보이 분위기를 살짝 풍겼다. 그는 굉장히 바쁘고 스트레스에 시달리는 것처럼 보였는데도 자비네를 위해 문을 잡아주었다.

그 남자를 보니 아빠 생각이 났다.

7년 전 심근경색으로 돌아가시지만 않았어도 자비네의 삶은 완전히 달랐을 것이다. 특히 엄마가 달랐을 것이다. 엄마의 삶 자체가······.

자비네는 그 남자에게 싱긋 미소를 지어 보이고는 그를 지나쳐 경찰서 안으로 들어갔다. 그리고 뒤를 돌아 한 번 더 그 남자를 봤을 땐, 그가 길가에 주차된 인상적인 새빨간 픽업트럭에 오르는 중이었다.

그래, 복고 스타일이네. 저것도 우리 아빠랑 똑같아, 라고 자비네가 생각했다. 순간 눈꼬리에 길 건너에서 누군가 자길 쳐다보고 있는 모습이 걸려들었다.

고개를 홱 돌리자 화물차 한 대가 지나갔고, 2초의 찰나 동안 저 건너편에서 하늘색 가방을 든 누군가가 5층짜리 벽돌건물 사이의 막다른 길로 사라지는 걸 본 것 같았다.

휴, 정신 차리자. 잘못 봤을 거야. 자비네는 속으로 되뇌며 두 번째 문을 열고 들어가 리셉션에 있는 남자에게 방문 이유를 전했다. 리셉션 남자가 어디론가 전화를 걸었고, 몇 분 후 카리나 라이니케 라는 여자 경관이 와서 자비네를 작고 휑한 사무실로 데리고 갔다.

카리나 라이니케는 자비네 보다 머리 하나는 더 컸으며 기다란 금발 머리를 하나로 반듯하게 묶고 있었다. 호감가고 믿음직한 인상이었다. 덕분에 자비네는 경관에게 비올라의 이야기를 편하게 이야기할 수 있었다. 남자가 들고 있던 하늘색 가방에 대해서도 자세하게 알려주었지만, 아쉽게도 그 남자에 대한 기억은 그렇게 정확하지 않았다. 음성사서함의 이상한 소리와 칼슈타트 백화점 탈의실에서 벌어진 보라색 사각팬티 사건에 대해서도 언급했다.

"친구분은 왜 같이 오지 않았나요?"

이야기가 끝나자 경관이 물었다.

"제 친구는 제가 여기에 온 거 몰라요. 충동적으로 오게 된 거거든요. 비올라는 경찰서에 오는 걸 두려워해요. 그래서 일단 제가 먼저 와 본 거예요. 저희가 어떻게 해야 하나 알아보려고요."

카리나 라이니케가 고개를 끄덕였다.

"그렇군요. 굉장히 현명하고 책임감 있게 행동하신 거예요. 그런데 안타깝게도 스토킹이 멈추지 않는다면, 친구분이 직접 경찰서로 오시는 거 말고는 다른 방법이 없어요."

"형사님은 이런 사건들 많이 보셨을 거 아니에요? 스토킹을 멈추게 하려면 어떻게 해야 하죠?"

"지금도 잘 하고 계시긴 한데요. 보통 피해자가 가해자를 아는 경우엔 직접적이고 분명하게 연락 중단을 요청하라고 조언하죠. 하지만 그렇지 않은 경우에는 경찰에 와서 도움을 받거나 법원에 접근금지신청을 하기도 합니다."

"그렇지만 저희는 스토커가 누군지 몰라요."

"그게 어려운 문제예요. 이럴 때는 전화나 온라인상의 스토킹 행위에 그 어떤 반응도 하지 말아야 해요. 대신 전부 기록은 해야 하고요. 예를 들어, 좀 전에 말씀하신 음성사서함에 저장된 소리나 당신의 증언은 법정에서 잠정적인 결론을 내릴 때 매우 중요하게 작용할 수 있거든요."

"그렇지만 그러려면 가해자가 누군지 알아야 하잖아요."

자비네가 이의를 제기했다.

"네, 그렇긴 하죠."

"가해자가 누군지 알아내지 못하면요?"

"흠⋯⋯. 그럼 문제가 좀 복잡해져요."

"경찰이 제 친구를 경호하거나 감시해줄 순 없나요?"

"안타깝지만 그건 불가능해요. 그렇지만 경찰이 친구분 주변에 순찰을 자주 다니면서 살펴볼 수는 있어요. 그런데 그러려면 비올라가 직접 와서 익명의 그 사람을 고발해야 해요."

"비올라는 이 일을 혼자서 처리하고 싶어 해요."

"그런 일도 종종 있긴 해요. 피해자가 스토커에게 아무 반응을 보이지 않으면, 스토커는 흥미를 잃으니까요. 또 그 전화 이후로 지금까지 아무 일도 없었다고 했으니까 저 같으면 그렇게 크게 걱정하지 않을 것 같아요. 만약 스토커가 어떤 식으로든 신체적으로 친구분에게 접근해오면, 꼭 저한테 오게 해주세요. 여기 제 명함 드릴게요."

여자 경관은 사무실 문 앞에서 자비네의 어깨에 손을 얹었다.

"친구를 위해 경찰서까지 오시다니, 정말 용감하시네요. 저도 늘 이런 멋진 친구가 있으면 좋겠다고 생각했답니다. 저희가 할 수 있는 건 언제든 도울게요. 알았죠?"

자비네와 카리네는 서로 눈을 마주쳤다. 자비네는 경관의 눈에서 경찰의 진심 어린 관심과 애정이 어린 마음을 확인하고 작별 인사를 했다.

적극적으로 도우려는 경관의 모습이 꽤 인상적이어서 자비네는 실망하거나 낙담하지 않았다. 하지만 이제 알았다. 일단 당장은 경찰이 큰 도움이 되지 않는다는 걸. 자기가 곁에서 비올라를 지켜야 한다는 걸. 어쩌면 며칠 더 비올라 집에 머무는 것도 나쁘지 않을 것 같았다. 그러면 엄마도 앞으로 더는 날 함부로 대하지 않겠지.

건물 밖으로 나온 자비네는 길가에서 하늘색 가방의 남자를 찾고 있는 자신을 발견했다.

그러나 거기엔 아무도 없었다.

10

존넨베르크 할머니는 89세의 나이에 미소를 띤 채 생을 마감했다.

비올라는 이 노인 요양원에서 3년간 근무하면서 존넨베르크 할머니가 웃는 모습을 한 번도 본 적이 없었다. 존넨베르크 할머니뿐만 아니라 여기에 있는 노인들 대부분은 노년을 요양시설에서 보내야 하는 각자 나름의 이유 때문에 늘 우울해 하거나 기분이 좋지 않았다. 존넨베르크 할머니는 대퇴부가 골절되는 바람에 어쩔 수 없이 요양원으로 오게 되었다. 할머니의 하나뿐인 아들은 3년 동안 딱 두 번 병문안을 왔었다. 할머니의 표정이 내내 언짢았던 건 어쩌면 그래서 인지도 모른다.

그러나 존넨베르크 할머니는 미소로 삶을 마무리 지었고, 덕분에 할머니의 마지막 길엔 햇살이 비추었다. 비올라는 주름진 얼굴에 떠오른 편안해 보이는 미소가 자신이 마주하고 있는 그 어떤 것보다 아름답다고 생각했다. 그리고 그날만큼은 할머니의 축 처지고 힘없는 손을 맞잡아 어루만지고 미소에 화답하는 것이 하나도 힘들지 않았다.

비올라는 아무 말도 할 수 없었다. 마지막 인사를 하기엔 아직은 너무 나약했다. 물론, 꼭 말을 할 필요가 있는 건 아니었다. 회색빛이 감도는 할머니의 초록 눈에는 수백 권의 책처럼 많은 것이 담겨 있었으니까. 어떤 말도 필요치 않았다. 비올라는 할머니의 모든 걸 받아들이고 부드럽게 입꼬리를 올렸다.

그녀는 존넨베르크 할머니와 약속했었다. "비올라, 내가 죽거든 네가 내 손을 잡고 내가 잘 갈 수 있게 도와줬으면 좋겠구나. 대신 울지는 말고. 울어야 할 이유가 없으니 말이야."

비올라는 할머니와의 약속을 지켰다. 그녀는 울지 않았다. 그리고 자기가 근무하는 시간에 떠나주어서 진심으로 고맙고 기뻤다.

사실, 한 시간 전에 근무가 끝났기 때문에 지금은 비올라의 근무시간이 아니었다. 그냥 아무 생각 없이 앉아서 모든 두려움과 걱정을 떨쳐 버리고 생을 마감한 할머니와 함께 있을 뿐이었다.

전부 지나가고 나서야, 살짝 벌어진 할머니의 입술 사이로 숨결이 나오지 않는다는 걸 눈치채고 나서야, 할머니의 눈앞에 아무것도 보이지 않는다는 걸 알게 되고 나서야, 비올라는 부드러운 손길로 눈을 감겨 준 다음 명복을 빌고 병실을 나왔다. 비올라는 밖에서 기다리고 있던 동료를 지나쳐 직원실로 뛰어 들어갔다. 그러고는 사물함 앞에 있는 벤치에 털썩 주저앉았다.

눈물이 후두둑 떨어졌다.

이렇게 규모가 큰 노인 요양원에서는 그런 일이 비일비재 했다. 사람이 죽어 나가는 일쯤은. 그래도 비올라에게는 괜찮은 일이 아니었다. 자신의 일을 좋아했지만, 이럴 땐 너무 힘들었다. 정말로 많이.

문이 열리는 소리가 들렸다. 비올라는 문 쪽을 바라보았다. 카트린이 다 안다는 듯 부드러운 미소를 띠며 들어오고 있었다. 카트린은 비올라가 가장 좋아하는 직장 동료였다.

"괜찮아?" 카트린이 비올라 옆에 앉아 등을 쓰다듬어 주었다.

비올라는 고개를 끄덕이고 볼을 타고 흐르는 눈물을 훔쳤다.

"연락해줘서 고마워."

비올라가 말했다.

"당연한 걸 뭐."

침묵.

"존넨베르크 할머니는 널 참 좋아하셨어."

비올라는 터져 나오는 눈물을 삼키려고 입술을 꾹 깨물며 고개만 끄덕였다.

카트린의 손을 잡고 있으니, 그리고 등을 토닥여주는 그녀의 손길을 느끼고 있으니, 기분이 괜찮아졌다. 그런데도 여전히 혼자 있고 싶었다. 하지만 카트린에게 그렇게 말할 순 없었다. 비올라는 머리끈을 풀기 위해 자리에서 일어나 목덜미에 손을 댔다. 보통 일을 시작하기 전에 항상 머리를 하나로 묶곤 했으니까. 머리카락이 아래로 내려왔고, 비올라는 손가락으로 머리칼을 쓱쓱 빗었다.

"나도 할머니를 많이 좋아했어. 우리 모두 좋아했지. 할머니도 우릴 그리워하실 거야."

"그럼, 그러실 거야. 근데……." 카트린이 말을 멈췄다. "네 머리 왜 그래? 뭘 한 거야?"

"내 머리? 아무것도 안 했는데, 왜?"

"잠깐만……."

카트린이 비올라의 상체를 자기 쪽으로 돌리더니 손바닥으로 비올라의 머리칼을 쓰다듬었다.

"뭔가 좀 비어있는 것 같은데……. 여기, 잘려있네."

"뭐?"

"그래, 여기 뒤통수에." 카트린이 확인시켜 주었다. "머리카락 끝이 잘려져 있잖아."

비올라는 서둘러 거울로 갔다.

갑자기 지하철에서의 그 순간이 떠올랐다. 누군가 뒤에서 그녀를 밀쳤을 때. 누군가 그녀의 목덜미를 만지는 것 같은 느낌이 들었던 바로 그때.

11

비가 저렇게 많이 내리지 않았다면 레베카는 당장 밖으로 나가서 옌스를 기다렸을 것이다. 그날은 금요일이라 모두들 부헨베르크의 통증클리닉 퇴원을 준비하고 있었다. 레베카를 제외한 많은 환자들이 아래층에 있는 입구에서 저마다 차편을 기다리는 중이었다. 한쪽 다리 남자도 레베카 옆에 있었다. 그는 데리러 올 사람이나 차편이 없는 모양이었다. 또다시 그가 어떤 여자든 단번에 침대로 넘어뜨릴 수 있다는 자신감 넘치는, 라틴 러버* 같은 음흉한 눈으로 레베카를 쳐다봤다.

"여기 자주 오시나 봐요?" 그가 다가와 여지없이 말을 걸었다.

레베카는 속으로 한숨을 내쉬고는 옌스가 경주용 차를 타고 빨리 왔으면 좋겠다고 생각했다. 낡아빠져서 날이 갈수록 속도가 줄고 있는 시뻘건 픽업트럭, 레드 레이디 말고.

"올 필요가 있을 때 만요."

레베카가 짧게 대답했다.

"난 6개월 전에 다리를 잃었어요. 일하다가요. 그래서 이번이 처음입니다. 여기에 오자마자 그쪽이 첫눈에 확 들어오더군요. 왜인지 알려줄까요?"

지난 몇 주 동안 비가 한 방울도 안 오더니, 왜 하필이면 지금 비가 내리는 걸까? 땅은 얼른 쩍쩍 갈라져서 저 카사노바를 삼켜

---

* 라틴계의 연인이라는 뜻으로 연애를 잘한다고 여겨지는 말이다. 지중해나 라틴 아메리카 출신의 남자를 일컫는다.

버리지 않고 왜 가만히 있는 걸까? 레베카가 속으로 한탄했다.

"글쎄요, 제가 휠체어에 앉아있어서요?"

레베카는 눈길도 주지 않았다.

"에이, 여기선 당신만 휠체어에 있는 게 아닌데? 아니죠. 당신은 휠체어에 앉아있는데도, 다른 사람들처럼 장애가 있는데도, 여유 있어 보이더라고요. 그런 거에 전혀 얽매이지 않아 보였어요. 장애가 생겨서 상황이 안 좋아졌는데도 여전히 삶이 가치 있다고 확실하게 믿는 사람 같더라고요. 어쩌다 그렇게 됐는지 물어봐도 돼요?"

그가 레베카의 다리를 가리켰다.

레베카가 토끼 눈을 하고 그 남자를 쳐다봤다. 이런 질문은 전혀 예상도 못했다. 억압받는 듯한 느낌마저 들었다. 그는 레베카 옆에 바짝 붙어서 극도로 사적인 질문을 해대고 있었다. 이 카사노바는 아무래도 보통 사람들이 본능적으로 어느 정도 유지하려고 하는 사회적 거리감이라는 걸 들어본 적이 없는 것 같았다.

"그쪽하고는 상관없는 문제거든요?"

"에이, 그러지 말고 말해 봐요. 어차피 우리 다 같은 처지인데. 나는 재수 없게도 전기톱에 다리가 잘렸어요. 아무나 할 수 있는 일이 아니죠. 그래도 난 살아서 기뻐요. 피가 철철 흘러나왔고 살점도 너덜너덜해졌지만."

"쓸데없이 자세하네요."

"그랬군요! 이런 거에 예민한가 봐요? 당신도 사고였어요?"

옌스 팀장님, 제발 날 좀 구해줘요! 레베카가 마음속으로 간청했다.

엔스와 함께라면 온종일이라도 자기의 장애에 대해 이야기할
수 있을 것 같았다. 그러나 엔스는 그녀의 장애에 대해 물어보지
않았다. 가끔 장애인들에 대한 잘못된 정치적인 내용에 기가 막
힌 조롱을 섞어 어설픈 농담만 할 뿐, 레베카가 휠체어에 앉아있
는 건 그에게 전혀 중요하지 않았다. 때때로 농담이 좀 거칠어서
오히려 서 있는 사람들이 머리를 절레절레 흔들 때도 있었지만,
그녀는 그의 진정한 속마음을 언제나 잘 알고 있었다.

"아니요……. 음, 사고는 아니었어요. 남편이 계단에서 밀었거든
요." 레베카가 거짓말을 했다. "아! 마침 저기 오네요!"

그때 엔스의 레드 레이디가 원형 화단을 따라 입구 앞으로 들
어오고 있었다. 원래 입구 앞에는 택시를 제외하고는 어떤 차도
정차할 수 없었지만, 엔스는 그런 걸 신경 쓰지 않았다. 배기량이
엄청난 미국산 모터가 부르릉 부릉대며 저 앞에 정차할 곳으로
향했다. 엔스가 차를 세우자 배기구에서 시커먼 매연이 뿜어져
나왔고, 잠시 후 매연 사이로 그가 모습을 드러냈다. 배우 존 웨
인*이 리틀 빅혼 강**에서 벌어진 마지막 전투에서 뿌연 연기를 헤
치고 나오는 것처럼.

엔스는 언제나 그랬듯이 카우보이 스타일의 부츠에 청바지, 그
리고 검은 티셔츠 차림이었다. 제아무리 비가 온대도 그의 옷차림

---

* 1930년부터 1976년까지 활발하게 활동한 할리우드 배우이며, 서부영화 장르의 영원한 아
이콘으로 잘 알려져 있다.
** 미국 와이오밍주와 몬태나주를 흐르는 강으로, 1876년 리틀 빅혼 전투가 벌어진 장소로 유
명하다.

을 바꾸진 못했다. 그래도 꾸준히 노력해서 4kg 정도 감량한 덕에 좀 나아 보이긴 했다. 게다가 혀를 다치는 바람에 거의 먹지 못해 감량 효과가 더욱 빛을 발했다. 그 자신이 원하는 이상적인 몸무게에 도달하려면 아직 한참 멀었지만, 레베카는 그가 지금도 나름 잘하고 있다고 생각했다.

옌스의 멋진 등장을 입구의 자동문이 살짝 방해했다. 그가 자동문 앞에 섰을 때, 문이 반응을 하지 않아서 하마터면 문과 부딪힐 뻔했다. 옌스는 자동문이 다시 작동되게끔 뒷걸음질 쳤다가 다시 들어갔다.

다리가 한쪽인 라틴 러버는 아무 말도 하지 않았다. 가정폭력범으로 추정되는 남자를 뚫어지게 노려보고 있을 뿐이었다.

자동 회전문이 옌스 케르너를 뱉어냈고, 그는 로비로 터덜터덜 걸어갔다. 돌연 주변이 쥐 죽은 듯 조용해졌다. 다들 라틴 러버와 내 대화를 엿듣고 있었던 거야, 뭐야? 레베카가 속으로 중얼거렸다.

옌스의 표정은 정말 예술이었다. 저런 어리둥절한 표정이라니!

"어머 자기, 왔구나!"

레베카가 알랑거렸다. 그러고는 휠체어를 굴려 그의 쪽으로 다가가서 이 연극에 같이 참여하라고 눈짓했다. 옌스는 도통 이해하질 못했다. 뭐 어떻게 하라는 거지? 레베카가 그를 향해 팔을 활짝 벌렸고, 옌스는 그녀 쪽으로 몸을 숙이는 수밖에 달리 할 게 없었다. 옌스에게 팔을 두르자 그날 밤의 키스가 떠올랐다. 더 원했지만 더 받을 수 없었던 그 키스가.

"팀장님, 지금부터 제 남편이에요." 레베카가 옌스의 귀에 속삭였다. "한 번만 연기해줘요. 안 그러면 통증클리닉 껄떡남이 절 안 놔줄 거라고요."

말이 끝나기가 무섭게 옌스가 레베카의 이마에 입을 맞췄다. 전혀 예상치 못한 입맞춤이었다. 그가 그녀 앞에 무릎을 쪼그리고 앉아 부드럽게 미소 지었다.

"자기는 어때? 집에 가니까 좋아?"

"당연하지! 특히 계단이 기대되는걸!"

옌스가 순간 어리둥절하여 이마를 찡그렸지만, 금세 다시 상황극에 몰입했다.

"아하, 그렇지. 아무 걱정 마. 계단 오를 땐 내가 도와줄 거니까. 언제나 그랬듯이 말야."

옌스와 레베카는 저 앞줄에 있는 라틴 러버에게 들리도록 일부러 크게 말했고, 레베카는 갑자기 터지려는 웃음보를 틀어막으려고 허벅지를 꾹꾹 눌렀다.

"내가 자기 가방 들어줄게."

옌스가 그렇게 말하며 자리에서 일어나 어쩔 수 없이 껄떡남에게 다가갔다. 레베카는 한 장면도 놓치지 않으려고 휠체어 이바르의 앉은 높이를 위로 쭉 높였다.

껄떡남은 격노한 얼굴을 하고 있었다.

내가 너무 심했나? 저 남자가 날 구한답시고 영웅 놀이라도 하듯 옌스에게 덤벼들면 어쩌지?

껄떡남은 그렇게 하지 않았다. 하지만 옌스가 짐 가방을 들어 올리자, 입속말로 욕을 했다. 레베카는 뭐라는 건지 알아듣지 못했다.

옌스가 다시 레베케에게 돌아와서 눈썹을 찌푸렸다.

"여기서 나가면 끝이야."

옌스가 귓속말을 하고 앞으로 갔다. 레베카는 그를 따라 회전문을 통해 밖으로 나섰다. 레베카를 향한 라틴 러버의 낙담한 눈빛, 언제든 도와주겠다는 최후의 눈빛을 그녀는 모른 체했다. 장난도 지나치면 사람을 화나게 만들 수 있으니.

밖엔 꽤 굵은 빗줄기가 쏟아지고 있었고, 레베카의 얼굴에도 내려앉았다. 옌스는 짐 가방을 차곡차곡 뒷자리에 쌓고 조수석 문을 열었다. 지난 시간 동안 그는 레베카를 휠체어에서 내려준 다음, 높은 차에 올라탈 수 있게 보조하는 연습을 많이 해왔다. 종종 둘은 동네를 함께 드라이브하며 복잡한 생각을 정리하곤 했는데, 그 시간을 '드라이브 타임'이라고 불렀다. 같이 드라이브를 즐기며 생각도 정리하고 담배도 태웠으니까.

옌스는 팔 한쪽을 레베카의 무릎 아래로 넣고 다른 팔로 허리를 감았고, 그와 동시에 레베카가 그의 뒷목에 팔을 둘렀다.

"대체 뭐야? 왜 그랬던 거야?"

옌스가 레베카의 귀에 바짝 대고 물었다.

"저 남자가 무서운 눈을 하고는 내가 그만두지 않으면, 경찰에 신고하겠다잖아요. 뭘 그만두라고 했는지 알아요?"

옌스가 레베카를 번쩍 들어 올려 힘든 내색 하나 없이 픽업트럭의 보조석에 앉혔다. 이런 육체적인 가까움은 서로 간의 신뢰에서 나오는 것이었다.

"저 남자는 팀장님이 절 계단에서 밀어서 제가 휠체어 신세가 된 줄 알거든요."

레베카는 옌스가 자리에 앉혀줄 때까지 사실대로 말하지 않고 기다렸다. 자리에 앉히기 전에 말했다가는 자길 떨어뜨릴 수도 있으니까.

"이게 뭔 쓸데없는 짓이래?"

"안 그랬으면 저 남자를 떨쳐내지 못했을 거예요. 미안해요."

"아니, 그럼 내가 사이코패스였던 거야?"

"제 주변에 그런 역할을 찰떡같이 소화할 사람이 팀장님 말고는 없어서요."

"어이, 오스발트 씨. 한마디만 더 하지. 당장 내 차에서 내려서 네 애인한테 가세요."

옌스는 레베카의 대답을 기다리지 않고 보조석 문을 닫고는 휠체어를 트렁크에 실은 뒤 비에 젖지 않게끔 뒷자리에 있던 방석을 꺼내 휠체어를 덮었다. 큰 꽃다발만 줄기차게 사다 바치는 남자 말고, 이렇게 작은 것에 사려 깊은 남자가 또 어디에 있을까, 라고 레베카는 생각했다.

차에 탈 때쯤엔 옌스의 옷이 홀딱 젖어 있었다.

"나 참, 그래도 너는 꽤나 즐거웠겠구먼!"

옌스가 시동을 걸었다.

와이퍼가 끼익 소리를 내며 차 유리를 닦았다. 물어보나 마나 그는 자동차 부품을 교체하지 않았을 거다. 레드 레이디는 전부 골동품이어야 한다나 뭐라나.

"좀 샘내는 것처럼 들리는데요?"

레베카가 짓궂게 물었다.

"참나……, 어른이면 자기가 무슨 짓을 저질렀는지 정도는 인지해야 하는 거야."

옌스가 고물차로 좁다란 화단 길을 빠져나가는 모습을 지켜보는 것이 꽤 흥미로웠다.

"그런데……, 혀는 좀 어떠세요?"

레베카가 대화 주제를 바꿨다.

"서서히 낫는 중이지."

"팀장님한테 잡힌 그 귀신은요?"

"그게 얘기가 좀 복잡해. 그게 말야……, 이런 제기랄!"

갑자기 옌스가 급브레이크를 밟았다.

어떤 여자가 오른쪽에서 차도로 뛰어들었다. 그녀는 딱 봐도 어디서 도망 나온 정신 나간 여자 같았다. 머리가 다 젖어서 머리카락이 얼굴에 얼기설기 들러붙은 그 여자는 팔을 마구 휘두르면서 비틀비틀 장미화단으로 들어와 길가로 돌진했다. 하마터면 넘어질 뻔했다.

"여기 아주 정신 나간 사람 천지네!"

옌스가 쏘아붙였다.

"잠깐만요." 레베카가 옌스에게 부탁했다. "저 여자 아는 사람이에요."

그녀는 비앙카 도이터, 그 마사지사였다. 비앙카가 보조석 문으로 다가왔고, 레베카는 손잡이를 돌려 창문을 내렸다. 처음엔 잘 안 내려가더니 어느 순간 창문이 틈새로 쏙 들어갔다.

"조심해!" 옌스가 인상을 쓰며 경고했다.

비앙카가 거친 숨을 내뱉었다. 얼굴 아래로 빗물이 죽죽 떨어지고 있었다.

"헉헉. 놓친 줄 알았어요. 줄 게 있어서요."

비앙카가 비닐 주머니를 불쑥 내밀었다.

"이게 뭐예요?"

"꼭 한번 봐주세요……. 제 딸을 위해서……."

레베카는 절망감에 휩싸인 한 소녀의 엄마의 눈빛이 너무 안쓰러웠다.

"그럴게요. 약속할게요."

레베카가 나지막이 말했다.

비앙카 도이터는 희망 가득한 미소를 힘겹게 내비치고는 비를 뚫고 건물 안으로 뛰어갔다.

"이제 슬슬 네가 걱정된다."

옌스가 넌지시 던졌다.

레베카가 축축하게 젖은 비닐 주머니에서 내용물을 꺼냈다. 그 안에는 초록색 서류철과 CD 케이스가 들어있었다. 서류철에는 산드라 도이터 실종 사건과 관련된 신문 기사와 열람 가능한 수사기록 복사본이 끼워져 있었다.

케이스 안에 있는 CD에는 아무것도 쓰여 있지 않았다. 레베카가 CD를 꺼내고 옌스를 바라봤다.

"틀어도 돼요?"

"들어봐."

60년대에 생산된 이 차엔 최신 기기인 CD플레이어가 어울리지 않았지만, 옌스는 라디오에서 하염없이 흘러나오는 광고가 성가셔 라디오를 듣지 않았다. 대신 컨트리음악을 즐겨 듣기에, 차에 CD플레이어를 설치했다. 레베카는 조니 캐쉬[*] CD를 꺼내고 비앙카 도이터가 준 CD를 넣었다.

쏴쏴쏴. 바스락바스락 바스락바스락.

으흠. 헛기침 소리.

적막. 부드러운 기타의 선율이 시작됐다. 어디선가 들어본 멜로디였지만, 어떤 노래인지 번뜩 생각나지 않았다. 노랫말을 듣고 나서야 누구의 노래인지 선명하게 떠올랐다.

〈나는 너의 안에서 길을 잃었어. 네가 맨몸의 날 싸움으로 내몰았어. 모든 게 뒤틀렸어. 잡히지 않는 안개처럼 난 너에게 완전히 취해 버려 길을 잃고 헤매어…….〉

자동차 스피커의 성능이 매우 좋아서 목소리의 음색 하나하나가 전부 들렸다. 약간 거친 기본 음색 위에 종소리처럼 맑고 선명한 목소리였다. 씩씩하고 자신감 넘쳤으며, 무엇보다 여러 감정이 섞여 있었다.

"뭐지, 이건?" 옌스가 꿍얼댔다. "그래도 목소리는 진짜 좋네. 소름 돋을 정도야. 누구야?"

"산드라 도이터. 조금 전에 이 차로 달려든 여자 딸이에요. 2년

---

[*] 미국의 싱어송라이터 겸 배우이다. 1950년대 중반 로큰롤 탄생에 기여했고, 컨트리 음악의 대중화에 앞장선 인물로 평가받는다.

전에 흔적도 없이 실종됐고요."

아름다운 산드라의 노랫소리에 레베카는 뱃속이 쪼그라드는 것 같았다. 반사적으로 가방을 열어 산드라의 사진을 꺼내 옌스에게 보여줬다.

"예쁜 아가씨네. 무슨 일인데 그래?"

"잠깐만요……."

레베카가 말했다. 노래의 마지막 소절을 마저 듣고 싶었다.

〈믿기 어려워. 네가 내 잘못을 전부 모른 척했다는 게. 너는 의심이 들 때마다 나의 모든 생각을 땅에 묻어 버리고 날개를 달아주었지.〉

"저 아가씨가 작사한 건가?"

후렴구가 끝나자 옌스가 물었다.

"아니요. 질버몬트* 노래예요."

레베카의 목소리가 약간 갈라져 있었다. 이 노래가 레베카의 마음을 흔들어 놓은 것이다.

"나는 몰라."

"팀장님 세대 노래가 아니죠."

"그런데 그 아가씨 엄마가 왜 CD를 주는 거지?"

산드라 엄마는 정확히 알고 있으니까요. 자기 딸의 목소리가 사람의 마음을 울린다는 걸, 그리고 이걸 들으면 내가 절대로 그냥 넘어가지 않을 거란 걸 말이에요. 레베카가 생각했다. 그러나

---

* 독일의 록밴드이며, '은빛 달'이라는 뜻이다.

입 밖으로 꺼내진 않았다.

대신에 옌스에게 산드라 실종 사건에 대해 설명해주었다.

옌스는 입을 꾹 다물고 듣고만 있었다. 시선을 한 곳에 고정한 채. 마침내 그가 고개를 저었다.

"비극이군……. 그런 사건이 일어나면 늘 그렇지. 그래도 그 엄마한테 네가 할 수 없는 일이라고 말했겠지? 다른 지역 사건이고, 관할 구역도 아니잖아."

레베카가 고개를 끄덕이며 산드라의 사진을 계속 들여다봤다.

"그렇지? 레베카?"

옌스가 꼬치꼬치 캐물었다.

"그랬어요." 레베카가 대답했다. "그런데요……, 팀장님도 그 여자 봤잖아요……. 내가 도울 수 있는 게 있는지 살펴보겠다고 했어요."

"그건 나도 알지!"

"팀장님이라도 그러셨을 거예요."

"그렇지만……, 나는 수사권이 있는 경찰공무원이지만 넌 공무원이 아니잖아. 수사권이 없어."

"그래도 저한테는 제 부탁을 들어줄 수 있는, 아니, 저를 도와줄 수 있는 친절한 경찰이 있잖아요."

옌스가 레베카의 옆얼굴을 쳐다봤다.

"좋아, 다시 한번 들어봐."

옌스가 입을 열었다. 레베카가 CD 플레이어를 작동시켰다.

그렇게 둘은 비를 뚫고 함부르크로 돌아갔다. 어쩌면 살해되었을지도 모르는 소녀의 노래를 들으면서.

12

짧게 라이트 훅. 가드를 올려 상대와의 거리를 유지한다. 가볍게 뛰다가 피하고 블로킹. 한 번 더 라이트 훅. 이번엔 더 세게 상대의 코를 가격해 전투력을 잃게 만든다.

자비네는 체육관에서 샌드백을 치고 있었다. 그놈을, 비올라를 엿보고 있는 금발 머리의 그놈 얼굴을 떠올리면서. 실제로 보지는 못했지만, 마리우스는 확실히 아니었다. 아니면, 마리우스 그 쥐새끼 같은 놈이 자기 친구들 중 하나를 시켜서 비올라의 삶을 지옥으로 몰아넣고 있는 건가? 그럴 가능성도 충분히 있었다. 핸드폰 가게에서 마리우스의 반응이 어딘가 조금 이상했기 때문이다. 자비네는 그를 약한 여자나 때리고 다니는 찌질한 놈 그 이상으로 취급한 적이 없었다. 그런 그가 정말 그럴 능력이나 있을까? 아니면, 그 전화 뒤에는 일면식도 없는 다른 누군가 숨어서 음성사서함에 그런 역겨운 소리를 녹음한 걸까?

비올라는 아름다웠다. 외모에 자신이 없었는데도, 늘 주위의 관심과 시선을 한 몸에 받았다. 그러나 그녀는 그런 사실을 아예 인지조차 못 하는 경우가 허다했다. 반대로 자비네는 남자들 대부분이 비올라에게 접근하기 어려워할 뿐만 아니라, 심지어 건방지다고 여긴다는 걸 잘 알고 있었다. 그 와중에 비올라는 종종 혼자만의 생각에 잠기기도 하고 별로 특별하지 않은 것에 심각하게 고민하면서 바깥세상의 일에는 관심을 두지 않았다.

이렇게 자신을 세상과 차단시키는 유형의 사람들은 감정을 잘 드러내지 않는 편이다.

그 자식이 어디에 숨어 있는지, 앞으로 무슨 짓을 더 할 건지는 전부 아무 상관없었다. 어차피 자비네는 여동생과 다름없는 베스트 프렌드를 반드시 지키고 말 거니까. 자비네야 말로 비올라를 보호할 수 있고 비올라로부터 보호받을 수 있는 유일한 사람이니까.

경찰이 도움을 줄 수 없다고 해도, 뭐 도와주기 싫다고 해도, 자비네는 혼자 다 짊어지고 갈 것이다.

자비네는 복싱 밴드가 짱짱하게 감긴 손으로 샌드백에 펀치를 날렸다. 점점 더 세게 손가락 마디가 부서질 것처럼 아플 때까지. 허벅지가 터질 때까지. 늘 그랬듯 멈추지 않고 조금 더 샌드백을 때렸다. 있는 힘껏. 괴로움이 몰려왔다. 두 팔을 아래로 떨어뜨리고 거친 숨을 내뱉자 작고 마른 육체에 겨우 남아있던 힘마저 모조리 빠져나갔다.

이마에서 땀이 흘러 눈으로 들어갔다. 자비네는 백팩이 놓여있는 긴 의자로 가서 물병을 꺼내고 칠이 벗겨진 긴 의자 위로 털썩 주저앉아 물을 벌컥 들이켜며 주위를 살폈다.

저녁 7시와 10시 사이에는 체육관에 사람이 가장 많았다. 자리가 거의 차 있고, 링 위에도 연습생들로 붐벼서 시끌시끌했다. 자비네는 이런 주변 소음을 좋아했다. 끊임없이 들려오는 거친 숨소리와 가죽 천과 주먹이 부딪치는 착착 소리, 링 바닥의 잰 발걸음 소리. 체육관은 자비네에게 고향 같은 곳이었다.

카르스텐이 자비네에게 다가왔다. 짧은 반바지와 딱 달라붙는 민소매 티, 흠뻑 흘린 땀과 헝클어진 머리. 자비네는 그가 정말 멋지다고 생각했다. 카르스텐의 스포츠 가방이 자비네 옆에 있었다. 그가 그녀를 보고 미소 지으며 의자에 앉아 물을 마셨다. 둘 사이엔 가방 하나만 달랑 있었기에 그의 몸에서 뻗쳐 나오는 열기와 체취가 곧바로 느껴졌다. 저절로 그의 다리로 옮겨가는 자신의 시선을 그녀는 막지 못했다.

"오늘은 운동 다 한 거야?"

카르스텐이 물었다.

"응. 그런 듯. 집까지 조깅해서 가려고."

"그 정도는 너한테 아무것도 아니잖아, 그렇지? 너야 늘 컨디션이 좋으니까."

"고마워. 그래도 7km 정도 돼. 그거 뛰려면 힘을 좀 남겨둬야지."

카르스텐이 수줍은 듯 웃었다. 자비네는 그에게서 눈을 떼고 손에 감겨있는 밴드를 풀었다.

"이런 늦은 시간에도 뭐, 별일 없을 거야, 그치?"

이런 세상에, 너무 귀엽다. 자비네가 생각했다. 쟤 지금 내가 걱정돼서 끼 부리는 거야, 뭐야?

"무슨 일 생기겠어? 나 복싱도 할 줄 아는데? 너도 한 방에 눕

허 버릴 텐데 뭘."

말이 끝나기가 무섭게 자비네는 마지막 문장이 다르게 해석될 수도 있다는 걸 깨닫고 얼굴을 붉혔다. 카르스텐도 마찬가지로 벌게진 얼굴로 바닥만 바라봤다. 그러나 입꼬리에 아주 미세한 미소가 걸려있었다.

"뭐, 그럼 언제 한번 겨뤄볼까?"

카르스텐이 제안했다.

"그러지 뭐! 그런데 오늘은 안 돼. 이제 정말 가야 하거든."

"오늘 밤에 영화 보러 갈래?"

"글쎄." 자비네가 머뭇거렸다. "일단 친구한테 가야 해서……. 내가 왓츠앱으로 톡 보낼게, 알겠지?"

카르스텐은 단호하게 거절당한 게 아니라서 매우 기뻐하며 자비네에게 핸드폰 번호를 알려주었다.

"그럼……, 잘하면 이따 저녁에 보자."

카르스텐이 자비네를 보고 싱긋 웃고는 자리에서 일어나 운동을 하러 갔다. 자비네는 그의 뒷모습을 보며 생각했다. 위에서 날 누르는 그의 근육은 어떤 느낌일까?

기분이 갑자기 좋아졌다. 자비네는 소지품을 챙기고 가벼운 가방을 어깨에 메고 체육관 관장인 안드레아스에게 인사를 했다. 안드레아스는 대체 언제쯤 진짜 복싱 선수로서 링 위에 올라갈 거냐고 또 물었다. 그는 자비네가 복싱에 소질이 있는데 재능을 낭비하고 있다고 생각했다. 그럴 때마다 그녀는 복싱 훈련하는 걸 좋아하는 거지 시합을 나가고 싶은 게 아니라고 항변했지만, 그는 인정하지 않았다. 안드레아스가 직접 말한 적은 없지만, 자비네가 보기에 안드레아스는 그녀가 시합을 두려워한다고 생각하는 것 같았다. 어쩌면 그의 생각이 맞을 수도 있다. 물론 두려움을 극복하는 것 또한 자비네에게 좋은 영향을 미칠지도 모른다. 한 걸음 더 앞으로 나아가는 계기가 될 수도 있고!

일단 다음으로 결정을 미루고 꿉꿉한 체육관을 나왔다.

해가 아직 넘어가지 않은 채 서쪽 깊은 곳에 걸려 있었다. 잔잔한 금빛 햇살이 나무 꼭대기의 나뭇가지 사이로 쏟아지고, 나뭇가지의 굵직한 그림자가 아스팔트 바닥에 펼쳐졌다.

자비네는 눈을 감고 숨을 깊게 들이마시며 활기차고 강한 기운을 느꼈다.

일단 비올라에게 문자를 보내 카르스텐과의 데이트를 알리고, 핸드폰을 백팩에 집어넣은 다음, 가방의 어깨끈을 단단히 조이고 달리기 시작했다. 길을 따라 오른쪽 아래로 내려가서 거주지역을 지나 엘베강 끝까지 이어지는 길은 아주 괜찮았다. 자비네는 그 길을 좋아했다. 그 시간대에는 길에 아무도 없고, 조깅하면서 이런 생각 저런 생각도 할 수 있었으니까.

13

비올라의 몸이 덜덜 떨렸다.

다시 뒤통수를 만져봤다. 뒷머리의 일부분이 사라졌다는 걸 확인하려고 몇 번이고 계속 만져보았다.

요양원의 입구 앞은 안전했으나, 영원히 여기에 서 있을 수는 없는 노릇이었다. 집에 가야 했으니까. 하필이면 그날따라 차도 안 가지고 왔다. 별다른 방법이 없었다. 지하철을 타는 수밖에는.

핸드폰을 들여다봤다. 자비네가 다시 전화하지 않아서 30분 전에 음성사서함에 메시지를 남겨 놨다. 제발 나 좀 데리러 와 달라고. 근데 얘는 왜 전화를 다시 안 하는 거지?

자비네의 마지막 문자는 체육관에서 만난 카르스텐과의 데이트 알림 문자였다. 어쩌면 오늘 저녁일 수도 있다면서. 그래서 연락을 못 하는 건가?

그래, 좋아. 비올라가 속으로 말했다. 그런 이상한 남자 때문에 주눅 들지 말자. 그게 그가 원하는 것일 테니. 여긴 2백만 인구가 사는 큰 도시고, 여기서 집까지 나 혼자 길거리에 있는 순간은 단일 초도 없을 테니까. 설마 무슨 일 일어나겠어?

그런데도 그 남자는 사람이 그렇게나 많은 지하철에서 비올라의 머리를 잘랐다. 길가로 내딛는 첫걸음이 무척 무거웠다. 한 발한 발 나아갈수록 다행히 발걸음은 다행히 조금씩 가벼워졌고, 비올라는 지하철역 쪽으로 뛰지 않고 보통 속도로 걸어갔다. 계속 사방을 예의주시하면서. 그러나 하늘색 가방을 들고 있는 남자는 어디에도 없었다.

손에 핸드폰을 꼭 쥐고 틈날 때마다 흘끗 쳐다봤다. 자비네에겐 전화도 오지 않고, 문자도 오지 않았다.

비올라는 함부르크에서 나고 자랐다. 다른 도시에서 살아본 적도 없을뿐더러 이 도시를 떠나고 싶지도 않았다. 함부르크는 늘 열려 있고, 활기차고, 자유로우며, 공원이 많아 온 천지가 초록으로 물들어 있고, 조금만 나가도 해안가에 다다를 수 있었다. 이 도시에 있으면 언제나 마음이 편안했다. 그녀는 내 고향, 내 집이라는 닻을 그 도시에 내리고 있었다. 그런데 그 닻이 말도 안 되는 이유로 헐거워지고 마구 흔들리고 있었다. 그 남자 때문에……. 알 수 없는 이유로 비올라를 못살게 구는 그 남자 때문에. 대체 왜 그러는 걸까? 여태껏 그 누구에게도 해를 끼친 적이 없는데!

눈앞에 지하철역으로 내려가는 계단이 나타났다. 어둡지는 않았다. 밖도 마찬가지였다. 그런데도 컴컴한 동굴의 입구처럼 느껴졌다. 몇 걸음 후, 멈춰 섰다. 도저히 계단 아래로 내려갈 수가 없었다. 심장이 미친 듯이 날뛰었고 땀이 쏟아져 흘렀다.

이건 아니야, 절대 지하철은 탈 수 없어!

후들거리는 손으로 핸드백에서 지갑을 찾았다. 지갑을 꺼내 50유로짜리 지폐를 확인했다. 지하철역 근처에 택시 정거장이 있었다. 당장 거기로 향했다.

나란히 줄지어있는 상아색 택시들 가운데 첫 번째 택시에 올라타는데, 맞은 편 길가에서 누군가 하늘색 가방을 들고 서 있는 것 같았다. 비올라는 차 뒷문 손잡이를 꽉 쥔 채 그쪽을 바라봤다.

건너편 복권 판매점의 차양 아래에 금발 머리 남자가 가방을 들고 서 있는 거 아닌가?

때마침 해가 넘어가고 있어서 차양 아래에 짙은 그늘이 가득차 있었다. 누가 있는 것 같기도 하고 아닌 것 같기도 했다.

더 자세히 알고 싶지 않았다. 차 문을 열고 들어가 서둘러 문을 닫았다. 곧바로 이제 안전해, 라는 느낌이 들었다.

14

26년째 간호사로 일하고 있는 이다 루트비히는 웬만한 일은 다 겪어봤다. 지금껏 환자를 두려워한 적도 한 번도 없었다. 정말 단 한 번도! 허나 이 얼마나 아름다운 말인가? '모든 것에는 처음이 있다.'라는 말.

벌써 2분 째, 이다 루트비히 간호사는 이름 없는 창백한 여자가 있는 꽉 닫힌 병실 문 앞에 서서 우물쭈물 기다리고 있었다. 보통은 그런 식으로 시간을 보내지 않았다. 기다릴 시간 같은 건 없었으니까. 하지만 지금은 어쩔 수 없었다. 그 병실의 야간 근무 간호사로서 그녀는 가능한 15분에 한 번씩 환자가 잘 묶여 있는지 확인해야 했고, 환자가 자리를 이탈했을 경우 반드시 응급 버튼을 눌러야 했다. 15분이라니…… 아, 이런, 15분 지났다!

나 참, 이게 다 무슨 소용이람. 이다 루트비히가 속으로 중얼대며 슬며시 문을 열었다.

그렇게 조용히 들어갈 필요가 없었다. 창백한 여자가 깨어 있었으니. 그럼 그렇지!

차디찬 달빛이 창문을 뚫고 들어와 있고, 그 여자의 모습은 마치 유령 같았다. 그녀의 몸은 너무 앙상해서 밴드에 묶여있으면 안 될 것 같았다. 여자는 자기를 묶고 있는 밴드를 풀어버리려고 발버둥 쳤다. 온갖 혈관과 힘줄이 팔뚝과 목 위로 불거져 튀어나왔다. 평평한 바닥의 울퉁불퉁한 나무뿌리처럼.

그러더니 고개를 번쩍 들어 뒷목에 머리를 받치고 날카로운 눈으로 천장을 노려보기 시작했다. 맹수처럼 치아를 드러내고 혀를 입 밖으로 쭉 내밀었다가 다시 입속으로 집어넣었다. 그리고 또 쭉 내밀었다.

그 모습이 섬뜩했지만, 그래도 이다는 오랜 간호사 경력 덕분에 소리를 지르지 않을 수 있었다. 그리고 또, 창백한 여자가 내뱉은 말을 정확히 알아들을 수 있었다.

"……킴, 달링……, 내 인생의 빛……, 킴, 달링……, 내 인생의 빛……."

15

"그래, 이 아가씨가 노래를 참 잘하긴 하는데, 헤센에서 벌어진 이 오래전 사건은 우리 관할이 아니라고."

아니잖아요, 그래서 그런 게 아니잖아요. 산드라와 그녀의 엄마에게 희망이 없을 것 같으니까 그러는 거겠죠, 라고 레베카가 생각했다. 그러나 입 밖으로 꺼내진 않았다.

레베카는 휠체어 이바르의 바퀴를 붙잡고 현관문 쪽으로 굴렸다. 드디어 집에 왔다. 너무 기뻤다. 통증클리닉 입원은 평생 그녀를 쫓아다닐 것이다. 신체장애라는 죽을 만큼 지긋지긋한 인생의 동반자가 있으니 말이다. 레베카는 집에 있는 걸 좋아했다. 주변의 모든 것이 익숙한 자기만의 작은 동굴에선 아무 옷이나 입고 있어도, 게으름을 피워도, 괜찮았고 끊임없이 어떤 무언가에 도전할 필요도 없었으니까.

옌스는 한 손에는 검은색의 작은 백팩을, 다른 손에는 짐 가방을 들고서 레베카 앞으로 갔다. 산드라 실종 사건은 옌스에게 먹히지 않았다. 하필이면 그때 혀의 통증이 지속되고 있었고, 게다가 바움게르트너 경정의 지시가 그를 짜증 나게 했기 때문이었다. 바움게르트너는 옌스가 무엇을 해야 하고 무엇을 하지 말아야 하는지 명령하려 들었다. 이것 때문에 옌스는 정말 화가 났다. 워낙에 창백한 여자 사건에 관심을 많이 쏟고 있었으니까. 그는 일단 어떤 일에 불을 붙이면 절대 먼저 끄는 법이 없는 남자였다.

레기나 헤세라는 여자 사냥꾼과 옌스의 거짓말 프로젝트는 그럴싸하게 잘 굴러가고 있었다. 옌스로부터 그 모든 걸 혼자 생각해냈다는 이야기를 들었을 때, 레베카는 당연히 기뻐해야 했지만, 마음속 저편에서 왠지 모를 질투심이 싹 텄다. 그녀가 느끼기에 옌스는 레기나 이야기를 하면서 매우 감격하고 감탄했다. 몇번이고 그녀가 쿨 하다는 둥 침착하다는 둥 칭찬을 해댔다. 겁도 없이 어두운 숲에서 유령 같은 사람을 혼자 쫓아다녔다면서. 옌스가 강인하고 자존감 높은 여자, 그러니까 남자 잘 만나서 팔자 고치려 들지 않는 여자를 좋아한다는 건 레베카도 잘 알고 있었다. 그 사냥꾼, 레기나 헤세가 딱 그런 여자였다.

옌스는 현관문 앞에서 레베카가 휠체어를 굴려 지나갈 수 있게 자리를 내어주었다. 그래야 그녀가 열쇠로 문을 열 수 있으니까. 레베카가 그를 바라봤다. 뭐라 설명하기 어려울 정도로 표정이 심각했다. 옌스는 길을 걷다가 뭔가 흥미로운 걸 보면 그런 표정을 짓곤 했다. 대신 말은 한마디도 안 했다.

레베카는 한숨을 내쉬며 문을 열고 휠체어를 굴려 집 안으로 들어갔다. 누군가 대화를 하고 싶을 때 옌스 케르너가 필요한 사람은 이 세상에 없을 것이다. 입 다물고 있길 바라면 또 모르겠지만. 어디선가 읽었는데, 내 옆에서 보통 침묵하고 있는 사람은 나와 이야기하고 싶어서 그러는 거란다. 그에게도 적용되는 건지는 알 방법이 없었다. 예외야 어디든 있는 법이니까.

일주일간 환기를 못 시켰더니 집 안 공기가 답답했다. 레베카의 시선이 겨울 정원에 있는 식물들에게로 가장 먼저 달려들었다. 다행히 거기는 그늘져 있어서 아직은 식물들이 살인적인 여름 더위를 잘 이겨내고 있었다.

옌스는 레베카가 말하지 않아도 알아서 짐 가방과 백팩을 침실의 침대 위에 올려놓고, 그녀가 있는 부엌으로 나왔다. 그리고는 문지방을 밟고 서서 신경에 거슬리게 계속 열쇠 꾸러미를 만지작거렸다.

"커피 마실래요?"

레베카가 물었다. 이런 어색한 분위기 속에서 그를 보내고 싶진 않았다.

"안 된다는 거 너도 알잖아." 옌스가 대답 대신 다른 말을 했다. "넌 수사권이 없기 때문에 수사를 못 해."

레베카는 심장에 비수가 꽂힌 것 같았다. 커피머신에 전원이 들어오자, 그녀가 물과 커피콩을 넣고는 목구멍을 조여 오는 무언가를 힘겹게 아래로 눌러 삼켰다.

"저도 알아요." 그녀가 듣기에도 목소리가 낯설었다. "커피 드실 거예요?"

옌스의 핸드폰이 울렸다. 그는 전화를 받고, 집중해서 이야기를 듣고, 중간중간 몇 마디 짧게 내뱉더니 "곧 가겠습니다."라며 통화를 마쳤다.

그러고는 레베카를 바라봤다.

"아무래도 창백한 여자가 이름을 말한 것 같아……. 가봐야겠어. 월요일에 다시 얘기하자고. 알겠지?"

"네, 알겠어요. 태워줘서 고마워요."

레베카가 커피머신에 더 주의를 기울이며 대답했다. 뒤에서 그의 시선이 느껴졌다. 문이 찰칵 닫히는 소리가 들렸을 때, 레베카는 그를 그냥 그렇게 보냈다는 사실에 화가 났다.

그녀도 커피가 마시기 싫어졌다.

16

십 분 정도 뛰었을 때, 자비네는 누군가 자길 훔쳐보고 있다는 느낌을 받았다.

하지만 멈추지 않고 속도만 줄인 채 주변을 유심히 살폈다. 아무도 없었다. 조깅하는 사람도, 개를 데리고 산책하는 사람도 없었다. 덤불과 나무들로 둘러싸인 어둑어둑한 강가의 옆길에는 자비네 혼자였다. 해가 너무 깊이 넘어가서 그곳엔 햇볕이 들어오지 않았고, 우거진 식물들과 강 사이엔 그늘이 워낙 짙어서 아무리 봐도 누가 있는지 정확히 보이지 않았다. 누군가 잠복해서 그녀를 기다리고 있을 가능성이 매우 높았다.

공식적으로 복싱 시합에 출전해 본 적은 없었지만, 스파링에서 서너 번은 이긴 적이 있었다. 같은 체급에 겨룰만한 선수가 없어서 체급이 높은 선수나 남자와 겨뤄야 했었는데도. 자비네는 그만큼 자신의 순발력과 민첩함에 자부심이 있었다. 보통 그녀의 펀치에 쓰러지는 남자는 없었다. 평소엔 힘을 빼고 펀치를 날렸으니까. 그러나 게임의 규칙 따위를 지키지 않아도 된다면, 정말 세게 후려칠 것이다. 진짜 아픈 곳을. 예를 들면 울대나 이런 데. 그러면 정말 끝장이다.

저기 뒤에서 조깅을 하는 남자가 불쑥 튀어나왔다. 어디선가 나타났다.

일단 탁탁거리며 바닥에 부딪히는 그의 운동화 소리에만 귀를 기울였다. 그리고 고개를 돌려 100m 정도 뒤에 있는 그를 바라보았다. 중간 키. 더 이상은 보이지 않았다. 챙이 큰 야구 모자를 쓰고 있어서 얼굴에 그늘이 져 있고, 머리 색깔도 알 수 없었다.

그 남자는 자비네와 속도가 비슷했기에 그에게 따라잡힐 것 같지는 않았다. 자비네는 일부러 약간 구부러지기도 하고 군데군데 팬 곳도 있는 길에 전념했다. 불안한 느낌이 들었다. 호흡하기가 어려워졌다. 조금 전 충만했던 용기와 투지가 전부 사라져 버렸다.

자비네는 무의식적으로 속도를 올렸다. 컨디션이 좋으니까 이 속도를 끝까지 유지할 수 있을 것 같았다.

이건 아니야. 별안간 자비네가 자신에게 일렀다. 이건 도망이야. 저 남자가 그놈이라면, 지금 도망가고 있을 때가 아니지. 저 남자를 당장 길에 세우고 한계를 보여 줘야 해.

자비네는 육체와 이성에서 보내는 신호를 무시한 채 최대한 속도를 줄였다. 추적자보다 더 느린 속도로 달리게 될 때까지. 곧 따라 잡히겠지. 자비네는 고개도 한번 돌리지 않고 뒤에서 들리는 리듬감 있는 발소리에 집중하며 점점 가까워지는 걸 듣고 있었다.

3분, 4분 후. 그가 그녀를 따라잡았다. 그의 숨소리가 들리자마자, 자비네는 한쪽으로 점프해서 팔을 올려 가드를 세우고는 복싱의 기본자세를 취했다.

조깅하던 남자는 화들짝 놀라 자비네와 같은 쪽으로 비켜섰다.

그는 나이 든 남자였다. 60세 이상은 되어 보이는……. 그는 자비네를 이상한 눈으로 쳐다보더니 그녀와 거리를 충분히 벌리고 저 앞으로 뛰어갔다. 그러고는 한 번 더 뒤를 돌아보고 커브 길로 사라졌다.

자비네는 허벅지에 손을 받치고 서 있었다. 어이없는 웃음이 새어 나왔다.

"진짜 돌았네."

그녀가 중얼거렸다.

자비네는 나이 든 남자를 곧바로 따라잡을까 봐 그 길에서 벗어나 엘베강 강가 쪽으로 내려갔다. 강을 바라보며 부드러운 모래 위를 달리는 걸 좋아했다. 자비네는 조깅을 하면서 이제 더는 비올라의 공포에 전염되지 않을 거라고 다짐했다. 비올라처럼 약한 사람만 공포에 전염되는 게 아니었구나. 그렇다면, 범죄자들은 겁이 많은 여자나 소심한 여자, 자신감이 없는 여자를 한눈에 알아보고 쫓아가서 범죄행위를 저지르는 걸까? 낡아빠진 성역할을 벗어 던지고 싶은 의지를 표출하지도 못하고, 그럴 용기를 갖지도 못하고, 결국 아무런 행동조차 하지 못하는 답답한 그런 여자들에게만 그런 일이 생기는 걸까?

그런데 그때, 엘베강 강변의 거대한 암석인 알테 슈베데 뒤에서 어떤 그림자가 튀어나와 자비네의 다리를 질질 잡아끌었다. 너무나 강력하고 갑작스러운 습격에 반응조차 할 수 없었다. 자비네는 모래 위에 엎드린 상태로 질질 끌려갔다. 그녀 위로 어떤 남자가 올라왔고, 그의 손가락이 뒤통수의 머리카락 사이로 들어갔다. 그가 자비네의 얼굴을 모래에 처박았다. 도저히 숨을 쉴 수가 없었다.

자비네는 공포에 질려 발버둥을 쳤지만, 모래만 하염없이 입속으로 들어갈 뿐이었다. 목구멍으로 모래가 들어차고 있었다.

방어해……, 방어하라고. 내면에서 생존 욕구가 소리치고 있었다.

17

자비네는 여기에도 없었다. 방은 깔끔하게 정돈되어 있고, 종일 이 방에 들어온 흔적도 보이지 않았다.

비올라는 당황한 채 작은 거실에 서 있었다. 뭘 어떻게 해야 할지 생각이 나지 않았다. 자비네는 전화도 받지 않고 부재중 전화에도 반응이 없었다. 이런 적은 처음이었다.

문득 집이 갑갑하게 느껴졌고 외로웠다. 그래도 뒤에 있는 문을 닫을 수 있어서 정말 다행이었다. 비올라는 서둘러 욕실로 가서 거울장 위에 있는 불을 환하게 켜고 거울에 비친 뒤통수를 자세히 관찰했다. 모든 게 악몽이 아니라는 것을 두 눈으로 확인하기 위해서.

잘린 머리의 끄트머리가 확연하게 보였다. 저절로 마리우스가 떠올랐다. 마리우스는 뒤끝이 심한 남자였다. 두말할 필요도 없이 뒤끝이 심했다. 또 분노를 잘 조절하지 못한다는 걸 여러 차례 증명하기도 했다. 그녀를 때리려고 부들부들 떨며 공중에 떠

있던 손과 벌겋게 달아오른 얼굴, 툭 튀어나온 눈알…….

그 대가로 마리우스는 자비네로부터 짧고 강렬한 펀치를 두 대나 맞았다. 힘세고 근육질인 그가 작고 가벼운 자비네를 상대로 힘 한번 제대로 써 보지 못했다. 자비네의 주먹이 워낙 빠르고 정확해서 자기가 그런 일을 당할 줄은 꿈에도 몰랐을 것이다. 당시 부끄러움과 당혹감이 섞인 그의 눈빛은 정말 볼 만 했다. 그 다음엔 분노가 들끓었겠지. 복수심이 타올랐을 수도 있고.

하지만 지하철에서 본 그 남자는 마리우스가 아니었다. 분명 아니었다. 다른 사람이 틀림없었다. 그 남자는 대체 왜 이러는 걸까? 단지 남을 괴롭히고 혼란스럽게 하는 걸 즐기는 사람이라서? 아니면 비올라의 무언가가 그를 홀린 걸까? 그를 자극한 걸까?

비올라는 거울장의 문을 닫고 욕실을 나왔다. 방 두 개 달린 집의 아담한 부엌에서 차 한 잔을 끓였다. 마음을 진정시켜 주는 카밀차. 그 남자 생각은 이제 그만두고 머리를 깨끗하게 비우고 싶었다. 자비네가 생일선물로 사 준 커다랗고 알록달록한 찻잔에 카밀차 티백을 계속 담가 두었다. 그때 아래에서 차 한 대가 멈추고 차 문 닫히는 소리가 들렸다.

비올라는 그 자리에 멈췄다.

건물 앞의 거리가 좁아서 작은 소리도 벽을 타고 올라와 크게 들렸기 때문에 가끔 행인의 대화도 엿듣곤 했다. 길 위의 누군가 건물 안으로 들어와 계단을 오르는 소리가 들렸다. 자비네가 택시를 타고 내린 것일 수도 있다. 뭐, 지갑이 얄팍하긴 하지만.

비올라가 창가로 다가가 커튼과 벽 사이의 작은 틈 사이로 보이는 길을 내려다봤다.

아무도 없었다.

혹시…….

비올라의 시선이 덤불 너머의 그림자 속으로 미끄러졌다.

그녀는 뒤로 물러서서 안절부절못하며 방에 서 있었다. 손이 덜덜 떨리고 배가 살살 아팠다. 침착하려고 눈을 꼭 감았다. 하지만, 어떤 장면이 떠올랐다. 그녀의 뒤통수로 다가오는 정체 모를 손. 그녀의 머리카락을 자르고 있는 가위……. 비올라는 절망하며 차오르는 눈물을 애써 삼켰다.

건물의 출입문이 닫혔다. 이 다세대주택의 거주자들이 1층의 출입문 잠그는 걸 매번 깜박해서 1층 문은 늘 열려있었다. 비올라도 맨날 깜빡하긴 했다. 이 건물에는 여섯 가구가 살고 있었는데, 세 가구는 비올라 또래의 커플이었고, 그들은 대개 집에 늦게 들어왔다. 그러니까 이 시간에 출입문이 열렸다 닫히는 거에 겁먹을 이유가 전혀 없었다.

삐그덕 삐그덕. 나무 계단을 올라오는 발소리. 발소리가 크고 다급했다. 그녀가 아는 이웃 중엔 저런 속도로 계단을 오르는 사람이 없었다.

자비네인가?

현관문을 열고 친구를 맞이하고 싶은 충동을 억눌렀다. 그리고 부엌으로 가서 식기가 들어있는 서랍을 열었다. 서랍 안에 있는 칼들은 전부 터무니없이 작았다. 비올라는 요리는 잘하는 편이 아니어서 커다란 고기용 식칼이 필요하지 않았다. 채소를 자

를 때 쓰는 칼은 손가락만 했다. 그 칼이라도 꺼냈다. 아예 없는
것보다는 거 하나라도 있는 게 나을 테니.

계단을 오르던 발소리가 멈췄다. 비올라는 생각했다.

누군가 우리 집 문 앞에서 숨 쉬는 소리가 들려.

18

레베카는 핸드폰을 노려봤다. 옌스의 연락이 없었다.

그렇다. 레베카는 옌스가 그런 남자인 줄 알고 있었다. 절대로
대화를 즐기는 사람이 아니라는 것. 특히 핸드폰으로는 더더욱.
아무리 그래도 둘 사이의 어색함을 풀려는 마음이 있다면, 전화
한 통 정도는 할 수 있지 않나?

레베카는 앞에 있는 테이블 위에 핸드폰을 올리고 한숨을 푹
쉬었다. 그러고는 자신에게 물었다. 옌스의 저런 부적절한 행동이
자기에게 나쁜 영향을 끼치지는 않을까, 라고. 사실 레베카야말
로 제대로 된 공무원 스타일이었다. 항상 법과 규칙을 준수했고,
불법 주차도 하지 않았고, 양심의 가책을 느낄 만한 행동을 한 적
도 없었다. 공무원이면서 공무원답게 행동하지 않는 옌스와는 정
반대였다. 정지선 넘어 서기는 그가 이 구역에서 전설적인 존재였
으니까. 또, 거의 모든 사람이 그를 '더티 해리'라고 부르는 데는
다 이유가 있는 거였다. 레베카는 더티 해리라는 이름을 별로 좋

아하지 않았다. 약간 무례하게 느껴지기도 했다. 레베카가 생각하기에, 옌스는 더티 해리라는 별명을 내심 받아들이면서 자신의 강인함과 쿨함을 남들에게 적극적으로 드러내는 것 같았다. 상황이 이러하니 그녀가 그를 돕지 않을 이유도 딱히 없었다.

옌스가 제지하지 않는 한, 그녀는 계속 그를 도와주었다. 아직도 레베카는 산드라 도이터에게 무슨 일이 있었던 건지 자세히 알지 못했다. 공식적인 수사는 불가능해도, 헤센 경찰의 수사 자료를 손에 넣을 수 없어도, 사건과 관련된 단서를 찾아내 반드시 산드라의 엄마를 돕고 싶었다.

실제로 레베카는 지난 2년 간 헤센에서 유사한 실종 사건이 세 건이나 더 있었다는 걸 알아냈다. 뭐, 실종된 소녀들이 나이대가 비슷하다는 것과 외모가 예뻤다는 것 정도였지만. 그래도 그게 어딘가.

나탈리 드라이어, 리스베스 크뤼거, 베아트릭스 그리스베크

22세, 23세, 그리고 25세.

세 여자 모두 일, 이년 사이에 실종됐다. 산드라 도이터와 비슷한 시기에.

레베카는 이 정보를 경찰의 데이터베이스가 아니라 인터넷에서 찾았다. 신문 기사와 SNS 글에서 말이다. 구글은 전부 알고 있었다.

나탈리 드라이어는 검은 머리에 눈동자 색이 어두웠고 늘씬했다. 나탈리가 실종된 후, 열 살 많은 친오빠가 SNS를 이용해서 그녀를 찾아다녔다. 그러나 현재 나탈리의 페이스북 계정을 살펴보

면, 동생을 찾겠다는 오빠의 희망이 사그라든 것이 한눈에 보였다. 지난 6개월간 SNS에는 글이 거의 올라오지 않았고, 희망으로 가득 찬 간절하고 애절한 바람도 더는 느껴지지 않았다.

그런데 그녀의 오빠는 나탈리의 페이스북 계정에서만 동생을 찾고 있었던 게 아니었다. 이 계정, 저 계정을 계속 타고 넘어가서 페이스북의 다른 페이지에서도 동생을 찾고 있었다. 그가 방문한 페이지는 다양했다.

실종된 사람.

독일에서 실종된 사람들.

독일이 실종된 사람을 찾습니다. 등등.

나탈리의 오빠는 모든 페이지에 나탈리의 사진을 올리고 도움을 요청했다. 심지어 보상금을 걸기도 했다. 그걸 보자 레베카의 눈에 눈물이 고였다. 벽돌공인 나탈리 오빠는 분명 경제적으로 여유롭지 않았을 텐데도, 동생만 찾아준다면 그게 누구든 집 한 채를 짓는 데 필요한 노동력을 기꺼이 주겠다고 했다.

나탈리와 다르게, 리스베스 크뤼거를 찾으려는 사람은 경찰뿐이었다. 리스베스는 아주 예뻤다. 나탈리와는 완전히 다른 스타일이었다. 밝은 피부색에, 인상적인 푸른 눈동자와 피어싱을 한 코. 청초한 아름다움이 있는 빨간 머리 소녀였다. 리스베스는 수줍음이 많아 보였고 카메라를 별로 좋아하지 않는 듯했다.

반대로 베아트릭스 그리스베크는 당찬 여자 같았다. 그녀의 페이스북 계정엔 휴가지 사진들로 가득했다. 독일과 세계 곳곳의 다양한 장소에서 찍은 스냅 사진과 콘서트나 페스티벌에서 찍은 사진들. 베아트릭스는 친구도 많아서 올리는 사진마다 '좋아요'나 댓글이 굉장히 많았다. 딱 그녀가 실종되기 전까지만. 실종된 후부터는 가슴을 후벼 파는 슬픈 글들로 도배되었다. 레베카는 너무 마음이 아파서 베아트릭스를 사랑했던 사람들이 쓴 글을 전부 읽을 수가 없었다.

그런데 베아트릭스의 수많은 친구 중 한 친구가 레베카의 눈에 띄었다. 그 친구의 반응이나 댓글을 가만히 지켜보니, 둘이 레즈비언 커플인 것 같았다. 사랑에 빠진 눈빛이었다. 실종자를 찾는 페이스북 페이지에는 베아트릭스라는 이름이 없었다. 레베카는 그 친구의 페이스북 계정에 들어갔다. 이상하게도 베아트릭스 그리스베크가 실종됐다는 포스팅이 올라오기 일주일 전쯤부터 친구의 계정에도 새로운 글이 올라오지 않았다. 참 이상했다.

마치 둘은 동성애를 반대하는 관습과 시대에 뒤떨어지는 속물적인 강요에 쫓겨 도망친 것 같았다. 레베카는 머릿속의 명단에 줄을 그으며 두 친구가 이비자나 마데이라, 이런 곳에 가서 부디 새로운 삶을 마음껏 펼치기를 바랐다.

급 피로감이 몰려왔다. 눈이 타들어 가는 것 같았다. 딱딱하게 뭉친 어깨를 풀어주려면 서둘러 자세를 바꿔줘야만 할 것 같았다. 그래서 노트북을 끄고 침대로 향하려던 참이었다. 바로 그때, 마음속의 무언가가 그녀를 붙잡았다. 다시 페이스북으로 들어가서 베아트릭스 친구의 계정을 띄웠다.

친구의 이름은 멜리였다. 멜리 베커.

레베카는 사진과 글을 다시 한번 자세히 들여다봤다.

베아트릭스와 멜리가 불만족스러운 삶을 살고 있다는 암시는 어디에도 없었다. 둘을 욕하는 댓글도 전혀 없었다. 둘은 아주 행복해 보였다.

거참 이상하네. 레베카가 생각했다.

멜리 베커와 베아트릭스 그리스베크. 이 둘은 어디에 있을까?

레베카는 한동안 컴퓨터 앞에 앉아 눈이 저절로 감길 때까지, 뒷목이 돌처럼 딱딱해질 때까지 알아보고 조사했다.

19

병원에 내려앉은 밤의 고요가 옌스의 마음을 안정시켰다. 병원을 싫어하는데도 그런 기분이 드는 건, 그의 부모님 두 분 모두 병실에서 사망해서였다.

그리고 밤이 되면 서두름의 법칙이 더 이상 적용되지 않는, 그런 세계에 들어온 것 같았다. 그의 뒤로 묵직한 방화문이 닫혔다. 이제야 지금까지 그를 끈질기게 쫓아온 무언가에서 떨어져 나온 기분이 들었다. 그를 정말 곤란하게 했던 레베카와의 의견 충돌, 그리고 창백한 여자의 사건 수사를 못 하게 막는 바움게르트너의 명령. 그래도 일단 이 병원에선 그 여자를 살필 수 있으니 다행이었다.

야간 근무 간호사 이다 루트비히가 어스름한 빛이 나는 기다란 복도의 중간쯤에 유리문이 달린 작은 방에 앉아 있었다. 책상 스탠드의 희미한 불빛이 그녀와 이불을 포근하게 감쌌다. 문 위에 있는 비상 경고등이 울리지 않는 한, 밤의 병동은 깊은 평온에 빠진다.

문 가까이에 다가가서야 옌스는 간호사가 깜빡 잠이 들어있다는 걸 알아차렸다. 간호사는 얼굴을 아래로 떨어뜨리고 눈꺼풀을 내린 채 환자기록 카드 위에 맥없이 손을 올려놓고 있었다. 오른손에는 볼펜이 끼워져 있었다.

옌스가 헛기침을 하자, 그녀가 깜짝 놀라 깨어났다. 어리둥절한 눈으로 두리번거리더니 일초도 안 돼서 자리에서 벌떡 일어나 작은 방을 나왔다.

"어머나, 깜빡 잠들었었네요."

"저도 야간 근무 서면 자주 그럽니다."

옌스가 말했다. 사실은 그렇지 않으면서. 그는 예전에 추격 중 사람 셋을 총살한 뒤로 잠을 통 자지 못했다. 잠과 옌스는 티격태격하는 사이지 더 이상은 좋은 친구 사이가 아니었다. 잠을 자면 끔찍한 장면들이 눈앞에 펼쳐졌다. 그 누구도 보고 싶지 않을, 특히 그는 절대 보고 싶지 않은 그 장면들이.

"그 형사님이시군요! 그렇죠?"

"옌스 케르너입니다." 옌스가 경찰 신분증을 내밀었다. "저한테 연락 주셔서 감사합니다."

"당연히 주임의사 선생님께 먼저 말씀드렸어요. 형사님이 이 시간에 저 환자를 보러 오시는 것에 대해 전혀 뭐라고 하지 않으시더라고요. 그런데 환자가 이미 잠들었을 수도 있겠네요."

"환자가 이름을 말하는 걸 정확히 들으셨다고요? 뭐라고 하는 지도요?"

옌스가 경찰 신분증을 집어넣으며 물었다.

이다 루트비히가 고개를 끄덕였다. 그런데 그녀의 총명하고 다정한 눈빛이 이내 어두워졌다. "저는……." 간호사가 말을 멈추고 설명할 단어를 찾다가 못 찾았는지 머리를 흔들었다. "평생 이런 일은 정말 처음이었어요. 그 여자는……, 제가 밤새 피곤해서 정신이 나간 거라고 생각하지 말아주길 바랄게요. 왜냐면……, 처음에는 아니었는데, 나중엔 익숙해지긴 했지만, 그 여자가 병실에 혼자가 아닌 것 같았거든요. 전 진짜 그렇게 느꼈어요. 분명 누군가를 보고 있었고, 전……, 저도 뭔가 느껴졌어요. 그 여잔 확실히 어떤 누군가를 생각 속에서 끈질기게 끄집어내는 것 같았다고요."

간호사가 커다란 눈으로 옌스를 바라봤다. 약간 벌어진 그녀의 입술이 떨리고 있었다. 간호사는 속내를 털어놓고 나서야 가슴 속의 부담을 떨쳐냈다. 그러고는 옌스의 대답을 기다렸다.

"무슨 말씀 하시는 건지 저도 잘 알고 있습니다." 옌스가 간호사 옆으로 다가섰다. "한밤중에 숲에서 그 여자를 잡았거든요. 제 경찰 인생에서 가장 섬뜩한 일이었고요."

이다 루트비히는 긴장을 풀었다. 어깨를 아래로 툭 떨어뜨리고 고개를 끄덕이며 숨을 내쉬었다.

"그 여자는 위에만 노려보고 있었어요. 천장 말이에요. 그리고 계속 이렇게 말했죠. 킴, 달링, 내 인생의 빛. 이렇게요."

"킴이라고요? 확실합니까?"

"네. 확실해요. 엄청 무서웠지만, 그 자리에 서서 그 말을 열두 번도 더 들었어요. 그 여자가 진정하는지 확인해야 했으니까요."

"진정하던가요?"

"조금 뒤에 진정했어요. 다시 침대로 돌아가서 웅크려 눕더라고요. 누가 전기 코드를 빼기라도 한 것처럼요."

"킴이란 말이죠……."

옌스가 나지막이 말했다.

"네, 킴이요. 분명해요. 적어도 누군가 그녀를 그렇게 불렀을 거예요."

"그 누군가가, 그 여자가 우러러보는 그 사람일까요?"

옌스가 생각을 입 밖으로 꺼냈다.

"그런 것 같아요. 그리고 그 누군가가 여자에게 지금도 엄청나게 큰 영향을 미치고 있는 것 같아요. 대체 저 불쌍한 여자에게 무슨 일이 있었던 거죠? 지옥에 있었던 게 분명해요."

옌스는 말없이 고개만 끄덕였다.

"병실 안으로 들어가 봐도 될까요?"

이다 루트비히가 동의의 고갯짓을 했다. 그녀는 하얀 단화를 신고 가벼운 발걸음으로 소리 없이 앞장섰다. 옌스도 딱딱한 신발 밑창이 최대한 소리 없이 바닥에 내려앉도록 노력했지만, 레기나 헤세가 얘기한 것처럼 코끼리 발걸음 같은 쿵쿵 소리를 내고 말았다.

간호사가 병실 문 앞에 서서 귀 기울이며 조심스레 문을 열고 안으로 들어갔다. 꺄악! 간호사의 날카로운 비명이 울려 퍼졌다.

피였다. 온통 피바다였다. 침대 시트에서 바닥으로 피가 뚝뚝 떨어지고 있었고, 바닥엔 끈적한 피 웅덩이가 고여 있었다.

20

[얼마 전]

힘도 없고, 감각도 없고, 생각도 없고, 춥지도 않았다. 그러나 극렬한 추위가 그녀의 몸을 집어삼켰고, 그녀는 자제력을 잃고 말았다. 이제야 알겠다. 그의 말이 무슨 뜻인지. 이제부터 아무것도 하지 않을 거라는 말. 그저 걷는 것 말고는.

얼어 죽지 않으려 계속 걸었다. 딱딱한 돌벽에 기대어 잠시 쉬었다가 다시 걸었다. 손을 양쪽으로 뻗어 보이지 않는 길을 더듬으며 칠흑 같은 어둠 속으로 쉬지 않고 걸어갔다. 벽의 거친 표면 때문에 손가락 끝이 쓰라렸다. 손가락 끝이 점점 얇아지는 걸 보니, 벽에 살점이 붙어 흔적을 남기는 것 같았다.

그래도 그녀는 천천히 계속 갔다. 후들대는 다리와 아픈 발로 어느 곳으로도 연결되지 않을 길을 가늠하면서. 어쩌면 한 곳만 줄기차게 돌아다니는 건지도, 또는 아무것도 없는 더 깊은 곳으로 이어진 걸지도 모르는 그곳을. 공허한 곳을 돌아다니는 게 어떤 건지 아는 사람은 없었다. 방향도 의미도 없이 생각만으로 한 걸음 한 걸음 내디딜 때마다 고통이 연장되는데도, 끝없는 길을 하염없이 가는 건 자발적인 걸까? 아니면 누군가의 강요에 의한 걸까?

어딘가에서 불빛이 비치고 있다면, 누가 시켜서 가는 게 아니겠지! 저녁에 돌아올 때면, 늘 아빠가 집 앞에 불을 켜놓곤 했다. 통금도 없었고, 다른 친구들처럼 제약을 받지도 않았다. 아빠는 그저 불만 켜놓았다. 딸이 집을 잘 찾아올 수 있게. 집이 따뜻하다는 것과 비어있지 않다는 걸 느끼게 해주려고. 그리고 딸이 집으로 돌아오고 싶게 하기 위해서.

그 생각이 등대가 되어 그녀를 이끌었다. 그녀는 이성을 잃지 않으려고, 정신을 놓지 않으려고, 희망을 무너뜨리지 않으려고 올바른 방향으로 자신을 이끌었다. 그러나 내면에 있던 힘을 다해 치열하게 버티고 싸우는데도, 혹독한 공허함에 그녀는 모든 걸 잃고 말았다. 이런 공허함을 이길 수 없는 사람은 없다. 사람은 그만큼 강인하지 않으니까.

손가락 끝에서 피가 흘렀다. 그녀는 피를 빨아 먹었다. 이번엔 날카로운 통증이 발을 휘감았고, 얼음처럼 차가운 딱딱한 바닥에 주저앉았다. 상황이 더 악화되었다.

시간의 의미는 퇴색되어 갔다. 지금은 곧 이기도 했고, 나중이기도 했다. 오직 추위만이 살아있을 뿐이었다. 그녀는 일어나라고 스스로를 다그치며 계속 걸었다. 얼어 죽지 않으려고 계속 걸어갔다.

너 걷고 싶지? 넌 다른 건 아무것도 하지 않을 거야, 달링, 내 인생의 빛. 그러니까 걸어!

그래서 그녀는 걸었다. 걷고 걷고 또 걸었다.

몇 시간 후 아니 며칠 후, 갑자기 무슨 소리가 들렸다!

짧고 굵은 쇳소리가 복도를 따라 메아리치다가 사라졌다.

그녀는 그 자리에 멈췄다. 당장 벽 쪽으로 뛰어들 것처럼.

소리가 났던 곳을 찾아 주변을 서성였다.

저 뒤에…… 저거…… 빛인가?

희미한 은색 빛이 반짝이고 있었다. 어쩌면 상상일지도 모르지만. 그 빛은 환영 아니, 신기루일 수도 있지만, 그것은 그녀에게 상상도 할 수 없는 엄청난 힘을 불러일으켰다.

그녀는 불빛으로 가고 싶었다. 불빛으로 가야만 했다!

다른 생각은 아무것도 나지 않았다. 희망만 보일 뿐.

그녀가 앞으로 나아갔다. 조금 전의 상황에서 잽싸게 벗어나 좁은 벽 사이를 빠져나왔다. 또다시 어깨며 엉덩이며 여기저기 부딪히면서도 통증을 인지하지 못했다.

저 앞에 불이 있다! 착각이 아니다. 신기루가 아니다. 그녀가 가까이 다가갈수록 점점 더 밝아졌다.

모서리가 예리한 마름모 모양의 불빛이 천장에서 바닥으로 떨어지고 있었다. 어느 공간을 밝히고 있는 그 불빛. 처음 와보는 곳이었다. 이 공간을 지나쳐 버리면, 그러면, 더는 이런 곳이 나오지 않을 것 같았다. 시커면 어둠 속의 공허함만 있을 뿐.

푸른색이 도는 밝은 빛이 위에서 내리쬐고 있었다. 땅 위로 비추는 하느님의 얼굴처럼.

당장 안으로 달려 들어가 빛 속으로 몸을 던졌을 것이다. 정체

모를 소음에 멈칫하지 않았더라면.

차갑게 얼어붙은 그녀를 누군가 훔쳐보고 있다는 생각에 등골이 오싹했다. 이 소리는 뭐지? 엄청나게 무거운 돌이 물속으로 빠질 때 나는 소리가 여기 아무것도 없는 곳에서 대체 왜 나는 거냐고!

메아리 속에서 그 소리는 점점 더 커졌고, 그녀는 그 소리가 사람 입으로 내는 딱딱딱 소리라는 걸 알아차렸다. 그 소리 뒤로 이런 말이 이어졌으니까.

"달링, 내 인생의 빛……."

머리 위로 하늘이 무너지는 것 같았다.

21

자정이 한참 지나서야 옌스는 그린델 구역의 보른가 12번지에 있는 그의 집에 도착했다. 그린델 광장의 오토스 버거 바로 옆에 좁다란 진입로가 있는데, 그 길로 가면 옌스의 집이 있는 건물의 뒷마당으로 연결됐다. LP판을 파는 음반 가게 뒤편의 지붕 아래 널찍한 공간에 레드 레이디를 주차했다. 몸집이 큰 레디 레이디를 비에 젖지 않게 하려고 빌린 자리다. 음반 가게 사장은 성격이 좋고, 본인 스스로를 정이 많은 옛날 사람이라고 칭하면서 선뜻 주차 자리를 공짜로 빌려주었지만, 옌스는 고마움의 뜻으로 매달

40유로씩 냈다.

차에서 내리자마자 폭삭 늙은 느낌이 들었다.

하루가 지옥 같았기 때문이다. 일단 바움게르트너의 창백한 여자 수사 금지 명령부터 시작해서 하셀브라크에 올라가 레기나 헤세를 따라다녔고, 레베카를 데리러 헤센까지 장거리 운전을 했는데 오는 길엔 또 그녀와 갈등이 생겼고 아직도 영 찜찜한 상태였으니……. 가장 하이라이트는 병원에서 마주한 피로 물든 침대. 이제 더 이상은 절대 사양이었다.

이름이 킴 일수도 있고 아닐 수도 있는 창백한 여자는 스스로 혀를 물어 자살했다. 옌스가 그녀를 잡았을 때처럼 혀끝만 조금 문 게 아니라 혀 중간을 완전히 짓이겨서 찢어진 혀 사이로 피가 철철 흘렀고, 엄청난 피의 양에 그녀는 질식하고 말았다. 그런 자해행위는 할리우드 영화에서 말고는 본 적이 없었다. 그게 가능하기나 한 건지, 어쨌든 도무지 믿기 어려웠다.

어떻게 사람이 그런 짓을 할 수 있을까?

혀에 이렇게 작은 상처만 나도 말도 못 하게 아픈데…….

그 여자는 어떤 고통을 견뎌야 했던 걸까? 대체 어떤 기억에 갇혀서 헤어나오지 못하고 자기 혀를 무는 자해까지 한 걸까?

또 다른 의문들이 옌스를 괴롭히기 시작했다. 어떻게 그럴 생각을 했을까? 그 남자에게서 배운 걸까? 자기의 생각과는 달리 아직도 그에게서 완전히 벗어나지 못한 걸까? 아니면 내가 그녀를 잡을 당시 혀를 물었던 것에서 고안한 걸까? 어쨌거나 그녀의 등 위로 내 피가 뚝뚝 떨어지긴 했으니까…….

병실에서 그 섬뜩한 장면을 마주하자마자 옌스의 혀에 난 상처가 욱신거리며 쿡쿡 찔러댔다.

처음 봤을 땐, 어떤 남자가, 그 여자를 핏기 하나 없이 창백해질 때까지 오랜 시간 가두었던 그 남자가 몰래 병실로 들어와 그녀의 목을 잘라버렸을 거라고 생각했다. 그러나 금세 의사가 들어왔고 이내 사망 원인을 밝혔다.

정말 이름이 킴이었을까? 이다 루트비히 간호사가 잘못 들은 건 아닐까? 창백한 여자가 킴이라고 불렸을 가능성이 있긴 했으나, 진짜 이름이 아닐 수도 있었다.

수많은 의문들과 장면들, 단서들이 옌스의 머리에서 뒤엉켰다. 허나 오늘 밤엔 어떤 답도 얻지 못하리라. 어서 침대로 기어올라 최소 다섯 시간은 자야 할 것 같았다. 그러지 않으면, 신경계 쪽에 문제가 생길 것 같았다.

옌스는 무거운 다리를 이끌고 계단을 올라 집으로 들어갔다. 집안에 그를 반기는 건 아무것도 없었다. 가구와 적막, 냉장고에 먹다 남은 살라미만 있을 뿐. 너무 배가 고파서 죽을 지경이라서 살라미 한 조각을 뜯어 조심스레 씹어 봤다. 혀의 통증이 느껴지긴 했지만, 훨씬 괜찮았다. 살라미와 칼을 들고 아담한 발코니로 가서 난간에 발을 걸치고 앉았다. 담배 한 대를 피우며 살라미 한 조각을 먹었다. 무지 반가운지 위장이 나지막이 우르릉댔다.

건강에 썩 좋지 않은 음식으로 끼니를 때운 후, 핸드폰을 꺼내 지그시 바라봤다. 레베카에게서 문자가 한 통도 오지 않았다.

정말 그에게 화가 난 걸까? 아니면 단순히 통증클리닉에서 일주일을 보낸 후 함부르크로 돌아오는 길이 힘들어서 일찍 잠에 든 걸까? 그것도 아니면 통증클릭닉의 껄떡남과 연락하고 있는 걸까? 옌스는 레베카에게 문자를 보낼까 고민했지만 뭐라고 써야 할 지 몰랐다. 그의 전 부인들은 둘 다 그가 너무 과묵하고 공감을 해주지 않는다고 불평했었다. 두 여자의 말도 맞는 말이긴 했다. 그러나 공감이란, 쉴 새 없이 떠들어 대지 않아도 저절로 느껴져야 하는 거 아닐까? 공감할 것을 미리 떠벌리면, 그건 공감이라 할 수 없지 않은가?

어쨌거나 레베카는 전 부인들과 달랐다. 그가 별말을 하지 않아도 그의 기분이 어떤지 다 알고 있었다.

옌스는 무슨 말을 쓰면 좋을까, 잠시 골똘히 생각했다. 그러나 눈꺼풀이 스르르 감겼다. 무거운 몸을 질질 끌고 침실로 가서 옷을 벗고 고꾸라졌다. 혀에 감도는 피 맛과 살라미 맛을 함께 느끼며 잠이 들었다.

22

그날 밤은 그칠 줄 모르는 악몽의 연속이었다.

비올라는 꿈속에서 하늘색 가방의 남자를 또 보았다. 가방은 아주 선명했으나, 그의 얼굴은 흐릿했다. 상체 위에 붙어 있는 그의 머리가 어른어른 흔들렸다. 유령처럼.

비올라는 밤새 불을 켜 놓았고 잠도 깊게 자지 못했다. 화들짝 놀라 수시로 잠에서 깼고 들릴 듯 말 듯 한 소음에 귀 기울이다가 자비네에게 연락이 왔는지 핸드폰을 확인했다. 벌써 날이 밝았다. 자비네에게선 아직도 연락이 없었다. 하늘이 무너지는 것 같았다. 친구가 너무 걱정돼 정신이 혼미해졌다.

무슨 일이지? 왜 연락이 없는 거야?

체육관에서 만난 카르스텐이 나보다 더 중요하단 말야? 이젠 더 이상 자비네에게 의지하면 안 되는 건가?

아니야, 그럴 리 없어. 비올라는 그렇게 믿고 싶지 않았다.

깨끗하게 샤워를 하고 옷을 갈아입은 후, 자비네를 찾기 위해 밖으로 나가기로 마음먹었다. 그러나 외출은 간단한 문제가 아니었다. 현관문을 열기 전에 문 앞에 우두커니 서서 밖의 소리에 집중하며 서서히 온몸으로 퍼지는, 다행히 점점 쇠약해지는 두려움을 차분하게 느꼈다. 그때, 계단에서 무슨 소리가 들렸다. 순식간에 용기가 산산조각 났다.

문의 외시경에 다가섰다.

복도에 불이 켜졌다. 그러나 아무도 보이지 않았다. 찰나의 순간, 비올라는 계단에 서 있는 유령 같은, 흐릿한 무언가를 본 것 같았다. 바로 외시경에서 눈을 뗐다. 다시 들여다보니 사라지고 없었다. 그렇게 십여 분이 흘렀다. 다시 마음을 단단히 먹고 현관문을 열었다. 자비네에 대한 걱정이 그렇게 크지 않았다면, 집에서 나오지 않았을 것이다.

비올라는 우다다 계단을 내려가 건물 밖으로 뛰쳐나갔다. 햇볕이 강하게 내리쬐고 있었다. 얼굴로 쏟아지는 따스한 햇살에 기분이 한결 나아졌다. 함부르크의 길거리엔 벌써 일상이 시작되어 있었고, 비올라는 이 도시에서 언제나 느꼈던 이전의 안정감을 조금이나마 되찾은 것 같았다.

길을 걸었다. 자비네가 왜 엄마 집에 있을 거라는 생각이 들었는지 납득할만한 이유를 댈 순 없었다. 그냥 자비네의 엄마에게 물어봐야 할 것 같았다. 그 외엔 아무도 떠오르지 않았으니까.

보이지도 않는 하늘색 가방의 금발을 찾아 두리번거리며 계속 걸어갔다. 비올라는 목적지에 도착할 때까지 그를 한 번도 보지 못했다. 두려움이 저절로 수그러들었다. 어쩌면 자비네가 곧 돌아올지도 몰라! 정말 카르스텐과 하룻밤을 보냈을지도 모르는 거고. 만일 그랬다면, 좀 실망하긴 하겠지만 그래도 그만하면 천만다행이지. 어제저녁에 연락하지 않은 것 가지고 절대 삐치지 않을 거야.

자비네 엄마가 사는 다세대 주택의 1층 문이 열려 있었다. 펑퍼짐한 아줌마가 계단을 쓸고 있었다. 비올라가 깨끗하게 닦아놓은 타일바닥 위를 휙 밟고 지나가자 아줌마가 성난 눈으로 그녈 쏘아봤다.

비올라는 현관문 앞에 도착해 숨을 깊게 들이마신 다음 초인종을 눌렀다.

안에서 덜커덩 소리가 났다. 누군가 큰 소리로 욕을 해댔다.

"거 좀 기다려라!"

화난 말투와 함께 자비네 엄마가 문을 열었다. 딸을 기대했던 자비네 엄마는 비올라를 보고 화들짝 놀란 눈치였다.

"자비네 있어요?"

"그걸 네가 왜 묻냐? 네가 데리고 갔잖아. 여기서 이 늙고 병든 엄마를 보살펴야 할 내 딸을 네가 뺏어 갔잖아!"

"그동안 자비네 여기에 안 왔어요? 어제저녁이라든지 뭐……."

"내가 여기서 뒈져도 아무도 신경 안 써. 어제부턴 물도 못 마시고 있다고! 지금 내가 혼자 가서 사 들고 와야겠냐?"

"그러면 자비네한테 전화도 안 왔어요?" 비올라가 독한 욕설을 무시하고 물었다.

자비네의 엄마는 가느다란 눈초리로 비올라를 노려봤다.

"네가 내 딸을 뺏어 갔잖아! 어디에 있어? 내 딸 어딨냐고!"

비올라는 뒷걸음질 쳤다.

"죄송해요. 저도 모르겠어요. 어제 오후에 왓츠앱으로 저녁에 카르스텐이라고 체육관에서 만난 남자애랑 데이트할 것 같다고 했거든요. 그 이후로 연락이 없어요. 그래서 여기로 온 거예요."

"니들 둘은 어쩜 그리 똑같냐! 또 남자 때문에 머리가 돌았구나. 맨날 지들 생각이나 하고, 쓸데없이 인터넷에나 빠져 있으니 원. 너희는 썩어빠졌어. 완전히 썩어빠졌다고. 내 딸 돌려놔! 당장 데리고 오란 말이야!"

휠체어에 앉은 자비네 엄마는 점점 더 고성을 지르고 있었다. 비올라는 자비네의 엄마가 점점 더 무섭게 느껴졌다. 발걸음을 돌렸다. 자비네 엄마와 더 이야기 해봤자 아무 의미 없을 것 같았다.

건물 밖으로 나온 비올라는 쏟아지는 눈물을 연신 훔쳐냈다. 온몸이 부들부들 떨렸다. 허기가 지고 목마름이 느껴졌으나, 그런 욕구를 채울 상황이 아니었다.

이른바 비올라의 보호막이라고 할 수 있는 그녀의 작은 집이 마법처럼 그녀를 끌어당겼다. 당장 그쪽으로 발걸음을 돌렸다.

23

알테 슈베데는 지름 20m, 무게 217t에 달하는 빙하기 시대의 암석으로 엘베강에서 떠밀려 와서 현재는 엘베강 강변의 하얀 모래 위에 안착해 있다. 그 바로 옆에 체구가 작은 시체가 덩그러니 널브러져 있었다. 여자 시체는 바닥에 배를 깔고 엎드려 있고, 사납게 생긴 돌덩어리가 뒤통수를 짓누르고 있었다.

너무 끔찍했다. 어제 일어났던 일처럼. 또 새로운 사건이 시작된 것이었다. 이른 아침 옌스가 천천히 심호흡하며 생각에 잠겨있는데, 엘베강 강변에서 시신이 발견됐다는 전화가 걸려 왔다. 사실 그는 이번 토요일에 근무했기 때문에 이 사건에 끼어들고 싶지 않았다.

"바위에 있는 핏자국은 시신의 것이 맞네." 법의학자 라스 비테가 그렇게 말하고는 눈 밑 살이 두둑한 슬픈 강아지 같은 눈으로 옌스를 바라봤다. "범인이 돌로 시신의 머리를 수십 번 내려친 걸로 보이는군."

옌스가 시신 쪽으로 몇 걸음 다가갔다.

"사망한 지 얼마나 됐나?"

"최소 12시간이야."

죽은 여자는 체구가 매우 작고 말랐으며 머리가 짧았다. 트레이닝복을 입고 있는 걸로 봐서 아마도 엘베강을 따라 조깅을 하고 있었던 모양이다. 어우, 조깅은 정말 짜증 나는 운동이지. 옌스가 법의학자에게 자리를 내주기 위해 뒤로 물러서며 생각했다.

옌스는 경찰 동료와 범죄 현장 감식에 대해 논의했다. 경찰이 꽤 넓은 구역에 폴리스 라인을 설치했지만, 실용적인 증거 확보가 그리 쉽지 않아 보였다. 이 강변에는 하루에도 수백 명이 방문하고, 모래 위엔 수천 개의 발자국이 찍혀 있고, 온갖 종류의 담배꽁초 또는 범인의 것으로 추정되는 증거들이 즐비할 테니 말이다. 물론, 아닐 수도 있지만.

대화를 마친 후, 옌스는 라스 비테에게 돌아갔다.

"성폭행인가?"

옌스는 이 질문 자체를 싫어했다. 저절로 상상되는 장면과 그런 행위를 저지를 수 있는 남자들이 질문보다 훨씬 더 혐오스러웠다.

"그런 것 같지는 않네. 옷이 다 입혀져 있는 상태고, 옷 속에서 모래도 발견되지 않았으니까. 그것보단 소매치기 같은데?"

"이 여자는 조깅하는 중이었다고! 훔쳐 갈 게 뭐가 있었겠어?"

"흠, 글쎄. 핸드폰 정도는 가지고 있었겠지. 그런데 주변엔 아무것도 없었네."

요즘 사람들이 물질만능주의에 빠져 결국 핸드폰 때문에 살인까지 저지르는 지경에 다다른 것도 어떻게 보면 당연한 일인지도 모른다.

"신분증은 있고?"

옌스가 물었다.

"꿈 깨시게."

옌스는 손짓을 하고는 원래는 아름다웠지만 조만간 범죄 현장이라는 낙인이 찍히게 될 - 적어도 그에게는 - 엘베강 주변을 떠났다. 경찰로 근무하면서 도시 전체에 이런 장소가 수도 없이 많이 생겼다. 가끔 옌스는 코끼리에 버금가는 자신의 기억력이 너무 싫었다. 좋은 추억 같은 건 기억하지 못하면서 범죄가 발생했던 장소는 쓸데없이 잘 기억했으니까.

지금은 여기에서 당장 할 일도 없고, 부검이나 증거 확보 결과도 어차피 서류로 받게 될 테니, 레드 레이디로 돌아가기로 했다. 차에 도착한 그는 담배에 불을 붙이고 운전석에 앉았다. 그러고는 시동을 걸고 바로 출발했다.

창백한 여자가 머리에서 떠나질 않았다. 원래 오늘은 그녀의 신분을 제대로 파악하려고 했다. 그런데 예상치 못한 시체가 발견된 것이다. 여러 사건을 동시에 맡는 건 늘 있는 일이지만 왠지 좀 과하다는 느낌이 들었다. 게다가 레베카와의 작은 언쟁도 대단히 큰 몫을 차지하고 있었다.

레베카가 슬프거나 기분이 좋지 않으면, 신경이 쓰였다. 그녀는 그가 기분을 살피는 유일한 사람이었다. 어쨌거나 옌스의 전체적인 컨디션은 레베카에게 달려있었다. 어딘가 애매모호한 방식으로 말이다.

대체 왜 이러는 걸까? 그도 이유를 알고 싶었다. 둘 사이의 연결고리가 무엇인지. 옌스는 전 부인 둘과의 연결고리를 찾는 데 모두 실패했었다. 당연히 처음엔 사랑이라고 믿었지만, 그것은 진정한 사랑이 아니었다. 한쪽이 일방적으로 어떤 약속을 강요받는다면, 더 이상 진실한 사랑이라고 할 수 없다. 이거 해라, 저거 해라, 맹세해라, 약속해라……. 그동안 이런 억지스러운 강요와 요구를 얼마나 많이 들었는가? 지킬 수 없는 약속들과 상황을 모면하기 위한 맹세들을.

레베카는 그에게 무언가를 요구한 적이 한 번도 없었다. 물론, 그와 결혼한 사이가 아니라 동료일 뿐이니까. 그래도 둘은 키스한 사이였다. 정신없고 힘들었던 아일레나우 사건 수사 중에 했던 둘만의 특별한 키스.

그러나 또 다른 문제가 있었다. 레베카는 정말 통증클리닉에서 한쪽 다리 남자와 썸이 있었던 걸까? 그냥 심심풀이 땅콩이었을까? 아니면 진지한 사이? 레베카는 서로의 장애에 대해 툭 터놓고 얘기할 수 있는 남자, 더 쉽게 공감대를 형성할 수 있는 남자와 사랑에 빠졌을지도 모른다.

그래, 옌스를 진심으로 이해하는 특별한 여자는 아직도, 지금도, 여전히 레드 레이디뿐이다. 보잘것없는 고물차이지만 상관없다. 옌스가 여자 문제를 진지하게 생각하기 시작하면, 정말 답이 없었다.

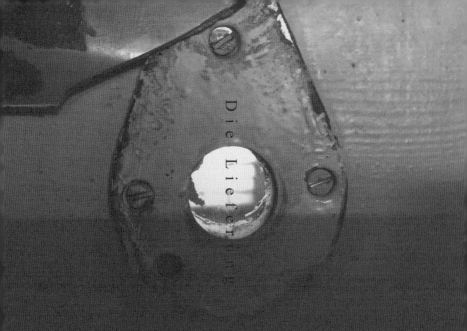

PART 3

1

[어린 시절]

지금처럼 고요가 짙게 내려앉으면, 거대하고 시커먼 구멍 속으로 소리소문없이 사라지기 위해 자아를 그 구멍으로 끌어내리는 것 같은 기분이 들면, 자기도 모르게 딱딱딱 소리를 내고 싶은 욕구가 굉장히 강해졌다. 조심스럽고 조용하게 입안에서 소리를 만들어 내고 자신을 안정시키는 리듬을 붙이려 노력했다. 침대 밖으로 딱딱딱 소리가 새 나가면 안 된다는 걸 그는 잘 알고 있었다. 부모님이 그 소리에 매우 예민하게 반응했으니까. 이따금 무의식적으로 식사 중이나 TV 시청 중에 딱딱 소리를 내기라도 하면, 그는 아버지에게 따귀를 맞았다. 맞을 때마다 너무 아팠지만, 아버지는 한 번도 참지 않았다.

이불을 턱까지 끌어올리고, 눈을 크게 뜨고, 작은 빨간 불에 시선을 맞췄다. 한밤중 욕실 조명의 스위치를 찾아주는 작은 빨간 불에. 소년은 딱딱딱 소리에 집중하고 빠져들어 리듬을 만들다가 점점 커지는 소리를 눈치채지 못하고 계속 내질렀다.

"입 닥치지 못해!"

어머니의 방에서 쏟아지는 질책이었다. 딱딱 소리가 커지면, 그의 침대 바로 옆에 어머니의 방문이 있어서 항상 어머니가 가장 먼저 들었다.

소년은 입을 다물었고, 적막은 오밤중에 시커먼 구멍을 만들었다. 속으로 딱딱 소리를 낼 수도 있었지만, 낮에는 그렇게 하는 경우가 많았지만, 기분이 썩 좋지는 않았다. 설탕 없는 콜라처럼.

잠자리에 들 수만 있었다면 안 그랬을 텐데! 그래도 다행인 건 작은 빨간 불이 그를 일상으로 이끌었다는 것이다. 소년이 침대에 있을 때면, 그건 작은 불 하나에 지나지 않았다. 그러나 작은 불은 매일 밤 어둠과 끝까지 싸웠고, 싸움이 길어지면 길어질수록 작은 불은 더 열심히 노력했다. 난쟁이도 거인을 이길 수 있다. 최선을 다한다면 말이다. 소년은 숱한 밤을 작은 불이 싸움에서 질까 봐 불안해하고 있다고 느꼈다. 그래서 작은 불을 위해 천장 등을 켜주고 싶었지만 그랬다간 이유를 불문하고 따귀를 맞아야 했기 때문에 참고 또 참았다. 역시 사람은 혼자 싸워야 한다. 작은 불은 스위치에서, 소년은 집안 통로 위의 침대 속에서, 어머니는 어머니 방에서, 아버지는 아버지 방에서.

그때, 첫 번째 비명이 시작됐다. 옆집에서 지른 것 같은, 여전히 억눌린 짧은 비명이었다. 소년은 그 시작신호를 잘 알고 있었기에 단단히 마음먹었다. 역시나 끔찍한 공포 없이 지나가는 밤은 없었다.

몇 분 뒤, 전쟁이 또 시작됐다.

아버지가 혼신을 다해 소리를 지르며 내면의 악마와 투쟁했다. 어머니는 방에서 뛰쳐나와 아버지를 진정시키려 건넛방으로 뛰어갔다. 이 집이라도 잃지 않으려면 그래야만 했다. 어머니는 소년의 침대가 있는 통로를 지나쳐 서둘러 달려갔다. 침대를 놓을 자리가 여기 통로 밖에 없었다. 낮에는 온갖 것들을 위한 공간이 되는 그곳밖에 없었다. 어머니가 아버지 방문을 벌컥 열었고, 소년은 어머니가 차분한 목소리로 아버지를 어떻게 달래는지 듣고 있었다. 소년은 모든 것이 두려웠다. 아버지가 왜 저러는지 이해하지 못했으니까. 두려움 사이로 어머니의 잔잔하고 다정한 목소리가 스며들었다.

어머니의 부드러운 목소리는 이럴 때만 들을 수 있었다. 소년은 아버지와 어머니 사이의 사랑을 의심하지 않았다. 적어도 이 순간만큼은. 반대로 낮에 하는 부부싸움은 날이 갈수록 격해지고 독해졌다. 그런데 밤에는 완전 딴판이었다. 이렇듯 소년에게는 주간 부모와 야간 부모가 따로 있었다.

아버지가 진정되자마자 어머니가 통로로 나와 문을 살며시 닫고 소년의 침대로 다가오더니 머리를 툭 때렸다.

"그 딱딱 소리 좀 당장 집어치워. 아버지가 깨어나면, 네 탓인 줄 알아라."

그러고는 어머니는 방으로 들어갔다. 소년은 어머니가 삐거덕거리는 침대로 올라가서 다시 잠을 청하며 뒤척이는 소리를 들었다.

시간이 지나 익숙해지니까 맞는 게 아프지 않았다. 심지어 소년은 어머니가 자기가 내는 소리를 눈치채길 은근히 기대하기까지 했다. 입속의 혀가 움직이기 시작했지만, 아직 입은 열지 않았다. 그러기엔 상황이 좀 별로였다. 일단 어머니가 깊게 잠이 들고 나야, 소년은 쾌감을 느낄 준비를 할 수 있었으니……

또다시 비명이 시작됐다. 고통에 몸부림치는 날카로운 비명. 어머니는 총알처럼 튀어나와 통로를 지나쳐 아버지에게 갔고, 아버지를 달래고 진정시킨 다음 다시 어머니의 방으로 들어갔다. 소년에게 아무런 주의도 주지 않고서.

그날 밤, 같은 일이 네 번 더 반복됐다. 그러나 달라진 건 아무것도 없었다. 작은 빨간 불은 어둠에 맞서 계속 싸웠고, 소년은 속으로만 아주 큰 소리로 딱딱거렸다. 그 소리는 그의 머릿속에서 굉음을 내며 울려 퍼졌다.

2

옌스 케르너는 카페인에 약한 사람은 쓰러질 정도로 진한 커피를 텀블러에 삼십 분 간 더 넣어두고 식힌 다음 쓰게 마셔야 정신이 좀 들었다. 그러지 않고서는 오늘 같은 기분 나쁜 월요병이 쉬이 수그러들지 않았다.

지난 주말은 말 그대로 엉망진창이었다. 알테 슈베데 시신의 신원도 확보하지 못했고, 창백한 여자의 이름이 정말 킴 인지 알아내지도 못했다.

옌스가 시동을 걸자 레드 레이디가 덜덜대며 부르릉거렸다. 예전에 차의 후미로 큰 문을 들이받은 직후에도 이렇게 비실대진 않았는데……. 아무래도 레드 레이디가 그 당시에 좀 서운했던 모양이다. 그렇지만 사람의 생사가 달린 문제였기에 그도 어쩔 도리가 없었다.

차갑게 식은 쌉쌀한 커피와 조니 캐쉬의 거친 목소리, 그르렁 대는 엔진소리가 옌스의 기분을 더욱 안 좋게 만들었다. 그래서 그는 자신에게 물었다. 미국 경찰들처럼 도넛이나 몇 개 사 들고 갈까, 라고.

그러나 다이어트 금기사항을 깨면서 한 주를 맞이하면, ─ 모래 위에 성을 쌓듯 시작한 다이어트이긴 하지만 ─ 어쨌거나 심각한 차질을 빚을 가능성이 차고 넘쳤다. 그렇다고 철두철미하게 다이 어트를 하는 건 아니었다.

가장 먼저 만난 빵집 두 군데는 그를 꼬드기지 못했다. 세 번째 빵집에는 마음이 조금 기울었지만, 아쉽게도 주차할 자리가 없었다. 레드 레이디는 다른 차들보다 커서 더 넓은 주차공간이 필요했다. 네 번째 빵집은 모든 게 완벽했다. 옌스가 핸들을 꺾었 다. 그래, 다 먹자고 하는 일인데!

5분 후, 고소한 향을 풍기는 따끈한 도넛 여섯 개가 담긴 종이 봉투를 보조석에 올려놓았다. 다음 신호가 걸릴 때까지 그대로 뒀다가 신호가 걸리자마자 도넛 하나를 꿀꺽 삼켰다. 경찰서까지 신호가 정말, 무진장 많았고, 빨간 불은 또 어찌나 긴지 옌스는 안절부절못했다. 그래도 알록달록한 가루와 하얀 시럽이 뿌려진 도넛은 마지막까지 먹지 않았다. 그건 레베카 꺼였다.

레베카가 다시 경찰서로 돌아왔다. 이제 혼란스러운 세계에 질 서가 좀 잡힐 테고, 옌스도 거지 같은 일을 전부 혼자 처리할 필 요가 없을 터였다.

늘 그렇듯 레베카의 차가 경찰서 뒤의 주차장에 주차되어 있었다. 그 차는 그녀의 편의에 맞게 새로 정비된 도요타고, 옌스의 친구 중 하나가 레베카가 통증클리닉에 있는 동안 수리해주었다.

옌스의 사무실 앞에 있는 집무실에서 레베카는 옌스와 또 다른 경찰 둘을 대신해 수사기록 문서를 교환하는 일을 했다. 그런데 레베카가 없었다. 그는 집무실과 연결된 문을 열고 자신의 사무실로 들어갔다. 레베카가 그의 사무실 안 화이트보드 앞에 있었다.

뚜껑이 없는 보드마커를 입에 문 채로. 볼에는 빨간색 보드마커가 한 줄 그어져 있고, 머리는 잔뜩 헝클어져 있었다. 밤을 꼴딱 샌 것 같았다.

"좋은 아침." 옌스가 인사했다. 그러고는 당황해서 뒷걸음질 쳤다. "음…… 저기, 내가 도넛 사 왔는데."

"무슨 연관이 있는 건지 도대체 모르겠어요!"

레베카가 입에서 보드마커를 빼지 않고, 화려한 가루가 박힌 도넛에 눈길도 주지 않은 채 중얼댔다.

화이트보드에는 사진 네 장이 자석으로 고정되어 있고, 그 아래에 날짜와 이름이 적혀 있었다. 어떤 사진끼리는 곧은 선으로, 또 다른 사진끼리는 구불구불한 선으로 연결되어 있는 걸 보니 뭔가 서로 연관이 있는 듯했다.

"리스베스 크뤼거는 미용사, 나탈리 드라이어는 유치원 선생님, 베아트릭스 그리스베크는 가게 점원이었어요. 산드라 도이터는 사진 공부를 막 시작했고, 원래는 가수가 꿈이었죠. 이들은 전부 완전 예쁘게 생겼어요. 그런데 이게 유일한 공통점이에요. 뭔가…… 다른 게 분명 있을 텐데……, 그게 뭔지를 모르겠어요."

레베카가 커다란 눈으로 옌스를 바라보았다. 그녀의 눈빛에 강렬한 열정이 담겨 있었다. 불타는 강렬함에 눈동자가 흔들렸다.

옌스는 책상 위에 도넛 봉투를 내려놓고 의자를 끌고 와서 그녀 가까이에 앉았다.

"언제부터 여기에 있었던 거야?"

레베카가 어깨를 으쓱했다.

"글쎄요……. 한 시간 정도?"

옌스는 그럴 리가 없다고 확신했지만, 같은 질문을 반복하고 싶진 않았다.

"아일레나우에서 벌어진 그 소녀들 사건 때문에 이러는군. 그렇지?"

레베카가 눈을 감고 고개를 저었다.

"하, 아니요……. 날마다 실종되는 소녀들과 여자들이요. 그런데도 아무도 신경 쓰지 않는 그 불쌍한 여자들 사건입니다."

옌스가 그녀의 입에서 보드마커를 빼 뚜껑을 닫았다.

"우리 둘, 아니 우리 경찰들이 신경 쓰고 있잖아. 그것도 매일." 그는 화이트보드를 지우기 위해 분무기를 들어 종이 타월에 뿌렸다. "잠깐, 여기 볼에 보드마커가……." 옌스가 볼에 묻은 빨간색 보드마커 자국을 닦아 주었다. "우리가 모든 사건을 살필 순 없어. 그건 너도 알잖아. 경찰은 수사하다가 헛발질을 해서도 안 되고, 통찰력을 잃어서도 안 되니까."

레베카가 흠칫 놀라 뒷걸음질 치면서 의아하다는 듯 눈썹을 찡그렸다. "팀장님은 제가 헛발질을 하고 있다고 생각하세요?" 옌스가 속으로 한숨을 쉬었다. "아니, 내 말은……. 그래 솔직히 어느 정도는. 너는 지금 사건을 사적으로 대하고 있어. 그 엄마가 마음에 쓰여서."

"당연히 마음에 쓰이죠! 무슨 생각을 하시는 건데요? 입장 바꿔서 생각해보세요! 이 년째 딸을 걱정하고, 혹시 돌아올까 기다리고 있다고요. 그리고 아무도 도와주지 않고 있잖아요……. 그러면서 일도 계속하고 있고요. 돈이 필요하니까요. 또, 딸 생각을 하지 않은 적이 단 일 초도 없다고 하잖아요……."

"그래, 나도 알지……."

"아니요. 팀장님은 몰라요!" 레베카가 크게 소리치며 옌스의 말을 막았다. "어떻게 이런 사건으로 우리끼리 큰 소리가 오갈 수 있어요? 어떻게 이런 일에 관할 구역이니, 다른 지역 사건이니 운운하며 외면할 수 있냐고요!?"

옌스가 종이 타월을 든 손을 아래로 툭 떨어뜨리고 레베카를 바라봤다. 무슨 말을 해야 할지 몰랐다. 그 순간에는 어떤 말을 해도 맞지 않을 것 같았다. 옌스는 말을 하느니 입을 닫는 게 더 속 편한 남자였고, 그래서 전 부인들과도 헤어졌다. 예전의 그는 지금과 같았다. 그런 복잡한 상황에서는 말을 한다고 해서 사소한 것 하나도 바뀌지 않을 것이고, 오히려 전체적인 체계가 무너질 수도 있다.

레베카가 옌스를 뚫어지게 쳐다봤다. 옌스에겐 좀 힘든 일이었지만, 그도 그녀를 바라보고 있었다. 그녀의 눈빛이 강렬하게 아름다워서 그의 눈동자가 불안정하게 흔들렸다.

결국 옌스가 한숨을 푹 내쉬더니 화이트보드 쪽으로 몸을 돌렸다.

"네가 뭔가를 못 보고 넘어갔을 수도 있어."

그 순간까지도 레베카는 활활 타오르는 눈으로 옌스를 바라보고 있었다. 그러더니 곧 긴장감을 뒤로 미루고 입을 열었다.

"모르겠어요. 제 생각엔, 음……. 일단 도넛 하나 먼저 먹을게요!"

옌스가 봉투를 가져와 레베카에게 건넸다. 그녀가 한 입 크게 베어 물자 알록달록 가루가 무릎 위로 떨어졌다.

"커피도 마실래?"

레베카가 고개를 끄덕였다.

옌스는 커피를 가지러 갔다. 그가 돌아왔을 때, 레베카는 하나 남은 도넛을 입으로 넣고 있었다..

"팀장님은 정말 세계 최고의 상사예요."

레베카가 오물대며 말했다.

"너는 참 귀찮은 부하직원이고."

"서로 이렇게 잘 맞으니까 얼마나 좋아요, 그렇죠?"

드디어 저 앙큼한 미소가 또 나왔군! 옌스는 사무실에 있을 때면, 기분 좋은 레베카를 자주 만날 수 있었다. 그녀는 화가 부글부글 끓어도 늘 흥분하지 않고 유머감각을 잃지 않았으니까. 그러나 옌스는 오늘의 예외상황을 마주하며 레베카에게도 모든 일이 아무렇지 않게 지나가지만은 않는다는 걸 알게 되었다. 그리고 그녀에게서 자신의 안식처를 찾았던 게 얼마나 이기적이었던 건지도.

"이런 정보는 어디서 났어? 그쪽 경찰이랑 연락한 건 당연히 아닐 테고?"

레베카가 고개를 저었다.

"그럴 필요 전혀 없었어요. 제가 찾은 정보는 전부 SNS에서 가져온 거예요."

"말도 안 돼!"

"정말이에요. 어떤 사람은 SNS로 잃어버린 아이를 찾았더라고요. 경찰이 찾아주길 기다리지 않고 말이에요. 그런데 이 이상은 알아내지 못했어요. 그래서……" 레베카의 눈이 또다시 옌스를 자기 뜻대로 움직이게 하려는 눈빛으로 바뀌었다.

"무슨 말 할지 알겠다."

"그래서 팀장님이 전화 몇 통만 해주셨으면 해요."

옌스는 눈을 감고 고개를 절레절레 흔들었다.

"하, 내가 그때 통증클리닉 껄떡남한테 널 두고 왔었어야 했는데."

레베카가 옌스의 어깨를 주먹으로 툭 쳤다.

"이상한 소리 하지 마시고요."

"좋아, 도와주지. 그런데 일단 내 사건 먼저 처리 하자고……. 네 도움이 필요해!"

옌스가 레베카에게 조심스레 사건에 대해 이야기했고, 레베카는 집중해서 들었다.

"그래서 킴이라는 여자를 찾아야 한다는 거군요. 어딘가에서 실종됐을 테니까요, 그렇죠?"

레베카가 다 듣고 난 후 말했다.

"정확해. 그 여자 이름이 정말 킴 일수도 있지. 아니라고 하더라도 일단 찾아내면 뭔가 단서가 될 거야. 그리고……."

옌스의 핸드폰이 진동했다.

롤프 하게나 전화였다.

"알테 슈베데 시신 신원 확보됐어."

3

옌스가 도착했을 때, 롤프 하게나는 철제 벤치에 앉아 담배를 피우며 알스터호수를 바라보고 있었다. 옌스가 가까이 다가갔더니 그제야 롤프가 고개를 들었다. 옌스가 아니었다면 그는 방파제처럼 각진 턱과 방패처럼 탄탄한 어깨와 함께 하염없이 호수만 바라보고 있었을 것이다.

롤프는 밤에 보면 되게 무서워 보였다. 낮에는 사려 깊은 사람 같아 보이지만. 옌스가 아는 함부르크 경관 중에 롤프처럼 배려 넘치는 경관은 없었다. 배려는 그냥 주어지는 게 아니다. 줏대가 있고 공정해야 하며, 무엇보다 가장 중요한 건 공감 능력을 갖추

어야 한다. 그게 바로 롤프 하게나였다. 그러나 그런 성격 때문에
그는 감정이 예민했다.

롤프는 담배 너머로 옌스를 슬쩍 쳐다보기만 할 뿐이었다. 더
이상 다른 말은 필요하지도 않았지만.

"제길, 전부 망쳤어."

롤프가 말했다.

"정확히 뭘 망쳤는데?"

옌스가 그 자리에 서서 손을 주머니에 쑤셔 넣었다. 성인 다섯
명 정도가 벤치에 앉을 수 있지만 롤프 옆에는 앉을 자리가 거의
없었다. 물론, 앉고 싶으면 앉아도 되지만.

"그리스 신화에 나오는 머리가 수십 개 달린 뱀, 히드라 같아.
머리를 하나 자르면 두 개가 새로 나잖아……. 그 괴물은 절대
죽지 않지. 우린 항상 너무 늦게 도착해."

"알테 슈베데의 젊은 여자 말하는 건가? 그래, 맞는 말이지. 그
래도 지난번 여자 다섯은 우리가 구했잖아. 범인이 지 인생의 제
물로 바치려고 했던 그 여자들 말이야. 우리가 범인을 체포했으니
까."

롤프가 담배 연기를 눈 쪽으로 뿜었다. 그가 눈을 꼭 감은 채
옌스를 한동안 바라봤다.

"그러면 그 창백한 여자는? 그 여자 죽었다며?"

옌스가 고개를 끄덕였다.

"그건 다른 문제고. 어쨌거나 그 건은 철저하게 조사 들어갈
거야."

"그래, 그렇겠지. 하, 우린 또 너무 늦겠지."

롤프가 한탄했다.

"나도 한 대 좀 줘봐."

옌스가 롤프에게 요구했다. 자기 담배를 차에 두고 왔기 때문에. 롤프가 담뱃갑에서 담배 한 대를 꺼내 그에게 건넸다.

"이게 뭐야? 맨솔?" 옌스가 물었다.

덩치가 산 만 한 롤프가 어깨를 으쓱했다.

"의사 양반이 이게 건강에 더 좋다더군."

옌스는 담배를 도로 돌려주었다.

"하게나, 자네나 많이 피우게나." 옌스가 비아냥댔다. "그나저나 할 말이 뭔데?"

롤프가 건강에 좋은 담배를 다시 집어넣고 턱으로 발아래에 있는 백팩을 가리켰다.

"저 앞 공사장에 있는 쓰레기장에서 발견했어. 범인이 엄청 애를 썼더군. 범행 장소에서 4km 정도 떨어진 곳에 이걸 버렸어."

"그걸 어떻게 찾았어?"

롤프가 어깨를 으쓱했다.

"여자는 조깅을 했으니까, 뭐 핸드폰이나 열쇠, 지갑 정도는 갖고 있었겠지. 그래서 찾아다녔어. 지난 토요일부터. 쓰레기통 수십 개를 뒤졌지. 그런 자식들이 또 워낙에 융통성이 없잖아. 길거리에 널린 안전 운행 표시물처럼 말이지."

"그래서 저 백팩이 피해자 꺼란 얘기야?"

"확인하려고 열어봤는데……. 음, 좀 더 자세히 봐야 할 것 같아."

물론 롤프가 이 백팩을 이미 열어보긴 했지만, 시신과 관련된 물건인지 더 정확하게 확인할 필요가 있었다. 옌스는 그가 소지품 확인 같은 것을 굉장히 조심스러워한다는 걸 잘 알고 있었다.

"자비네 숄츠. 24세. 지갑은 비어있고, 핸드폰은 없네. 소매치기당한 것처럼 보이는군. 페테스 체육관 회원권도 여기 있고. 여기서 복싱 트레이닝 하지 않았어?"

롤프가 고개를 끄덕였다.

"이 년 전까지 다녔지……. 이 회원권은 6년 전에 발급된 건데……, 한 번쯤은 만났을 수도 있겠는데?"

"본 적 있는 것 같아?"

롤프가 고개를 저었다. 그러고는 벤치에서 일어나 손가락 두 개로 백팩의 위쪽에 있는 고리를 잡더니 옌스에게 넘겼다. 옌스도 그와 똑같이 손가락 두 개로 넘겨받았다. 이 백팩에서 지문을 채취하거나 그러지는 않겠지만, 그래도 사람 일은 모르는 거니까. 과학수사대 요원들이 가끔 진짜 요술을 부리기도 하니까.

"이 여자 가족에게 가봐야지, 내가 갈까?"

롤프가 물었다.

옌스는 롤프도 자기만큼 사망 소식 전하기를 꺼린다는 걸 알고 있었다. 옌스는 자기의 늙은 동료가 아침부터 왠지 지쳐 보여서, 그리고 기운이 다 빠진 것 같아서, 또 이 사건이 자기와 크게 상관이 없다는 느낌이 들어서, 선뜻 말했다.

"내가 하지. 도와줘서 고맙네."

"한 잔 어때?"

롤프가 물었다. 옌스가 고개를 끄덕였다.

"대신 무알코올 말고!"

"당연하지. 아무리 건강이 중요해도 선은 지켜야 하지 않겠나."

4

옌스는 백팩의 물건을 전부 과학수사대에 전달한 후, 카리나 라이니케를 데리러 경찰서로 갔다. 카리나는 경찰서 입구에서 그를 기다리고 있었다. 옌스는 전화로 경찰 제복 말고 사복으로 환복 후 대기하라고 전했고, 그녀는 청바지에 초록색 티셔츠 차림에 긴 금발 머리를 하나로 묶고 서 있었다.

"팀장님, 한 사흘은 비 맞고 다니신 것 같습니다."

카리나가 땀에 푹 전 옌스에게 인사했다.

"요즘 같으면 사흘만 비가 내려도 정신 나간 것처럼 실실 웃고 돌아다닐걸."

옌스가 대답했다. 지난 몇 주간 비가 한 방울도 내리지 않았다. 지구의 종말을 예고하듯 뿌연 먼지가 도시 전체에 내려앉아 있었다.

"뭐 안 좋은 일 있으십니까?"

카리나가 땀에 젖어 이마에 붙은 머리카락을 입으로 불며 물었다.

옌스는 알테 슈베데에서 발견된 시신에 대해 이야기하며, 지금 그 유족에게 가는 길이라고 알렸다.

"왠지 그럴 것 같았습니다. 차 타고 가는 겁니까?"

카리나는 자기가 해야 할 임무를 한 번도 외면하지 않았다. 늘 고민이 앞서는 옌스에겐 카리나의 그런 면이 참 인상 깊었다. 그는 그런 자신이 못 미더워서 카리나에게 전화했던 것이다. 카리나는 이런 쪽에서 남들과 다른 역량을 보여주었다. 옌스는 카리나에게 시간이 있으면 함께 자비네 숄츠의 유족에게 갈 수 있겠냐고 부탁했고, 다행히 그녀는 시간이 있다고 했다.

옌스는 카리나를 좋은 후배라고 생각했다. 솔직하고 따뜻한 눈을 가졌고 경솔하지 않고 늘 열심히 일하면서도 자신을 압박하지 않았다. 이것 말고는 카리나에 대해 더 아는 게 없었다.

둘은 함께 경찰서를 떠났다. 옌스는 이번에도 업무용 차량을 구하지 못했다. 어쩔 수 없이 경찰서 앞 길가에 주차된 레드 레이디를 타고 가야 했다.

"드디어 저도 이런 혜택을 다 누려보네요. 팀장님 차는 이 동네의 굴러다니는 전설이잖습니까. 성벽을 부수는 무기 말입니다."

옌스는 애지중지하던 레드 레이디로 단단한 문을 부수고 들어갔던 아일레나우 사건을 떠올리며 얼굴을 찌푸렸다. 그 일로 자동차 수리비만 2천 유로가 들었다.

"피해자 가족에게 사망 소식을 전하는 거, 아무렇지도 않나?"

"안 힘든 사람은 없겠지만, 전 업무의 연장이라고 생각합니다.

그리고 그런 일이 저한테 오게 두는 것보단 제가 먼저 그 일에 부 딪히는 게 더 낫다고 여깁니다."

"음, 아주 괜찮은 사고방식이군. 경찰이 된 지 얼마나 됐지?"

"이제 2년 차 됐습니다."

"2년? 그럼 이제 우리 같이 일할 때가 됐군. 편하게 생각하게."

"감사합니다."

카리나 라이니케가 살짝 얼굴을 붉혔다.

"업무 시간 아닐 땐, 주로 뭐하고 시간 보내나?"

"개인적인 시간 말씀하시는 겁니까?"

"그럼, 당연히 개인적인 시간이지. 레드 레이디에게 차에 탄 사 람에 대해 알려줘야 하거든."

"아하, 그렇군요. 알겠습니다. 레드 레이디가 샘내지 않게 말입 니까?"

"그렇지!"

"음, 전 6개월 전에 약혼했습니다. 약혼남 이름은 닐스인데, 닐 스도 경찰입니다. 하노버 소속이고요. 또, 저는 축구를 무척 좋아 합니다. 당연히 함부르크 SV* 팬이고, 그리고 제 직업을 정말 좋 아합니다. 이 정도면 레드 레이디가 만족할까요?"

카리나가 활짝 미소를 지으며 옌스를 바라봤다.

"대만족이지."

옌스는 자기가 어떤 동료를 좋아하면, 자기 차도 그를 좋아한

---

* 함부르크의 프로축구팀.

다고 여겼다.

대화가 끝난 후 둘은 침묵했다. 옌스는 카리나가 머릿속으로 앞에 놓인 임무를 준비하고 있다고 생각했다. 그녀가 경찰이라는 직업을 진지하게 대하는 모습이 정말 인상적이었다.

옌스와 카리나는 둘스베르크의 알텐 타이히 가에 위치한 집에 다다랐다. 옌스는 전장에 나가는 병사처럼 마음을 단단히 먹었다.

"사전 지침 같은 건 없어." 그가 건물의 입구로 가는 길에 말했다. "하고 싶은 대로 해도 돼."

카리나는 상사의 신뢰에 진지하게 고개를 끄덕이며 그의 뒤를 따라갔다. 옌스가 초인종을 눌렀다. 열 두 가구가 사는 다세대주택이었는데, 4층의 초인종 옆에 숄츠라는 이름표가 있었다.

초인종을 누르자마자, 어떤 목소리가 스피커에서 튀어나왔다. "자비네니? 온 거야?" 스피커 성능은 정말 최악이었지만, 목소리의 담긴 걱정은 옌스에게 분명하게 전달되었다. 위가 콩알만 하게 쪼그라졌다. 그는 자기의 이름과 직급을 말하고 안으로 들어가도 되겠냐고 공손하게 물었다.

철컥 소리를 내며 1층 문이 열렸다. 옌스는 카리나를 위해 문을 잡고 기다려 준 다음 그녀를 따라 들어갔다. 엘리베이터가 있었지만, 카리나는 계단 쪽으로 향했다. 옌스도 그게 옳다고 생각했다. 첫째는 어쨌거나 많이 움직이어야 했고, 둘째는 계단으로 가는 게 더 오래 걸리기 때문이었다.

열린 현관문 밖으로 휠체어를 탄 여자가 이미 나와 있었다. 60

대 중반 정도이고 오른쪽 다리가 없었다. 통통한 체격에, 회색 곱슬머리, 반죽이 약간 부푼 듯 두루뭉술한 얼굴. 그사이 목소리에 담겨 있던 그녀의 걱정이 공포로 돌변해 있었다. 그녀는 옌스와 카리나를 보고 나서 오른손으로 입을 틀어막고 울부짖기 시작했다. 절단된 종아리가 앞쪽으로 움찔거렸다. 옌스는 당장 도망치고 싶었다.

그녀는 손으로 입을 가린 채 눈물이 그득한 눈으로 계속 머리를 흔들었다. 아무런 말도, 집 안으로 들어오라는 말도 하지 못했다.

옌스는 우두커니 서 있기만 했다. 무얼 해야 좋을지 알 수 없었다. 카리나 라이니케가 여자에게 다가가 무릎을 꿇고 앉아서 손을 잡고 고개를 끄덕였다. 자비네는 죽었습니다. 카리나 라이니케는 그 말을 차마 입 밖으로 내뱉지 못했지만, 그녀의 끄덕임에, 눈빛에, 어루만지는 손길에 그 말이 담겨있었다. 그리고 영원처럼 느껴지는 시간이 흐른 후에야 카리나가 말했다.

"고생하며 가지 않았어요. 순식간에 벌어진 일이었습니다."

숄츠 부인은 매 맞는 개처럼 흐느끼기 시작했다. 그 모습에 옌스는 목이 막혔다. 어디를 봐야 하지, 무슨 생각을 해야 하지, 눈물을 흘리지 않으려면?

"안으로 들어갈까요, 숄츠 부인?"

카리나가 물었다. 그녀는 답을 기다리지는 않고 자리에서 일어나 휠체어를 밀며 집 안으로 들어갔다. 재빨리 어깨너머로 옌스를 바라보고 고갯짓을 했다. 아주 잘하는군. 대단해. 고마워.

거실에는 숄츠 부인의 삶이 여실히 드러나 있었다. 모든 물건이 휠체어 높이에 맞추어져 있었다. 옌스는 저절로 레베카가 떠올랐다. 레베카의 집은 주방의 조리대와 욕실의 세면대까지 전부 일반적인 높이였다. 물론 모두 손이 닿는 위치에 있고 방마다 손잡이용 난간이 있었지만, 대충 훑어봐도 이 집과 다른 점이 수천 가지도 넘었다.

그에 반해 이 집은 레베카 집과 비교하면 초라하기 짝이 없었다. 좁디좁은 집은 가구들로 꽉꽉 들어차 있었고, 가끔 가구들 사이에 빈 공간이 드문드문 있는데도 케케묵은 방석과 두툼한 커튼에서 나는 곰팡이 냄새 때문에 질식할 것 같았다.

온 사방이 변변찮고 추레했다.

휠체어가 있을 만한 적당한 공간도 없어 보였다. 작은 테이블과 1인용 소파 사이의 공간에 텔레비전 방향으로 휠체어가 딱 들어가면, 중앙관제센터처럼 집 전체가 다 보일 것 같았다. 정확히 그쪽으로 카리나가 숄츠 부인을 데리고 갔다.

"물 한잔 가지고 올게요."

카리나는 그렇게 말하고는 주방으로 갔다.

일순간 옌스는 숄츠 부인과 단둘이 남게 되었다. 무슨 말이라도 해야 했다. 세상에, 이럴 수가. 경찰서 밥 먹은 지 벌써 몇 년 차인데, 이런 상황에 더 침착해야지. 2년 차 형사가 조금 전에 보여주지 않았는가, 어떻게 하는 건지.

그러나 숄츠 부인은 여전히 입 앞에 손을 댄 채 텔레비전 쪽만 뚫어지게 바라보고 있었다.

옌스가 일부러 헛기침을 하며 소파 쪽으로 다가가 숄츠 부인의 눈에 띄기 위해 모서리 부분에 섰다.

"안타까운 소식 전하게 되어 죄송합니다."

옌스가 이어서 말을 하려는데, 갑자기 카리나가 물 컵을 들고 거실문 앞에 나타났다. 그런데 거실로 들어오지는 않고 그 자리에 서서 자기 쪽으로 오라는 눈짓을 보냈다.

"어, 그리로 가지!"

카리나가 주방으로 다시 돌아가서 식탁 위 벽에 걸려있는 미니 갤러리를 가리켰다. 가족사진들이었다.

"이거 보세요." 카리나가 수많은 액자들 중 한가운데 있는 가장 큰 액자를 가리켰다. "자비네 숄츠예요!"

"나도 알아."

"그래요. 저 이 여자 압니다!"

"뭐? 아는 사이라고?"

"지난 금요일 오후에 경찰서에 왔었습니다. 저랑 이야기도 나누었어요."

"말도 안 돼!"

"진짜예요! 친한 친구가 스토킹 당하고 있어서 걱정하고 있었습니다. 친구 얘기를 저한테 전부 해줬고요. 팀장님이 아시는 것처럼, 스토커가 전화로 괴롭히고 미행하고 그랬대요. 그런데 그 친구가 경찰에 오길 꺼려해서 자비네가 스토커를 따돌리려면 어떻게 해야 하는지 알아보려고 경찰서로 온 거였습니다."

"이런 젠장!" 옌스가 내뱉었다. "그 친구 이름이 뭐야?"

5

그 다세대주택은 함부르크의 바름베크에 위치한 베버 가에 있었다. 자비네 숄츠 엄마의 말에 따르면, 이 건물에 죽은 딸의 친구인 비올라 메이가 산다고 했다.

길가에 주차할 데가 하나도 없어서 옌스 케르너는 하는 수 없이 레드 레이디를 주차 불가 구역인 쓰레기 컨테이너 두 개 앞에 세웠다.

그는 카리나 라니이케와 함께 건물을 관찰했다.

"제가 정말 큰 잘못을 저질렀습니다."

카리나가 자신을 질책했다. 주방에서 자비네의 사진을 발견한 후 기가 팍 죽어 땅바닥까지 주저앉아 있었다.

"이제 그만 좀 하지 그래? 넌 최선을 다했어. 일이 이렇게 될지 누가 알았겠어?"

"자비네와 이야기를 마치고 비올라 메이에게 가서 얘기 좀 나눠볼 걸 그랬습니다……. 그러지 않고 주말이나 즐겼으니, 어휴……. 금요일 저녁에 중요한 축구경기가 있었거든요."

카리나가 절망적으로 머리를 흔들었다.

"경찰인 우리가 내리는 모든 결정엔 어떠한 결과가 따르기 마련이야. 자비네는 현실과 동떨어진 방향으로 가게 된 거고, 그걸 우리가 막을 방법은 없어. 살면서 배워나가는 수밖에."

카리나가 옌스를 가만히 바라봤다. 간청하는 듯한 눈빛으로.

"실수여도 그럴까요?"

"넌 아무 잘못도 하지 않았어. 잘 들어! 언젠가 이런 일이 또 일어난다면, 그러면 그때, 그때 가서나 조용히 내가 실수했구나, 그렇게 생각하면 돼."

카리나가 깜짝 놀라 눈을 동그랗게 뜨고 엔스를 바라봤다. 그녀는 당연히 다른 대답을 기대했고, 엔스도 위로라기엔 자기의 답이 너무 약했다는 걸 인지했다.

"자기 잘못을 떨쳐내려는 건, 그러니까, 무지하게 힘든 일이잖아." 그가 계속했다. "음, 이쪽 분야 전문가한테 가서 전부 다 털어놓는 게 낫겠군. 뭐, 어찌 됐건, 네 죄책감과 지금 이 사건과는 절대로, 결코, 전혀 아무런 관계가 없다는 거야. 자, 이제 들어가 보자고."

엔스가 문을 열고 차에서 내렸다. 잠시 후 카리나도 뒤따랐다.

그녀는 아직도 약간 당황하고 있었지만, 엔스는 그녀를 믿기로 했다. 지금은 계속 설득하고 달래봤자 별 도움이 되지 않을 거고, 차라리 행동하는 게 더 나을 테니. 다세대주택에 들어서자 배가 살살 아팠다. 숄츠 부인의 집에서 비올라 메이의 핸드폰 번호를 알아내서 오는 길에 몇 번이고 전화해 봤으나, 음성 사서함으로만 연결될 뿐이었다. 좋지 않은 신호였다. 엔스는 느낌이 안 좋았다. 대체 여기에서 무슨 일이 벌어졌는지, 스토커가 노린 사람은 비올라 메이고, 심지어 자비네가 비올라를 지키려고 나섰는데도 왜 자비네가 살해당해야 했는지, 여전히 아는 바가 없었다. 이 모든 게 비올라 메이에게는 또 어떤 의미인 걸까? 여기저기 의문투성이였다.

예상했던 대로, 비올라 메이란 이름표가 건물 1층의 초인종 판에 붙어 있었다. 옌스가 비올라 메이 초인종을 누르고 기다렸다. 한 번 더 눌렀다. 대답이 없었다.

건물의 1층 입구는 잠겨 있지 않았다. 두 형사는 다른 이웃의 초인종을 누를 필요 없이 건물 안으로 들어갔다. 옌스가 먼저 들어가 계단으로 올라갔고, 카리나가 뒤를 따랐다.

윗층으로 올라가니 오른쪽의 어느 집 문 앞에 '환영해요'라는 문구가 있는 알록달록한 발매트가 깔려 있었다. 그러나 그 집 소유가 아닌 것처럼 반듯하게 줄 맞춰 있지 않고 삐뚤어져 있었다.

옌스가 초인종을 다시 눌렀다. 또 대답이 없었다.

카리나와 시선을 마주친 후, 경찰 신분증을 꺼내 문틈 사이로 집어넣고 더듬더듬 잠금장치를 찾았다. 그러고는 잠금장치의 앞쪽을 눌러 보았다. 딸깍. 문이 닫혀있기만 할 뿐 잠겨있지 않다는 뜻이었다.

옌스는 오른손을 권총집 위에 올리고 왼손의 집게손가락으로 문을 슬며시 밀었다.

"경찰입니다. 안에 계십니까?"

옌스가 소리쳤다.

그는 자신의 외침이 이 사건과 관련 없는 건물의 거주자들에게 혹시 위협이 되지는 않을까, 라는 신경은 전혀 쓰지 않았다.

조심스레 집중하며 집 안의 복도로 한 걸음 내디뎠다. 벽에 있는 낮은 신발장에 가지각색의 운동화들이 가득했다. 신발장 위에 얇은 재킷과 하트 모양의 열쇠 걸이판이 걸려 있었다. 열쇠 걸이

판은 비어있었다.

엔스는 집 안의 복도 중간으로 가서 집 전체를 한눈에 담았다. 바로 앞에 침실이 있고 문이 활짝 열려 있었다. 침대는 하얀색이고, 파란 이불이 깔려 있으며, 창문 앞의 블라인드 사이로 햇빛이 들어오고 있었다.

오른쪽은 욕실. 역시 문이 열려 있었다. 세면대 위에 있는 거울로 엔스의 얼굴이 비쳤다. 왼쪽은 거실로 이어지는 것 같았다.

엔스는 카리나에게 욕실을 살피라고 손짓했고, 그는 침실로 향했다. 두 곳 모두 비어 있었다.

거실은 둘이 같이 확인하기로 했다. 거실의 오른쪽은 아담한 주방으로 이어졌다. 그 맞은편에 커다란 창문이 있었는데, 커튼으로 가려진 상태였다. 거실에 있는 작은 원목 테이블 위에는 어느 피자가게의 피자박스가 있었다. 손도 대지 않은 것 같은 피자박스가.

이 작은 집에 형사 둘 외에 아무도 없다는 게 분명해졌기에, 엔스는 총에서 손을 떼고 두 발짝 앞에 있는 테이블로 가서 볼펜으로 피자박스의 뚜껑을 들어보았다. 그러나 뚜껑 앞부분에 종이 빗장이 걸려있어서 열리지 않았다. 종이 빗장을 제거하고 다시 뚜껑을 열었다. 뚜껑을 열자마자 손에서 놓쳤다.

박스 안에 피자 한 판이 그대로 들어 있었기 때문에. 손도 대지 않은 차가운 피자가. 옆에는 배달업체 전단지가 있었다. 푸드투유. 처음 들어보는 배달업체였다. 10유로짜리 쿠폰도 붙어 있었다.

주방에 있는 카리나가 알록달록한 찻잔을 발견했다. 찻잔에는 티백과 거무튀튀한 차가 남아있었다. 누군가 차에 물을 부어놓고 오랫동안 방치해 둔 것 같았다. 옌스가 저쪽 보관함에 있는 핸드백으로 손을 뻗었다. 핸드백 안의 지갑에는 100유로 정도의 현금과 비올라 메이의 건강보험증, 신분증, 운전면허증이 있었다.

비올라 메이는 집에 없다. 그런데 중요한 물건은 집에 있다. 테이블에는 손도 대지 않은 피자박스가 있고······.

"비올라 메이의 핸드폰은 어딨지?" 옌스가 머릿속 생각을 크게 내뱉었다.

"전화해 보면 되지 않을까요?" 카리나가 제안했다.

옌스가 전화를 걸었다. 피자박스 아래에서 진동이 울렸다.

카리나가 피자박스를 옆으로 치웠다. 납작한 스마트폰이 경고등처럼 번쩍대고 있었다.

6

[어린 시절]

소년에게 낯섦이란 익숙해서 운명과 같은 것이었다. 정착이란 건 단 한 번도 해 본 적 없었고, 늘 이동 중이었다. 그리고 어른이 될 때까지 시간이 허락하는 한에서만 사람들과 가까이 있을 수 있었다. 소년의 부모님은 절대로 한곳에 오래 머물지 않았다. 어디에도 뿌리를 박지 않는, 온전치 못한 유목민 생활을 했다. 정착하고 싶은 생각이 조금이라도 들면, 부모님은 어리고 연약한 희망의 싹을 애초에 밟아 뭉개버렸다.

이번엔 다세대주택의 집 한 칸이 아니라 단독주택이었다. 열다섯 살짜리 소년은 그 이유를 잘 알고 있었다. 단독주택에선 밤마다 비명을 질러도, 매일 욕을 하며 싸워대도 아무에게도 방해가 되지 않으니까. 여기는 소년의 부모를 위한 곳이었다. 이 집은 너무 낡아서 쓰러지기 일보 직전이었지만, 방은 아주 많았다. 그리하여 소년에게도 자기 방이 생겼다. 지붕 아래에 있는 비스듬하고 천장이 낮은 꿉꿉하고 어두운 다락방이었으나 부모님의 침실과는 거리가 꽤 멀었다. 이사 첫날 밤 아버지의 고성을 들었을 때, 소년은 문득 자기의 침대 앞을 지나가던 어머니가 그리웠다. 어머니가 그에게 주의를 주었던 것도. 여기 다락방에서는 딱딱 소리를 낸다며 머리를 내려치던 어머니의 매운 손과 쌩하고 뒤돌아가던 어머니의 쌀쌀맞은 바람과 냄새도 없었다.

다락방에는 아무것도 없었다. 전에는 그런 기분을, 더는 이 지구상에 존재하지 않는 것 같은 기분을 느껴본 적이 없었다.

그래서 그는 밖으로 나갔다. 자주 나갔다. 저녁 늦게 또는 오밤중에. 소년이 방에 있건 없건 아무도 신경 쓰지 않았다. 자유가 많아도 너무 많았다.

어느 따스한 저녁. 여름 향기와 풀 냄새, 건조한 흙냄새가 풍기는 날이었다. 가까운 곳에 소나무 숲이 있는지 솔잎 냄새도 났다. 저녁인데도 주변이 꽤 환해서 소년은 땅에 야생 식물이 얼기설기나 있는 숲길, 저 뒤로 쭉 가면 검은 산까지 이어지는 그 숲길을 따라 걷기 시작했다. 소년은 '검은 산'이라는 울림이 왠지 모르게 마음에 들었다.

십 분 뒤 그는 울타리로 둘러싸인 엄청나게 넓은 땅에 도착했다. 거긴 말 농장이었다. 말 농장에 사는 사람들은 소년 가족의 유일한 이웃이었지만, 당연히 서로 인사조차 하지 않았다. 아무도 소년의 부모와 어울리려 하지 않았으니까. 소년과도 마찬가지였다.

높이가 2m 정도 되는 빽빽한 철조망 울타리가 가진 자와 못 가진 자의 경계를 확실하게 긋고 있었다. 울타리엔 커다란 문도 있었다. 농장 사람들은 그 문을 통해 말을 타고 들판과 숲을 드나들기도 했다. 소년은 그들을 유심히 관찰했다. 특히, 한 소녀를. 소년은 그날도 소녀를 보길 바랐다. 그래서 그는 자작나무가 우거진 숲에 몸을 숨겼다. 자작나무 숲에 앉으면, 달콤한 향기와 가지각색의 곤충들이 그에게 날아들었다. 소년은 곤충을 그냥 뒀다. 곤충들은 그를 귀찮게 하지 않았으니. 게다가 몇몇 곤충은 아름답기까지 했다. 곤충들의 날개와 다리를 부러뜨리면, 어떤 모습으로 변할까 문득 호기심이 일었다.

십 분 후, 다그닥다그닥 소리가 들렸다. 누군가 말 농장 앞에, 숲으로 이어진 비포장도로에서 말을 타고 있었다. 소년은 몸을 잔뜩 웅크린 채 자신의 육체가 녹아 식물로 변하길 기도했다. 수북이 쌓인 낙엽 사이로 가만히 문을 관찰했다.

금발의 소녀는 이 농장의 딸이 분명했다. 또 소년과 동갑이고 같은 학교에 다녔다. 하지만 학교 휴게실에서 둘의 거리는 어마어마하게 멀었다. 소녀처럼 예쁜 아이들은 늘 소년을 멀리했기 때문이다. 소녀는 소년을 단 한 번도 바라보지 않았다.

그녀는 안장에 꼿꼿이 앉아 말의 움직임에 따라 몸을 흔들고 있었다. 딱 붙는 회색 긴 바지와 초록색 민소매를 입은 소녀의 검정 헬멧 아래로 곱게 딴 금발 머리가 보였다. 소년은 소녀에게 완전히 매료되었다.

그녀는 금세 들판에 도착했고, 말을 오른쪽으로 몰더니 숲으로 가기 시작했다. 소녀가 들판을 빠져나가자 그녀의 상체만 간신히 보였다. 그는 자작나무 숲에서 기어 나와 그녀를 따라갔다. 말이 내달리지 않는 한, 크게 문제 될 건 없었다.

그는 땀을 뻘뻘 흘리며 멈추지 않고 질주했다. 온갖 날파리가 주변에서 윙윙대고 찔러대도 멈추지 않았다. 벌레에 찔려 따끔대는 통증이 그가 아직 살아있다는 걸, 이 세상에서 사라지지 않았다는 걸 증명해주고 있었다.

소년은 들판의 가장자리 깊숙한 곳에 있었고, 소녀는 길게 쭉 뻗은 길에 있었기에 그의 모습을 볼 수 없었다. 그런데 소녀의 말이 슬슬 불안해하기 시작했다. 말은 꼬리를 이리저리 흔들더니 휘청거리며 옆으로 비틀비틀 갔다. 그녀가 말을 얼렀지만, 말은 쉬이 진정되지 않았다. 소년은 100m나 떨어진 곳에 있었는데도, 그녀가 말을 달래는 소리가 들렸다. 드문드문 들려오는 소리에 그는 그녀가 겁먹고 있다는 걸 눈치챘다.

그런데 그때, 갑자기 말이 앞으로 경중 뛰었다. 전혀 예상치 못한 일이었다. 소녀는 안장에서 내동댕이쳐져 바닥으로 쿵 떨어졌다. 뜨거운 햇볕에 바삭하게 구워진 땅 위로 그녀의 머리와 등이 부딪쳤다. 소녀는 의식을 잃은 듯 미동도 없이 쓰러져 있었다. 말은 정신이 나가서 미친 듯이 움직이며 발굽으로 소녀를 위협했다. 저러다 정말 소녀를 죽일 것 같았다.

소년은 곧장 말에게 뛰쳐가서 팔을 마구 휘저으며 소리를 질러 말을 내쫓았다. 말은 히이잉 울부짖고는 먼지바람을 일으켰다.

그는 소녀 옆에 무릎을 꿇고 앉았다. 소녀의 눈이 감겨 있었다. 죽은 것 같았다. 뭘 어떻게 해야 할지 알 수가 없었다. 두려움이 그를 에워쌌다. 절망 속에서 소녀의 어깨를 흔들어 보고 말도 걸어 보았다. 그녀는 움직이지 않았다.

그는 부모가 매일같이 보던 영화에서처럼 행동했다. 소녀의 새하얀 목 어딘가 맥박이 느껴지는 곳에 손가락을 댔다. 눈을 지그시 감고 집중했다. 맥박이 느껴지는 걸까?

확신할 수 없었다. 그래서 소녀 위로 몸을 구부려 입에 귀를 바짝 갖다 댔다. 입술과 너무 가까워서 호흡이 느껴지지 않았다. 그녀의 향기로운 머리카락 냄새가 콧속으로 스르르 흘러 들어왔다.

순간 부드럽고 따스한 숨결이 그의 귓속으로 뻗쳤다. 온몸에 닭살이 돋았다. 그녀가 살아있었다! 그는 움찔 뒤로 물러나서 쭉 뻗어있는 호리호리한 몸을 지켜보고 있었다. 아름다운 얼굴과 꼭 감은 눈, 기다랗고 가지런한 속눈썹.

소녀가 말에서 떨어지면서 윗옷이 살짝 올라가는 바람에 배와 배꼽이 드러나 있었다.

소년은 넋을 놓고 소녀를 바라봤다. '뭘 어떻게 해야 하지?'란 마음은 삽시간에 뒷전으로 물러나고, 한 번도 경험해 보지 못한, 적응되지 않는 새로운 느낌에 휘감겼다. 그의 가슴 속에 뜨끈한 액체가 번지고, 뱃속은 울렁대고, 머릿속에 기대감이 둥둥 떠다녔다. 그는 손가락을 움찔거렸다. 검지 손가락으로 곱슬머리를 빙빙 돌리는 거 말곤 달리 할 수 있는 게 없었다.

귀신에 홀린 듯 소년은 딱딱 소리를 내기 시작했다. 아주 조용하게 목구멍 안쪽에서. 그 숱한 밤을 어둠에 맞서 싸우는 작고 빨간 불을 응원했던 것처럼. 그에게 각인된 리듬에 맞춰서.

"야, 너 이 새끼! 거기서 뭐해!"

오른쪽에서 어떤 남자가 말을 타고 달려들었다. 그 남자는 소년 앞에 멈추고는 안장에서 뛰어 내렸다.

그는 소녀를 보고 너무 놀라 주저앉더니 뒷걸음질 치며 소녀에게서 물러났다.

"이 개자식!" 남자의 분노가 폭발했다. "애한테서 떨어져!"

그러더니 소년에게 채찍을 마구 휘둘렀다. 철썩. 채찍이 소년의 등을 후려갈겼다. 피부가 잘려 나가는 듯한 고통이 뒤따랐다. 소년은 개처럼 울부짖으며 먼지바람 속을 기어 다녔다. 남자는 채찍을 계속 휘둘렀지만, 소년은 맞지 않았다.

소년은 몸을 일으키고 들판 아래로 미끄러져 내려갔다. 그리고 냅다 뛰었다. 마음속에 아무것도 남지 않을 때까지 뛰었다.

증오와 탐욕이 일었다. 소년은 쉬지 않고 소녀의 금발 머리카락을 만지작거리고 있었다. 소녀의 머리에서 뽑은 그 머리카락을.

7

"자비네 숄츠랑 비올라 메이가 시내에 있을 때, 하늘색 가방을 든 남자가 자비네 눈에 딱 띈 겁니다. 그 남자가 자기 친구 바로 옆에 붙어서 눈을 감고 냄새를 맡고 있었으니까요."

"냄새를 맡아?"

옌스가 카리나의 말을 따라 했다. 카리나가 고개를 끄덕였다.

"네. 자비네 숄츠가 그렇게 말했습니다. 그러니까 눈에 확 들어왔겠죠. 그래서 자비네가 그 남자 사진을 몰래 찍었다고 했어요. 유리 진열장에 비친 모습을 말입니다. 안타깝게도 사진 속 남자 얼굴은 선명하지 않고요."

"그 사진 봤어?" 레베카가 물었다.

카리나가 입술을 깨물며 고개를 저었다.

"그러고는? 그다음에 어떻게 됐는데?"

옌스가 재빨리 물었다. 또 스멀스멀 고개를 드는 그녀의 자책감의 싹을 잘라버리기 위해서.

"그 후, 칼슈타트 백화점 탈의실에서 사건이 또 터졌습니다. 탈의실 벽 너머에서 누군가 비올라한테 말을 걸었대요. 그래서 비올라와 자비네가 옆 탈의실에 가봤더니, 어떤 속옷만 놓여 있고 아무도 없었다는 겁니다. 그런데 그 속옷이 둘이 탈의실 들어오기 전에 구경했던 거라고 했습니다."

옌스가 깊은 생각에 빠진 듯 입술을 꾹 다물고 의자 등받이에 등을 기댔다. 레베카, 카리나, 옌스, 이렇게 셋은 레베카의 사무실에 모여 있었다.

"어떤 남자가 비올라 메이에게 전화를 해서 이상한 소리를 음성사서함에 남기고, 훔쳐보고, 미행하고, 그런데 정체를 밝히지 않는다. 그러다 갑자기 그녀의 절친을 살해했다? 도무지 이해가 안 가네. 왜 그랬을까? 놈은 원래 비올라를 노리고 있었잖아."

"아니면 비올라가 잠깐 어디 나간 거 아닐까요?" 카리나가 추측했다. "사실 전 자비네 숄츠가 무슨 셰퍼드처럼 자기 친구를 지키는 느낌을 받았거든요. 그래서 자비네가 경찰서에 온 거 아닐까요?"

"그놈이 계속 자비네를 예의주시하고 있었을지도 몰라." 레베카가 자기의 생각을 입 밖으로 내뱉었다. "그리고 결국엔 자비네가 자기한테 위험한 인물이라고 결정지은 걸 수도 있어."

"가능성 있는 얘기야." 옌스가 끼어들었다. "놈은 일단 자비네를 치워버리고 나서 비올라를 납치한 거지. 그런데 왜 아무도 목격하지 못했을까? 그 동네 주민이 몇인데!"

목격자가 있는지 없는지는 아직 확실하지 않았다. 사건 이후로 경찰들이 계속 베버 가를 돌아다니며 이웃들을 조사하고 있었다. 하지만, 옌스는 비올라가 납치되는 장면이 목격됐을 거라고 생각하지 않았다. 납치되는 걸 봤다면 바로 경찰에 신고했을 테니까.

"비올라가 자발적으로 따라갔을 가능성도 있습니다. 그 남자와 아는 사이라면 말입니다. 저는 뭔가 피자박스가 자꾸 거슬립니다. 자, 보십시오. 비올라는 먹을 것을 배달시켰어요. 분명 저녁에 밖을 나가기가 두려워서 그랬을 겁니다. 그리고 배달이 왔고, 비올라는 손도 안 댔단 말이죠." 카리나가 말했다.

"그러면 피자 배달원이?"

옌스가 추측했다.

"그럴 수도 있지 않겠습니까?"

"그렇지만 너무 뻔하잖아. 식은 죽 먹기야. 피자가게 이름도 피자박스 위에 쓰여있고, 배달업체 전단지도 바로 옆에 있었고."

"흠, 듣고 보니 그렇긴 하네요. 사람이 그렇게 멍청하진 않겠죠."

"제길, 그렇다면 무조건 핸드폰을 뒤져봐야겠군."

비올라 메이의 핸드폰은 잠금장치를 풀기 위해 이미 IT 부서로 보내졌다. 핸드폰 없이는 찾을 수 있는 단서가 전혀 없었다. 그사이에 IT 부서에 확인 차 연락을 해봤지만, 결과가 나오려면 아직 조금 더 기다려야 했다.

"참, 그건 그렇고 창백한 여자 관련된 정보 찾았어요."

레베카가 불쑥 나섰다.

"오, 정말! 어디 들어보자."

지난 몇 시간 동안 갑자기 훅 들이닥친 자비네 슐츠 살인 사건과 비올라 메이의 신변의 위험성 때문에 옌스는 창백한 여자를 신경 쓸 겨를이 없었다. 어쩔 수 없이 창백한 여자 사건을 니더작센의 동료에게 넘겨야 하는 건가, 라는 생각도 문득 들었다. 물론 어쩌면 말이다. 당장은 아니고. 그 문제에 있어서는 왠지 모르게 신경이 곤두섰다.

"'안네케 킴 란다우'라는 여자를 찾았어요." 레베카가 입을 열었다. "1993년 3월 3일생이고, 2014년 6월 15일 실종신고를 했을 당시 브레멘에 거주하고 있었어요. 사건은 종결되지 않았고요."

"2014년이라……. 4년 전이네!" 옌스가 소리쳤다. "그렇게 오랜 시간을 갇혀 있었다면, 그 여자의 피부색 등 그 외의 것들이 말이 되긴 하겠군."

"이것 좀 보세요. 예전 모습이에요." 레베카가 말했다.

옌스는 자리에서 일어나 레베카의 책상 뒤쪽으로 갔다. 레베카가 화면에 사진을 띄웠다.

안네케 킴 란다우는 정말이지 매우 예뻤다. 얄팍한 얼굴에, 긴 금발 머리, 봉긋 솟은 볼과 도톰한 입술까지. 모델 같았다. 그녀는 커다란 갈색 눈으로, 황홀한 눈빛으로 카메라를 바라보고 있었다.

"이럴 수가. 이렇게 아름다운 소녀였다니."

옌스가 개탄했다. 피바다가 되었던 그녀의 병실 침대가 주마등처럼 지나갔다.

"오히려 이 사진 때문에 그 여자가 맞다고 못하겠네요."

카리나가 책상 뒤, 레베카와 옌스 사이로 다가왔다.

"그런데 눈이……." 카리나가 고심하며 말했다. "맞아요, 제 생각엔 그 여자 맞는 것 같습니다."

셋이 초집중하여 사진을 뚫어지게 쳐다보고 있는데, 갑자기 문이 벌컥 열렸다. 셋은 화들짝 놀랐다. IT 부서 직원인 토르벤 볼터스가 들어왔다. 손에 핸드폰을 흔들고 서서.

"자, 다들 박수 한 번 보내주시죠."

토르벤이 활짝 웃었다.

"풀었어?"

"아니, 지금 무슨 말씀 하시는 거예요? 하하, 당연히 풀었죠. 이제 바로 들어가실 수 있어요. 핸드폰 안의 자료는 전부 다운받아 놨으니까 내부시스템으로 보내드릴게요."

"좋았어! 내가 자네 부서 전체에 맥주 쏜다."

옌스가 기뻐하며 핸드폰을 가져왔다.

"저희는 맥주는 별로 안 좋아하니까요, 음……, 달달한거나 카페인 무지하게 들어간 거 부탁드리겠습니다."

토르벤이 가고, 옌스는 비올라의 핸드폰에 온 정신을 집중했다.

"자, 지금 보니까." 옌스가 큰 소리로 시작했다. "비올라가 가장 최근에 통화한 번호가 푸드투유라고 저장된 배달업체 전화번호야. 전단지에 있던 그 번호. 이 업체 알고들 있었어?"

"전 알고 있었어요." 레베카가 대답했다. "푸드오라 또는 리퍼란도, 이런 데와 비슷한 배달업체예요. 그렇게 유명하진 않지만요."

"그 외엔 없어……. 서너 번 자비네 숄츠에게 전화한 거 말고는. 수신전화가 몇 개 더 있는데, 다 같은 번호야. 456으로 끝나는 번호. 이게 그 스토커 번호 같은데?"

"음성사서함 한 번 들어보시죠?" 카리나가 제안했다. "자비네 숄츠가 음성사서함에 이상한 소리가 저장되어 있다고 했거든요."

옌스가 음성사서함에 들어가서 스피커를 켰다. 다정하고 부드러운 비올라의 소개 멘트가 지나자 처음엔 아무 소리도 들리지 않았다.

적막. 들릴 듯 말 듯 한 숨소리가 나는 것 같기도 했다. 그러더니 갑자기 어떤 소리가 들렸다.

"어우야, 닭살 돋네요." 카리나가 맨 팔뚝을 문지르며 말했다.

"나도." 레베카가 거들었다.

옌스는 이건 변태 짓이라는 것밖에 떠오르지 않았다.

"짭짭거리면서 입맛 다시는 소리거나," 옌스가 말했다. "아니면 자위하는 소리거나. 바로 옆에 마이크에 대고 말이야." 옌스가 정지버튼을 눌렀다. "아주 역겨워. 이 번호 뒤에 어떤 놈이 숨어있는지 기대되는군……. 자, 이제 뭘 더 봐야 하지?"

"왓츠앱 봐야죠." 레베카가 말했다.

"그게 어디에 있지?"

"이리 주세요!" 레베카가 손을 뻗었다.

옌스가 핸드폰을 건넸다. 레베카는 금세 왓츠앱을 찾았다.

"금요일, 자비네는 비올라에게 저녁에 체육관에서 만난 카르스텐과 데이트를 할 수도 있다고 톡을 보냈어요."

"그 남자, 무조건 찾아내야 해!" 옌스가 말했다. "자비네가 어느 체육관을 다녔는지 내가 알아. 롤프가 알려줬어."

"여기 보세요!" 레베카가 외쳤다. 그러고는 카리나와 옌스에게 핸드폰을 내밀었다. "하늘색 가방 남자. 이거 자비네가 비올라한테 보낸 그 남자 사진 맞을 거예요."

옌스가 눈을 크게 뜨고 얼굴을 핸드폰 화면에 바짝 들이댔다. 사진은 신발가게의 쇼윈도를 거울삼아 찍은 것이었는데, 남자의 허리 높이에서 살짝 위로 비뚤어지게 찍혀 있었다.

그 남자는 중간키에, 특별히 눈에 띄지 않는 스타일이었고, 완전 금발이었다. 날씨가 더웠는데도 밝은 갈색의 여름용 재킷을 입고 있었고, - 재킷을 입은 사람은 그 남자뿐이었다 - 왼쪽 어깨에 멘 가방의 어깨끈 위에 '스카우트'라고 적혀 있었다. 그가 아주 약간 카메라 쪽으로 몸을 돌려서 얼굴이 반쯤 찍히긴 했지만 너무 흐릿했다.

"이 사진 때문에 자비네가 사형선고를 받은 거군. 놈은 자기가 사진 찍힌 걸 분명히 알고 있어."

"저도 그렇게 생각하고 있었습니다." 카리나가 동의했다. "그런데 얼굴을 알아볼 수가 없잖아요."

"그건 놈도 몰랐겠지. 자비네 숄츠가 그 사진을 다른 사람한테 보낼지도 모르니까 길에서 그녀를 살해하고 핸드폰을 없애버린 거야. 그놈 얼굴이 더 선명하게 녹화된 게 필요해. 비올라가 탈의실에서 당했다는 그 백화점 있잖아, 거기에 분명 감시카메라가 있을 거야. 놈이 거기에 찍혔을 수도 있어. 카리나, 그거 확인 좀 해 봐!"

"알겠습니다!"

"레베카……, 우리가 그놈 얼굴을 확보하면, 자세히 좀 들여다 봐줘. 확신할 순 없지만, 왠지 그놈, 변장하고 다닐 것 같아. 그런 완전 금발은 가발인 경우가 많잖아, 그렇지? 가끔만 금발 가발을 쓰고 평소엔 다른 머리일 수도 있어. 누가 알겠어? 그놈을 알아볼 수 있는 사람은 레베카, 너밖에 없어. 사람 얼굴을 한 번 보면 절대 잊지 않는 네 슈퍼 인식 능력이 지금 절실하다고."

"알겠어요."

"좋아. 그럼 난 피자 배달원을 맡을게. 배달 중에 뭔가 이상한 낌새를 느꼈을 수도 있어. 어서 서둘러. 비올라 메이라도 살리려면 말이야."

8

에밀리아 로마냐 피자가게는 함부르크의 부유한 동네인 빈터후데 지역에 있었다. 옌스가 피자가게에 도착한 건 오전 11시쯤이었다. 아직 오픈 전이었지만 가게 바로 앞 길가에 주차된 트럭에서 한 운전기사가 짐을 내리고 있었다. 옌스는 트럭 바로 뒤에 주차하고 바퀴 달린 수납함을 끌어 내리는 운전기사에게 다가갔다.

"이 피자 가게 사장님을 좀 만나고 싶은데요?"

"저 앞에 있는 문으로 들어 가보슈." 운전기사가 옆문을 가리키며 대꾸했다.

자그마한 전실로 들어서니 문이 두 개 있었다. 하나는 창고로 이어지는 문이고, 다른 하나는 냉장실로 이어지는 문이었다. 그대로 쭉 직진하면 주방으로 연결됐다. 옌스는 소리가 나는 곳으로 갔다. 근육질의 탄탄하고 늘씬한 몸에, 새카만 머리, 숯 검댕이 눈썹의 남자가 냄비들과 씨름을 하고 있었다. 그가 옌스를 사납게 처다봤다.

"여기에 들어오면 안 됩니다!" 그의 발음에 이탈리아어 억양이 섞여 있었다.

"여기 사장님과 이야기 좀 나누고 싶은데요. 사장님 되십니까?"

"주방에서 나가라고요!"

근육질 남자가 옌스에게 다가왔다. 그보다 키가 약간 작은데도, 상당히 위협적이었다. 목숨 걸고 자기 구역을 지키려는 조폭처럼.

옌스는 서둘러 경찰 신분증을 꺼내고 직급과 이름을 밝혔다. 요리사가 옌스를 의심스러운 눈으로 노려봤다.

"그렇다고 해도 누구도 내 주방엔 함부로 못 들어옵니다. 잘 알아두쇼. 따라오시오. 사장님께 데려다줄 테니." 그가 옌스를 어두침침한 게스트 룸으로 안내했다. 게스트 룸의 책상에는 중간키의 대머리 남자가 서류들 위로 상체를 숙인 채 앉아 있었다.

"사장님, 경찰서에서 사람이 왔는데요, 사장님하고 얘기 나누고 싶다 하네요."

옌스는 대머리 사장의 반응을 살폈다. 그는 전혀 놀라는 기색이 없었다. 아니, 무관심해 보이기까지 했다. 너무나 일반적인 움직임으로 테가 없는 안경을 벗어 책상에 올리고 자리에서 일어나 옌스에게 다가왔다. 침착하고 권위 있어 보였다. 하얀 셔츠는 티하나 없이 깨끗했고, 베이지색 치노바지는 말끔하게 다림질되어 있었다. 그의 눈빛은 호감도 비호감도 아니었다. 중립이었다.

"무슨 일 때문에 그러십니까?" 대머리 사장이 물었다.

"함부르크 경찰서의 옌스 케르너라고 합니다. 성함이 어떻게 되십니까?"

"경찰 신분증 좀 보여주시겠습니까?"

"제가 이미 확인했어요!" 요리사가 끼어들었다.

"고맙네, 루이기. 다시 주방으로 가는 게 좋겠네."

요리사가 사라졌다.

"그래도 제가 확인했으면 하는데, 괜찮겠습니까, 케르너 씨?"

옌스가 한 번 더 경찰 신분증을 꺼냈다. 대머리 사장은 잽싸게 신분증을 확인했다.

"리처드 프라이탁이라고 합니다. 무슨 일로 오셨습니까?"

"여기 소유주이십니까?"

"네. 그렇습니다."

"지난 일요일 저녁에 배달된 피자에 관련된 일입니다. 누가 그 피자를 배달했는지 알아야 해서요."

"그게 왜 궁금하신 거죠?"

"정확히 그날 저녁입니다."

옌스가 대답 대신 이렇게 말했다.

"정확히 그날 저녁이라고요?" 리처드 프라이탁이 따라 말했다.

"저기요, 형사님. 일요일 저녁에 배달된 음식이 얼마나 많은지 아십니까?"

"아뇨. 모릅니다. 그렇게 많지는 않을 것 같은데요."

"그럼, 잘못 생각하신 겁니다. 주문이 몰리는 시간에는, 물론 일요일 저녁도 해당됩니다, 어쨌든 그럴 땐 배달원 열두 명이 동시에 배달을 다녀요. 게다가 저흰 그냥 보통 피자가게가 아닙니다."

"아, 그렇습니까?"

"네. 저흰 과장하지 않고, 함부르크에서 베스트 3에 드는 집입니다. 저흰 피자 전문가게가 아닌데도 말이죠."

"그렇다면 푸드투유 같은 배달업체가 왜 필요한 겁니까?"

그 이름이 나오자 대머리 사장의 표정이 약간 달라졌다. 단정지어 말할 순 없지만 뭔가 수상쩍은 기운이 감지됐다.

"그야 간단합니다. 아웃소싱이죠. 푸드투유에게 온라인 광고부터 주문, 그리고 배달까지 모든 시스템을 고스란히 넘기는 거예요. 저희는 저희가 가장 잘할 수 있는 것, 요리에만 몰두하는 거고요!"

"조금 전에 배달원이 열두 명이라고 하셨잖습니까?"

"네, 그렇게 말씀드렸죠. 주문폭발 시간대에는 푸드투유도 배달원이 부족해서 요샌 저희도 개별적으로 배달을 하고 있습니다. 저희 고객에게 차가운 음식을 드리고 싶진 않으니까요. 그러면 결국 저희에게 불이익이 돌아오지 않겠습니까!"

"네네, 충분히 이해가 갑니다. 그러면 푸드투유가 그냥 사장님 가게의 배달원을 고용하면 될 텐데, 왜 그렇게 하지 않는 거죠?"

"그야 그자들은 진짜 짜니까요. 최저임금만 줍니다. 제가 오랫동안 데리고 있었던 배달원들이 만약 거기로 고용되면, 어휴, 밥 못 먹고 살 겁니다."

"하지만 그렇게 하면 사장님은 더 완벽한 배달서비스를 구축할 수 있을 텐데요?"

리처드 프라이탁이 고개를 저었다.

"푸드투유와 제휴한 뒤로 매장 매출을 제외하고도 배달 매출이 열 배 이상 올랐습니다. 푸드투유는 마케팅으로 시장을 삼켜버리더군요. 그 회사는 맛집을 대상으로만 비즈니스 관계를 맺고, 현대적이고 도시적인 라이프스타일을 추구합니다. 그 사업 철학이 저희와 굉장히 잘 맞았죠. 그래서 푸드투유와 저희는 노동력이나 자본을 투자할 필요 없이 서로를 신뢰하게 되었습니다."

"네, 비즈니스 관계는 그런 경우가 많죠. 어쨌거나 저는 그 배달원의 이름이 필요합니다. 정확한 전화 주문시간은 저녁 8시 18분입니다."

"왜 아까 바로 말씀 안 하셨습니까? 해당되는 배달원이 확 줄었겠군요. 잠시만요. 바로 확인해 보죠."

리처드 프라이탁이 주방과 계산대 사이의 좁다란 복도로 가다가 이내 어느 방으로 사라졌다. 그 방은 옌스에겐 보이지 않았다. 사장은 옌스에게 따라오라고 하지 않았으나, 그는 슬금슬금 움직였다. 옌스가 사장의 사무실 문간에 불쑥 나타나자, 사장이 화들짝 놀란 모양이었다. 그는 책상 서랍을 슥 닫고는 급하게 몸을 일으켰다.

"제가 금방 나가려고 했는데요!"

"괜찮습니다. 사무실 좀 둘러봐도 되겠습니까?"

"아, 예. 그런데 개인 사무실이라…… 좀 곤란하겠는데요."

"왜요? 뭐 숨기는 거라도 있나 봅니다?"

"당연히 아니죠!" 사장의 격앙된 말투가 튀어나왔다. "그렇지만, 음, 경찰이 여기를 마음대로 돌아다닐 권리는 없다고 생각합니다만."

옌스가 가슴 앞에 팔짱을 끼고 문틀에 기대어 섰다. 일단 첫째, 리처드 프라이탁의 오만한 행동이 슬슬 신경에 거슬리기 시작했고, 둘째, 여기에서 뭔가 구린내가 엄청나게 풍기고 있었다.

"자, 그럼 지금 날 내쫓으시고, 두 시간 후에 압수수색 명령장 들고 다시 찾아오죠. 그러면 정말 곤란해질 겁니다."

대머리 사장은 한동안 가느다란 눈으로 옌스를 노려보고는 손으로 입을 가려 헛기침을 하더니 게시판으로 터덜터덜 걸어갔다.

"그렇게 중요한 단서가 되진 않겠지만. 자, 그러니까……, 여기 보세요. 배달원 두 명 이름 알려드리죠. 그 시간에 배달한 사람들입니다."

"정확히 이 주소에 배달한 사람이 둘 중 누군지 모르는 겁니까?"

"안타깝게도 그렇습니다. 누가 배달을 갈 건지 배달원들끼리 정하거든요. 누가 배달지역과 가까운 거리에 있느냐, 시간이 맞느냐 또는 누구의 단골고객이냐에 따라 결정합니다. 정해진 프로그램 같은 건 없습니다."

"알겠습니다. 그 배달원 둘의 이름과 주소 알려주시죠."

피자가게 사장이 메모지에 적어주었다.

"그런데 경찰이 이렇게 자세한 배달 정보를 왜 궁금해합니까?" 사장이 물었다. "제가 신경 써야 할 문제라도 있습니까? 아니면,

음식에 뭔가 문제라도 있었나요?"

"그런 건 아닙니다. 그리고 그러지 않길 바라고요. 함부르크의
베스트 3 피자집이지 않습니까? 뭐, 최고의 피자집일 수도 있고!"

9

두 시간 뒤, 옌스는 두 배달원 중 하나와 이야기를 나눴다. 그
의 이름은 케빈 지브레히트. 대학에서 경제학을 공부하고 있고,
일요일 저녁 비올라 메이의 집에 배달을 가지 않았다고 했다. 자
기는 그쪽 동네를 잘 모르며 동료인 루트거 브린크만이 그 동네
에 산다고 말했다.

또 케빈 지브레히트는 푸드투유에서 절대 일하고 싶지 않다고
도 덧붙였다. 푸드투유는 배달 시간에 대한 압박이 너무 심했다.
모니터에 A에서 B까지 가장 일찍 도착할 수 있는 시간을 표시하
면, 배달원은 그걸 맞춰야 했다. 속도와 거리, 모든 것에 최적화된
시스템은 그에게 맞지 않았다.

루트거 브린크만이 사는 곳은 예전에 기계를 제작하던 오래된
공장 부지였다. 공장은 돌아가지 않고 버려진 지 오래였다. 건물
의 벽은 시커멓게 변색되어 있고, 군데군데 흐릿하고 불투명한 창
이 박혀 있었다. 길가엔 한 25m 정도 되는 경사진 진입로가 있
고, 그 아래엔 잡초가 무성했으며, 쓰레기 더미가 굴러다녔다. 주

변에 폐차시켜야 할 차 서 너대가 널려 있고, 불을 피웠는지 구멍이 숭숭 뚫린 녹슨 빗물받이통들도 나뒹굴었다. 온 천지에 타락과 나태함의 그림자가 드리워져 있었다. 쓰레기를 주워 모으기엔, 각자 자기의 차를 관리하기엔, 그리고 건물을 정돈하기엔 그곳의 거주자들이 너무 나태했던 것이다.

제대로 된 입구를 찾을 수 없어서 옌스는 경사진 진입로 끝까지 걸어간 다음, 부서질 것 같은 콘크리트 계단 여섯 개를 올라갔다. 진입로 바닥은 온통 그래피티로 뒤덮여 있고, 철판으로 만든 재떨이도 더러 있었다. 위를 올려다보니, 지붕 아래에 있는 두 개의 들보 사이에 노란 빨랫줄이 팽팽하게 걸려 있었다. 진입로에 낡아빠진 식탁과 정원의자, 원형 그릴 통까지 있었다. 아무래도 여기가 거주자들의 정원인 모양이었다. 옌스는 이 수상쩍은 건물이 공동임대건물 또는 자치 단체에서 임시로 쓰는 건물이 아닐까, 생각했다. 혼자 살기엔 너무 컸으니까.

건물 안으로 들어서자 왼쪽의 기다란 벽에 플라스틱으로 된 하얀 문 세 개가 한 10m에서 15m 간격으로 떨어져 있었다. 문 위쪽 절반의 불투명한 유리에 격자무늬의 철망이 덧대어져 있었다. 바로 앞에 있는 첫 번째 문은 그 유리판이 깨져 있어서 산산조각 난 부분을 둥근 스티커로 가려놓았다. '함부로 권력을 휘두르지 말라.'라고 적힌 스티커로. 옌스는 자신이 여기에서 환영받지 못하리라 짐작했다. 어쨌든 그는 국가권력을 대신하는 사람이었으니.

옌스가 문 세 개를 자세히 살펴봤다. 아무리 찾아봐도 초인종도 없고 문패도 없었다. 루트거 브린크만을 어떻게 찾지?

하는 수 없이 문을 열어줄 때까지 문 세 개를 전부 두드려 보기로 했다. 아무와도 이야기 나누지 않고는 그 건물을 떠날 수 없었다. 그의 시간과 비올라의 시간을 낭비하는 것일 수도 있지만, 지금까지 그 어떤 단서도 찾지 못했기 때문에 최소한 시도는 해봐야 했다. 그러다 보면 비올라 집에 배달을 갔던 배달원을 만날 수도 있고, 그가 범인을 봤을 수도 있을 테니.

옌스가 문을 두드리려고 주먹을 쥐고 들어 올렸다가 멈칫했다. 마침 문 세 개 중에 가장 앞에 있는 문이 끼익 열렸다. 열린 문 안으로 기다란 레게머리를 한 젊은 여자가 보였다. 여자는 짧아도 너무 짧은 샛노란 핫팬츠에 검정색 브래지어만 걸친 상태였다. 삐쩍 마른 그녀의 몸엔 문신이 가득했고, 배꼽과 귀엔 피어싱이 주렁주렁 걸려 있었다.

여자는 맨 처음엔 옌스를 인지하지 못하고 이제야 일어났는지 기지개를 쭉 펴고 테이블에 있는 나무 수납함에서 담배를 꺼내 불을 붙이고 나서야 누군가 자길 쳐다보고 있다는 걸 눈치챘다.

그녀는 놀라지 않았다. 오히려 흥미로운, 아니 재미있어하는 눈빛이었다. 여자의 파란 눈은 정말 아름다웠다.

"어라? 짭새네?" 그녀가 내뱉었다.

옌스가 여자에게 다가갔다.

"어떻게 알았습니까?"

"여긴 거주자 아니면 짭새만 오거든요. 아저씨 여기에 안 살잖아요."

"뭐, 그래도 내 생김새 보고 맞춘 게 아니라니 다행이군요."

"기뻐하긴 일러요! 두 번째 이유가 또 있거든요."

여자가 담배를 쭉 빨고 연기를 내뿜더니 도전적인 눈으로 옌스를 쳐다봤다. 그녀는 자기가 거의 반나체라는 것에 티끌만큼도 신경 쓰지 않았다.

"이름이 뭡니까?"

"자신의 권리를 아는 사람이요."

사탕처럼 달콤한 미소는 그녀의 예리한 총기를 감추지 못했다. 옌스가 경찰 신분증을 꺼냈다. 요즘엔 경찰 신분증을 보여주지 않으면 아무도 짭새라고 믿지 않는다. - 경찰 신분증만으로 부족할 때도 있다. 그러면.

"33. 경찰서의 옌스 케르너 경감입니다."

"경찰서가 여기서 멀어요, 아니면 여기도 관할 구역이에요?"

"여기도 소속 구역입니다. 이름이?"

"린다 그린이요. 22살이에요. 법학과 학생이고요."

"법학과?" 옌스가 의아해했다.

"그렇게 안 보여요, 뭐예요?"

"글쎄요, 법학과 학생이 어떻게 생겼는지 모르겠지만, 문에 있는 스티커 때문에 놀라긴 했어요."

"왜요? 형사님이라면 권력의 구조에 대해서 이미 잘 알고 있을 텐데요. 권력에 맞서고 싶다면 말이에요."

"그럼, 학생은 권력에 맞서고 싶은가 보죠?"

그녀가 다시 담배를 빨고 연기를 내뿜더니 미소 지었다.

"나 때문에 여기 온 거예요?"

"아뇨. 루트거 브링크만 찾고 있습니다. 알아요?"

"검은 옷 루트거요?"

"검은 옷 루트거라뇨?"

"그 남자는 검은 옷만 입고 다니거든요. 맨날요."

"아하, 어디서 만날 수 있습니까?"

"마지막 문에 가보세요. 거기에 살아요. 그런데 지금 있을지는 모르겠네요. 사실, 집에 있는 날이 거의 없어서요."

"여기에 살긴 사는 겁니까?"

린다 그린이 어깨를 으쓱했다.

"그럴걸요. 여기 사는 사람은 그 남자랑 마주치는 일이 없어요."

"알겠습니다. 고마워요."

"뭐가요?"

"국가권력에 기꺼이 도움을 줘서요."

"별 말씀을. 형사님은 그래도 권력을 함부로 남용할 사람으로 보이진 않네요."

잘 아네, 옌스가 생각했다. 마지막 문으로 가는 길, 그는 기분이 썩 나쁘지 않았다. 무엇 때문인지 정확히 모르겠지만 그녀의 말에 기분이 좋은 것 같았다.

옌스가 안에서 들을 수 있게 손날로 문을 쾅쾅 두드렸다. 대답이 없었다. 문을 여섯 번을 더 두드리고, 아까 피자집 사장한테 받은 루트거의 전화번호를 눌러 전화를 걸었다. 역시 연결되지 않았다. 집 안에서도 벨소리가 들리지 않았다.

"내가 말했잖아요." 린다 그린이었다. "이 집엔 아무튼 특이한 남자가 산다니까요. 검은 옷 루트거는 하여간 수상해요."

옌스가 그녀 쪽으로 몸을 돌렸다.

"그게 무슨 뜻입니까?"

"흠, 담배도 안 피우고 술도 안 마시고 말도 잘 안 하고 사람들이랑 잘 만나지도 않아요. 전형적인 아웃사이더예요. 무지 내성적인 것 같고요."

옌스가 명함을 내밀었다.

"부탁 좀 해도 될까요? 루트거를 보면 나한테 전화하라고 말해 줘요. 중요한 문제입니다."

린다 그린이 명함을 받았다.

"뭔 일 저질렀나 보죠?"

"아닙니다. 그가 무언가 본 것 같아서요. 봤다면 누군가를 살릴 수도 있어요."

"정말요? 루트거라면, 항상 정반대로만 생각해왔거든요."

"그게 무슨 소리죠?"

린다 그린이 어깨를 으쓱했다. 그런데 어딘가 모르게 어색한 으쓱임이었다.

"음……, 그러니까, 루트거는 사이코패스 영화의 주인공 같은 사람이었어요."

그녀의 말이 귀에 맴 돌면서, 불안한 예감이 머릿속을 가득 메우면서, 옌스는 차로 발걸음을 옮겼다. 막 차에 타려는데 핸드폰이 울렸다. 레베카였다.

"이건 말도 안 돼요."

레베카가 인사도 없이 툭 내뱉었다. 그녀의 목소리는 흥분으로 떨렸다.

"뭐가?"

"토르벤 볼터스가 좀 전에 여기에 또 왔었어요. 비올라 메이한 테 전화한 그놈, 누구 전화로 한 건지 알아냈어요."

"빨리 말 해봐!"

"그 전화는 선불폰이었고, 아네케 킴 란다우 명의로 개통된 거예요."

옌스는 통화를 하며 천천히 걷다가 거대한 장벽을 마주친 듯 갑자기 우뚝 멈췄다. 그의 이성이 데이터 정리를 거부했기 때문에 그는 한 번 더 물어봐야 했다.

"킴 란다우? 그 창백한 여자 말하는 거야?"

"이게 지금 말이 되는 거예요?"

"토르벤이 확실하대?"

"여기에 관련 자료 다 갖다 놨어요. 그런데 그 선불폰이 2017년 5월에 개통한 거예요. 그러니까 정보통신법이 개정되기 전에 개통한 거란 얘기죠."

"흠, 그러면 신원 확인이 제대로 되지 않았다는 얘기야?"

"맞아요." 레베카가 확인시켜 주었다. "그래도 그 선불폰이 그렇게 많이 사용되지 않아서 유효기간은 아직 남아있을 거예요."

"고마워."

옌스가 전화를 끊고 허공을 바라봤다.

10

[어린 시절]

소년은 자기만의 영역이라 할 수 있는, 퀴퀴한 냄새가 나는 작은 다락방의 창문 앞에 서서 집 앞에 주차된 경찰차를 보고 있었다.

5분 전, 두 경찰관이 차에서 내려 초인종을 눌렀고, 소년의 어머니가 문을 열어 현관 앞 복도에서 그들과 이야기를 나누었다. 무슨 이야기를 하는지 소년에게 들리지 않았다. 들을 필요도 없었다. 그저께 저녁, 소년은 금발 소녀가 말에서 떨어진 걸 목격했다. 당시 채찍으로 두들겨 맞는 바람에 등에는 아직도 시퍼런 멍이 기다랗게 부풀어 올라 있었다. 소년의 어머니는 당연히 그 사실을 모르고 있었다. 아들을 잘 살펴봐야 했지만, 그럴 리 만무했다. 소년 그 자신도 시퍼런 멍에 전혀 관심을 두지 않았고, 오로지 아름다운 소녀의 얼굴과 향긋한 머리카락 향기에만 정신이 팔려 있었다.

소년에게 채찍을 휘둘렀던 남자, 소녀의 아버지로 보이는 그 남자가 경찰을 여기로 보낸 게 틀림없었다. 그 남자는 눈앞에 보이는 게 무엇이든 오해할 준비를 하고 있었고, 그는 소년을 매우 공정하지 못하게, 부당하게 대했다. 허나 소년처럼 척박한 환경에서 자란 열다섯 살짜리 아이의 인생에 공정이라는 게 있었을까? 결단코 없었다.

다락방의 공기가 후텁지근해서 얇은 티셔츠가 몸에 달라붙고, 땀방울이 두꺼운 피부를 뚫고 나와 얼굴을 뒤덮었다. 송글송글 샘 솟는 땀방울이 경찰의 방문을 밀어내고 싶은 소년의 마음처럼 기존의 땀을 밀어냈다. 경찰도 소년을 공포로 밀어냈다. 불현듯 그는 부모님의 반응이 기대되었다. 특히 어머니가 뭐라고 할지. 곧 엄마의 반응이 들이닥칠 것이다.

한 5분 정도가 흐르고, 경찰이 집에서 나와 경찰차로 향했다. 경찰관 둘 중 하나가, 어두운 피부색에 턱수염이 난 경찰이 한 번 더 뒤를 돌아봤다.

그때 삐거덕거리며 낡은 나무계단을 올라오는 발걸음 소리가 들렸다. 가벼운 발놀림인데 질질 끄는. 어머니의 발걸음이었다. 어머니는 50kg이 겨우 나갈 정도로 깡말랐으면서 1t을 짊어지고 있는 사람처럼 느릿느릿 걸었다. 소년은 문 쪽으로 몸을 돌리고 어머니가 들어오길 기다렸다. 손을 덜덜 떨면서. 무서워서가 아니라 기쁘고 반가워서.

발걸음은 문 앞에서 멈췄다. 문 아래의 틈으로 어머니 발그림자가 보였다. 어머니는 그 자리에 그냥 서 있었다. 문을 열지도, 노크를 하지도 않은 채. 어머니는 왜 들어오지 않는 걸까? 소년은 숨을 꾹 참고 주먹을 꽉 쥐고 숫자를 세면서 들어주지도 않을 기도를 하늘에 빌었다.

문 앞의 복도 바닥에서 빠지직 소리가 났다. 어머니가 발걸음을 돌렸다. 소년은 어머니가 계단을 내려가는 걸 듣고 있었다. 눈에서 뜨거운 눈물이 흘렀다. 그대로 비틀비틀 옆으로 가서 침대 위에 털썩 주저앉았다. 미동도 없이 앉아서 문틈을 노려봤다. 지금은 문 아래의 틈으로 복도의 불빛이 스며들어오고 있었다. 소년은 한숨을 내쉬고 머리를 흔들어 방문의 노크소리를 떨쳐내고 자리에서 일어났다. 문을 열고 방을 나와 계단을 내려갔다.

언제나의 오후처럼 소년의 부모님은 거실에 있었다. 텔레비전에선 부모님이 헌신적으로 시청하는 지루한 방송이 나오고 있었다. 부모님은 앉거나 누워서 서로에게 고래고래 소리치는 화면 속의 사람들에게 눈을 떼지 못했다. 텔레비전에서 검은 가운을 걸친 어떤 여자가 그 사람들을 진정시키고 있었다. 실제 이야기도 제법 나오긴 하지만, 대부분은 허구인 저런 이야기를 만들어 내서 사람의 이성을 마비시키는 법정 드라마를 사람들은 왜 보는 걸까? 소년의 선생님인 그뤼트너 선생님도 정확히 이렇게 말했다. 이성을 마비시킨다고. 소년은 부끄러웠다. 자기 부모님이 저러고 있는 모습을 보면……. 정말 창피했다.

부모님 옆에 있는 낮은 테이블에는 수많은 맥주병과 담배꽁초로 꽉 찬 뮤즐리 그릇이 널브러져 있고, 게다가 거실에는 제대로 씻지 않은 늙은이들한테 나는 쉰내도 풀풀 풍겼다.

아버지는 텔레비전에서 눈을 떼지 못했다. 그런데 언제나 벌겋게 충혈되어 있는, 불안정한 어머니의 눈이 소년을 붙들었다. 소년이 기억하기로는, 예전에 어머니의 눈은 맑고 아름다우며 푸르렀다. 전에 어머니가 소년을 진정으로 바라볼 때는. 지금 어머니의 눈에는 불투명한 막이 씌워져 있고, 어머니는 그 막 너머로 소년을 바라봤다.

"경찰이 왜 왔대요?" 소년이 물었다.

아버지가 투덜투덜 불평했다.

"학교 때문에." 어머니가 대답했다. "경찰이 그러더라. 너 계속 학교 안 나오면 잡아간다고. 학교 안 다닐 작정이냐? 뭘 어쩌려고 그러냐?"

"두세 번밖에 안 빠졌어요. 아픈 여자애를 도와줬거든요. 그냥 두면 학교를 너무 많이 빠질까 봐 제가 걔네 집에 가 있었어요. 걔네 집이 말 농장을 하더라고요."

미리 준비한 적도 없던 말들이 소년도 모르게 입 밖으로 술술 나왔다. 실제 있었던 일인 것처럼. 실제로 일어났으면 좋겠다고 바라던 일이긴 했지만……

"그 여자애가 말에서 떨어졌는데 하마터면 죽을 뻔했어요. 다행히 제가 그 앨 도와줬죠." 소년이 덧붙였다.

아버지가 천천히 몸을 긁적이며 꿍얼꿍얼 댔다.

"아이고, 우리 아들, 잘하셨네!" 어머니가 담배를 물고 있는 입술 사이로 내뱉었다. "이제 다시 네 방으로 올라가라. 그리고 잘 들어. 나는 그 짭새들이 집에 다시 오지 않았으면 좋겠다."

어머니가 또 텔레비전에 시선을 고정한 채 말했다. 그 어떤 것에도 관심 없는, 그 어떤 것도 보고 있지 않은, 이성이 마비된 텅 빈 시선을.

소년은 잠시 문지방에 서서 부모님의 모습을 바라보며 자신에게 물었다. 지금 당장 창고로 가서 석유통을 들고 와 여기 거실에 다 쏟아붓고 성냥에 불을 붙여 던져버리면, 저들을 그리워하는 사람이 있긴 있을까?, 라고.

11

"그리고 이게 킴 란다우의 현재 모습입니다."

옌스가 브레멘 경관 요헨 샬 앞에 있는 책상 위에 사진 세 장을 펼쳤다. 그리고 굳은 얼굴로 브레멘 형사를 바라보았다.

"확실합니까?" 요헨 샬이 물었다.

옌스는 십분 째 브레멘 시내에 있는 요헨 샬의 사무실에 앉아 있었다. 킴 란다우는 실종 당시 브레멘에 살고 있었기 때문에 그 사건은 요헨 샬이 담당했었다.

"뭐, 손가락 피부가 워낙 심하게 훼손되어 있어서 지문을 확인할 수 없는 상태였습니다. 수년간 피부를 벗겨낸 것 같더군요. 유전자 검사는 아직 진행 중입니다만, 그녀는 자기가 불렸던 이름을 반복했고, 그녀의 어머니도 확실하다고 했기 때문에 저희도 킴 란다우가 맞다고 생각하고 있습니다. 아니……, 킴 란다우가 맞았을 거라고……."

킴 란다우의 사진을 오래 보면 볼수록 그 젊은 아가씨의 잔혹

한 운명에 대한 옌스의 분노는 점점 더 강해졌다. 어딘가에 숨어 있는 괴물 같은 놈을 반드시 자기 손으로 체포하고 싶었다.

"킴이 자기 이름을 반복해서 말한다고요?" 요헨 샬이 물었다.

"반복해서 말했었죠." 옌스가 바로잡았다. "직접 한 번 들어보시죠!"

옌스가 책상 위에 핸드폰을 올리고 마리아 힐프 병원에 처음 방문했을 때 녹음한 파일을 재생했다.

처음엔 바스락거리는 소음이 들리더니 곧 킴 란다우의 나지막한 목소리가 흘러나왔다. 옌스가 정확하게 알지 못했다면, 여자 목소리인 줄도 몰랐을 것이다.

"달링, 내 인생의 빛……, 달링, 내 인생의 빛……, 달링, 내 인생의 빛……."

옌스가 플레이어를 멈췄다.

"계속 이런 식입니다. 다른 말은 안 했어요. 이날은 병원으로 이송된 다음날 입니다. 자기 이름은 다른 날 말했어요. 혀를 깨문 날에요."

시간이 꽤 흘러서 다친 혀의 통증이 많이 사그라들었는데도, 그날, 킴이 혀를 깨물고 자살한 날만 떠올리면 강력하고 예리한 아픔이 일었다.

"어떻게 사람이 자기 혀를 물 수 있습니까?"

이빨로 그랬겠죠, 라고 대꾸하고 싶었지만, 옌스는 꿀꺽 삼켰다. 브레멘 경관은 농담을 별로 즐기는 스타일 같지 않아서. 게다가 그 질문은 그냥 하는 소리였기 때문에 딱히 대답할 필요도 없었다.

"사람의 피부가 저렇게 창백해지려면 보통 얼마나 걸립니까?"

점점 길어지는 침묵 속을 요헨 샬이 파고들었다.

옌스가 어깨를 으쓱했다.

"한 몇 년은 걸리겠죠. 경험이 없으니 정확히 알 수 없지만요. 뭐, 요제프 프리츨의 딸도 24년간 빛이 없는 곳에 갇혀 있었던 것 같습니다만."

"킴이 실종된 지 4년 이상은 됐으니까……." 요헨 샬이 큰 소리로 말했다. "그때 바로 갇혔다고 치면……." 브레멘 형사가 말을 멈추고 머리를 흔들었다. "하, 이건 전부 다 말도 안 됩니다!"

그가 충격받은 듯 절망에 빠졌다. 요헨 샬은 54세에 땅딸막하고, 반쯤 벗겨진 머리를 어울리지 않게 한쪽으로 넘기고 있으며, 피곤해 보이는 회색 눈에, 눈 밑 지방이 툭 불거져 있었다. 평소에도 절대 웃는 상이 아니었겠지만, 충격적인 킴의 소식과 사진들 때문에 그의 얼굴은 더욱 울상이 되었다.

"4년이네요." 요헨샬이 사진 한 장을 집어 들며 반복했다. "누군가 이 여자를 4년간 가둬놓은 겁니다. 빛이 없는 곳에."

"이제부터 정확히 조사해야죠."

"어떻게 탈출했습니까?"

"저희도 모릅니다. 한밤중에 함부르크 근처 숲을 돌아다니고 있었어요. 우연히 어떤 사냥꾼 총의 가늠자에 걸렸고요."

"그럼 킴 란다우는 거기에 감금되어 있었던 겁니까, 아니면 거기에서 풀려난 겁니까?"

옌스가 고개를 저었다.

"우리도 아는 게 없어요. 당시 킴은 우리에게 그동안 어디에 감금되어 있었는지 말할 수 있는 상태가 아니었어요. 감금 장소를 찾는 것도 어려울 것 같습니다."

"어떤 정황이나 단서는요?"

"다른 상처는 없었어요. 숲속을 헤메이다가 생긴 가벼운 상처들 말고는요. 성폭행 흔적도 없었고, 4년간 출산한 적도 없었어요. 누군가 그녀의 이성을 빼앗으려고 그녀를 감금한 것 같더군요. 어떤 특이하고 놀랄 만한 방식으로 한 사람의 삶을 송두리째 앗아간 겁니다."

요헨 샬이 킴의 사진을 내려놓으며 머리를 흔들었다.

"사람은 자기가 본 게 전부라고 믿으니까요⋯⋯."

두 형사는 잠시 동안 아무 말도 하지 않은 채 사진에서 눈을 떼고 생각에 잠겼다.

"범인이 킴의 선불폰으로 전화를 한 게 의도적이었다고 생각하십니까?" 요헨 샬이 마침내 입을 열었다.

"그놈이 일부러 흔적을 남겼다, 이 뜻입니까?"

"그런 게 아니라면, 놈은 멍청한 놈이 틀림없겠죠."

"그놈은 멍청하지 않습니다."

레베카가 비올라 메이를 스토킹했던 핸드폰의 명의를 알려준 후, 옌스는 자비네 숄츠 살인사건과 비올라 메이의 스토킹 및 실종사건 그리고 창백한 여자의 출현이 서로 얽혀있다고 확신했고, 그리고 나자 범인이 대단한 사이코패스일 거란 두려움에 서서히 목이 조여 왔다. 무엇보다 사전에 치밀하게 범죄를 계획해서 경찰을 손바닥 위에 올려놓고 마음대로 조종하는 사이코패스일 확률이 높았다.

그렇지만 범인을 체포할 가능성도 충분히 있었다. 놈은 철벽같고 어딘가 건방진 느낌이었다. 하지만 그런 점이 불가피하게 실수를 야기하기도 했다.

"여기 사진이 한 장 있습니다." 옌스가 핸드폰에 사진을 하나 띄우며 말했다. 자비네 숄츠가 살해당하기 전에 찍은 범인의 사진이었다. "이 남자가 사건과 연관이 있을 수 있습니다."

요헨 샬이 꽤 오랫동안 사진을 집중해서 들여다봤다. 그러나 이내 머리를 절레절레 흔들었다.

"처음 보는데요. 잘 보이지도 않고요. 그래도 킴 란다우 사건과 관련해서 니더작센 경찰서와 이야기 나눠보겠습니다. 당시 니더작센 경관도 그 사건을 함께 수사했거든요. 킴의 부모님이 그쪽에 살고 있어서 실종신고를 니더작센에 냈으니까요."

12

햇볕이 무자비하게 내리쬐었다.

그날 오후는 그늘 아래 있는데도 체감온도가 30도를 웃돌았다. 여름이라 불리는, 이 그늘 밖의 샛노랗게 지글대는 저 생지옥으로 들어가면 불구덩이 속에서 몸이 전부 타 버릴 것 같았다. 그런 날씨는 함부르크의 날씨가 아니었다. 롤프 하게나를 위한 날씨는 더더욱 아니었다. 롤프는 우중충한 날씨를 좋아했다. 예를 들면, 바람에 날려 비스듬하게 내리는 안개비 같은 거. 그렇다고 햇살 자체를 싫어하는 건 아니지만, 온갖 땀구멍에서 땀이 쏟아져 나와 몸에 옷이 들러붙은 건 질색이었다.

그러나 그게 다 무슨 소용이랴. 롤프는 보통 밖에서 일을 처리하는 행동 대장이었고, 그런 임무에 늘 열심이었다. 그는 자비네 숄츠 살인 사건의 진상을 규명해야 했다. 자비네는 그가 2년 전에 복싱 트레이닝을 받았던 체육관에서 킥복싱을 했다. 요즘도 일주일에 두 번씩 가서 복싱 연습을 하곤 했지만, 킥복싱은 말이나 산양같이 발굽이 있는 동물에게 양보해야 한다고 생각할 뿐 별 관심이 없었다. 어쨌거나 아무리 생각해도 머리가 짧고 체구가 작은 여자를 체육관에서 본 적이 없었다.

그의 동료 옌스 케르너는 이 사건과 관련하여 검은 옷 루트거라고도 불리는, 루트거 브린크만을 만나고 싶어 했다. 옌스가 누군가를 만나고 싶어 하면, 롤프는 열 일 제쳐두고 그 사람을 찾아냈다.

롤프 하게나는 함부르크에서 못 찾아낼 사람이 없었다. 검은 옷 루트거도 역시나 숨바꼭질에 성공하지 못했다. 루트거가 정말 숨으려 했는지 모르겠지만, 아무것도 모른 채 그냥 혼자 길을 걸어 다닌 것일 수도 있지만, 그의 행동은 아무튼 수상했다. 무언가를 숨기려는 사람처럼. 롤프 하게나 정도의 짬밥이면 육감으로 딱 느껴졌다.

에밀리아 로마냐 피자가게에서 배달원으로 일하는 루트거의 모습은 매우 의심스러웠다. 검은 부츠에, 검은 스키니 진, 검은 후드티. 날씨가 이렇게 더운데도 모자 달린 검은 레인코트를 입고 모자까지 뒤집어쓰고 있었다. 중간키에, 대머리고, 깡마른 체질이었다. 그리고 후방에서 들이닥칠 기습공격에 방어 자세를 취하는 듯 늘 좁은 어깨를 추켜올리고 다녔다.

좀 아까 롤프가 길을 거닐고 있는데, 마침 옌스에게서 루트거를 미행을 해달라는 부탁 전화가 왔다. 함부르크 같은 백만 인구 도시에서 누군가는 분명 검은 옷 루트거에 대해 알고 있을 터였다. 롤프의 지인이자 전과자인 볼펙은 지난 2년간 사고도 안 치고 착하게 살고 있는데도 여전히 길바닥 신세였다. 그건 그 거리가 그의 집이자 세계이기 때문이었다. 볼펙은 롤프에게 루트거가참 과묵한 스타일이라며, 그에 대해 이야기했다. 마약 중독자들과 자주 어울려 다닌다고. 정말 마약을 하는 건지 거래를 하는 건지는 모른다고 했다. 그러면서 아마 달갑지 않은 침입자들이나 마약단속반, 그런 걸 망보는 애일 거라고 덧붙였다.

롤프는 한 시간 째 루트거를 미행하는 중이었다.

루트거는 맥도날드에 들어가서 뭘 좀 먹었다. 그러고 나서 목적지 없이 시내를 돌아다녔다. 어디를 가려는 건지 뭘 하려는 계획인지 알 수 없었다. 잠시 후, 어느 인쇄소에 들어가더니 크로스백을 메고 다시 나왔다. 그러고는 집집마다 돌아다니며 전단지를 돌렸다. 그런 식으로 돈을 조금씩 버는 듯했다.

롤프는 루트거가 굉장히 의심스러웠지만, 일단은 보나 마나 형편없을 일당이라도 제대로 손에 쥘 수 있게 해줘야 할 것 같았다. 루트거는 우편함을 헤집어 놓지도 않고 한 번도 쉬지 않고 신속하게 움직였다. 너무 빨라서 롤프가 따라가기 버거울 정도였다.

어느 순간 그는 비올라 메이가 살던 베버 가에 다다랐다. 롤프의 분노가 부글대기 시작했다. 그는 능숙하게 움직였다. 그곳에 전단지를 뿌리는 게 확실히 처음이 아니었다.

옌스 케르너가 말하길, 그는 피자가게의 배달원으로 일하며 비올라 메이의 집에 피자를 배달했다고 했다. 옌스가 비올라의 집에 들이닥쳤을 당시, 손도 대지 않은 피자박스가 그녀의 집에 그대로 있었다고도 했다. 그렇다면, 그 아가씨는 피자가 배달되고 얼마 지나지 않아 사라졌다는 얘기다. 루트거가 무슨 짓을 했거나, 아니면 답보 상태인 이 사건을 진척시킬 수 있는 무언가를 본 목격자일 수도 있다.

비올라 메이가 사는 집 앞에서 그는 다른 집들 앞에서와 똑같이 행동했다. 루트거가 비올라의 집에 전단지를 막 꽂았을 때, 롤프는 결심했다. 저 녀석을 계속 미행하는 건 더 의미가 없겠다, 라고. 롤프가 루트거를 불렀다.

"루트거 브린크만?"

그는 그 자리에 멈춰 서서 푹 눌러 쓴 모자 아래로 롤프를 자세히 바라봤다.

"누가 시켰어?"

사복 차림으로 돌아다니던 롤프가 경찰 신분증을 내밀었다.

"경찰이 시켰지."

"날 좀 내버려 두라고."

그가 소리를 지르며 롤프를 밀치고 나가려 했지만, 롤프가 길을 막고 섰다.

"지금 바로는 안 되고, 자, 몇 가지 물어볼 게 있다."

"대답할 거 없는데요."

그가 또다시 옆쪽으로 빠져나가려 시도했지만, 롤프는 그럴 줄 알았기에 커다란 두 손으로 삐쩍 마른 젊은 청년을 뒤로 밀쳤고, 루트거의 탈출은 수포로 돌아갔다.

"이봐요! 대체 뭔데요!" 루트거가 불평했다.

"애쓰지 마라. 자꾸 이러면 33. 경찰서로 가는 공짜 차편을 부를 수밖에 없어."

"저도 거부할 권리가 있거든요."

"나하고 먼저 얘기하는 게 좋을 텐데. 네 권리가 어디서 끝나고, 내 권리가 어디서 시작되는지 보여주기 전에."

"나한테 원하는 게 뭔데요?"

"저기 저 집 알지?" 롤프가 턱으로 비올라 메이의 집을 가리켰다. "네가 지난 일요일 저녁에 피자 배달했잖아. 그거에 대해서 얘기 해 봐."

"뭐, 그럴 수도 있겠죠. 배달하는 피자가 얼만데요."

"내가 관심 있는 건 딱 하나야."

"정확히 어떤 거요?"

"내가 알고 싶은 건, 저 집에 사는 여자 손님이 네가 보기에 좀 이상하거나 눈에 띄는 점 없었냐는 거야. 집에 여자 혼자 있었어, 아님 누가 또 있었어? 여자가 불안해 보였어, 어땠어? 통화 중이었어? 복도 또는 건물 앞에 뭐 이상한 점 없었어?"

"아니, 내가 무슨 탐정인 줄 아세요?"

"당연히 아니지. 그냥 본 것만 얘기해 주면 돼. 그거면 충분해."

루트거의 어깨가 아래로 축 가라앉았다. 긴장이 약간 풀린 듯했다. 엄지손가락을 크로스백의 끈에 걸치고 어깨 너머로 바닥을 흘끗 보았다. 그리고 시선의 무게를 점점 더 바닥으로 내려놓았다.

"일요일 저녁이요?"

"그래."

롤프의 가슴을 때리는 루트거의 밀침은 매우 급작스럽고 강했으나, 거대하고 무거운 롤프를 넘어뜨리기엔 역부족이었다. 하지만 롤프는 중심을 잃고 비틀댔고, 그사이 루트거는 기회를 놓치지 않고 무섭게 뛰쳐나갔다. 롤프는 그를 잡기엔 자신이 너무 늙고 뚱뚱하다는 걸 곧바로 인지했다. 루트거는 쥐새끼처럼 주차된 차들 사이로 잽싸게 도망갔고 순식간에 시야에서 사라졌다.

롤프는 핸드폰을 꺼내 수배령을 내렸다. 그리고 루트거 브린크만이 두고 간 무거운 크로스백을 가만히 들여다봤다. 크로스백에 '소스니오크 인쇄소'라고 적혀 있었다. 롤프는 내용물을 점검하기 시작했다.

루트거가 꽤 오랜 시간 동안 전단지를 나눠줬는데도 가방에는 전단지가 한 가득이었다. 그날 뿌린 양만큼 더 있는 것 같았다.

전단지 한 장을 꺼내봤다. 배달업체 푸드투유의 광고 전단지였다. 한눈에 보이는 메뉴판과 동네의 유명 맛집들 목록이 나와 있고, 그리고 아래엔 다음 배달주문 때 쓸 수 있는 10유로 쿠폰이 점선으로 자르기 쉽게 달려 있었다.

푸드투유……:

그때 저쪽에서 무슨 소리가 울렸다.

13

브레멘에서 니더작센의 키르히도르프로 가는 길. 점점 늘어나는 퇴근 차량들 때문에 평소보다 한 시간 반이나 더 걸렸다. 옌스는 교통체증을 헤치고 그 작은 마을까지 오느라 짜증이 나 있었다. 가뜩이나 신경이 예민한데 그 작은 마을에서 보리스 콜만 경감을 만나기로 한 빵집을 찾는데 또 한나절이 걸렸다. 마을에는 이렇다 할 본부가 없어서 보리스 콜만 경감이 밖에 나와서 기다리겠다고 말했었다.

보리스 콜만은 브레멘 경관 요헨 샬이 흔적도 없이 사라진 아네케 킴 란다우 사건을 수사할 당시, 그와 같은 시기에 동일한 사건을 수사했었다. 아쉽게도 별다른 소득은 없었지만.

마침내 옌스는 보리스 콜만이 앉아 있는 작은 카페와 연결된 빵집에 들어가 자리에 앉았다. 콜만은 짙은 색 곱슬머리에, 키는 옌스만큼 컸고, 두둑한 배가 앞으로 불룩 나와 있었다. 그의 얼굴은 벌건 것이 건강해 보이지 않았고 겨드랑이 아래에는 땀에 젖은 둥그런 얼룩이 있었다. 그의 앞에 빈 접시가 두 개 있는 걸로 봐서는 옌스를 기다리는 동안 이미 한 끼 식사를 마친 것 같았다.

"좀 걷겠습니까?" 보리스 콜만이 물었다. "너무 많이 먹어서 급하게 움직여야 할 것 같군요. 안 그러면 살찌거든요." 그가 기분 좋게 배를 두드렸다.

"네. 그러죠." 옌스가 선뜻 응했다.

향기로운 냄새를 풍기는 빵집을 나서며 옌스는 케이크 진열대에서 눈을 떼지 못했다. 너무 배가 고팠기 때문에. 진짜 죽을 만큼 배가 고팠다! 여러 겹으로 된 슈트로이젤탈러*는 정말 그야말로 환상적으로 맛있어 보였다. 옌스는 씩씩하게 유혹을 떨쳐내고 콜만을 따라 가게 앞 광장으로 나갔다. 둘은 나뭇잎이 우거진 보리수나무 아래에서 오른쪽 길로 내려갔다. 콜만이 힘겹게 뒤뚱뒤뚱 걸어서 옌스는 보폭을 조금씩 좁혀야 했다.

보리스 콜만이 옌스에게 사건에 대한 정보 제공을 부탁했고, 옌스가 요약해서 알려줬다.

"흠, 정말 놀랍군." 콜만이 발걸음을 멈추고 옌스를 바라봤다. 그의 이마에서 땀방울이 떨어졌다. "킴 란다우가 다시 나타날 거라고는 상상도 하지 못했습니다……. 그런데 이런 상황이었다니……. 솔직히 말하면, 너무 괴롭군요. 무려 4년 동안이나 빛이

---

* 슈트로이젤은 굽는 과자의 표면에 뿌리는 소보로를 뜻하며, 슈트로이젤탈러는 소보로와 설탕 시럽이 듬뿍 뿌려진 빵이다.

없는 곳에 감금되어 있었다니……. 말도 안 돼. 대체 세상이 어쩌다 이렇게 된 건지……. 거참."

우리 경찰이 이렇게 만들어 준 거죠. 옌스가 속으로 생각했다. 그러나 혓바닥 위에 감도는 그 말을 차마 입 밖으로 내뱉진 못했다. 대신 다시 사건으로 초점을 맞췄다.

"당시 킴의 실종 상황에 대해서 말씀해 주실 수 있습니까?" 옌스가 물었다.

옌스는 요헨 샬의 이야기는 이미 들어서 알고 있지만, 킴의 부모님이 콜만의 관할구역에 실종신고를 했던 것에 대해서도 듣고 싶었다.

보리스 콜만이 고개를 끄덕이고는 이야기를 시작했다.

"킴의 실종은 그리 특별하지 않았습니다. 딱히 제 눈에 띄는 사건도 아니었고요. 부모님은 이혼한 상태였고, 특히 엄마와 사이가 좋지 않았어요. 남자친구와 함께 브레멘으로 이사 간 지 얼마되지 않은 시점이었고. 한 3개월 정도."

"둘이 방을 나눠 쓰는 거였습니까, 아니면 동거였습니까?"

"킴의 엄마 말로는 동거라더군요. 킴이 실종되기 한 달 전, 킴과 남자친구가 다퉜고 킴은 다시 부모님의 농장으로 돌아왔어요. 그런데 거기서 또 가족끼리의 싸움이 시작됐죠. 그사이 킴은 남자친구와 화해했고 다시 합쳤어요. 뭐, 잘 모르겠지만 어쨌든 내가 보기엔 뭔가 굉장히 유치해 보였죠.

킴은 부잣집에서 자랐습니다. 아빠는 사업가고, 엄마는 꽤 큰 종마 목장을 운영해요. 돈이 마를 날이 없으니, 돈을 바라고 납치된 게 아닐까 추측했죠. 그런데 몸값을 요구하는 연락이 정말 단한 번도 없었어요……." 콜만이 어깨를 으쓱했다. "이 모든 일이 너무 황당하고 어이가 없어서 난 그냥 킴이 집을 나간 거라고 여겼습니다."

"그렇군요. 이해가 갑니다."

콜만이 머리를 세차게 흔들었다.

"그런데 헛다리를 아주 제대로 짚었네요!"

"혹시 제가 킴의 부모님과 이야기를 나누면 실례가 될까요?" 옌스가 조심스레 물었다.

"그들한테 뭘 알아내고 싶은 겁니까?"

"솔직히 말하면 저도 모르겠어요. 그렇지만 킴 란다우는 분명이번 함부르크의 살인 및 실종 사건과 연관이 있을 겁니다. 그리고…… 선불폰도 그렇고요."

"그러면 란다우 씨랑 이야기 나눠보시죠. 대신 저한테 계속 연락 부탁드립니다."

"물론이죠. 당시 킴과 브레멘으로 갔던 남자친구와도 이야기나누고 싶은데요."

"그건 불가능해요."

"왜죠?"

"그 사람은 죽었어요. 킴이 실종되기 일주일 전에 교통사고로사망했습니다. 그래서 제가 킴이 집을 나가버린 거라고 추측했던겁니다. 킴은 남자친구의 죽음으로 인해 너무 큰 상처를 받았고, 계속 엄마와 싸웠거든요……. 엄마뿐 아니라 누구든 닥치는 대로 싸웠죠."

14

"저기 있다! 저 남자야!"

레베카가 몇 시간 째 처박혀 앉아 들여다보고 있는 세 대의 모니터 화면 중 하나를 멈추었다.

비올라 메이와 자비네 숄츠가 스토커에게 쫓기던 날, 칼슈타트 백화점 감시카메라에 녹화된 자료였다. 남자는 중간키에, 옛날 헤어스타일을 한 금발 머리고, 콧수염도 금발이었다. 청바지와 밝은 갈색의 여름 재킷을 입고 있었다. 그리고 스카우트 브랜드의 하늘색 책가방도.

카리나 라이니케가 레베카의 어깨너머로 상체를 숙였다. 카리나는 네 시간 전에 레베카에게 칼슈타트 백화점의 감시카메라 녹화자료를 넘겨주고 나서 그 주변의 감시카메라 영상을 구하기 위해 다시 나갔다 들어왔다. 스토커가 백화점 주변의 공공장소에서도 두 아가씨를 계속 따라다녔을 가능성도 있었으니까. 나중에 레베카가 선별할 자료들이었다.

"얼굴을 보고 골라내시는 겁니까? 아니면 저 가방을 보고 골라내시는 겁니까?" 카리나가 물었다.

레베카가 고개를 저었다.

"아니야. 저 가방은 필요 없어."

카리나가 놀란 토끼 눈으로 레베카를 쳐다봤다.

"정말 그런 특별한 능력이 있는 겁니까? 정말로 슈퍼 인식자이십니까?"

"그러니까 난 일단 얼굴을 한 번 보면 다시 까먹지 않아. 왜 그런지는 모르겠어. 그냥 기억 속에 각인되어 버리지. 그러고 나면 다음번에 가발을 쓰든 턱수염을 붙이든 상관없이 무조건 알아보는 거야."

"우와. 장난 아니네요!" 카리나가 경이로워했다. "그러면 정면으로만 봐야 가능합니까?"

"아니. 이거 봐봐." 레베카가 스토커의 입상사진이 총 여섯 장 복사된 사진폴더를 열었다. "이 남자는 백화점에서 찍힌 녹화자료에서는 한 번도 얼굴을 정면으로 들고 걸어오지 않았지. 그렇지만 이 정도면 충분할 거야. 더 이상은 필요하지 않아."

"그렇다는 얘기는 이 자가 CCTV가 어디에 있는지 정확히 알고 있다는 뜻이겠군요." 카리나가 생각에 잠겨 말했다. "저렇게 철저하게 준비하려면 시간을 엄청나게 들였겠어요."

"그러게. 내 말이 그 말이야. 그리고 진짜 소름 돋는 게, 이 남자가 범행을 저지르는 방식이야. 지난 몇 년 동안 이것 외에 다른 일은 전혀 하지 않은 사람 같잖아. 특정 지역에 완전 전문가인 거지."

"그래도 이 자가 실수를 하긴 했습니다."

"그래?" 레베카가 호기심이 깃든 눈으로 카리나를 바라봤다.

카리나가 모니터 화면에서 한 발짝 물러나 책상 모서리에 걸터앉았다. "실수를 했다고? 음, 아니면 우리를 속이려고 의도적으로 그런 거 아닐까? 예를 들면, 하늘색 가방 말이야. 그게 대체 뭐겠어? 나 같으면, 눈에 띄고 싶지 않다면 그런 걸 매고 다니진 않을 거야. 특히 성인 남자라면 더욱."

"어쩌면 그런 걸 아예 생각도 못 할 수 있습니다. 사람들이 원래 그렇잖아요. 어떤 것에 익숙해지면, 제대로 인지하지 못 하는 것처럼 말이에요."

"그럴 수 있겠네. 그런데 그가 시선 뺏기 용도로 가방을 사용하는 거라면, 그게 뭘 의미하는 걸까?"

"진짜 모르겠습니다. 대체 왜 그러는 걸까요?"

"우리가 자기보다 그 가방에 더 집중하게 하려고. 까딱 잘못하면, 이런 식으로 인간의 시야가 본질에서 벗어날 수 있는 거지. 아마 그는 슈퍼 인식자에 대해 전혀 모를 테고, 자기가 우리보다 훨씬 월등하다고 철석 같이 믿고 있을걸."

"사진은 이 정도면 충분합니까? 이 자를 용의자로 결정해도 다시 알아볼 수 있어요?"

레베카가 마우스로 하늘색 가방 남자의 얼굴을 확대했다.

"내가 보기에, 이 사람 가발 썼어. 이런 헤어스타일이면……, 음, 됐어. 힙한 스타일이 아니긴 하지만 이 자한테 그게 무슨 상관이겠어? 온 천지에 감시카메라가 돌고 있는데 자기라면 어떻게 할 거 같아?"

"변장이요."

"맞아. 제일 간단한 방법이 가발이랑 수염이야. 그리고 저런 특이한 가방을 메고 다니면, 자연스레 시선이 얼굴에서 가방으로 분산되는 거지. 이 남자는 자신이 어떻게 해야 하는지 정확히 알고 있어."

"그런데도 알아볼 수 있습니까?"

"응. 문제없을 것 같아. 강한 인상이 없는 하얀 얼굴이고, 그냥 보통의 피부이고, 코도 곧게 쭉 뻗은. 딱히 눈에 띄지 않고, 입술이며, 눈, 비율, 간격, 전부 평범하고 수수해. 사람들 속에 묻혀 있으면 눈에 확 들어오지 않는 그런 얼굴이지. 그리고 금세 잊혀지고."

"그런데도 눈에 딱 들어오는 겁니까?"

"그렇지."

둘은 서로를 바라봤다. 모니터의 블루라이트가 카리나를 지치고 피곤하게 만들었다.

"이 자가 어디에 있는지 찾지 못하면, 이게 다 무슨 소용일까?" 레베카가 중얼댔다. 그녀는 그런 절망이 사람을 얼마나 더 지치게 만드는지 새삼 느꼈다. "비올라 메이가 이미 이 남자의 손에 들어갔으면, 진짜 이게 다 무슨 헛짓이냐고."

"우리가 잡으면 됩니다!" 카리나가 단호한 목소리로 말했다. "그놈은 절대로 비올라를 4년 동안 어둠 속에 가둬놓을 수 없습니다!"

"내가 계속 찜찜한 게 말이야." 레베카가 고뇌에 잠겨 입을 열었다. "도대체 왜 킴 란다우의 선불폰으로 전화를 했냐, 이거야.

그놈이 그러지 않았다면, 우린 두 사건의 연관성을 절대로 찾아내지 못했을걸?"

"왜 경찰이 되지 않으셨습니까?" 카리나가 미소 지으며 물었다.

레베카가 어깨를 으쓱했다.

"그땐 다른 허튼 꿈을 꾸고 있었지."

"어떤 거요?"

"와일드 워터 카누 국가대표 선수가 되려고 준비 중이었거든."

"정말요? 그게 뭡니까?"

"간단하게 말하면, 급류에서 속도 경쟁을 하는 경기야. 어려운 지점이 최소 세 군데가 있고, 카누를 타고 최단 시간에 도착하는 사람이 승리하는 거지."

"와……, 장난 아니네요!"

"좀 그렇긴 하지. 내가 정말 좋아했던 스포츠야."

"그럼……, 그래서 다리가 그렇게 된 겁니까?"

레베카가 고개를 끄덕였다. 카리나와 레베카는 지금껏 서로를 잘 알지 못했다. 마주치면 짧게 인사만 하는 형식적인 관계였다. 하지만 레베카는 이 나이 어린 여형사가 참 마음에 들었기에 숨기고 싶었던 이야기가 자기도 모르게 술술 나왔다.

"가르미쉬에 있는 로이자흐 강에서 사고가 났어."

"아, 이런!" 카리나가 낮게 중얼댔다.

"흠……. 그래서 지금 내가 이렇게 오랫동안 앉아서 저런 이상한 놈을 화면에서 찾아낼 수 있는 거지. 그렇게 나쁘지만은 않아. 그 사고가 아니었으면, 슈퍼 인식이란 능력을 아예 몰랐을 거야."

"그리고 저희는 이 대단한 경관님의 주옥같은 말씀을 듣지 못했을 거고, 그놈이 왜 킴 란다우의 선불폰을 사용했는지에 대한 의문을 갖지도 못했을 겁니다."

"그래, 그랬으면 진짜 큰일 날 뻔했다, 그렇지?" 레베카가 싱긋 웃었다. "정말로 그놈이 왜 그랬다고 생각해?"

"생각보다 교활하지 않거나, 또는 일부러 흔적을 남겼거나. 둘 중 하나같습니다."

"왜지?"

"두 가지 이유가 있어요!" 카리나가 왼쪽 집게손가락을 펼쳤다. "첫 번째, 경찰을 골탕 먹이려고." 이번엔 중지를 펼쳤다. "두 번째는, 인정받고 싶은 거죠. 우리는 그가 오랜 시간 동안 어떤 행동을 했을까, 잘 따져봐야 합니다. 킴이 첫 번째 피해자가 아닐 수도 있어요. 그놈은 동시에 더 많은 여자들을 가둬놓고 있을 수도 있어요. 그 사실은 아무도 알아채지 못했겠죠. 분명 그는 그것 때문에 절망스러워 견딜 수 없었을 겁니다. 독일 전역에서 발생했던 비슷한 실종 사건을 조사하고, 피해자가 다시 나타나지 않았는지 확인해봐야 할 것 같습니다."

그 말을 듣는 순간, 레베카는 머리에 신선한 피가 도는 게 느껴졌다. 그래, 비슷한 사건!

어떻게 그걸 깜빡할 수가 있지?

15

옌스는 게르린데 란다우와 전화로 약속을 잡았다. 킴의 엄마인 그녀의 목소리는 차분한 것 같기도 하고 정신이 혼미한 것 같기도 했다. 어떻게든 울지 않으려고 이를 악물고 버티는 듯했다. 어쩌면 진정제를 먹은 상태일 수도 있고.

게르린데 란다우의 말 농장은 숲의 한구석에 숨겨져 있었다. 시골길을 따라 쭉 가다 보면 좁은 아스팔트 길이 나왔는데, 구불구불한 커브 때문에 길 위에서 말 농장의 건물이 시야에 들어오지 않았다. 길을 따라 가보니 비싸 보이는 천연석 각등 사이로 농장의 모습이 한눈에 들어왔다. 떡갈나무와 참나무로 가득한 아담한 숲 한가운데에 목골 구조*로 지어진 농장 건물들이 U자 모양을 이루고 있었다. 삼각형 모양의 지붕을 얹힌 본관 건물 양옆으로 최근에 지어진 듯한 마구간이 연결되어 있었다. 마침 마구간 문 위쪽의 열린 부분으로 말들이 옌스의 입장을 지켜보았다. 왼쪽 마구간 옆 자갈이 깔린 공터에는 이미 많은 차들이 주차되어 있었다. 옌스도 그쪽에 레드 레이디를 천천히 세우고 차에서 내려 본관으로 향했다. 힐끗 뒤돌아보니 새빨간 레드 레이디에겐 도시보다 여기가 훨씬 더 좋겠다는 생각이 들었다.

열린 마구간 문 사이로 널브러진 상자를 정리하고 있는 젊은 여자가 보였다. 뒤편에는 최신 트랙터가 커브를 돌며 트레일러에

---

* 건축물의 뼈대는 목재로 구성하고 벽체는 다른 구성재를 이용하여 만든 구조이다. 중세시대 독일의 건축양식이고, 독일식 건물이라고 알려져 있다.

서 각진 건초더미를 내리고 있고, 둥근 모래사장 한가운데에는 승마복을 입은 여자가 한가로이 말을 타고 있었다.

옌스는 말에 관해선 전혀 아는 바가 없었지만, 바로 눈앞에서 보는 말의 모습은 정말 인상적이었다. 탄탄한 근육과 듬직한 몸체, 품격 있는 말들의 움직임이 고급스러웠다. 그가 본관에 도착하기 전 화려하게 꾸며진 나무 문밖으로 어떤 여자가 나왔다.

180cm의 키에, 호리호리하고 기다란 금발 머리의 그녀는 스키니 진과 체크무늬 블라우스와 갈색 가죽 부츠를 신고 있었다. 옌스와 그녀는 길 한가운데서 서로 인사를 했다. 가까이 다가가자 여자의 코와 볼에 깨알 같이 앉은 주근깨가 보였다. 그녀의 눈은 벌겋게 충혈되어 있었다. 망연자실한 표정이었다.

"도저히 이해할 수가 없네요……."

게르린데 란다우가 납득할만한 대답을 기대하며 옌스를 바라봤다.

"이런 소식을 전하게 돼서 죄송합니다." 옌스가 대답을 피했다.

"아니요, 아니에요. 괜찮아요. 킴에 관한 일이잖아요."

게르린데 란다우가 옌스를 집으로 안내했고, 그는 그녀를 따라 널찍하고 탁 트인 집 안으로 들어갔다. 집 안에는 건축할 때 쓰이는 나무의 뼈대들이 곳곳에서 웅장한 모습을 그대로 드러내고 있고, 천연석으로 된 거대한 벽난로도 한쪽에서 자태를 뽐내고 있었다. 게르린데가 옌스에게 호두나무 무늬로 칠한 기다란 테이블의 의자에 앉으라고 권하고는 옆에 섰다.

"저는 앉아 있을 수가 없어요. 단 일초도 말이죠."

란다우 부인이 손을 조물거리며 말했다.

"따님 일은 참 안타깝게 생각합니다. 란다우 부인."

며칠 새에 사망 소식을 전달한 게 벌써 두 번째. 본인이 듣기에도 진짜 영혼 없는 위로였다. 옌스는 이런 일을 하게 만든 그 자식이 정말 싫었다.

란다우 부인이 눈을 깜빡거리며 옌스를 처음 보는 것 마냥 그에게 시선을 고정했다.

"그런데 지금 어디에서 오신 건가요?"

"함부르크에서 왔습니다."

"함부르크요?"

"현재 어떤 사건을 수사 중인데, 킴의 실종 사건과 유사한 부분이 있어서 조사하는 중입니다."

옌스는 너무 상세한 정보를 주지는 않고 간략하게만 설명했다.

"유사한 부분이요? 그 말은…… 킴을 그렇게 만든 그 자가……."

"아직 알아낸 건 없습니다만 범인이 다시 나타났을 가능성이 있어요."

게르린데가 손으로 얼굴을 감쌌다.

"이럴 수가, 안 돼요! 절대 그렇게 돼선 안 된다고요!"

"그런 일이 일어나지 않게 하려고 모든 방법을 동원하고 있습니다. 그래서 제가 여기 온 거고요."

"어떻게 도와드리면 될까요?"

"몇 가지 질문에 답변만 해주시면 됩니다."

"네……, 네. 그럴게요. 당연히 그래야죠. 어머, 제가 정신이 없었네요. 마실 것도 드리지 않았어요. 죄송해요. 뭐 드시겠어요?"

란다우 부인은 정말 잠시도 가만히 있지를 않았다. 다리와 팔, 손을 쉴 새 없이 움직였고, 눈도 계속 깜빡였다. 그 자리에서 도망치고 싶다는 것을 온몸으로 표현하는 것 같았다. 아무래도 진정제 먹는 걸 잊은 모양이었다.

"커피 마시겠습니다." 옌스는 커피가 너무 마시고 싶었다. "진하게 부탁드리겠습니다!"

"그럼요……. 알겠어요……. 이리로 오세요. 같이 부엌으로 가요."

옌스가 그녀를 따라갔다. 넓은 거실과 연결된 부엌은 굉장히 크고 고급스럽게 꾸며져 있었다. 란다우 부인이 은빛으로 반짝이는 커피머신 앞에서 분주하게 움직였다. 갑자기 슈욱 하는 소리와 함께 수증기가 훅 올라오는 순간, 그녀가 소리를 지르며 뒤로 폴짝 튀어 올랐다.

"이…… 이게 뭐야……? 왜 이러지?"

란다우 부인이 불쑥 내뱉었다.

옌스는 가냘픈 그녀의 뒷모습을 보고 곧 무슨 일이 닥칠지 눈치챘다. 먼저 부인의 어깨가 흐느적대며 떨리기 시작했다. 그리고는 주저앉아 눈물을 터트렸다.

옌스는 부인 옆으로 다가가 어깨에 손을 얹었다.

"일어나세요. 일단 가서 좀 앉으시지요. 커피는 나중에 마셔도 되니까."

게르린데는 의지도 없고 줏대도 없이 그를 따라 식탁으로 갔다. 옌스가 의자를 빼 그녀를 앉혔다. 그리고 다시 싱크대로 가서 선반에서 유리잔을 꺼내 물을 따른 다음 내밀었다.

"마셔요. 별 도움은 안 되겠지만 해가 되지도 않을 겁니다."

게르린데가 고개를 들어 옌스를 바라봤다. 눈물이 볼을 타고 흘렀다. 그는 다시 부엌으로 돌아가 벽에 있는 키친티슈를 뜯어서 그녀에게 건넸다.

"고마워요."

게르린데가 마음의 평정을 되찾고 다시 입을 열기까지는 시간이 좀 걸렸다. 안쓰러운 그녀의 모습에 옌스는 란다우 가족이 정말 다시 괜찮아진 걸까, 하는 의문이 들었다. 그리고 이 미친 사이코패스를 반드시 잡고야 말겠다고 다짐했다. 살인 그 자체도 큰 범죄지만 몇 년에 걸쳐 한 사람을 혹사시키고 이성을 빼앗은 다음 다시 그 가족에게 돌려보낸다는 건 또 다른 문제였다. 이 정신 나간 놈은 무슨 생각을 하는 걸까? 대체 왜 이런 짓을 하는 걸까?

"대체 왜 이런 짓을 하는 거래요?"

란다우 부인이 큰 소리로 물었다. 방금 옌스의 머릿속을 스쳤던 질문과 똑같이.

"체포되면 곧 밝혀질 겁니다."

"제가 도움이 된다면 뭐든지 다 할게요!"

"고맙습니다. 자, 그럼 이제 제가 커피 한 잔 대접해도 될까요?"

옌스가 부드러운 미소를 짓자, 게르린데도 미소로 화답했다.

그가 복잡한 기계로 커피 두 잔을 내려오는 데 몇 분 걸리긴 했지만, 덕분에 게르린데는 그사이에 마음을 진정시킬 수 있었다. 더는 울지 않았으나 꼬깃꼬깃하게 구겨진 축축한 키친티슈는 계속 손에 꽉 쥐고 있었다.

게르린데는 옌스에게 고마움을 표시하고 함께 커피를 마셨다. 옌스가 오, 커피 좋은데?, 라고 생각하며 부러운 눈으로 자기 차보다 값이 그렇게 많이 적게 나갈 것 같지 않는 커피머신을 흘긋 바라봤다.

"사람이 아무 이유 없이 같은 범죄를 저지르지는 않죠." 마침내 옌스가 입을 열었다. "그래서 경찰이 또다시 범인을 쫓는 것이기도 합니다. 킴의 경우에도 다르지 않아요. 범인은 분명 킴을 알고 있었을 겁니다."

"당시 브레멘 형사님도 그렇게 말씀하셨어요. 그렇지만 아무도 없었어요……. 정말로요. 제 남편도, 저도 그 누구도 떠오르지 않았어요."

"혹시 킴의 학창 시절과 연관된 사람일 수도 있지 않을까요?" 옌스가 물었다. 그는 어디에선가 나왔을 그 이상한 하늘색 책가방에 대해서 꽤 오랫동안 심각하게 생각하고 있었다.

게르린데 란다우가 이마를 찌푸렸다.

"그게 무슨 뜻이죠?"

"지금 수사 중인 사건에서 가방 브랜드 스카우트의 예전 모델인 하늘색 가방이 단서로 나타났습니다. 혹시 킴의 가방인가 해서 여쭤봤습니다."

"하늘색 가방이라······." 게르린데 란다우가 고개를 저었다. "아뇨. 그런 건 없었어요."

"알겠습니다. 혹시나 해서 여쭤봤습니다."

옌스는 이 사건과 하늘색 가방의 연결고리를 잘라냈다. 그러고는 조금 가벼운 질문으로 넘어갔다. 반드시 해야 하는 질문으로.

"킴은 아주 아름다운 아가씨였잖아요? 분명 인기도 많았을 테고요. 킴에게 거절당했다는 이유로 해를 가하거나 괴롭히는 남자들도 있었나요?"

"당시 킴은 남자친구와 브레멘으로 가버렸어요."

"네, 알고 있습니다. 그렇다고 다른 남자들이 킴에게 관심을 보이지 않거나 그러진 않았을 텐데요."

"그럼요. 당연하죠. 다른 남자들도 몇몇 있었죠······. 그런데 저는 잘 몰라요. 우리는 그런 거에 대해서 서로 이야기를 나누지 않았어요. 킴은 학교 다닐 때도 벤야민과 사귀고 있었거든요."

"벤야민이 그 남자친구인가 보군요. 교통사고로 죽었다는?"

"네. 킴의 첫사랑이죠······. 제 딸에게 엄청나게 큰 충격이었어요. 저희 모두에게요. 저희는 모두 벤야민을 좋아했어요."

"벤야민은 이 지역 출신인가요? 그의 부모님과도 이야기 좀 나누고 싶어서요."

게르린데가 머리를 흔들었다.

"아니요. 아니에요. 킴은 여기서 자라지 않았어요. 남편과 제가 이혼하기 전에 저희는 지페르젠에 있는 농장에서 함께 살았어요. 벤야민 슈나이더도 그쪽에서 자랐고요."

옌스는 고개를 끄덕인 다음 벤야민의 주소를 물어본 후 받아적기 위해 서둘러 메모지를 꺼내려던 찰나, 방금 들은 말을 다시 곱씹어 봤다. 순간적으로 몸이 확 달아오르고 등골이 오싹해졌다.

"지페르젠이요? 함부르크 옆 말입니까?"

게르린데 란다우가 끄덕였다.

"네. 니더작센에 속해있긴 하죠."

"검은 산 근처, 거기요?" 옌스가 꼬치꼬치 캐물었다.

"흠, 그 당시에 늘 우리는 로젠가르텐에 산다고 얘기했지만 검은 산 바로 옆이 맞긴 맞죠."

킴 란다우는 그녀의 첫사랑이자 유일한 사랑이었던 남자가 교통사고로 세상을 떠난 직후 브레멘에서 실종됐고, 그로부터 4년 후 자기가 성장했던 곳에 다시 나타났다. 비올라 메이는 킴 란다우가 성장했던 곳인 함부르크 근처에서 킴이 출현한 직후 실종됐다. 비올라 메이 역시 킴처럼 하나뿐인 절친이자 자신을 지켜주던 자비네 숄츠가 살해되고 나서 실종됐다. 비올라는 킴 란다우 명의의 선불폰으로 스토킹을 당했다.

제기랄, 이거 완전 미친놈이네. 정확히 계산하고 움직이고 있다고. 이놈 경찰이 자기 계략을 눈치챈 거 틀림없이 알고 있어.

옌스가 생각했다.

16

[어린 시절]

저 뒤로 넘어가는 태양 덕분에 말 농장에 짙은 그림자가 드리워졌고, 햇볕은 더 이상 나뭇가지 위에 닿지 않았다. 차단된 세상. 소년은 그 세상에 자신이 속해 있지 않다는 걸 본능적으로 느끼고 있었다. 정상적인 방법으로는 결코 들어갈 수 없는 그 세상에. 그러나 그는 그것의 그림자 속에는 속해 있었다. 그림자가 어떻게 움직이고 어디에 숨을 곳을 가장 잘 제공하는지 알고 있었다. 어마어마한 농장 지대에 거대한 울타리가 쳐져 있긴 했지만, 군데군데 틈이 있어서 수십 킬로미터나 되는 울타리를 정기적으로 관리할 사람이 필요했다.

푸석푸석한 소나무 숲을 지나 오솔길을 따라 쭉 가다 보면 울타리 끝이 나왔다. 거기가 집으로 쓰이는 말 농장의 본관과 마구간, 그 외의 다른 건물들과 가장 멀리 떨어진 곳이었다. 울타리 아래엔 움푹 팬 웅덩이가 있는데, 사냥감을 유인하려고 파 놓은 것 같았다. 흙이 전부 파여 있고, 그 가를 따라 빙 둘러진 철조망의 뾰족한 철사 끝에는 노루의 털로 보이는 갈색 털이 박혀 있었다.

소년은 덩치가 작고 말라서 억지로 밀어 넣지 않아도 별 어려움 없이 웅덩이 아래로 들어갈 수 있었다. 그는 꾀죄죄하고 낡은 옷을 탁탁 쳐서 먼지를 털어냈다. 사실, 그 옷 때문에 창피해서 그동안 학교에 안 간 것이기도 했다. 다른 애들이 손가락질하며 비웃어도 그는 아무런 대항도 하지 않았다. 부자가 되는 꿈을 꾸는 것 외엔 그 어떤 것도 하지 않았다. 생애 한 번만이라도 부잣집 금발 소녀의 가족처럼 농장에서 떵떵거리며 살아보고 싶었다.

울타리 바로 뒤에 참나무 한 그루가 있었다. 소년은 참나무로 다가가 거친 나무껍질에 기대앉아 어둠이 내리길 기다렸다. 얼마 전, 소녀가 소년을 밀어냈다. 소년에겐 가슴 아픈 경험이었다. 반 친구들 모두가 소녀의 생일파티를 알고 있었고, 대부분 초대되었지만 소년은 아니었다. 소년이 미쳐 날뛰는 말에게서 소녀를 구하지 않았더라면, 소녀는 죽었을지도 모르는데도. 그런데도 그녀는 그를 초대하지 않았다. 그냥 무시했다. 그의 부모님처럼 투명인간 취급했다. 하지만 소년은 그렇게 두고만 볼 수 없었다. 초대받지 못했다고 해서 소녀의 근처에도 가지 말란 법은 없는 거니까.

삼십 분도 지나지 않아 숲에 어둠이 찾아왔다. 소년은 자리에서 일어섰다. 얕은 숨을 내쉬며 주변 소리에 귀 기울였다. 말들이 식식대는 소리와 어디선가 사람 목소리도 들렸다. 어둠 속에서 일하고 있는 말 농장의 일꾼들 소리일 것이다. 마구간의 실외등이 번쩍 켜지자 실타래가 풀리듯 불빛이 순식간에 깊은 숲속까지 퍼졌다.

그는 낮게 매달린 나뭇가지들에 긁히지 않으려 조심하며 살금살금 본관 쪽으로 조금 더 다가갔다. 거대한 방패막 같은 갈대지붕이 있는 본관으로. 1층의 뒷편 창문들 밖으로 환한 빛이 새어나왔다. 삼각 모양의 창문 안에서 무슨 일이 벌어지고 있는 걸까? 멀어서 잘 보이지 않았다.

소년은 허허벌판을 달려 본관까지 남은 마지막 20m를 질주했다. 잔디들이 반듯하게 잘 다듬어진 것이 관리가 잘 되어 있었다. 그곳은 몸을 숨길만 한 보호 장치가 전혀 없었다. 그늘에 숨어야겠다, 라고 생각하며 어떻게 계속 앞으로 가야할 지 고민했다. 게다가 어떤 창문을 엿봐야 하는지도 알아내야 했다. 소년이 있는 곳에서는 아직 아무도 보이지 않았다.

저 잔디 위 구석, 밝은 빛이 닿지 않는 곳에 썩 괜찮은 장소가 있었다. 소년은 그쪽으로 가기 위해 본관 끝까지 조심조심 기어갔다. 마지막 창문도 그 구석까지 빛을 퍼뜨리진 못했다. 구석에 어두운 줄무늬 그림자가 있어서 얼룩말처럼 그 줄무늬를 활용했다. 본관의 벽에 지그시 손을 댔다. 따뜻했다. 뛰고 있는 소녀의 심장이 느껴지는 것 같았다.

소년은 모든 용기를 끌어모아 창문을 엿보았다. 널찍하고 탁 트인 복도가 보였다. 그런데 아무도 보이지 않았다. 다음 창문을 들여다봤다. 오래 머물면 머물수록 마음속에서 용기가 싹 텄지만 소녀는 어디에도 보이지 않았다.

바로 그때 그녀의 웃음소리가 들렸다. 집 안이 아니라 밖이었다. 이 근처 어딘가. 생각지도 못한 일이었다. 세찬 돌풍 같은 압박과 함께 두려움이 몰아쳤다. 재빨리 잔디밭 사이로 바짝 엎드려 바닥과 혼연일체가 되었다. 잔디밭으로 연한 빛이 반사되고 있어서 얼굴을 숨기는 게 나을 것 같다고 생각했으나, 그러면 소녀가 있는 곳을 볼 수가 없었다. 그래서 잔디밭 속에 파묻힌 채 눈초리만 가늘게 뜨고 어둠 속의 잔디밭을 엿보았다.

그리고 소녀를 훔쳐보았다.

짧은 반바지에 배가 드러나는 티셔츠를 입은 소녀가 매끈하고 탄탄한 다리로 돌바닥 위를 하늘하늘 움직이는 모습을 지켜봤다. 그녀는 하얀색 운동화를 신었고, 기다란 금발 머리는 등 뒤에서 나풀거렸다. 그런데 그때 그녀가 뒤로 돌더니 손을 뻗어 어떤 남자애의 손을 잡았다.

키가 크고, 늘씬한 금발의 남자아이. 옷도 잘 빼입었다. 학교에 다니는 애 중 하나가 분명했다. 둘은 손을 맞잡고 창고로 쓰이는 듯한 천장이 낮고 아담한 옆 건물로 향했다. 소년은 둘이 건물 안으로 사라질 때까지 잠자코 있다가, 되돌아 나오지 않을 거라는 확신이 들 때까지 조금 더 기다렸다가, 몸을 일으켰다. 뱃속에 커다란 덩어리가 얹힌 것 같았다. 피가 멈춘 것 같았다. 머릿속에서 폭발한 듯 굉음이 일었다.

학교에 다니는 남자애라니! 돈깨나 있는 버르장머리 없는 자식이겠지. 미쳐 날뛰는 말에게서 구해준 게 누군데? 죽을 뻔한 걸 살려준 게 누구냐고! 저 자식은 아니잖아! 나라고, 나란 말이야! 소년은 소녀를 위해 채찍을 맞았는데도 아무 불평 없이 숨어 있었다. 그런데 지금 저 자식이랑 있는 모습을 보고 있으니, 등짝에 후려 맞은 채찍보다 훨씬 더 찢어질 것처럼 가슴이 아팠다.

들끓는 분노가 서서히 사지로 퍼져갔고, 그는 작은 건물 쪽으로 기어갔다. 창문으로 새어 나오는 불빛이 잔디밭과 숲으로 쏟아졌다. 저쪽 길 위의 불이 파랗게 되살아났다. 그가 조심스럽게 맨 끝 창으로 다가가 안을 훔쳐봤다. 최소 스무 명 정도 되는 같은 학교의 남자애들과 여자애들이 자그마한 영화 감상실에 앉아서 커다란 스크린에서 나오는 영화를 보고 있었다. 맨 뒷자리에 소녀와 그 부잣집 자식이 꼭 껴안고 있었다.

소년의 분노가 활활 타올랐다. 분노는 더 이상 통제되지 않았다. 그 분노가 뚫고 나갈 새로운 활로를 개척해야 했다. 소년이 담벼락 앞에 있는 화단에서 주먹만 한 돌을 집어 한 걸음 뒤로 물러나 유리창을 향해 세게 던지려는 그 순간. 바로 그때, 누군가 소년의 팔을 턱 잡았다. 그 힘이 얼마나 셌던지 살이 뚫릴 것 같았다.

"너 여기서 뭐 하냐, 이 정신 나간 새끼야?" 동유럽 억양이 강한 남자가 무섭게 몰아세웠다. "그걸로 내가 네 대가리 쳐 줄까?"

당장 도망치지 않는다면, 그 덩치 크고 힘센 남자가 정말 그렇게 할 기세였다. 소년은 그 남자에게 몇 대 얻어터지긴 했지만 겨우겨우 달아났다.

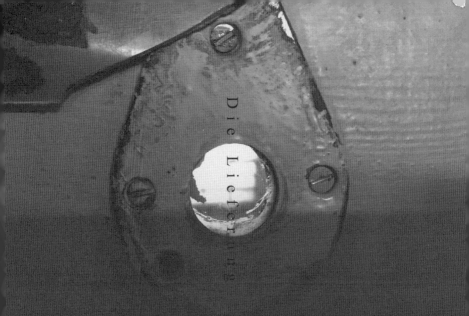

PART 4

1

"비올라, 달링…… 내 인생의 빛…… 내가 보여?"

너무 환한 불빛에 비올라는 눈이 부시고 어지러워서 뇌가 머릿속에서 돌아다니는 것 같았다. 모든 게 뿌옇게 보였다. 비밀을 간직한 듯 온 우주가 스케치 또는 반사광으로만 보였다.

저쪽 어디에선가 고요하고 낯선 위협적인 목소리가 들렸다.

"이제야 내가 보이는구나, 비올라?"

그녀의 눈꺼풀이 또다시 무겁게 떨어지고, 머리통에서 느껴지는 콕콕 찌르는 듯한 둔탁한 통증 때문에 머리가 두 쪽으로 깨질 것 같았다. 다시 천천히 정신을 차려보지만, 간신히 잡은 이성은 이내 사방으로 흩어져 소멸되고 말았다.

한 가지 생각이 번뜩 들어 그녀를 붙들었다. 자비네. 또 자비네 생각이 났다. 자비네는 어딨지? 왜 다시 전화 안 하지? 자비네의 웃음소리가 들렸다. 약간 걸걸하지만 밝은 웃음소리. 사람의 마음을 열게 하는 웃음소리. 자비네의 반짝이는 얼굴도 보였다. 옆에 있으면 얼마나 안정감이 느껴지고 편안했는지 떠올랐다.

"자비네." 비올라가 자기만 알아들을 수 있게 낮게 중얼댔다.

그 순간 누군가 환한 조명 앞을 휙 지나갔다. 비올라의 얼굴 위로 그림자가 스쳤다. 깜짝 놀라 몸을 홱 움츠렸다. 머리통이 타는 듯이 아팠다.

"뭐가 보여, 비올라?"

희미한 형상이 조명 밖으로 나갔다. 그림자가 사라지고, 누군가 자기 어깨를 어루만지는 것 같은 느낌이 들었다. 바람일지도 모르지만. 본능적으로 그 손길을 피하고 싶었으나 정신이 들고 처음 깨달았다. 몸이 움직이지 않는다는 걸. 몸이 의자에 묶여 있었다.

"내 키가 얼마나 되지?"

목소리가 바로 뒤에서 들렸다. 목덜미에서 뜨끈한 숨결이 느껴졌다. 너무 아팠지만 그녀는 몸을 움츠렸다. 그렇다고 해서 바뀌는 건 아무것도 없었다. 오히려 머리만 더 아팠을 뿐. 이제는 속이 메스꺼웠다. 전부 게워낼까 봐 불쑥 걱정이 앞섰다.

"내 눈 색깔은 뭐지? 응? 비올라, 말해 봐!"

그의 목소리가 더 커지고 사나워졌다. 비올라는 그런 무력한 상태에선 혼란에 빠진 자신의 인지능력을 믿을 수 없었다. 누구 목소리인지 모르겠다. 그래도 마리우스 목소리는 아니지 않나, 그렇지?

"여…… 여기가 어…… 어디에요?"

비올라가 간신히 입을 열었다.

"그걸 지금 질문이라고 하는 거야?"

낯선 목소리는 오른쪽에서 들렸다. 비올라는 신중하게 남자의 위치를 파악하려 애썼다. 통증과 메스꺼움을 또다시 유발시키고 싶지 않았다. 그가 자기의 뒤 어딘가에 서서 이리저리 오가고 있는 걸 느꼈다. 그러나 보이진 않았다.

"너 그렇게 멍청하지 않잖아, 안 그래? 자, 말해 봐. 내 머리색이 무슨 색인지."

이 남자는 왜 나한테 이런 걸 물어보는 거지? 누군지도 모르는데 내가 어떻게 대답하냔 말이야!

"저…… 전 모르겠어요."

"모른다. 당연히 모르겠지. 너는 네 얼굴을 들여다볼 필요도 없었겠지. 왜냐고? 너같이 반반한 여자애들은 나처럼 평범하게 생긴 남자애한테 잘 보일 필요가 없으니까. 나는 이제 내가 하고 싶은 대로 할 수 있어. 네 눈이 날 바라보게 만들 거야. 난 너의 공기가 될 거야. 너 혼자서는 이 세상에 살아갈 수 없게 만들 거야. 너 그거 알아? 잘난 척하는 네 세상 속에서 넌 이제 혼자 남겨졌다고! 완전히 혼자. 옆에서 널 보호해 줄 사람은 아무도 없지."

즉각적으로 이 낯선 남자가 자비네 이야기를 하고 있다는 걸 알아차렸다.

"자비네는 어딨어요?"

"저 앞에. 이제 필요 없잖아."

"무슨 짓 했어요?"

"달링, 내 인생의 빛, 넌 이제 혼자야. 이게 무슨 뜻인지 알아?"

그의 말이 비올라에게 직접 영향을 미치는 데까지 시간이 조금 걸렸다. 불현듯 정신이 번쩍 들었다.

"자비네 털 끝 하나라도 건드렸으면, 내가 너 죽여 버릴 거야."

비올라가 사납게 몰아쳤다. 평생 이렇게 독한 말을 내뱉은 적도, 끓어오르는 분노를 느껴본 적도 없었다. 두려움도 통증도 느껴지지 않았다.

갑자기 그가 비올라 뒤로 바짝 다가서서 한 손은 그녀의 머리에 얹고 나머지 손으로 목을 탁 잡았다. 꼼짝 못 하게.

"걘 이제 너의 걱정거리가 아닐 텐데? 여기서는 네 걱정이나 하지 그래?"

생각지도 못한 뜨거운 눈물이 비올라의 두 눈에서 쏟아졌다. 그의 손이 비올라의 목을 점점 더 세게 압박해 숨통을 조였고, 또 다른 손은 머리카락을 움켜쥐고 비틀어 쥐어뜯고 있었다.

"우린 이제부터 함께 너의 내면을 살펴볼 거야. 네가 네 겉모습에만 신경 쓰던 지난 몇 년간 네 내면이 얼마나 홀대를 받았겠어, 안 그래?"

그가 더욱 강하게 목덜미를 압박했다. 비올라는 더 이상 숨을 쉴 수 없었다. 피가 뇌로 공급되지 않아 곧 죽을 것 같은 그때, 돌연 그가 손을 풀고 한 걸음 물러났다.

그녀가 곧바로 입을 벌리고 탐욕스레 숨을 들이마셨다. 심장이 목구멍까지 올라와 뛰는 것 같았다.

"너를 고통스럽게 하고 싶지 않아. 그건 내가 추구하는 게 아니야. 하지만 네가 계속 날 자극한다면, 그 어떤 것도 장담할수 없어. 그러니까 정신 똑바로 차리는 게 좋을 거야. 안 그러면……"

그녀의 바로 뒤에서 그가 몸을 움찔대는 게 느껴졌다. 갑자기 그가 그녀를 풀어 주었다. 눈물이 그득한 눈에 방 어디선가 반짝이고 있는, 경고등 같은 빨간 불빛이 들어왔다.

"누가 면회라도 왔나 보지?"

그가 입속말로 중얼댔다.

잠시 후 그가 거친 천으로 비올라의 입을 틀어막고는 뒤통수에 묶었다. 웅웅대는 소리만 입 밖으로 나왔다.

남자가 눈부시게 환한 조명 뒤로 가서 스위치를 껐다. 별안간 사방에 어둠이 깔렸다. 엄습하는 공포에 비올라는 눈을 번쩍 뜨고 머리를 이리저리 돌리며 오로지 자신의 청력에만 의존했다. 이놈은 어디에 있지? 무슨 일이 벌어진 거야? 빨간 불은 뭐고, 이 재갈은 또 뭐지? 누가 날 구하러 온 걸까?

"쉿!"

그녀의 오른쪽 귀 옆이었다. 따뜻한 숨결이 느껴졌다.

"너도 누군가 우릴 방해하길 원치 않잖아, 그렇지? 비올라? 내 인생의 빛."

2

옌스 케르너는 검은 산으로 돌아왔다. 어둠에 갇힌 숲은 이름값을 제대로 하고 있었다. 도시와는 다르게 가로등도 없고, 빛 한줄기도 보이지 않았다. 레드 레이디의 라이트가 꽤 밝은 편인데도, 암흑 속에 꼼짝없이 갇힌 것 같은 기분이었다.

빽빽하고 생기없는 어둠.

옌스는 자기 자신에게 놀랐다. 원래 이런 감각에 민감한 편이 아닌데 그 순간에는 등골이 서늘했다. 파면 팔수록 공포스럽게 전개되는 이 사건의 시나리오 탓이었다.

상대는 참을성이 꽤 강한 놈이었다. 놈은 대부분의 충동적이고 무분별하게 행동했던 다른 살인자들과 확실히 달랐다. 전략적으로 생각하고, 기획하고, 정리할 뿐 아니라 상당히 영리해서 시간을 충분히 갖고 능수능란하게 범행을 저지르고 있었다. 그렇지 않았다면, 킴 란다우를 4년 동안이나 잡아두지 못했을 것이다. 그 말은, 분명 어딘가에 아주 괜찮은 은신처가 있다는 뜻. 요제프 프리츨과 나타샤 캄푸쉬 사건 이후로 보통 은신처는 좁은 주거 지역이나 이웃의 감시 아래에 존재한다는 게 정설이지만, 버려진 집도 충분히 은신처로 쓰일 수 있다.

옌스는 함부르크 구역의 검은 산과 이 사건이 어떠한 관련이 있을 거라고 확신했다. 찾아내는 게 급선무이니 서둘러야 했다. 그래서 오늘 하루 눈코 뜰 새 없이 바빴는데도 그곳으로, 란다우 가족이 살았던 주소로, 킴이 학창 시절을 보냈던 곳이자 킴의 아빠가 이혼 후 혼자 살았던 곳으로 간 것이었다.

그러나 킴의 아빠와 전화 연결이 되지 않았고, 어쩔 수 없이 운에 맡기고 여기까지 왔다. 킴 란다우의 남자친구였던 벤야민 슈나이더, 교통사고로 사망한 그의 가족을 방문하기엔 너무 늦은 시간이라 내일로 미루는 게 좋을 것 같았다. 상황이 급박하고 삶이 위험에 처해 있을 때는 하루가 24시간밖에 안 된다는 게 아쉬웠다.

게르린데 란다우에 의하면, 그녀의 전남편은 1990년대에 비디오 대여사업으로 큰돈을 벌었다고 했다. 그러나 영상 다운로드와 스트리밍이 붐을 일으키면서 사업이 휘청대기 시작했고, 결국 그는 파산 신청을 했다. 재산이 얼마나 더 남았는지는 게르린데 란다우도 모른다고 했다.

핸드폰 네비게이션이 우거진 숲을 따라 이어진 경사진 일 차선 도로로 안내했다. 도로 양옆으로 침엽수 나무들이 쫙 늘어서 있고, 그 아래 자갈이 깔려 있었다. 옌스는 차를 세우고 주위를 둘러보았다. 3m 정도 높이의 기둥에 비디오카메라가 설치되어 있었다. 작동 중인지는 알 수 없었다. 초인종도 없고 인터폰도 없었다. 우편함이 박혀있는 담 같은 두꺼운 기둥 하나뿐이었다. 옌스는 레드 레이디를 몰고 내리막길을 내려갔다. 강하게 퍼부은 비로 인해 지면에 홈이 깊게 패여 있고, 곳곳에 분화구 같은 구멍도 더러 있었다. 레드 레이디를 몰고 사람이 걸어가는 속도로 천천히 위험한 구멍을 피해가느라, 차의 스프링에 과부하가 왔다.

몇 분 뒤, 라이트에 웅장한 저택이 포착됐다. 완전한 어둠 속에 자리 잡고 있었다. 자갈이 깔린 농장 한가운데에 시동을 켜둔 채 차를 세우고 주위를 둘러보았다.

아무도 없어 보였다. 원래 빈집 아닐까?

킴의 아빠는 파산에, 이혼에, 하나뿐인 자식까지 잃고 무너졌으니 여기서 내쫓긴 건 아닐까? 그의 전 부인은 그런 쪽으로는 한마디도 하지 않았으니까 모르고 있을 가능성이 컸다.

께름칙한 예감이 슬그머니 모습을 드러냈다. 운전 중에도 계속 이런 의문이 들긴 했었다. 가족의 불화가 얼마나 깊길래 실종된 딸이 4년 만에 나타나 자살을 했다는 데도 서로 만나지 않는단 말인가? 아무리 헤어졌어도 이런 심각한 상황에서는 서로를 위로해 주고 다독여줘야 하는 거 아닌가?

너나 잘하시지, 라고 뒤통수에서 어떤 목소리가 쏘아댔다. 정작 옌스 본인도 이미 오래전에 새로운 짝을 찾은 전 부인들과 거의 연락하지 않았다. 그건 옌스의 잘못이었다. 그도 잘 알고 있었다. 평상시에 연락 한 번 하지 않다가 생일이나 크리스마스에만 전화하는 게 그렇게 어려웠다. 물론 평상시에도 별로 전화하고 싶지 않긴 했다. 어쨌거나 그는 고독한 나쁜 놈이었으니, 다 그의 잘못이었다.

문득 레베카가 떠올랐다. 동시에 한쪽 다리 껄떡남, 옌스를 마누라 때리는 놈 취급하던 남자도 생각났다. 어딘가 모르게 그때 그 사건이 아직도 마음에 걸렸다. 옌스는 핸드폰을 들고 레베카의 전화번호를 눌렀다. 시간이 좀 늦긴 했지만 아직 자지 않을 것이다. 그가 전화를 막 끊으려던 참에 레베카가 전화를 받았다.

"여보세요."

옌스는 곧바로 잘못 전화했다는 걸 알아차렸다. 목소리만 듣고도 어쩜 그렇게 그녀의 기분을 잘 알아맞히는지! 전 부인들과는 없었던 일이었다.

"무슨 일 있어?"

"텔레비전 보다가 깜빡 졸았어요."

"아, 미안. 내가……"

"아니, 아니에요. 괜찮아요. 오는 길이에요?"

"응, 일이 하나 더 남아서. 이것만 끝내면 집으로 갈 거야. 엄청 피곤하네. 그래도 킴 란다우 아빠와 이야기 좀 나눴으면 좋겠는데 말이야."

"왜 전화하셨어요?"

그 질문에 옌스의 가슴이 살짝 찌릿했다. 내가 방해했나? 그의 판타지가 눈앞에 펼쳐졌다. 한쪽 다리가 기뻐하며 레베카의 집을 뛰어다닌다.

"중요한 건 아니고. 내일 얘기해도 돼."

"뭐예요. 말해 봐요!"

"그…… 그냥 뭐 하나 궁금해서."

침묵. 이번엔 한쪽 다리가 나체로 레베카 주변을 빙글빙글 돈다.

"그거 때문에 이 시간에 전화 했다고요?"

"미안……."

"아니에요. 좀 놀랐을 뿐이에요. 전 그냥 있었어요. 사실은…… 거짓말이고요. 텔레비전 보다가 잠든 게 아니라요……."

옌스의 심장이 방망이질했다. 한쪽 다리가 환호성을 지른다.

"그러면?"

"산드라 도이터 사건 조사 중이었어요."

딱딱하게 뭉쳐있던 그의 심장이 풀어져 아랫배까지 떨어졌다.

"그…… 그랬군. 계속해볼 만 한가?"

"그럴 것 같아요. 잘 모르겠지만요. 팀장님은요?"

옌스는 레베카에게 킴의 남자친구 벤야민에 대해서 설명했다.

둘이 브레멘으로 이사했고, 그녀가 사라지기 전에 교통사고로 사망했다고.

"그런데 벤야민의 부모님은 오늘 만나지 못할 것 같아." 옌스가 입을 닫았다. "혹시 내일 아침에 나랑 같이…… 레베카? 뭐야?"

레베카의 호흡이 거칠어졌다.

"다시 한번 말씀해 주세요."

"어? 응. 레베카?"

옌스가 어리둥절해하며 그녀의 이름을 다시 불렀다.

"아니요. 벤야민…… 그 남자 얘기요."

"아, 응. 그래. 킴 란다우가 벤야민 슈나이더와 브레멘으로 이사를 갔어. 거기서 교통사고로 세상을 떠났지. 킴이 실종되기 직전에. 킴이 스트레스가 심해서 맨날 엄마와 다퉜다는군. 당시 수사했던 오헨 샬 경관 말로는 이런 이유 때문에 킴이 가출했다는 거지."

"세상에, 이건 있을 수 없는 일이야."

"무슨 일인데 그래? 뭐 알아낸 거 있어?"

"그런 것 같아요……. 아니, 잘 모르겠어요."

레베카가 옌스에게 베아트릭스 그리스베크와 그의 동성연인 멜리 베커에 대해 설명했다. SNS에서 산드라 도이터에 대해서 조사하다가 우연히 알게 된 실종된 레즈비언 커플.

"둘 다 실종됐는데, 이상한 게 멜리 베커의 페이스북이 베아트릭스 그리스베크가 사라지기 일주일 전에 멈췄다는 거예요."

옌스는 레베카의 의도를 즉시 알아챘다.

"그러니까 멜리 베커가 살해당했을 수도 있다는 거지? 그리고 범인이 그 친구를 납치했고. 자비네 숄츠와 비올라 메이처럼?"

"그리고 킴 란다우와 벤야민 슈나이더처럼요."

"그렇지만 멜리와 베아트릭스는 헤센 출신이잖아."

"그게 뭐요?

"내 말은……." 옌스가 말을 멈추고 어둠 속을 응시했다. 그리고 겉보기에는 버려진 것 같은 저택에 시선을 던졌다. "뭐 좀 알아봐 주겠어?" 마침내 옌스가 입을 열었다.

"뭔데요?"

"킴의 아빠. 얀 란다우. 90년대에 비디오 대여사업을 했어. 현재 거주지가 어딘지 찾아낼 수 있을 거야. 거주지가 독일 전역에 흩어져 있을 가능성이 매우 커."

"헤센에도요?"

"그렇다면 아주 재밌어지겠지."

"팀장님은 지금 그 남자 집이에요?"

"지금 검은 산에 있는 그 남자 집 주소지야. 그런데 아무도 안 사는 것 같아."

"팀장님. 제발, 조심하세요! 어쩐지 포위된 것 같은 느낌이에요. 안 그래요?"

"그럴 수도. 다시 연락할게!"

레베카는 더하고 싶은 말이 있었지만, 옌스가 먼저 전화를 끊었다. 그리고 핸드폰을 무음모드로 바꿨다.

3

입 안에 침이 잔뜩 고였다. 비올라는 또다시 침을 삼켰다. 거친 재갈에서 시큼한 맛이 느껴지고 역겨운 냄새가 났다. 앞니가 입술을 계속 짓누르고 있었다.

그 남자는 조금 전부터 옆에 없었다. 그가 음침한 방 안, 빨간 작은 경보등이 반짝이고 있는 방의 뒤쪽에 서 있는 게 느껴졌다. 남자는 우두커니 서서 얕은 숨을 내쉬며 바깥소리에 귀 기울였다. 잠시 동안 아무 일도 일어나지 않았다. 그의 입술이 또다시 비올라의 귀에 바짝 다가왔다.

"금방 돌아올게. 도망가지 마."

그가 떠나기 전, 비올라는 뒤쪽의 깜빡거리는 불빛 속의 그를 한 번 더 보았다. 그가 떠나자, 극심한 적막이 공간을 집어삼켰다. 자신의 소리를 제외하고는 어떤 소리도 들리지 않았다. 의자의 등받이에 손이 묶여 있고, 다리에 발목이 묶여 있었다. 결박을 풀기 위해 거칠게 몸부림쳤다. 그런데 애를 쓰면 쓸수록 밧줄이 점점 느슨해지는 것 같은 느낌이 들었다. 살갗이 쓸렸는지 손목이 타들어 갔다. 그러나 그런 건 문제가 되지 않았다. 살아남으려면 이 기회를 살려야만 했다. 포기해선 안 됐다. 비올라를 납치한 그 남자는 갑자기 누군가 들이닥쳐서 놀란 눈치였다. 경찰이 근처에 있을 수도 있어.

비올라는 자기가 여기에 있다는 걸 어떻게든 알려야 했다.

4

옌스는 라이트를 끄고 천천히 차에서 내려 권총을 꺼냈다. 이런 칠흑 같은 어둠에선 아무것도 보이지 않지만 동공이라도 빨리 익숙해지길 바라는 마음으로 총을 겨눴다.

이 집에 누군가 있다면, 옌스가 왔다는 걸 진작 알아차렸을 것이다. 워낙에 우당탕대며 존재감을 드러내는 사람이니까. 그래서 눈에 띄지 않으려고 자동차 라이트도 껐다.

문득 어떤 의혹이 뇌리를 파고들었다. 여기가 이 사건의 가장 어두운 핵은 아닐까? 불도 없이 4년 동안이나 킴 란다우를 감금시켰던, 몸서리치게 삭막한 완전 무장의 은신처 아닐까?

다음 의혹이 이어졌다. 킴의 친아빠가 정말 이 사건과 연관이 있을까?

옌스는 일단 두 의혹을 한쪽으로 밀어 놓기로 했다. 지금은 그런 걸 생각할 만한 시간이 아니었으니. 뒷수습이 감당 안 될 함정에 빠지기 전에 우선 주위에 집중해야 했다.

손에 총을 들고 저택으로 향했다. 심장이 너무 빠르게 뛰어서 자신을 진정시켜야 했다. 이상하게 들리겠지만, 이런 상황에선 레드 레이디가 옌스에게 안정감을 느끼게 했다. 신기하게도 속으로 레드 레이디의 엔진 소리만 떠올려도 어느 정도 진정이 됐다.

창문 안은 온통 어둠뿐이었고 불빛이라고는 하나도 보이지 않았다. 바깥도 마찬가지였다. 그러던 와중에 옌스는 관리가 되지 않아 황폐해진 화단과 툭 튀어나온 처마 아래에 달린 동작 감지

센서등을 발견했다. 전기가 안 들어오나? 일부러 아무도 안 사는 것처럼 보이게 해 놓은 건가?

첫 번째 창문 안을 들여다봤지만 어두워서 아무것도 보이지 않았다. 유리창에 손전등을 대고 전원을 켰다.

적벽돌과 나무골조를 노출시킨 커다란 방이었다. 값이 꽤 나가 보이는 통유리로 된 최신 벽난로가 구석에서 위용을 뽐내고 있었다. 큼지막한 원목 식탁이 주방과 식사공간을 연결하고 있었다. 그러나 사람이 사는 것 같지는 않았다. 그릇도, 술병도, 담배도 없었다. 욕실, 다용도실, 심지어 텅 빈 방까지도 모두 똑같은 모습이었다.

옌스는 무단침입을 하는 건 아닐까 고민했다. 그래서 내부 침입은 다음으로 미루고, 포장된 길을 따라 한 20m 정도 떨어져 있는 옆 건물로 갔다. 그 건물은 저택의 축소판 같았다.

그리고 거기서도 창문에 손전등을 밝혔다. 놀라운 장면이 펼쳐졌다. 그 건물은 개인 영화관이었다.

정면에 커다란 스크린이 있고 양쪽으로 빨간 커튼이 설치되어 있었다. 관람석은 총 네 줄이고, 한 줄당 여섯 자리씩 있었다. 자리마다 안락한 의자가 마련되어 있고, 스크린에서 가장 먼 곳, 가장 구석에는 라운지처럼 소파 두 개와 테이블 하나가 갖춰져 있으며 벽에는 영화 포스터가 걸려 있어서 아주 아늑해 보였다. 오리지널 포스터군, 옌스가 생각했다. 그도 아는 영화들이었다. 〈샤이닝〉, 〈13일의 금요일〉, 〈나이트메어〉……. 킴의 아빠인 얀 란다우는 공포영화 광팬인 모양이었다.

옌스가 서 있는 창문의 맞은편 벽면이 바닥부터 천장까지 전부 진열장이었다. 어마어마한 진열장에는 DVD 케이스가 가득했다. 맨 윗줄에 있는 것도 꺼낼 수 있도록 이동식 사다리도 설치되어 있었다.

"와, 굉장하군!"

옌스가 낮게 중얼댔다. 그 상황에는 상당히 어울리지 않는 말이었지만.

옌스는 17살 때 그가 자란 동네 근처의 작은 영화관에서 영화 〈13일의 금요일〉을 보던 날을 떠올렸다. 당시 항상 문제를 일으키던 15년 된 차 혼다를 끌고 영화관에 갔는데, 집으로 돌아가는 길에 차가 움직이지를 않아서 집까지 밀고 가야 했다. 차를 끌며 깜깜한 어둠의 숲을 헤치고 6km나 되는 길을 가던 중, 낮에 봤던 무서운 영화 장면이 자꾸 떠올라서 얼마나 고생했는지 모른다. 정말이지 그런 고문이 따로 없었다. 그때 생각만 하면 지금도 몸서리가 쳐졌다.

옌스가 확인했듯, 다른 문들처럼 개인 영화관의 문도 잠겨 있었다.

갑자기 무슨 소리가 들렸다. 어둠 속 어딘가에서. 뭔가…… 뭔가 짭짭거리는 소리.

5

진입로 앞에 있는 비디오카메라가 침입자가 들어왔다는 알림을 보냈다. 대지 전체에 전략적으로 중요한 위치에만 총 6대의 카메라를 설치했는데, 의도적으로 숨겨놓지 않고 잘 보이게 해 놨다. 사실 비디오카메라는 침입자를 위협하는 용도일 뿐이었다. 만일 누군가 침입한다면 비디오카메라가 없는, 즉 촬영되지 않는 구역으로 들어올 거라고 예상했었다. 그런데 이런 야밤에 비디오카메라에 찍히는 멍청한 자가 대체 누구란 말인가?

타이밍이 대단히 안 좋았다. 그는 작업을 중단해야 해서 극도로 분노했다. 마침 비올라와 재밌으려던 참이었단 말이다! 그녀의 머리통에서 머리카락을 다 잘라내고 그 모습을 거울로 보여주면, 드디어 그녀는 자기의 아름다움이 영원하지 않다는 걸 깨닫게 될 터였다. 그는 그런 걸 보는 게 너무 즐겁고 행복했다. 어둠 속에 갇힌 집을 지나 창고의 뒷문으로 살금살금 가면서 희열의 중단으로 인한 분노가 더 커지지 않길 바랐다. 자제력을 잃지 말고 분별 있게 행동해야 했다. 그렇지 않으면 지난 몇 년 동안 일궈 온 모든 게 자칫 위험해질 수도 있었다. 저 바깥에는 사람을 현혹할 만큼 아름다운 수많은 여자들이 진짜 자신의 얼굴을 보고 싶어서 날 기다리고 있어. 그게 나의 임무야. 그들에게 진짜 자신의 모습을 보여주는 게. 그러니까 정신 차려. 그가 스스로에게 말했다. 그리고 딱딱 소리를 내기 시작했다. 목구멍 깊숙이에서, 정확한 리듬에 맞춰서. 그렇게 해야 진정된다는 걸 알기 때문에. 그는 어린 시절의 숱한 밤을 딱딱 소리와 함께 자신의 이성을 붙잡았다. 그 리듬이 없었다면, 그 소리가 없었다면, 그에게 존재감을 안겨준 그것들이 없었다면, 이미 미쳐버렸을 것이다.

조심스레 문을 열고 미끄러지듯 어둠 속으로 빨려 들어가 다시 문을 닫았다. 불은 필요 없었다. 눈을 감아도 다 알고 있었으니까. 서둘러 몇 발짝 앞으로 나가 수풀로 향했다. 수풀에 숨으면 저택이 한눈에 잘 보였다. 손에서 느껴지는 칼의 느낌이 꽤 좋았다. 완전 무장한 느낌. 그리고 저 침입자를 꾀어내야겠다고 결심했다. 저 뒤로, 나무들과 수풀들이 우거진 저 뒤쪽으로 놈이 나오면 뒤에서 확 덮칠 수 있겠어.

6

집에서도 늘 인터넷이 잘 터져서 얀 란다우에 대한 정보를 찾는 게 크게 어렵지 않았다. 얀 란다우의 과거 비디오대여사업에 대한 첫 번째 정보를 찾아내자마자 레베카는 숨이 턱 막혔다.

라이트 하우스(Light House).

비디오 대여 체인점 이름이었다.

"내 인생의 빛, 이게 영어로 Light of my life."

레베카가 혼자 중얼대며 계속 인터넷을 뒤졌다. 그 영어 문장을 어디선가 들어본 것 같았는데 도통 떠오르지 않았다.

얀 란다우는 한창 잘나갈 때 스물두 개의 비디오 대여점을 운영했고, 그 체인점이 북독일 전역에 퍼져 있었다. 그는 사업을 더 확장시킬 계획을 갖고 있었으며 헤센과 노르트라인-베스트팔렌에도 체인점이 4개나 더 있었다.

헤센······.

라이트 하우스······.

내 인생의 빛······.

검은 산에 있는 저택······.

이 모든 것 뒤에 킴의 아빠인 얀 란다우가 있다.

레베카는 핸드폰을 잡고 서둘러 옌스에게 전화를 걸었다. 그가 위험에 빠지지 않길 바라며.

7

옌스는 사격할 준비를 하고, 사방에 깔린 메마른 나뭇가지와 커다란 솔방울을 밟지 않으려 신중히 발걸음을 옮기면서 마구간 주변을 돌았다. 즉시 그 소리에 집중하기 위해 자리에 멈췄다. 소리가 커졌다가 작아졌다가 하는 것이 누군가 계속 자리를 옮기는 듯했다.

옌스는 처음 이 말 농장에 도착했을 때, 자신이 여기에 도착한 걸 분명 누군가 눈치챘을 테고 잘못하다간 함정에 빠질 수도 있다고 판단했다. 그러면 다시 차로 돌아가서 동료에게 도움을 요청하고 수색대가 투입될 때까지 기다려도 됐겠지만, 옌스는 그렇게 하지 않았다. 비올라 메이가 정말 이 농장에 있다면, 그가 그녀를 구할 수 있다면, 그래서 이 사건이 잘 해결만 된다면, 어떤 위험이라도 기꺼이 감수할 수 있었다.

그럼에도 옌스가 마구간 건물의 벽에서 벗어났을 때, 저 깊은 숲속 어딘가에서 희한한 소리가 또 들렸을 때, 그때는 등줄기에 한기가 서렸고 약간 공포감도 느껴졌다. 어쨌거나 덤불 사이에서 나와 소리의 근원지 쪽으로 슬그머니 움직였다.

이젠 동공이 어둠에 익숙해져서 최소한의 윤곽이나 형체 정도는 알아볼 수 있었다. 함정일 수도 있으니 너무 소리에만 집중하지 말자고 자신에게 경고하면서 어디에서 튀어나올지 모르는 공격에 신경을 곤두세웠다. 총을 들고 있는 손이 땀으로 축축해졌다.

예전에는 총으로 사람을 쏠 때 손도 축축해지지 않았고 초조해하지도 않았다. 즉각적인 조치가 필요한 상황이면, 아무 어려움 없이 전시 태세에 돌입하곤 했었다. 그러나 지금은 달랐다. 그 사건 이후로는 무기를 사용해야 하는 순간인데도 망설였다. 총을 겨누고 있어도 번번이 의심하고 주저했다.

갑자기 소리가 확 커졌다. 옌스는 우뚝 멈춰 섰다. 이거 사람이 내는 소리 같은데? 손전등을 쥐고 있는 왼손을 들어 올렸다. 손전등은 아직 켜 있지 않았다. 어쩌면 놈이 이젠 아무도 속아 넘어가지 않는 케케묵은 속임수를 쓰고 있는 건지도 모르지.

옌스는 손전등을 끼워 넣을 만한, 최대한 좁은 Y자 모양 나뭇가지를 찾으려고 옆에 있는 키 작은 관목을 더듬거렸다. 마침내 나뭇가지를 찾아 그 사이에 손전등을 끼운 다음 스위치를 켜 놓은 채 내려두고 서둘러 어둠 속의 오른편으로 사라졌다. 일부러 소리가 나는 방향으로 손전등의 빛을 향하게 하고, 눈으로 손전등의 불빛을 쫓았다.

어떤 그림자가 보였다. 눈을 가느다랗게 떴다. 무언가 나타났다가 사라졌다. 덜컥덜컥 소리. 또다시 그 이상한 소리가 들렸다. 그때, 묵직한 어떤 것이 그를 확 덮쳤다⋯⋯.

8

결박을 완전히 푸려면 한 십 분 정도 더 필요했지만, 그런 시간은 비올라에게 주어지지 않았다.

어디선가 문이 열렸다. 얼마나 혼자 있었던 걸까? 삼십 분? 한 시간? 알 수가 없었다. 어차피 시간도 충분하지 않았으니 그런 건 중요하지 않았다. 그가 다시 돌아온다는 건, 앞으로는 어떤 도움도 기대하지 말아야 한다는 의미였다. 알아서 탈출해야 한다는 뜻. 그녀는 어깨를 올리고 손목을 구부려 손가락으로 매듭을 잡으려고 안간힘을 썼다. 근육에 경련이 일고 관절이 꺾여서 찌르는 통증이 느껴졌는데도 이를 악물고 계속 시도했다. 멈추지 않고 계속. 그 자신을 위해서. 그리고 자비네를 위해서. 바로 그때, 그가 돌아왔다. 비올라는 도로 아미타불이 되지 않게 하려고 곧장 동작을 멈추었다.

이글대는 조명이 다시 커지자 눈이 부셨다. 만일 그가 가까이에 다가와 느슨해진 결박을 확인한다면, 모든 노력이 한순간에 물거품이 되어 버릴 터였다. 비올라는 그의 시선을 끌기 위해 재갈을 물고 있는 입으로 고래고래 소리를 질러댔다. 그러자 그가 재갈을 풀어주었다. 공기를 듬뿍 마시니까 좀 살 것 같았다.

"용감한데? 비올라, 내 인생의 빛?"

"밖에 무슨 일이에요?"

비올라가 쉰 목소리로 물으며 그의 시선을 매듭에서 분산시켰다.

"뭐, 그냥 보잘것없는 놈이었어. 이제 두 번 다시는 안 나타날 거야. 그땐 어차피 중요한 작업을 다 치른 후라 상관없겠지만."

그렇게 말하고는 딴 데로 몸을 돌리더니 강하게 비치고 있는 조명 뒤로 가서 책상 위에 놓인 무언가에 열중하기 시작했다. 그러는 사이 비올라의 눈은 강렬한 빛에 차츰 익숙해져 갔다. 사물을 인식할 수 있을 정도로. 곧바로 비올라는 그의 손에 들린 게 커다란 가위가 아니기를, 저 큰 가위를 들고 자기에게 다가오는 게 아니기를 간절히 바랐다. 번쩍이는 가위의 날에 불빛이 날카롭게 번쩍였다. 그녀는 절망 속에서 손목의 매듭을 풀려고 무던히 애쓰고 있었다.

"제발…… 제발, 안 돼!"

비올라가 빌었다.

"그러지 마……. 가만히 있어. 안 그러면 원래 계획했던 것보다 더 심해진다고." 그가 비올라 옆에 서서 그녀의 머리통을 쥐어 잡았다. 비올라가 한쪽으로 몸을 움츠렸지만, 그가 머리카락을 붙잡아 세게 잡아당겼다. "이제 그만 좀 해라. 내가 약속할게. 곧 내가 누군지 잘 알게 될 거야."

그가 그녀의 머리를 자르기 시작했다. 머리통이 붙잡혀 있으니 비올라는 가만히 있을 수밖에 없었다. 손목을 감고 있는 매듭과 계속 씨름하려면 이 기회를 이용해야 했으니까. 비올라는 이를 악물고 가위의 양날이 부딪히는 소리를 들으며, 그가 그녀의 머리칼을 한 가닥씩 한 가닥씩 자르는 걸 소름 끼치게 느끼고 있었다. 그러는 사이 손목의 매듭은 점점 더 느슨해져 갔다.

그가 자리를 옮겨 비올라의 뒤로 가려고 할 때였다. 비올라가 그를 피했다.

"그만 좀 해!" 그가 소리쳤다. "나 오늘 너랑 놀 기분 아니거든? 한 번만 더 까불면 네 귀를 다 잘라버릴 거야. 알겠어? 싹둑, 싹둑 모조리 다!"

"이 나쁜 새끼!" 비올라가 그에게 욕을 해댔다. "비겁한 겁쟁이 새끼."

전에는 입 밖으로 내뱉어 본 적 없는 말이었다. 가장 비참한 시기였던 마리우스와 연애 때도 그런 말은 입에 담지 않았었다. 비올라도 알고 있었다. 자비네에 대한 걱정 때문이라는 걸. 저놈이 자비네를 해쳤을지도 모른다는 생각에 절망감이 들어 그랬다는 걸.

"너, 내가 경고했잖아."

무슨 일이 벌어질지 알아차리기도 전에, 그가 그녀의 오른쪽 귓불을 잘라버렸다. 워낙 눈 깜짝할 새에 일어난 일이라 통증도 느껴지지 않았다. 그런데 벌써, 어깨 위로 핏방울이 뚝뚝 떨어져 등으로, 팔뚝으로 줄줄 흘러내렸다.

비올라가 의자에 묶인 채 고통에 몸부림치며 울부짖고 괴성을 지르는 동안, 그는 흐느적대며 춤사위를 선보이고 있었다. 그런데 그때 손목의 결박이 풀렸다. 그녀의 손과 팔이 움직였다. 그녀는 어깨관절의 통증에도 불구하고 팔을 번쩍 들어 올려 짐승처럼 마구 휘둘렀다. 그를 때려 부술 수 있을 것 같았다. 그는 비올라의 광기 어린 모습에 놀라 손을 벌벌 떨며 가위를 땅에 떨어뜨렸고, 비올라는 더더욱 초인적인 힘을 발산했다. 의자가 한쪽으로 기울어졌다. 의자 다리에 발목이 묶여 있는 상태로 비올라는 바닥에 떨어진 가위를 바라보았다. 밧줄을 푸려면 가위가 필요하다. 그러나 시간이 별로 없다. 어떻게든 가위를 잡아야만 한다.

바닥에 널브러진 머리카락 사이로 가위가 반짝였다. 가위 날에 피가 묻어 있었다. 바닥에 피가 흥건했다.

멀지 않은 곳에 그가 서 있었다. 아니, 그가 손으로 얼굴을 감싼 채 웅크리고 있었다. 비올라는 그의 손가락 사이로 핏방울이 떨어지는 것 같았다.

표독스러운 기쁨이 최대 속력으로 그녀에게 몰아쳤고, 마침내 가위를 손에 넣을 기회가 찾아온 것이었다. 비올라가 가위를 잡자마자, 그가 손을 아래로 내렸고 그녀는 증오에 찬 눈으로 그의 행동을 주시했다. 그가 남은 손까지 밑으로 내렸을 때야 비로소 그녀는 그의 코에서 피가 흐르고 있다는 걸 알게 되었다. 그가 천천히 일어섰다.

비올라는 의자에 묶인 채 한 발짝 뒤로 물러났다. 가위로 밧줄을 전부 자를 수 있다. 하지만 그러려면 그에게서 눈을 떼야 하는데, 그건 당치도 않은 일이었다.

그녀가 가위를 그의 방향으로 위협적으로 들이밀었다.

"널 찌를 거야!"

비올라가 소리쳤다. 그냥 하는 소리가 아니었다. 그를 죽일 수 있는 기회만 주어진다면, 자제력을 잃고 이판사판으로 마구 찔러 댈 수 있었다.

그는 상당히 침착하게 서서 비올라를 경멸하며 내려다봤다. 그리고 조명 뒤의 책상으로 가서 뭔가를 하더니 그녀 쪽으로 몸을 돌려 피가 흐르지 않게 콧구멍을 막고 있던 휴지조각을 뺐다. 그가 나무판자 하나를 집어 들었다.

발에 힘을 실어 쿵쿵 걸으며 그녀에게 다가왔다. 그러고는 비올라를 밟고 서서 나무판자로 사정없이 때렸다. 그녀가 정신을 잃을 때까지. 자비로운 고통과 은혜로운 비명이 사라질 때까지.

9

[어린 시절]

소년의 가족은 그 동네에 산 지 꽤 됐는데도 여전히 동네가 낯설었다. 그리고 사람들도 낯설었다. 그들에게 가까이 다가갈 수 없었기 때문에. 함께 어울리고 싶었지만 포기한 지 이미 오래였다. 그 사람들에게도, 소년에게도 쓸모없는 짓이었다. 얼마 전 소년의 부모님이 앞으로 다시는 이사 가지 않을 거라고 단언하긴 했는데, 분명 언젠가는 여길 또 떠나고 말 것이다. 소년에게 확실한 것은 그것뿐이었다. 아버지 안의 악마가 식구들을 이 집에서 다음 집으로 몰아내는 것. 바뀌는 건 아무것도 없을 것이다. 아버지가 죽기 전까지는 계속.

소년 앞에 노출콘크리트 공법으로 건축된 무색의 4층 건물이 우뚝 솟아 있었다. 창밖으로 환한 불빛이 비쳤다. 그 불빛이 친근하게 느껴졌고, 벌써부터 교실에 앉아있는 남자애들과 여자애들의 모습이 보였다.

자기도 그 자리에 있어야 한다는 걸 소년은 잘 알고 있었기에 앞으로는 학교를 꼬박꼬박 다니겠다고 마음먹었다. 학교 공부에 흥미를 느껴서도 아니고, 집에 경찰이 와서도 아니었다. 단지 말 농장의 금발 소녀를 가까이에서 보고 싶어서였다. 소년처럼 존재감이 없는 남자애는 학교 퀸카에게 관심을 보이면 안 되는 건가? 이 얼마나 멍청한 계획인가. 그러나 내면의 강한 욕구를 당해낼 재간이 없었다. 소년을 학교 건물로, 3.1 교실로 이끈 건 그 자신이었다.

소년은 노크도 하지 않고 교실 문을 열었다. 담임인 슈뢰더 선생님이 하던 말을 멈추었다. 반 아이들이 소년 쪽으로 고개를 홱 돌리더니 그제야 그를 알아보고 서로들 수군거렸다. 다른 사람 같으면 모욕을 당하는 기분이 들었겠지만, 소년은 기분이 꽤 괜찮았다.

"아니, 이게 누구야!" 슈뢰더 선생님이 환하게 웃으며 소년을 반겨 주었다. "다시 만나서 반갑구나! 어서 들어와 자리에 앉아라. 아직 수업 시작 안 했단다."

선생님이 소년에게 다가와 미소 지으며 어깨에 손을 얹고 등을 쓰다듬었다. 그의 자리는 맨 뒷자리 마틴이라는 남자애 옆이었다. 마틴은 우직하고 우둔하지만 착했다. 새로운 반에 갈 때마다 꼭 하나씩은 있었던 깡패 같은 애가 아니었다.

"왜 이렇게 늦었어!"

마틴이 소년에게 속삭이고는 자기 물건을 책상 한쪽으로 치워서 책상에 자리를 마련해 주었다. 마틴에게서 농장의 똥 냄새가 지독하게 났다.

소년은 아무 말 없이 앉아 학용품을 꺼냈다. 아무 생각 없이 국어 수업을 들으며 집중하려 노력했으나, 집중력은 금세 도망갔다. 어느새 소년의 머릿속에는 의식 없이 바닥에 누워있던 금발의 소녀로 가득찼다. 살짝 드러난 배와 배꼽, 매혹적인 얼굴, 감은 두 눈, 비단같이 기다란 머릿결…… 특히 그녀의 머리카락! 그때 귓가를 때리는 종소리가 그의 백일몽을 깨뜨렸다.

다음 수업은 물리. 물리는 다른 교실에서 진행됐다. 모두들 짐을 챙겨 교실 밖으로 나갔다. 슈뢰더 선생님이 교탁에서 소년을 기다리고 있었다.

"잘 지냈니?"

선생님이 소년에게 물었다.

"네."

"다시 학교에 와서 정말 기쁘구나. 정말이야! 매일 아침 널 봤으면 좋겠어. 그럴 수 있겠니?"

사실 그는 반 아이들이 다 모인 앞에서 선생님에게 심하게 꾸지람을 들을 줄 알았다. 그래서 선생님의 그런 친절함과 관심이 솔직히 조금 당황스러웠다. 왜 벌을 주지 않는 거지? 인생을 살면서 잘못을 하면 누구나 벌을 받는 건데…….

"네. 그럴 것 같아요." 소년은 그렇게 대답했다. 그 순간만큼은 진심이었다.

"정말 잘 됐구나. 좀 있다가 선생님하고 쉬어홀츠 선생님이랑 같이 이야기 좀 나눌 수 있을까? 오래 걸리지는 않을 거야. 약속할게."

쉬어홀츠 선생님과의 대화는 피하고 싶었지만, 소년은 고개를 끄덕였다. 쉬어홀츠 선생님은 학교의 사회교육상담 선생님이었고, 그가 학교를 빼먹은 것에 대해 벌써 두 번이나 그의 편에 서서 변호해 주었다. 그래도 쉬어홀츠 선생님과의 상담 정도는 가뿐히 견뎌낼 수 있을 것 같았다. 쉬는 시간에 금발 소녀를 본다면 말이다.

소년은 물리 선생님의 멸시를 모른 채 넘기며 수업을 꾸역꾸역 견뎌낸 후, 첫 번째 중간 쉬는 시간에 소녀가 운동장에서 친구들 서너 명과 함께 있는걸 보았다. 그녀는 친구들과 웃고 떠들며 황홀한 몸짓으로 머리카락을 한 번씩 뒤로 휙휙 넘겼다.

인공위성이 지구 주변을 돌 듯 소년은 소녀 주변을 돌았다. 한참 멀리 떨어져서. 그런데 자신의 존재를 망각하고 도는 바람에 어느 순간 누군가와 부딪혔다. 덩치가 크고 힘센 남자애였다. 소년이 모르는 아이였다. 그 남자애는 소년이 일부러 밀쳤다고 오해했다. 그 남자애는 소년을 확 밀쳤고, 결국 일이 터지고 말았다. 남자애가 소년의 가슴팍을 밀치자 소년은 비틀대며 뒤로 나가떨어졌다. 모두들 몰려들어 구경만 하고 있었다. 아니, 남자애의 친위대원들이 빙 둘러싸고 있어서 도망칠 수도 없었다. 그들이 소년을 덩치 큰 남자애에게 몰았고, 그 애는 소년을 또 밀쳤다.

"이리 와, 이 왕따 새끼야! 이 돈도 없고 직업도 없는 후레자식아, 니네 애미 애비가 오늘 금 주사라도 한 방 맞았냐? 왜 여기서 빌빌 돌아다니고 난리냐?"

소년은 다른 학교들에서의 경험으로 학교의 메커니즘을 익히 알고 있었다. 누군가 그의 뇌의 스위치를 돌리면, 그는 아무런 저항도 할 수 없었다. 그래서 더 이상 고민하지 않았다. 순간 주변의 모든 것이 희미해지고 그 남자애에게 초점이 맞춰졌다. 소년의 초점이 남자애의 얼굴로, 사악한 웃음을 띠고 있는 그 얼굴로 집중됐다……

소년을 떼어내는 데 선생님이 세 명이나 필요했다. 남자애를 응급조치하기 위해 의사도 한 명 투입됐다. 그때 누군가 소년의 심박을 재봤다면, 균형 잡혀 있고 평온한 그의 심박에 깜짝 놀랐을 것이다. 남자애를 때려눕히는 동안 소년은 제정신이 아니었다. 은혜와 자비도 없고, 부끄러움과 후회도 없는, 오로지 파멸만이 존재하는, 그 자신만을 위한 세계에 갇혀 있었다. 다른 이들의 개입이 없었다면 그 애를 파멸시킬 수 있을 것만 같았다.

잠시 뒤, 교장 선생님과 슈뢰더 담임선생님, 사회교육 상담선생님 셋이 머리를 맞대고 의논하는 동안 소년은 교장실 앞의 딱딱한 의자에 앉아 교장실 비서의 따가운 눈총을 받고 있었다.

슈뢰더 선생님이 나와서 소년을 데리고 들어갔다. 또 딱딱한 의자였다. 회의는 계속됐다. 그를 어떻게 처리할 건지에 대한 회의가 진행되는 동안, 그는 다시 금발 소녀를 생각했다. 운동장에서 벌어진 일을 그녀도 봤을까? 소년은 소녀가 보지 않았길 바랐다. 자기에게 두려움을 갖길 원치 않았으니까. 다른 건 다 돼도 그것만은 절대 싫었으니까!

선생님들은 청소년청 또는 청소년 보호소 입소란 말을 두어 번씩 내뱉으면서 소년을 설득하기도 하고 강요하기도 했다. 그러나 소년은 그런 말들의 위압감을 이해하지 못했다.

오늘은 수업을 듣지 말고 집으로 돌아가라는 말을 들을 때도 소년은 침착하게 모든 걸 감내했다. 그와 반대로 슈뢰더 선생님은 자기의 학생이 그날만큼은 학교에 머물 수 있게 해줘야 한다며 격렬하게 항의했다.

쉬는 시간, 그는 감시를 받게 되었고 더 이상 밖으로 나가선 안 되었다. 금발 소녀를 볼 수 없다는 사실에 분노가 점점 더 격해졌고, 마지막 종소리를 듣고 학교를 나섰을 땐 속이 전부 썩어 문드러져 있었다.

집으로 가는 길. 저 멀리서 소녀의 책가방이 반짝이고 있었다. 너무나 찬란한 밝은 하늘색 가방. 그 가방은 그녀의 금발 머리와 정말 잘 어울렸다. 소년은 하늘색을 따라갔다. 그런데 말 농장으로 가는 길이 아니었다.

어디로 가는 걸까? 소녀는 사람들의 눈을 피해서 무얼 하고 싶은 걸까? 소년은 소녀에 관한 건 무엇이든 알고 싶었다. 그리고 언젠가 소녀가 소년을 아는 날이 오면, 자기가 그녀를 가장 잘 아는 오직 한 사람이 되고 싶었다. 그러면 그 건방진 자식은 아무짝에도 쓸모없는 놈이 되겠지. 생각만으로도 뱃속이 간질간질했다. 한 사람을 속속들이 알아가는 게 얼마나 중요한 건지 분명하게 느꼈다. 또, 부모님이 자기를 잘 알지 못하는 것과 그 자신도 부모님을 잘 알지 못하는 것이 얼마나 슬픈 일인지도 확실히 알게 되었다. 아버지는 어떤 생각을 할까? 아버지는 왜 밤마다 소리를 지를까? 약물 중독 때문일까, 아니면 뭔가 끔찍한 일을 겪어서일까? 어머니와 아버지는 왜 다른 부모들과 다를까? 그 모든 질문에 소년은 어떤 대답도 하지 못했다. 가능한 대답은 오직 하나뿐이었다. 나의 부모님은 앞으로도 계속 똑같을 것이고 당신들 아들의 존재를 결코 인지하지 못할 것이다.

말 농장의 금발 소녀는 깃털처럼 가벼운 발걸음으로 철로를 따라 사뿐사뿐 걸었다. 그녀는 빠르게 걸어갔다. 짧은 반바지를 입은 쭉 뻗은 맨다리가 가위의 양날처럼 벌어졌다가 오므라졌다. 총총걸음에 맞춰 땋은 머리도 위아래로 흔들렸다. 소녀는 힘들고 잔인하고 고통스러운 세계에서 너무나 사랑스럽고 우아한 요정 같은 존재였다.

그녀는 한 번도 뒤돌아보지 않고 앞으로만 갔다. 덕분에 그는 조심성을 잃고 용기를 얻어 그녀에게 더 가까이 다가갔다. 그녀와의 거리 10m. 그녀의 체취가 느껴지는 것 같았다.

철로와 지방도로와 닿는 지점. 벽돌로 쌓아 만든 좁다란 지하도가 있었다. 소년이 이미 전에 그 주변을 탐색해 봤는데, 그곳엔 밭이나 초원, 숲 말고는 별다른 게 없었다. 그 길은 말 농장으로 이어지지 않았다.

그런데 소녀가 지하도로 들어가고 있었다. 그가 그녀를 쫓다가 벽에 몸을 숨겼다. 구석에서 살펴보니 그녀가 철로 바로 뒤, 위험해 보이는 숲길로 방향을 틀었다.

바로 다음에 이어지는 숲길은 쭉 뻗은 길이라 숨을 만한 곳이 하나도 없어서 소년은 지하도에서 잠시 기다려야 했다. 지하도 위로 화물차 한 대가 지나갔다. 우지끈하며 벽이 흔들리고 떨리면서 하얀 먼지와 시멘트 가루가 우수수 떨어지고 소음이 공기를 가득 메웠다. 그리고 2분 후, 기차가 지나가고 나서야 소년은 안심하고 벽 뒤에서 나왔다.

그런데 소녀가 사라졌다! 통통 튀는 땋은 머리도 없고, 하늘색 책가방도 보이지 않았다. 소년의 앞에 텅 빈 숲길만 길게 뻗어 있었다. 뜨거운 열기 때문에 저 멀리 잿빛 땅바닥 위로 아지랑이가 아물아물 피어오르고, 외로운 트랙터 하나가 밭을 떠돌며 바싹 메마른 건초를 나를 뿐이었다.

그 왼쪽, 이미 베인 풀들이 놓여있는 곳에 곧 쓰러질 듯한 헛간이 있었다. 수백 년에 걸친 기후 변화 탓에 헛간의 벽인 나무판자들이 구부러지고 휘어져 퇴색된 상태였다. 헛간의 세모 지붕 아래에 있는 두 그루의 커다란 딱총나무 수풀만이 그녀에게 잠시 머물 공간을 마련할 수 있을 것 같았다.

무심코 가면 그 누구도 못 보고 지나쳤겠지만, 소년에게는 빨간빛이 반사되는 게 정확히 보였다. 수풀 아래 헛간의 벽에 자전거 한 대가 기대어 있었다. 나뭇잎들로 뒤덮인 자전거의 후미등이 햇빛을 받아 번쩍였다.

소년은 소녀가 이 헛간 말고 다른 곳에 있을 리 없다고 생각했다. 그러나 발이 떨어지지 않았다. 그의 속마음이 저기로 가지 말라고 붙잡고 있었다. 하지만, 그래도, 그는 발걸음을 옮겼다.

헛간 외벽인 나무판자 사이 군데군데에 꽤 넓은 틈이 있었다. 몇몇의 틈 사이로 헛간 안이 보였고, 안쪽에서 어떤 움직임이 포착됐다. 뜨끈한 나무판자에 손바닥을 대자 무슨 소리가 들렸다.

소년은 발소리를 죽이고 몇 발짝 걸어서 열린 문으로 향했다. 그리고 구석에서 훔쳐봤다. 그들은 윗공간에, 건초더미가 깔린 바닥에 있었다.

둘은 건초더미 사이에 뒤엉켜 서로의 입을 맞대고 있었다. 남자애가 소녀의 등에 손을 올린 채.

순간 소년의 마음속에 한기가 몰아쳤다. 지금 여기에 있는 모든 생명을 소멸시켜 버리고 싶다는 격한 열망이 일었다. 소년은 스스로에게 놀랐다. 그런 나쁜 생각을 한 자기 자신에게.

그는 헛간에서 도망치기 전, 건초더미 바닥으로 올라가는 사다리 앞에 있는 소녀의 하늘색 가방을 잡아챘다.

그리고 길고 긴 거리를 달려가면서 소녀의 가방을 꽉 끌어안았다.

10

〈나는 너의 안에서 길을 잃었어. 네가 맨몸의 날 싸움으로 내몰았어. 모든 게 뒤틀렸어. 잡히지 않는 안개처럼 난 너에게 완전히 취해 버려 길을 잃고 헤매어…….〉

레베카는 플레이어를 끄고 산드라 도이터의 따뜻하고 맑은 목소리를 중단시켰다. 산드라의 목소리가 한동안 레베카의 머릿속에서 떠나질 않았다. 이 CD를 레베카에게 넘겨준 건 비앙카 도이터의 영리한 전략인 셈이었다. 아무리 공감 능력이 없는 사람이라도 심금을 울리는 산드라의 목소리를 떨쳐내기란 쉽지 않은 일일테니. 음질은 형편없었지만 변하는 건 없었다. 이 노래를 듣고 난후 레베카에게 산드라는 단순히 실종된 수많은 여자들 중 하나가 아니라 사람들의 마음을 어루만지는 재능을 가진, 가수가 되고자 하는 꿈의 날개를 펼치지 못한 안타까운 한 소녀로 느껴졌다.

레베카는 숨을 깊게 들이마시고 핸드폰을 들었다. 비앙카 도이터가 바로 전화를 받았다. 이른 아침인데도 벌써 마사지 일을 시작했는지 누구와 잠깐 이야기를 나누고는 두려움과 희망이 섞인 목소리로 응답했다.

"물어볼 게 있어서요." 레베카가 입을 열었다. "혹시 산드라가 실종되기 전에 산드라 주변 사람 중에 죽은 사람 있었어요? 남자친구 아니면 여자친구?"

비앙카가 망설였다.

"아니요. 왜요?"

"확실해요?"

"확실해요. 없었어요. 그런데 그 질문이 무슨 뜻이죠?"

혹시 모를 단서를 놓치지 않으려면 레베카는 정신을 바짝 차려야만 했다.

"산드라의 집에 말이에요, 산드라가 사라지고 나서, 그러니까 음…… 혹시 집에 손도 대지 않은 배달음식이 있었다거나 뭐 그런 거 기억나요?"

"네? 배달 음식이요? 글쎄요……. 모르겠어요."

"한번 잘 생각해봐요. 큰 도움이 될 수도 있어요."

또다시 침묵이 이어졌다. 시간의 끝에 침묵이 채워질수록 레베카는 두려웠다. 산드라 엄마인 비앙카에게 옌스와 카리나, 자신이 수사하고 있는 사건이 산드라의 실종과 전혀 관련이 없다는 걸 밝혀낼 질문들을 해야 했다. 만일 정말 그렇다면, 레베카는 비앙카를 더는 도울 수 없을 것이다. 지금 당장은. 아니, 어쩌면 앞으로도. 더군다나 레베카가 멜리와 베아트릭스 실종 사건에 더 관심을 기울이고 수사를 진행하는 동안 산드라의 운명은 계속 불분명한 상태로 남아있어야 한다는 걸 그녀도 잘 알고 있었다. 영 마음에 걸렸다. 사실, 오늘 비앙카에게 전화를 건 원초적인 이유도 멜리와 베아트릭스, 이 둘 때문이었기에 마음이 더욱 무거웠다.

"없었어요." 마침내 비앙카가 침묵을 깼다. "음식은 없었어요."

"확실해요? 피자 없었어요? 피자박스도요? 아니면 배달업체에서 온 다른 음식은요?"

"없었어요. 분명히 없었어요."

"알겠어요. 그럼…… 좋아요!"

레베카는 자기의 목소리가 낙관적으로 들렸기를 바랐다. 비앙카에게 지금 당장 그보다 더 필요한 건 없었으니까.

"정말요? 아니면 그 반대에요?" 비앙카가 물었다.

레베카가 정면을 응시했다.

"음식이 있었다면, 친구가 죽었다면, 그러면 산드라의 실종이 새로운 국면을 맞는 거였나요?"

비앙카가 재빨리 덧붙였다. 그녀는 솔직한 답을 요구하고 있었다.

"네. 그럴 가능성이 있긴 했어요."

"그럼 그런 정황 증거가 없다면요?"

비앙카가 전문용어를 쓰는 건 당연한 일이었다. 지난 2년간 잃어버린 딸을 찾아다니느라 내내 경찰 주변에 있었으니 하나씩 하나씩 전문용어를 익히게 된 것이었다.

"사실은 이 정황 증거 없이 제가 당신 딸의 사건을 진척시킬 수 있을지 모르겠어요." 레베카가 눈을 감고 고개를 저었다. 손 떼겠다는 말을 어떻게 이렇게 잔인하게 할 수 있단 말인가. "그렇다고 포기하겠다는 뜻은 아니에요!"

레베카가 서둘러 덧붙였다.

"약속해줄 수 있어요?"

레베카가 자리에서 벌떡 일어나 벽에 등을 댔다. 이번 약속은 선뜻 입이 떨어지지 않았다. 언젠가는 깨질 약속이란 걸 알고 있었으니까. 하지만 레베카는 그 순간만큼은 비앙카 도이터를 훨씬 덜 아프게 할 수 있고, 희망을 조금이라도 더 지연시킬 수 있고, 그녀를 영원의 지옥으로 떨어뜨리지 않을 수 있었다.

"약속할게요."

레베카는 입에서 튀어나온 그 말을 차마 막지 못했다. 그냥 그럴 수가 없었다.

"고마워요."

그렇게 비앙카와의 통화가 끝나고, 레베카는 타임 루프*에 갇힌 것처럼 멍하니 앉아서 하지 말아야 했던 비앙카와의 약속을 곱씹고 있었다. 자기 자신을 바보 같다고 생각하면서, 카리나 라

---

* 일정한 시간을 계속해서 반복하게 되면서 겪는 경험 또는 상황을 말한다.

이니케의 말처럼 과연 내가 수사관이 될 자격이 있는 사람인가?, 라는 의심까지 했다.

그래도 레베카는 금세 그런 상념에서 벗어날 수 있었다. 옌스가 사무실에 올 때까지 사건과 관련된 몇 가지 중요한 사안들을 확실하게 정리하고자 했으니까. 그런데 옌스가 아직도 출근 전이었다. 좀 이상한 일이었다. 어젯밤에 늦게까지 밖에 있어서 늦잠 잤나?

레베카는 라인홀트 쾨트너 경감과 전화 통화를 하기 위해 헤센의 바우나탈 구역 경찰서에 전화를 걸었다. 놀랍게도 쾨트너 경감은 작년에 퇴직했고, 전화를 받은 여자가 쾨트너 경감 대신 누구와 통화하겠냐고 묻기에, 잠깐 망설이다가 베아트릭스 그리스베크 실종 사건 때문에 전화했다고 했다.

몇 분 후, '유디트 니발트'라는 여자 경관이 전화를 받았다. 그녀의 목소리는 젊었고 신뢰가 갔다. 니발트는 자신이 누구와 통화하고 있는지 알고 싶어 했다.

"레베카 오스발트 라고 합니다. 함부르크 33. 경찰서 소속이고, 옌스 케르너 경감을 대신하여 전화했습니다. 2년 전에 있었던 사건과 관련하여 몇 가지 문의드릴 게 있습니다. 그때 실종된 베아트릭스 그리스베크 사건과 관련된 사안입니다."

유디트 니발트는 잠시 후 다시 연락 주겠다고 하며 전화를 끊었다. 레베카는 최대한 빨리 이 사건을 제대로 알고 있는, 믿을만한 사람과 정확한 이야기를 나누고 싶었다. 4분 뒤, 전화가 울렸다. 레베카는 손목시계의 초침에서 눈을 떼지 않고 있었다.

"그 사건에 관해서 무엇이 궁금하시죠?"

유디트 니발트가 물었다.

"여기 함부르크에 젊은 여자 실종 사건이 있었어요." 레베카가 설명을 시작했다. "그 여자는 실종 전에 스토킹을 당했고, 얼마 전 그녀의 친구가 누군가에게 살해당했어요."

"끔찍한 사건이네요. 그런데 베아트릭스 그리스베크와 그 사건이 어떤 연관이 있는 건가요? 솔직히 말씀드리면, 두 사건 사이에 특별한 점이 보이진 않는군요. 작년에 퇴직하신 경관님이 당시 그 사건을 담당하시긴 했는데, 공식적으론 미제사건으로 남아있어요. 최근엔 아무도 수사하지 않았고요. 어쨌거나 원하시면 관련 수사 자료를 전부 보내드릴 순 있습니다."

"네, 그러면 너무 감사하죠! 혹시 괴트너 경감의 연락처 아직 갖고 계시나요? 전화 통화 한번 해봤으면 해서요."

레베카는 괴트너의 연락처도 받아냈다. 곧바로 번호를 눌렀지만, 라인홀트 괴트너는 받지 않았다. 그래, 퇴직자잖아. 아침 8시도 안됐으니까 아직 자고 있는 게 당연한 거야.

그때 사무실 문이 벌컥 열리더니 롤프 하게나가 불쑥 들어왔다. 롤프의 얼굴이 벌겋게 달아올라 있고 이마에는 땀이 송골송골 맺혀 있었다. 무엇 때문인지 몰라도 굉장히 흥분한 상태였다. 롤프는 원래 그렇게 격하게 흥분하는 사람이 아니었다.

"옌스 어딨어?"

롤프가 짖어댔다.

"좋은 아침입니다."

레베카가 대답했다.

"아, 어······. 미안. 좋은 아침."

"무슨 일이에요?"

"검은 옷 루트거 잡았어." 롤프가 말했다. 그러나 목소리엔 만족감이 담겨있지 않았다. "그 쥐새끼 같은 놈이 버티고 있어. 지금은 취조실이야. 옌스는?"

레베카가 어깨를 으쓱했다.

"저도 모르겠어요. 벌써 오고도 남을 시간인데."

11

옌스의 집에서 그리 멀지 않은 곳, 그린델알레에 '필름박스'라는 큰 가게가 있었다. 필름박스는 회색의 모퉁이 건물에 있어서 잘 눈에 띄지 않았다. 게다가 건물에 체인 배송업체의 알록달록한 간판이 달려 있어서 그냥 지나치는 경우가 많았다.

옌스는 필름박스에 수십 번도 더 와봤다. 옛날 비디오테이프와 수많은 중고 DVD를 보유한 유일한 가게였기 때문이다. 필름박스는 대여점이 아니라 판매점이었다. 어떨 땐 영화 몇 편을 골라도 5유로가 채 안 될 때도 있었다. 옌스는 먼지가 자욱하고, 눅눅하고 쿰쿰한 냄새가 나는 초라한 그 가게를 좋아했다. 골동품이지만 아직 쓸 만한 비디오테이프 레코더처럼 말이다. 그는 오래

된 거라면 뭐든지 소중하게 여겼다. 사람들은 왜 시대에 뒤떨어진다는 이유만으로 오래된 물건을 쓰레기통에 버리는 걸까?

아침 8시. 옌스는 필름박스 건너편에 서 있었다. 어젯밤, 레베카가 알려준 정보를 듣고 사실 몹시 놀랐다. 얀 란다우가 비디오 대여점 사업에서 실패한 후 남아있는 것이, 바로 그린델 구역에 있는 초라하기 짝이 없는 필름박스였다. 라이트하우스 라는 대여점의 이름을 필름박스였다. 더 이상은 전처럼 체인점도 아니었고 눈부신 외관도 없었지만……. 옌스는 얀 란다우가 파산으로부터 구해낸 소중한 잔재들을 필름박스에서 팔고 있다고 짐작했다.

담배 한 개비를 꺼내 끈적끈적한 아침 공기에 연기를 내뿜었다. 너무 피곤하고 기력이 없었다. 어제의 공포에 아직도 뼈가 욱신댔다. 옌스도 잘못을 하긴 했다. 그렇게 함부로 남의 땅을 돌아다녀선 안 되는 건데……. 그래도 그렇지, 그 짐승 때문에라도 얀 란다우에게 해명을 요구해야 직성이 풀릴 것 같았다.

어제 오밤중. 야생 멧돼지가 옌스에게 기습으로 달려들었다. 다행히 가슴 높이의 튼튼한 쇠창살이 그 공격을 막아주긴 했지만, 그 멧돼지 때문에 옌스는 혼쭐이 났다. 어찌할 바를 몰라 비틀대며 뒷걸음질 치다가 땅바닥에 쓰러질 만큼 무시무시하게 큰 야생 멧돼지였다. 정신을 차리고 손전등 불빛에 비친 짐승을 자세히 들여다봤다. 천만다행으로 쇠창살 안에 있었다. 이 세상의 모든 신께 얼마나 감사드렸는지 모른다. 그 수돼지의 사나운 눈은 정말이지 끔찍하게 소름끼쳤다! 빳빳한 털과 성난 근육의 집합체라면, 순식간에 옌스를 두 동강 냈을 것이다.

저택에 아무도 없는데 저런 짐승이 왜 돌아다니는 걸까? 누가 먹이를 주나? 무엇 때문에 저런 사나운 짐승이 필요하지? 영화 〈한니발〉이 떠올랐다. 사람을 먹어 치우는 데 식인 멧돼지가 사용된 그 영화 말이다. 하지만 그런 건 영화에서나 가능한 이야기 아니겠는가, 안 그런가?

아닌가?

얀 란다우는 젊은 여자들을 납치해 가둬두고 야생 멧돼지에게 먹이로 던져주는 미친 사이코패스인 걸까? 킴은 친부의 계략을 눈치챈 걸까? 딸을 죽일 순 없으니 가둬두려고만 했던 자기 아빠의 계략을? 그래서 4년이 지난 후에야 아빠에게서 도망친 걸까? 그러면 얀 란다우는 그동안 자기의 딸에게도 내 인생의 빛이라고 불렀을까? 아빠가 딸을 그렇게 부르기도 하나?

이 모든 의문들이 어젯밤 집으로 가는 길 옌스의 머릿속을 스쳤다. 밤이 깊어질수록, 그리고 생각이 많아질수록, 허무맹랑한 이론에 쉽게 휩쓸렸다. 그러나 다음 날 아침이 되어도 호러 영화에 나올 법한 그 시나리오는 뇌리에서 사라지지 않았다. 날이 갈수록 점점 더 잔혹한 살인범이 출현하고 있는 판국이고, 미국에서 한 남성이 피해자들을 수년 동안 야생돼지에게 먹이로 준 사건도 그렇게 오래전 일이 아니었으니 말이다.

옌스는 얀 란다우와의 대화가 기대되었다.

되도록이면 얀을 경찰서로 연행하고 싶지 않았다. 용의자의 심중을 떠보는 데는 본인이 안정감을 느끼는 장소가 훨씬 나을 테니.

엔스는 필름박스가 8시에 연다는 것을 알고 있었기에 경찰서로 출근하기 전 집에서 멀지 않은 그 가게로 먼저 온 것이었다. 군데군데 굵은 철조망으로 방범창을 해놓은 지저분한 뒤쪽 창문에 불이 들어왔다. 엔스는 그날의 첫 담배를 끄고 소리 없이 성큼성큼 길을 건넜다.

가게 문을 열었더니 째지는 벨소리가 귀를 때렸다. 꿉꿉한 냄새와 숨이 턱 막히는 공기가 엔스에게 훅 몰려들었다. 지난 며칠간의 열기가 가게 안에 응집된 것 같았다. 그런데 아무도 보이지 않았다. 가게의 오른쪽에 있는 커다란 계산대로 방향을 틀었다. 평소에는 가게의 앞쪽을 향한 채 벽면을 가득 채운 고전 영화의 포스터를 보며 미친 듯이 영화를 골랐었다. 전부 고대 유물들이었다. 그 영화 포스터들 중에는 오리지널로 보이는 것들도 더러 있었다.

계산대에는 온갖 것들이 다 구비되어 있었다. 사탕이며, 과자며, 젤리며, 업체나 전시회 팸플릿이나 안내서, 영화 캐릭터가 인쇄된 라이터, 영화의 제목이 적힌 야구모자까지. 하나에는 〈Overlook Hotel(오버룩 호텔)〉이라고 적혀 있고, 다른 하나에는 〈Jaws(죠스)〉라고 되어 있었다.

계산대 뒤에 아치형의 문이 있는데, 기다란 노란색 발이 촘촘하게 쳐져 있었다. 통로로 이어지는 발의 가운데에 손때가 묻어 칙칙하게 변색되어 있었다. 발 너머에 불이 켜져 있는 것 같았다. 누군가 있어 보였다.

"계십니까!"

옌스가 크게 외쳤다.

대답은 없었지만, 뒤에서 급하게 움직이는 소리가 났다. 그냥 확 계산대를 뛰어넘어 저 안으로 들어가 버릴까, 고민하던 찰나 중간키의 금발 남자가 발을 제치고 나왔다. 남자는 불쾌함이 담긴 하늘색 눈으로 옌스를 노려보았다. 당장이라도 덤벼들 기세였다. 마치 뭔가 금지된 행동으로 그를 괴롭힌 것처럼.

"무엇을 도와드릴까요?"

얀 란다우가 계산대 위에 두 손을 털썩 내려놓으며 물었다. 그의 아래 팔 근육이 몹시 억세 보였다. 어깨 근육 역시 위로 불끈 솟구쳐 있었다. 미소를 지어도 눈가와 입가에 잔주름이 드러나지 않았다. 정말 비호감이었다. 하지만 옌스는 이미 오래전부터 첫인상 같은 건 믿는 편이 아니었다.

"얀 란다우 씨?"

옌스가 확실히 하기 위해 물었다. 가게 직원일 수도 있으니.

"그렇습니다만."

옌스가 경찰 신분증을 내밀었다.

"경찰이군요." 얀이 눈썹을 추켰다. "킴 때문에 왔습니까?"

"네. 맞습니다."

"새로운 소식이 있나 보죠?"

질문이 참 간결했다. 얀의 고집 센 눈빛이 옌스는 몹시 흥미로웠다. 4년 전에 실종된 딸이 죽은 지 며칠 되지도 않았는데, 정시에 오픈을 하든지 말든지, 아니 아예 장사를 하지 말든지 그 누구도 관심 없는 이 가게에 이른 아침마다 서 있는 데는 여러 가지 이유가 있을 터였다. 익숙해서? 시선을 다른 쪽으로 유도하려고?…… 아니면 뭔가를 숨기려고?

"어제 당신과 이야기를 나누려고 검은 산에 있는 댁의 근처에 찾아갔습니다."

"그래요? 거기에 안 산지 벌써 한참 됐는데요."

"그런 것 같더군요. 그런데 거기에 대단하게 큰 야생 멧돼지가 있던데."

얀 란다우가 눈썹을 찌푸렸다.

"그걸 아시는 걸 보니, 꽤 안쪽까지 들어가셨나 봅니다."

옌스가 어깨를 으쓱했다.

"시간이 좀 있었거든요. 야생 멧돼지가 거기에 왜 있습니까?"

"그 멧돼지 이름은 클라우스-칼레입니다. 새끼일 때부터 키웠죠. 어떤 사냥꾼이 어미를 죽였거든요. 사실 그 집은 클라우스-칼레 때문에 갖고 있는 거예요. 어디로 보내야 할지 모르겠어서 말입니다. 도살하고 싶진 않으니까요."

얀 란다우의 목소리가 좀 부드러워진 건가? 옌스가 생각했다.

"자, 저한테 뭘 원하십니까?"

"따님의 실종에 대해 묻고 싶습니다."

"하, 아직도요?" 그가 씁쓸하게 웃었다. "잘 들으시오."

그가 교만한 말투로 시작했다.

"4년 전 나는 온종일 경찰들에게 해명하고 다녀야 했습니다. 사춘기 소녀를 딸로 둔 아빠라는 이유로 의심을 받았거든요. 경찰은 그게 잘 안되니까 킴을 찾는 걸 그냥 그만둬 버리더군요."

얀은 약간 화가 난 듯하더니 이내 진정하고 머리를 흔들었다. 그러고는 천천히 숨을 들이마셨다. "전부 아무 소용없었어요. 그리고 지금은 할 얘기가 아무것도 없습니다. 킴은 이제 죽었어요. 지난 4년간 킴이 어떤 지옥에 있었는지 모르겠지만, 내가 한 가지 아는 것은…… 킴은 끊임없이 스스로에게 질문했을 거라는 겁니다. 왜 우리 아빠는 날 도와주지 않는 걸까, 라고." 그가 옌스를 쳐다봤다. 그의 하늘색 눈이 촉촉해져 있었다. "지금 그 사건을 수사 중이라면, 킴한테 몹쓸 짓 한 그 새끼 찾으시오. 내가 그동안 계속 시도해봤는데 잘 안 됐습니다."

"시도해봤다는 게 무슨 뜻입니까?"

얀이 팔을 벌려 가게 전체를 감싸는 자세를 취했다.

"생각해 보시오. 여기가 내 인생의 목표였겠습니까? 아닙니다. 여긴 하나뿐인 딸을 찾느라 돈이며 시간이며 다 쓰고 남은 것일 뿐이죠." 몇 초 사이에 얀의 눈빛이 다시 완고해졌고, 그 눈으로 옌스를 노려보았다. "경찰이 해야 할 일을 똑바로만 했어도."

그의 비난이 옌스는 듣기 거북했다. 당시의 사건을 수사한 경관이 아니었는데도. 어쨌거나 계산대 뒤에 서 있는 저 남자가 그 당시 브레멘 경관 요헨 샬과 니더작센 경관 보리스 콜만을 얼마나 귀찮게 했을지, 옌스는 충분히 짐작할 수 있었다.

얀 란다우는 아주 사나운 개 같은 인간이었으니까.

12

비올라는 극심한 통증의 바다 한가운데서 깨어났다.

차가운 맨바닥에 오른쪽 볼을 대고 엎드려 있었다. 주변엔 머리카락과 피가 널려 있고, 잘려 나간 귓불이 피딱지가 눌러 붙은 갈색 덩어리가 되어 나뒹굴고 있었다.

비올라는 순간적으로 충격을 받아서 정신을 놓고 발악을 했다. 만일 그 충격을 속으로 삼켰다면, 그녀의 육체로 퍼지는 통증의 전율을 그는 감당할 수 없었을 것이다. 비올라는 꼼짝없이 누운 채로 눈을 끔뻑이고 숨을 내쉬며 정신을 다잡으려 노력했다. 다 기억났다. 그가 나무판자를 들고 다가오는 모습. 그가 그녀를 때리고 짓밟았다. 망설임 없이. 자비도 없이.

고작 가위로 그를 막으려 했다니, 얼마나 꼴 같지 않았을까?

비올라는 어느 순간 의식을 잃었다. 그래도 그는 비올라를 계속 때렸을까? 아마도 그랬을 거다. 그런 걸 따지는 게 지금 무슨 소용이란 말인가?

이렇게 누워 있어서는 절대 살아 나갈 수 없다는 걸 비올라는 확실히 깨달았다. 그는 미친놈이고, 그와 대화를 하거나 동정에 호소할 수 없었다. 그리고 그는 악마의 짓을 절대 멈출 리 없었다. 몇 주 동안이나 비올라를 쫓아다니며 스토킹을 했고, 이제야 드디어 원하는 대로 그녀를 자기 손에 넣었으니.

그런데 대체 왜? 그녀가 뭘 어쨌길래? 비올라는 그를 알지도 못하고 본 적도 없었다. 그건 정말 분명한 사실이었다.

왜 자꾸 자기의 생김새에 대해 묻는 걸까?

눈 색깔이나 머리색, 키를 대답하지 못하면, 왜 그렇게 민감하게 반응하는 걸까?

이런 질문들이 머릿속을 느릿하게 파고들었다. 다른 생각으로 대체될 때까지.

아 참, 자비네! 저놈이, 자비네에게 무슨 짓을 한 걸까?

비올라에게는 친언니 같은, 가장 소중한 친구 자비네가 당했을 끔찍한 장면이 떠오르자 몸에 피가 돌고 조금씩 기운이 생겼다. 맨 먼저 다리를 움직였다. 여전히 의자에 묶여있었다. 조심스레 팔다리를 하나씩 움직였다. 온몸의 멍과 출혈, 상처 때문에 지독한 통증이 몰려들었지만, 그래도 뼈가 부러진 것 같지는 않아서 다행이었다. 이를 꽉 물고 바닥에서 몸을 일으켰다.

반쯤 누운 듯 비스듬히 앉은 자세로 주위를 둘러보았다. 네모난 작은 공간에는 창문이 없었다. 단단한 문만 있을 뿐. 삼각대 위에 설치된 조명은 아직 그 자리에 있었는데, 켜져 있지는 않았다. 희미한 불빛만이 덮여 있는 천을 뚫고 새어 나오고 있었다. 비올라가 위를 바라봤다. 3m 높이쯤에 투명한 초록색 플라스틱으로 된 공이 있었다. 아주 약한 빛이 공을 가로지르고 있었다.

손을 부들부들 떨며 의자 다리에 묶여있는 발목의 매듭을 풀어보았다. 한참이 걸리긴 했지만 결국엔 풀었다. 그러고는 바닥으로 픽 쓰러졌다. 무릎을 당겨 발목을 주물렀다. 조심스레 다리를 어루만지며 강한 타격으로 부푼 부위를 쓰다듬었다.

반드시 살아남을 거야. 내가 저 새끼, 죽여 버릴 거야! 비올라가 다짐했다.

다리에 무시무시한 고통의 쓰나미가 몰아쳤다. 덜덜 떨며 방 한가운데에서 일어섰다. 식도로 구역질이 역류하고, 심장이 불규칙하게 쿵쾅댔다.

사방에는 잘린 머리카락투성이고, 여기저기에 말라붙은 피딱지가 덕지덕지 붙어 있었다. 노인 요양원에서 일했던 비올라는 그보다 더 심한 걸 많이 봐왔기 때문에 크게 충격받지 않았다. 그러나 잘려 나간 귓불은 참기 힘들었다.

삼각대의 조명 뒤, 벽과 맞닿아 있는 테이블에 정신을 집중했다. 테이블 위의 물건들이 점점 더 선명하게 보였다. 그녀의 머리카락과 귓불을 잘랐던 큰 가위, 전기면도기, 질긴 밧줄과 끈. 그리고 과일이나 채소를 냉동시킬 때 쓰는 작은 비닐봉지.

비올라는 가위를 다시 들어 올렸다. 이번엔 그가 가위질하게 그냥 두지 않을 것이다. 절대로! 가위 날이 깨끗했다. 그새 닦아 놓은 게 분명했다.

문으로 가려고 몸을 돌리는데, 마침 테이블 위에 손거울이 보였다. 그녀의 손가락이 한동안 거울 위에서 쭈뼛댔다. 결국 손거울을 잡고 안을 들여다봤다.

충격은 없었다. 슬픔만 있을 뿐. 털이 다 빠진 동물 같았다. 한쪽 귓불이 없으니 전에 없던 안면 비대칭이 생긴 것 같았다. 양쪽 광대는 퍼렇게 멍들어 있고 이마 위에는 기다란 상처가 나 있었다. 거울 속의 비올라는 더 이상 예전의 비올라가 아니었고 단순히 다치거나 머리를 자른 비올라도 아니었다.

눈빛 자체가 변해 있었다. 괴로운 눈빛이었다. 예전의 반짝임이 더는 존재하지 않았다. 거울을 다시 테이블에 내려놓았다.

몸에 전율이 일었다. 눈물이 쏟아질 줄 알았는데, 의외로 참을 만했다. 저 깊은 곳에 아직 남아있는 힘을 끌어모아 딱 하나뿐인 문으로 향했다.

철문이었다. 당연히 잠겨 있었다.

비올라는 가위의 날로 철문의 열쇠 구멍을 후볐다. 돌리고 밀고 쑤셨다. 가위 날의 끝이 부러질 때까지. 뭉툭해진 가위의 끝을 보고 절망한 비올라는 바닥으로 털썩 주저앉았다.

13

옌스 케르너는 식식대며 분노를 발산하고 있는 롤프 하게나와 어둑어둑한 참관실의 반투명 거울 앞에 서 있었다.

"저 자식은 경찰에 대한 경계심도 없고 거리낌도 없어." 하게나가 불평했다. "공권력에 대한 저항과 경찰을 공격한 혐의로 무조건 우리 손에 들어오긴 하겠지만, 내가 장담하는데, 저놈 저거 분명히 뭔가 구린 걸 숨기고 있어. 자비네 숄츠의 살인과 반드시 연관되어 있다고."

옌스가 검은 옷 루트거를 관찰했다. 그는 다리를 쫙 벌리고 아주 불손한 자세로 앉아 경멸하는 눈으로 거울을 노려보았다. 자신이 관찰당하고 있다는 걸 아는 듯이. 루트거는 대머리였다. 그의 파란 눈동자가 깊은 산 속 호수의 얼음처럼 차갑고 생기 없어 보였다. 가슴 앞으로 팔짱을 끼고 있는 팔에 문신이 보였다. 뭐라고 적혀 있는지 간신히 보였다.

수천 개의 막대기 뒤에는 어떤 세상도 없다.

저게 무슨 뜻일까?

"흠, 잘 모르겠군."

옌스가 롤프의 의심과 문신의 의미를 모두 염두에 두고 대답했다.

오 분 전, 옌스는 경찰서 입구에 들어서자마자 롤프 하게나에게 붙잡혀 취조실로 끌려왔다. 그리고 롤프가 루트거를 잡기 위해 폐허나 다름없는 공업 단지에서 밤을 꼴딱 샌 이야기를 들어야 했다. 나이도 어린놈이 눈앞에서 도망쳤다는 사실에 롤프는 무척 자존심이 상해 견딜 수가 없어서 밤새 쪼그리고 앉아 있던 것이다. 그런데 동이 트기 전 정말로 루트거가 나타났고, 새벽 녘인데도 롤프는 정신을 번쩍 차리고 루트거와 가벼운 결투를 벌였다. 젊고 날쌘 루트거는 힘도 있고 순발력도 좋았으나, 오랜 기간 훈련받은 노련한 아마추어 복싱 아저씨를 상대하기에는 어림도 없었다. 숙련된 격투기 선수가 롤프 앞에 무릎을 꿇는 걸 옌스도 몇 번 본 적이 있긴 했다.

"루트거 브린크만이 경찰에게 돌을 던지거나 하는 경찰 반대파 같긴 한데, 살인이나 납치…… 글쎄? 그건 잘 모르겠네."

롤프가 옌스 쪽으로 고개를 홱 돌려 그의 옆모습을 봤다.

"내 말 들은 거야, 뭐야? 어? 저 자식이 푸드투유 전단지를 돌린다니까. 그것도 비올라 메이의 집 앞에 말이야!"

"그래, 무슨 말인지 알아. 그렇지만 비올라의 실종과 자비네의 죽음이 피자 배달과 어떤 연관이 있는 건지 우리가 정확히 알고 있는 건 아니잖아. 우연일 수도 있는 거라고."

옌스는 아직도 그 사나운 개자식, 얀 란다우를 생각하고 있었다. 너저분한 비디오 가게에 처박혀서 자신에게 닥친 불행을 씁쓸해하며 깊숙이 자리 잡고 있는 경찰에 대한 분노를 삭이고 있는 그 남자 말이다. 얀 란다우가 딸의 납치와 아무런 관계가 없을 수도 있다. 그러나 그 사건이 내면에 잠자고 있던 그의 범행 동기를 불러일으켰을 가능성도 있다. 지금 그 복잡한 사건에는 모든 게 가능한 일이었다.

"무슨 일 있어서 그래?" 롤프가 물었다. "그렇지 않고서는 이걸 우연이라고 할 순 없지."

옌스는 대답하지 않았다. 시간의 압박이 느껴졌다. 이제 더는 루트거 브린크만에게 쏟을 시간이 없었다. 경찰서로 오는 길에 옌스는 전략을 하나 짰는데 그걸 당장 이행하고 싶었다. "부탁 좀 들어줘." 옌스가 롤프의 어깨에 손을 얹었다. "루트거를 좀 맡아줘. 내가 지금 시간이 없어서 그래."

"진심이야?" 롤프의 얼굴이 밝아졌다. "나야 좋지!"

"그럴 줄 알았어. 대신 카리나 라이니케와 같이."

"왜? 내가 저 새끼 뭐, 다리라도 부러뜨릴까 봐?"

"정확해. 아주 정확해." 옌스가 롤프의 어깨를 툭 쳤다. "나는 지금 레베카와 출동할 거야."

"어디로?"

옌스는 대답은 하지 않고, 팔만 들어 올린 채 모퉁이로 사라졌다. 최대한 빨리 계단을 뛰어올라 레베카의 사무실로 갔다. 레베카가 책상 뒤에 앉아 있었다. 옌스가 사무실에 들어서자 그녀가 고개를 들었다. 그를 보자마자 레베카의 얼굴에 미소가 번졌다.

"드디어 왔네요! 전화는 왜 안 받아요? 걱정했잖아요."

옌스가 주머니에서 핸드폰을 꺼내 확인했다. 레베카에게 걸려온 전화 네 통, 롤프의 전화 한 통. 어젯밤 얀 란다우의 집을 탐험하느라 핸드폰을 무음으로 해놓는 바람에 전화가 온 지도 몰랐다.

"어이쿠, 미안."

레베카가 고개를 절레절레 흔들었다.

"괜찮아요. 그나저나 보셔야 할 게 있어요."

레베카가 모니터를 가리켰다.

"참, 너도 봐야 할 게 있어. 봐야 할 사람이라고 하는 게 낫겠지만. 그건 그렇고 우리 지금 당장 출동해야 해. 백화점 감시카메라 녹화자료는 어디까지 처리한 상태지?"

"여러 감시카메라에서 하늘색 가방의 남자를 확인했고 정확하게 머릿속에 인식시킨 상태예요. 그런데 얼굴이 제대로 찍힌 자료가 하나도 없어요. 아주 능수능란한 놈이죠. CCTV가 어디에 있는지 정확하게 알고 있는 것 같더라고요."

"그런데도 놈을 알아볼 수 있겠어? 내가 직접 보여주면 말이야."

레베카가 어깨를 으쓱했다.

"가능할 것 같아요. 시도해볼 만해요."

"좋아, 그럼 해보자고."

"지금요?"

"그래, 지금. 비올라를 구하려면 서둘러야 해."

"알겠어요." 레베카가 책상 뒤에서 휠체어를 굴려 앞으로 나왔다. "어디로 가요?"

"그린델 구역."

"얀 란다우의 비디오 가게요? 그자가 용의자예요?"

옌스는 고개를 끄덕이고는 가는 길에 그의 생각을 이야기해주었다. 옌스는 경찰서에서 나와 레드 레이디까지 레베카를 기꺼이 밀어주었다. 레베카도 그의 호의를 거절하지 않았다. 보조석 문 앞에 도착하자 레베카가 고개를 끄덕였다.

"음, 몇 가지 정황이 동시에 나타나긴 했네요. 그자가 정말 뭔가 관련이 있는 것처럼 들리기도 하고요."

옌스가 차 문을 열고 휠체어를 오른쪽 모서리에 세웠다.

"그래서 너한테 그자를 보여주려고. 만일 네가 그를 제외해도 된다고 판단하면, 일이 수월해질 테니까. 그렇다면 검은 옷 루트거와 푸드투유에 더 수사를 집중할 수 있어. 롤프한테 루트거 브링크만이 음식만 배달하는 게 아니라 전단지도 돌린다는 얘기 들었어?"

레베카가 몸을 구부리고 팔을 뻗어 옌스의 어깨를 감쌌다. 그는 한쪽 팔을 그녀의 허벅지 아래에 넣고 다른 팔로 등을 받쳤다.

"네. 들었어요. 저한테도 왔었어요. 참 특이해요, 그렇죠? 손도 대지 않은 배달 음식이 실종된 여자의 집에 있다……. 그런데 곧 바로 배달원이 용의자로 지목된다."

레베카를 들어 올리자마자 그녀를 향한 친밀감이 또다시 샘솟았다. 아주 가까이에 있는 그녀의 얼굴에서 상큼한 향기가 나고 따스한 온기가 느껴졌다. 가까이 있으니 정신이 약간 혼미해지는 걸 막을 재간이 없었다.

"그렇지. 너무 뻔해." 그래도 옌스는 대화 주제에서 벗어나지 않았다. "그렇지만, 루트거가 전단지를 돌린다는 건 또 다른 논란의 소지가 있어. 어쩌면 애초에 에밀리아 로마냐 피자 가게에 찾아갈 필요가 없었을지도 모르지. 그때 푸드투유로 바로 갔어야 했을까?"

옌스가 레베카를 보조석에 앉히고 안전벨트를 매주었다.

"고마워요. 푸드투유는 지금도 갈 수 있잖아요."

"그렇지. 일단 하나씩 하자고. 우리가 경솔하게 온 동네를 헤집고 다녔다가는 비올라가 잘못될 수 있어. 지금은 얀 란다우 차례야. 확실하진 않지만, 그자와 있을 때 왠지 모르게 배가 싸하게 불편한 것이 느낌이 이상했거든."

옌스가 보조석 문을 닫고 픽업트럭의 트렁크에 휠체어를 싣고 운전석으로 갔다. 차유리 너머로 레베카의 뒤통수가 보였다. 그는 자신과 그녀가 무슨 사이인지 스스로에게 물었다. 잘 통하는 동료? 아니면 친구? 그렇지만 우린 키스도 했잖아. 레베카도 원했고! 앞으로 어쩌면 좋을까? 방금 차에 태워줄 때, 레베카는 나한테 단순히 매달린 게 아니라 날 껴안은 것 같았는데……. 내가 착각한 걸까?

옌스는 더 혼란해진 머릿속을 정리하지 못한 채 운전석에 앉았다. 그러고는 시동을 켜고 목적지로 차를 몰았다.

14

롤프 하게나는 화가 머리끝까지 났다. 그렇다면 카리나 라이니케를 취조실로 부르는 것도 그렇게 나쁜 생각은 아닌 것 같았다. 루트거 브린크만이 계속 건방지고 싸가지 없게 굴면, 앞으로 어떻게 나갈지 그도 장담할 수 없었다.

롤프는 카리나를 따라 취조실로 들어갔다. 검은 옷 루트거는 여전히 그 자세 그대로 앉아 있었다. 가슴 앞에 팔짱을 끼고 다리를 쫙 벌리고 롤프의 주먹을 불끈 쥐게 하는 재수 없는 표정을 지은 채로. 롤프는 루트거의 눈에 담긴 저 겁쟁이 자식의 자비네 숄츠 살인 수법, 즉 잠복해 기다리다가 알테 슈베데에 그녀의 머리를 뭉개버리는 모습이 정확하게 보였다. 롤프의 분노가 들끓었다. 경찰 생활 수십 년간 쌓인 것보다 훨씬 더 심하게.

"아주 성대한 환영이네요. 감동 먹겠네."

루트거가 비아냥댔다.

"입 닥쳐. 취조 시작할 거니까."

롤프가 폭발했다. 그가 성큼 다가가자 루트거가 움찔했다. 광대뼈 아래와 윗입술에 있는 멍이 롤프의 작품이었기에 짜릿했던 그 기억은 루트거에게 아직 생생하게 남아있었다.

경관 둘이 자리에 앉았다. 카리나가 노트와 볼펜을 꺼냈다.

"왜 도망갔어?"

롤프가 물었다.

"내가요? 난 그냥 서두른 것뿐인데. 아저씨가 날 방해한 거죠."

"뭐? 이딴 식으로밖에 대화 못 하냐?"

"대화요?" 루트거가 팔짱을 끼고 상체를 앞으로 숙였다. "어떤 대화요? 난 체포돼서 심문받는 중인데도 내가 뭐 때문에 여기에 있는지 모르거든요? 그리고 경찰이 처음부터 나하고 대화하려고 했어요? 쥐어패기나 했지. 그러면서 내가 경찰이랑 대화할 거라고 기대했다고? 참나."

"잘 들어……."

롤프가 입을 열었다. 그때 그의 팔 아래서 무언가 스치는 느낌이 났다. 카리나였다. 그녀가 그에게 눈짓을 했다. 롤프는 카리나가 끼어들어도 되냐고 묻는 거라고 판단하고는 고개를 끄덕였다.

"루트거 브린크만 씨." 카리나가 곧바로 시작했다. "저희는 현재 살인사건을 수사 중입니다. 젊은 여자가 잔인하게 살해됐고, 또 다른 여자는 납치됐을 확률이 높아요. 한시가 급한 상황입니다. 그래서 우리가 여기에 있는 거고요. 지금까지 당신에게 벌어진 모든 일은 죄송하게 생각합니다."

루트거가 카리나를 흥미롭게 바라보고는 어깨를 움찔했다.

"알겠어요. 뭐, 괜찮아요. 그런데 제가 뭘 어떻게 해야 하는데요?"

"저희 경관이 추적한 바에 따르면, 당신이 납치된 거로 보이는 피해자의 집에 전단지를 뿌렸다고 하더군요."

"네, 맞아요. 제가 주기적으로 하는 일이에요. 그걸로 돈을 벌거든요. 모든 사람이 공무원 자리에 앉아서 놀고먹을 순 없으니까요."

쓸데없는 발언에 롤프가 또 버럭 했다. 그러나 카리나 라이니케는 전혀 개의치 않았다. 계속 정중한 미소를 짓고 있었다. 그러나 눈빛은 정말이지 베일 것처럼 날카로웠다.

"더군다나 당신은 지난 일요일 납치 피해자의 집에 피자를 배달했고, 그 여자를 마지막으로 본 사람입니다. 그렇기 때문에 저희들이 당신과 이야기를 나누려는 거고요. 이런 상황이라면 당신의 도주가 경찰에겐 충분히 의심을 살 만한 행동이라는 데 공감하실 것도 같은데요."

"저기 저 아저씨 말이에요." 루트거가 롤프를 가리켰다. "저 아저씨가 절 괴롭혔어요. 전 아무 짓도 하지 않았다고요. 제 일을 했을 뿐이에요. 그것 말곤 정말 없어요!"

"그건 저희도 잘 알고 있어요." 롤프가 말을 가로채기 전에 카리나가 재빨리 나섰다. "그리고 저희한테 협조만 좀 해준다면 너무 고마울 것 같아요. 경찰을 위해서가 아니라, 한순간에 사라져서 어디선가 범인의 손안에서 떨고 있을지도 모르는, 잔인하게 학대당하고 있을지도 모르는 비올라 메이를 위해서 말이에요."

카리나의 얼굴에는 이제 미소조차 보이지 않았다. 진지한 눈으로 루트거를 응시하며 눈 한 번 깜빡이지 않았다.

루트거가 마른 침을 삼켰다.

"제가 뭘 하면 되는데요?"

"비올라 메이가 기억납니까?"

롤프가 의자에 등을 기대며 젊은 후배 경관에게 바통을 넘겼다. 카리나는 놀랍도록 잘하고 있었다. 그가 방금 전에 두들겨 팬 용의자, 특히 남성 용의자를 직접 심문한다는 건 정말 끔찍한 오판이었다.

루트거는 어깨를 으쓱대면서도 곰곰이 생각하고 있었다. 동시에 거드름 피우는 행동도 싹 사라졌다.

"이런 일을 하면서 여자 손님을 어떻게 다 기억하겠어요. 뭐, 어쨌거나. 그 여자 손님은 저를 집 안으로 들이지 않았어요. 그건 기억나요. 그래서 좀 불친절하다고 생각했죠. 긴장한 것 같기도 했고요. 그리고 팁도 주지 않았어요."

"집 안에 그 여자 말고 다른 누가 또 있었나요?"

"아까도 말했듯이 저는 안에 들어가지 않았어요."

"느낌은 어땠어요?"

루트거가 고개를 저었다.

"흠, 그 여자가 피자를 받는 동안 범인이 집 안에 있었다고 생각해보면, 음······. 아니요. 아무도 없었던 것 같아요. 그 여자는 저와 복도에 있었는데, 안에 범인이 있었다면 쉽게 도망칠 수 있었을 텐데요?"

"그러면 복도나 계단, 길가에 뭐 눈에 띌 만한 거 없었어요? 사소한 거라도 큰 도움이 될 수 있어요."

루트거는 가만히 생각하다가 얼굴을 찌푸렸다. 롤프는 루트거에게 집중하고 있었다. 그는 루트거가 과장된 표정을 짓고 있다는 걸 눈치챘다.

"없었어요. 평소와 같았어요."

"길에서 건물 주변을 서성이는 사람도 없었나요?"

"없었어요."

루트거는 카리나가 취조를 시작한 후 그녀 쪽으로 바짝 붙어 있었다. 그러더니 롤프를 흘긋 쳐다봤다. 그의 눈빛이 어딘가 모르게 음흉했다.

"그럼 그 전단지는 또 뭔데?" 롤프가 끼어들었다. "그 업체에서 피자도 배달하고 광고 전단지도 뿌리는 거야?"

루트거는 롤프를 똑바로 쳐다보는 게 도전처럼 느껴졌다. 왠지 비밀이 다 밝혀질 것 같았으니까.

"저는 에밀리아 로마냐에서 일한 지 오래됐어요. 사장님이 푸드투유와 함께 일하기 시작했을 때, 푸드투유의 전단지 뿌리는 일도 같이했어요. 푸드투유가 절 스카우트하고 싶어 했어요. 저도 뭐 그쪽으로 가고 싶었죠. 그런데 리처드 프라이탁 사장님이 진짜 괜찮거든요. 그래서 충성하기로 결심하고 남아있는 거죠."

"그러시겠지." 롤프가 비꼬았다. "그래서 네가 직접 인쇄소에 전단지도 가지러 가고!"

"그럼요! 왜 안 돼요?"

"도무지 이해가 안 되는군. 전단지를 피자 배달할 때 같이 끼워 넣으면 훨씬 간단할 텐데."

"당연히 그렇게 하기도 하죠. 가끔씩 만요. 피자를 그렇게 많이 배달하지는 않으니까요. 전단지를 동네 전체에 뿌려야 하거든요."

"그러니까 당신의 고용주는 푸드투유 소유주와 에밀리아 로마냐의 주인인 리처드 프라이탁이라는 거죠? 당신은 푸드투유 전단지 배포하는 사람이자 피자가게 배달원이고요?"

"맞아요."

15

레베카가 차의 글러브박스에서 담배 한 갑을 꺼내 탁탁 쳐서 두 개비를 나오게 했다.

"드라이브 타임 할래요?"

레베카가 물었다.

옌스가 고개를 끄덕였다. 그는 드라이브 타임을 좋아했다. 마지막으로 한 게 벌써 한참 전이었다. 옌스가 담배 한 개비를 입에 물고 레베카 쪽으로 내밀어 불을 붙이게 했다. 둘은 창문을 반쯤 내리고 한동안 아무 말 없이 오롯이 드라이브를 즐겼다.

"팀장님은 매번 그렇게 하시네요."

"내가 뭘 매번 그렇게 하는데?"

"저를 친근하게 부르는 거요. 그게 마음에 들어요."

레베카가 흘긋 곁눈질했다. 그러고는 다시 정면을 응시했다. 간혹 옌스는 레베카의 마음을 어려운 책처럼 독해해야 할 때가 있었다. 그럴 때면 그녀가 다시 비밀스럽게 느껴졌다. 왠지 모르게 레베카에 관한, 봐도 되는 것만 보고 있다는 느낌이 들었다. 여자들은 도대체 왜 그러는 걸까?

"그 통증클리닉의 한쪽 다리 남자도 친근하게 부르나?"

이런 질문을 해도 되나 신중하게 고민을 하기도 전에 무의식적으로 입 밖으로 나와 버렸다. 아무래도 지난 금요일부터 튀어 나갈 준비를 하고 있었던 것 같았다.

레베카가 부드럽게 미소 지었다.

"그 사람이 신경 쓰였나 봐요?"

무심한 듯 옌스가 어깨를 으쓱했다.

"과연 그랬을까?"

"그러면, 과연 그 멋진 여자 사냥꾼을 제가 신경 썼을까요?"

가끔 둘은 그런 식으로 하나의 질문에 또 다른 질문을 얹어 대답하며 말장난을 하곤 했다. 그러나 옌스는 지금의 질문이 개인적이고 특정 대답을 강요하고 있다고 생각했다.

"너도 그 여자만큼 멋지지."

그가 얼버무렸다.

"팀장님은 다리도 두 개고, 썩 괜찮은 두뇌도 있고요."

레베카가 대답했다. 그러고는 속이 뒤틀린 표정으로 그를 바라봤다. 옌스와의 그런 대화는 이제 더는 필요치 않았다. 레베카는 옌스가 그린델 구역으로 차를 돌릴 때까지 아무 말도 하지 않고 담배만 피웠다. 늘 그랬듯 거리가 혼잡했다. 길가에는 트럭들이 주차되어 있어서 죄다 막혀 있고, 대학생들이 길 위에서 커피를 들고 다니며 핸드폰만 눈이 빠져라 보고 있어서 사람을 치지 않으려면 각별히 조심해서 운전해야 했다.

마침내 둘은 필름박스에 도착했다. 장애인 전용 주차구역에 자리가 딱 하나 남아있었다.

"저기에 주차해요. 장애인증 가지고 왔어요!"

레드 레이디를 주차 자리에 세우고 나니 커다란 차 유리 너머로 사거리 건너편에 있는 필름박스가 한눈에 보였다.

"지금 가게로 걸어 들어갈까요, 아니면 얀 란다우가 나올 때까지 여기서 기다릴까요?"

옌스가 몸을 뒤로 기댔다.

"나는 걸어가고, 너는 휠체어를 타고 가자. 그런데 그 전에……네 생각을 전부 요약해서 말해봐. 나한테는 지금 그게 필요해."

옌스는 레베카의 사건 정리 실력을 믿었다. 때로는 수사 중에 정신이 흐릿해져서 가야 할 길을 찾지 못하고 헤맬 때도 있었지만 레베카는 달랐다. 그녀는 항상 열정과 끈기를 놓치지 않았다. 그래서인지 수수께끼와 스도쿠도 정말 잘 풀었고, 다른 데 정신을 판 적도 없었다. 최소한 옌스가 생각하기엔 그랬다. 옌스는 그녀의 자신감 있는 목소리를 들으면 안심이 됐다.

레베카가 잠시 뜸을 들이더니 옆 유리를 흘긋 내다보고 귀 뒤로 머리를 꽂았다. 골똘히 생각하는 모습이 어딘가 슬퍼 보였다.

"다른 부분에서 시작해 볼게요."

이윽고 레베카가 입을 열었다.

"좋을 대로."

옌스는 먼 곳을 응시했다. 딱 어느 곳에 시선을 두지 않고 멍한 상태로 듣고만 있었다.

"산드라 도이터. 통증클리닉 마사지사의 딸이자 가수죠. 이건 전혀 다른 얘기긴 한데요. 어쨌든 전 산드라 때문에 헤센에서 발생한 베아트릭스 그리스베크의 사건을 우연히 알게 되었어요. 산드라가 실종되었던 그해에 베아트릭스도 실종되었죠. 지금 당시에 베아트릭스 실종 사건을 수사했던 경관, 현재는 퇴직한 그 경관님의 연락을 기다리고 있어요. 수사기록은 이미 메일로 받았는데요, 제가 아까 팀장님한테 보여주려고 했던 거요. 아직 꼼꼼히 읽진 않았지만 보니까 베아트릭스가 당시 오랫동안 스토킹을 당했더라고요……. 전혀 모르는 사람에게요. 스토커는 잡지 못했고요. 베아트릭스가 실종되기 2주 전, 범인이 어느 경기장에서 열린 가수 핑크의 콘서트에서 그녀의 머리카락을 잘랐어요. 당연히 사람이 아주 많았어요. 베아트릭스에겐 멜리라는 동성 친구가 있었는데, 멜리가 베아트릭스를 보호하느라 힘든 시간을 보냈대요. 둘은 동성커플이었고요. 멜리도 물론 실종됐어요. 베아트릭스가 사라지기 전에요! 스토킹을 당한 것도 아닌데 말이죠."

"시신은 없었고?"

"없었어요. 그냥 사라졌어요."

짧은 침묵. 레베카가 머리칼을 매만졌다.

"비올라 메이와 자비네 숄츠. 비올라는 스토킹을 당했고, 자비네는 그녀를 보호했어요. 자비네는 살해됐고, 비올라는 실종됐고.

킴 란다우. 흔적도 없이 사라졌다가 4년 후 나타났죠. 그녀의 남자친구는 그녀가 실종되기 직전에 교통사고로 죽었고요. 그런데 그 남자친구는 어쩌다 그렇게 된 거죠? 교통사고 말이에요."

"그건 나도 잘 모르겠어."

"좋아요. 제가 장담하는데요, 분명 앞뒤가 맞지 않는 사고였을 거예요. 또 한 가지 더 장담할게요. 그 당시 한 여자에게 푹 빠져서 무슨 수를 써서라도 그녀를 자기 손에 넣고 싶어 했던, 그것을 위해서라면 조금의 양심의 가책 없이 살인도 저질렀던 남자가 있었을 거예요. 아마 그 여자의 주변 사람을 배제하는 게 그의 처리 방식이었을 거고요. 그는 여자를 주변 사람들에게서 격리한 다음, 자기를 거부하면 얼마나 외롭고 처절한지 보여주려고 했을 거예요. 아니면, 언젠가 그녀에게 호의를 구걸하고 애원한 적이 있는데 경쟁자에게 져서 복수하려고 그런 거일 수도 있겠죠? 그건 우리도 몰라요. 그러나 꽤 확실한 건 킴 란다우가 첫 번째 피해자라는 거예요. 범인은 킴과 가장 강한 유대관계가 있었을 거고요. 그걸 찾아내야 해요. 그 하늘색 가방은 뭘까요? 둘이 학교에서 아는 사이였던 걸까요? 그를 찾아내기 위해서라면, 우리가 그의 과거도 조사해야 할까요? 전 그래야 한다고 생각해요. 그래서 우리는 저 길 건너편으로 가야 해요. 휠체어를 굴려서 가거나. 게다가 전 백화점 감시카메라와 비올라의 핸드폰 사진에 있는 남자가 얀 란다우인지 아닌지 확실하게 구분할 수 있거든요." 레베카가 눈썹을 올리며 열정적인 눈빛으로 옌스를 바라봤다. "준비되면 말하게나, 펨브리 경사."

레베카가 영화 〈양들의 침묵〉의 한니발 렉터 박사의 명대사를 인용했다. 그녀는 광활한 영화의 세계에서도 두각을 나타냈다.

16

비올라 메이의 부모님은 이혼했다. 비올라가 여섯 살 때, 아빠가 비올라와 엄마를 떠났고 그 이후론 한 번도 본 적이 없었다. 부모님이 어쩌다 그렇게 원수지간이 됐는지, 엄마는 왜 한 번도 아빠와 자기를 만나게 하지 않았는지, 그녀는 몰랐다. 엄마는 언젠가 비올라가 충분히 이해할 만큼 크면 전부 이야기하려 했을 테지만, 운명의 장난처럼 엄마는 일찍 세상을 떠났다. 그녀의 엄마가 갑작스레 찾아온 암세포와 힘겹게 싸우다가 얼마 지나지 않아 죽었을 때, 비올라는 18살이었다.

삶과 죽음의 기로에서 전투를 기다리는 동안, 그녀의 과거가 머리를 스쳤다. 이기기 위해 전력을 다한다 해도 어떻게 될지는 전혀 알 수 없었다.

비올라에게는 가위와 기습 공격, 이게 다였다. 물론 그도 마찬가지일 수 있다.

방에 시계가 없어서 시간이 얼마나 지났는지 가늠할 수 없었다. 밖에서 무슨 소리가 들렸을 때 두 시간 정도 아니, 한 서너 시간이 지난 것 같았다.

어디선가 문이 열렸다. 누워있는 바닥으로 벽의 떨림이 전달됐다. 서둘러 의자 다리에 묶여있는 매듭을 다시 확인하고는 그동안 한 번도 일어나지 않은 척했다. 만일 그가 자세히 들여다본다면, - 그녀는 그가 그렇게 할 거라고 예상했다 - 매듭이 제대로 묶여있지 않다는 걸 곧바로 알아차릴 것이었다.

비올라는 윗옷 아래에 가위를 숨긴 채 눈을 감고 소리에 집중했다. 삐그덕 삐그덕. 그런데 어떤 것이 내는 소리라기보다는 바닥이 흔들려서 나는 소리 같았다. 아주 낡은 복도바닥에서 나는 듯한.

갑자기 조용해졌다. 비올라는 소리를 기다렸다.

일분일초가 더디게 가고, 신경이 늘어지는 듯했다. 심장이 둔탁하게 움직이고, 땀방울이 천천히 샘솟았다. 귀에 난 상처가 불편하게 찔러댔다. 마침내 열쇠 구멍에 열쇠가 꽂히고 돌려졌다. 철커덕. 문이 열렸다. 그 순간 피부를 가르는 차가운 공기가 몰려들었다.

비올라는 상체가 들썩이지 않도록 최대한 얕게 숨을 내쉬었다. 그러나 눈을 감고 호흡에 집중하면 할수록 속눈썹이 덜덜 떨렸다. 그것까지 막을 도리는 없었다.

그가 문 앞에 서 있었다. 비올라는 그가 방안의 음험한 흔적을 샅샅이 찾아내는 중 일 거라고 상상했다. 허나 그 상상은 끝을 맺지 못했다. 그가 방안으로 들어섰다는 게 느껴졌으니까.

"네 장난 따위 상대할 시간이 없어. 일어나!"

비올라는 눈을 뜨고 그의 신발을 봤다. 최신 운동화였다. 하얀색이고, 밑창이 지저분했다. 그 위에 청바지가 다리를 휘감고 있었다. 그가 조명 뒤에 있는 테이블로 갔다. 그녀에게 등을 보이는 걸 보니 긴장이 많이 풀려 있는 듯했다.

비올라는 뭐라도 해야 했다. 그러나 무슨 결정을 내리기도 전에, 그가 맨바닥 위로 어떤 물체를 확 던져 그녀의 얼굴 바로 앞에 떨어지게 했다. 전기면도기였다.

"네 손으로 나머지 머리 전부 밀어. 안 그러면, 여기서 내가 너 죽일 거야. 날 자극하지 마."

이런 상황을 예측한 건 아니었지만, 나쁘지만은 않았다. 비올라는 가위의 날을 손에 쥔 채 상체를 일으키고 분노로 이글대는 눈으로 그를 노려봤다.

그가 저쪽 테이블에 기대어 있었다. 오른손에 또 나무판자가 들려 있었다.

"가위는 이쪽으로 보내." 그가 명령했다. 비올라가 아무런 반응을 하지 않자 그가 큰소리로 외쳤다. "뭐 하냐고!"

비올라는 그가 나무판자로 위협하고 있는데도 천천히 그리고 혐오스러운 표정으로 명령을 따랐다. 매우 느린 속도로 가위를 바닥에 내리고 그에게 밀었다. 그가 몸을 기울여 가위를 들고 테이블 위에 올렸다. 비올라에게 눈길도 주지 않은 채.

"이제 네 할 일 해. 아니면 손모가지 잘라줄까? 어차피 쓸모도 없는 것 같은데?"

그 위협은 그녀에게 큰 영향력을 미치지 않았다. 비올라는 전기면도기를 들면서 놈이 저 협박을 정말 실천할 수 있기나 할까, 라고 스스로에게 물었다.

침착하자. 비올라가 생각했다. 그러면 기회가 올 거야. 일단 시키는 대로 하고 저 새끼가 실수를 저지르면, 그때 나의 조커를 쓰면 돼. 그때를 기다리자. 비올라는 전기면도기의 스위치를 켰다. 부르릉대며 진동했다. 전면의 배터리 잔량 표시등에 파란불이 들어왔다. 배터리는 4분의 3. 충분했다.

머리 위에 닿은 면도기 날이 차가웠다. 전기면도기를 들고 가로로, 세로로 머리통을 훑었다. 그의 눈을 쳐다보면서. 바닥으로 떨어지는 머리카락을 보면서. 그는 아무 말 없이, 미동도 없이 비올라를 바라봤다. 몇 분 후, 갑자기 비올라가 전기면도기를 그의 쪽으로 홱 던져버렸다. 그는 목표물을 정확히 겨냥하지 못한 채 발사된 전기면도기를 피했고 면도기는 벽에 부딪혀 박살 나고 말았다. 사방으로 플라스틱 조각이 튀었다.

"이제 그만하라고!" 비올라가 소리를 질렀다. 눈물을 흘리지 않으려고 이를 악물었지만, 하염없이 쏟아졌다. "자비네한테 무슨 일이 있는 건지 지금 당장 말하란 말이야!"

"그래, 너도 알아야지. 걔한테 데려다줄게. 걔도 널 기다리고 있어."

비올라는 헷갈렸다. 예상치 못한 발언이었다.

"살아있어?"

"당연하지. 내가 걜 죽여서 뭐 하게! 너희 둘은 오래오래 살아있을 거야."

"못 믿겠어!"

"그러면 내가 증명해야겠네. 그런데 그 전에 조건이 있어. 내게 뭔가를 또 시도하면 말야, 널 죽이는 게 아니라, 자비네를…… 그러니까 네가 보는 앞에서. 분명히 말하는데, 네가 똑똑히 보는 앞에서 자비네를 잘게 저며서 죽여버릴 거야. 무슨 말인지 알겠어?"

비올라가 고개를 끄덕였다. 자비네를 다시 볼 수 있다는 희망에 새로운 힘과 열망이 생겼다. 어쩌면 아직 모든 걸 잃은 게 아닐 수도 있다. 어쩌면 앞으로 모든 게 다 잘 해결될 수도 있다.

그가 거친 밧줄을 들고 그녀에게 다가왔다.

"손 펴." 그가 명령했다.

비올라는 그렇게 했다. 그가 그녀의 두 손을 묶었다.

그러더니 나머지 밧줄로 그녀의 목을 둘렀다.

"자, 가자! 남들보다 잘난 사람이 없는 곳으로."

17

"자 그럼, 전과 같은 절차입니다."

옌스도 영화 〈양들의 침묵〉 대사를 인용했다. 그러고는 차에서 나와 트렁크에서 휠체어를 내리고 보조석 문을 연 다음, 레베카를 휠체어에 앉혔다.

"고마워요."

레베카가 귓가에 속삭이자, 그의 몸에 전율이 일었다.

"별말씀을." 옌스는 당혹감을 감추었다. "그 자식에게 우리가 어떤 팀인지 보여주자고!"

그는 몇몇 사람들이 신호를 기다리고 있는 보도 끝까지 휠체어를 밀고 녹색 불을 기다렸다.

"얀 란다우를 보자마자 알아차리면, 그러면 절대 티 내지 마. 연행되고 난 후 그가 비올라의 은신처를 얘기하지 않으면 그녀를 찾을 수 없을 테니까."

"그런데 그자가 우리에게 비올라가 있는 쪽을 알려주겠어요?"

"그렇게만 된다면 최고지."

신호등이 바뀌자 사람들이 무리 지어 횡단보도를 건너기 시작했다. 모두들 옌스와 레베카보다 속도가 빨랐다. 딱 한 남자, 무거운 상자들이 잔뜩 실린 손수레를 밀고 가는 남자만 빼고. 두 경관보다 앞서가는 남자 둘이 필름박스로 들어가는 모습이 보였다. 그러나 옌스와 레베카가 필름박스 문 앞에 도착하기도 전에 문이 닫혀버렸다.

옌스는 직접 휠체어 바퀴를 굴려 가게 안으로 들어가기가 버거운 레베카를 위해 가게 문을 열고 기다렸다. 그 뒤로 손수레를 밀던 남자가 따라 오길래 계속 붙잡고 있었다. 그가 미소로 고마움을 표시했다.

먼저 들어간 두 남자는 진열장 사이로 사라졌고, 그 외엔 아무도 보이지 않았다.

"인테리어가 특이하네요."

레베카가 숨죽여 말하며 비스듬하게 서 있는 판매대와 낡은 진열장이 복잡하게 배치된 공간을 흘긋 바라봤다.

"성인물은 왼쪽 뒤편에 있어." 옌스가 속삭였다. "내가 사장님 모셔올게. 보고 싶은 거 있으면 찾아보든지."

옌스가 기다란 계산대로 다가갔다. 손수레를 밀던 남자가 상자를 내리고 있었다.

"계십니까!"

그 남자가 크게 외쳤다.

"갑니다!"

축 처진 발 뒤의 어딘가 깊숙한 곳에서 낯선 목소리가 들려왔고, 옌스는 얀 란다우의 목소리가 맞는지 긴가민가하고 있었다.

목소리의 주인을 기다리는 동안 옌스는 계산대에 올려진 전단지에 무심코 시선을 던졌다. 가게 전체적인 분위기와 마찬가지로 전단지 역시 너저분하게 널려있었다. 순간적으로 수북이 쌓인 전단지 더미를 자세히 들여다봤다. 헉. 움찔했다.

푸드투유.

서둘러 전단지 하나를 들어 펼쳤다. 첫 주문을 하면 쓸 수 있는 10유로 쿠폰이 붙어 있었다.

"말도 안 돼." 옌스가 중얼대다가 소리쳤다. "레베카! 이리 와서 이것 좀 봐!"

레베카가 휠체어를 굴리며 왔다.

"뭔데요?"

전단지를 내밀었다. 레베카도 흠칫 놀라며 눈썹을 올렸다.

"여기에 더 있어. 그리고……."

바로 그때, 누군가 발을 제치고 나오는 바람에 옌스는 말을 삼켰다. 그는 얀 란다우가 아니었다. 어두운 피부색에, 레게 머리, 그리고 아주 매력적인 환한 미소를 가진 남자. 그의 치아는 은은한 진주처럼 하얗게 빛났다. 옌스는 그 특이한 남자를 그린델 구역 어디선가 굉장히 자주 본 것 같았다. 레게머리는 우선 배달 온 걸 먼저 처리했다. 서류에 사인을 하고 배달원에게 빈 수레를 밀어 넘겼다.

"자, 어서 오세요. 무엇을 도와드릴까요?" 드디어 레게머리가 두 경관을 맞이했다.

옌스가 경찰 신분증을 보여줬다.

"이름이 어떻게 되십니까?" 옌스가 물었다.

"빅토르 코카르티스요." 레게머리가 대답했다.

"얀 란다우는 어디에 있습니까? 두 시간 전에 여기서 그 사람과 이야기를 나누었습니다만."

"아까 사장님이 저에게 전화해서 당장 가게로 튀어오라고 했는데요?"

"여기에서 자주 일하십니까?"

"네. 주기적으로요. 영화는 제 인생이거든요. 궁금한 거 있으면 물어보세요. 전 다 알아요!"

"얀 란다우는 어디로 갔습니까?"

"이런, 그건 저도 몰라요. 제 말은 그러니까, 영화에 대해서만 전부 안다는 뜻이에요."

손님 둘 중 하나가 계산대 위에 DVD 2개를 올려놓았다. 그는 의심스러운 눈으로 흘긋거리고는 10유로짜리 지폐를 꺼냈다. 옌스는 레게머리가 돈을 건네받고 거스름돈을 줄 때까지, 손님이 가게 문을 나설 때까지 조급하게 기다렸다.

"란다우가 왜 가게로 튀어오라는지 얘기 안 했습니까?" 옌스의 질문이 곧바로 튀어나왔다.

"네. 안 했어요. 근데 되게 흥분 상태였어요. 대체 무슨 일인데요? 사장님이 뭐 잘못했어요? 그럴 리가 없는데. 내 손에 장을 지질게요. 사장님은 진짜 바른 사람이거든요."

네 손바닥 다 탈 텐데? 옌스는 속으로만 생각할 뿐 입 밖으로 내지 않았다.

레베카가 다른 쪽으로 휠체어를 굴렸다. 옌스는 잠깐 그녀를 눈으로 좇고는 다시 레게 머리에게 집중했다.

"얀 란다우 집은 어디죠, 아십니까?"

"그럼요! 여기서 멀지 않아요. 밀히 가, 거기 뒤뜰에 살아요. 번지수는 모르겠는데 11이었나, 뭐 그래요."

"빅토르!" 레베카가 가게 안 어디선가 외쳤다. "영화에 대해서 다 안다고 했죠?"

옌스는 레베카가 있는 쪽으로 몸을 돌렸다. 그녀는 두 개의 진열장 사이에서 벽 위쪽을 뚫어지게 노려보고 있었다. 창문이 나 있는 벽에 장식용 융단이 걸려 있고, 장식용 융단에 하얀 티셔츠가 핀으로 꽂혀 있었다. 티셔츠에 무슨 문구가 적혀 있었다.

"뭐든지 물어보시죠, 손님. 전 다 알아요!"

빅토르가 계산대에서 앞으로 나와 레베카에게 다가갔다. 그의 발걸음에 기운이 넘쳤다. 중력의 법칙이 적용되지 않는 것 같았다. 레베카가 티셔츠를 가리켰다.

"저기에 써있는 저……."

빅토르 코카르티스는 문장을 크게 낭독했다.

> "Wendy … darling. Light of my life. I'm not gonna hurt ya … I'm just gonna bash your brains in. I'm gonna bash 'em right the fuck in. (웬디…… 내 인생의 빛. 당신을 해치지 않아……. 그냥 머리통을 부숴버리기만 할 거야. 그 머리통을 박살 내 줄 거라고.)"

옌스는 아무 말 없이 그 문구를 읽고 있었다. 마음속의 모든 분노를 가라앉히며.

"굉장하지 않아요?" 레게머리가 물었다. "영화 대사에요. 어떤 영화인지 알아요?"

레베카가 고개를 저었다.

"이 빅토르에게 물어보세요! 영화에 관한 건 모든 알고 있답니다. 스릴러 소설의 대가 스티븐 킹의 〈샤이닝〉을 할리우드 영화감독 스탠리 큐브릭이 영화로 만들었어요. 그의 영화 〈샤이닝〉에서 유명 배우 잭 니콜슨이 상대 배우 셜리 듀발에게 한 명대사죠. 진짜 대단한 영화였어요!"

빅토르 코카르티스는 환하게 웃으며 먼저 레베카를 바라보고 그다음 옌스에게 고개를 돌렸다가 둘의 심각한 표정에 좋은 기분을 잡쳤다고 생각했다. 그가 진줏빛 치아를 입술 뒤로 감추었다.

"뭐예요? 제가 뭐 잘못 말했어요? 그러니까 내 말은, 알겠어요. 머리통을 부수고 어쩌고 한 거는 나쁜 말이긴 하죠. 전 그런 행동은 절대로 하지 않……."

"저 티셔츠 어디서 났습니까?" 옌스가 말을 끊었다.

"몰라요. 사장님이 어디에서 찍어왔는데요?"

"얀 란다우가 저 문구를 찍어왔다고?" 옌스가 재확인했다.

"네. 방금 그렇게 말했잖아요. 그리고 저거 진짜 잘 팔려요! 아마존에서도요."

"당장 내려!" 옌스는 지시를 내리는 동시에 핸드폰을 꺼냈다.

"네?"

"당장 저 빌어먹을 티셔츠 내리란 말이야!"

옌스가 식식댔다. 그리고 핸드폰을 들고 뒤로 돌아서며 얀 란다우 지명 수배령을 내렸다.

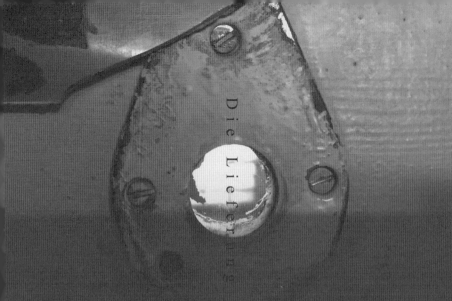

Die Lieferung

PART 5

1

[어린 시절]

"얘야, 지금 무슨 얘기하고 있는지 이해했니?"

소년은 커다란 안경을 쓰고 있는 여자를 쳐다보면서 저 여자의 면상을 때리면 안경의 유리조각이 눈으로 얼마나 깊이 들어갈까, 생각했다.

매일같이 너저분한 거실 테이블 위, 회색 화강암으로 된 묵직한 재떨이에 담배꽁초가 잔뜩 쌓여 있었다. 저 재떨이로 치면 될 것 같았다. 아무도 제지하지 못하게 재빠르게 움직이면 가능할 것 같았다. 소년의 부모님은 완전히 무기력하게 저쪽에 앉아 있어서 아무런 방어도 할 수 없을 테고, 40대로 보이는 남자 역시 힘이 꽤 있어 보이긴 하지만 뱃살이 두툼해서 막지 못할 확률이 높았다. 불룩하게 접힌 그의 뱃살을 뚫고 흰색 반팔 셔츠의 단추가 당장이라도 터져 나올 것처럼 툭 불거져 있었다.

그 남자와 그 여자 - 소년은 두 사람의 이름을 기억하지 못했기 때문에 그들을 그렇게 불렀다 - 어쨌든 그들은 청소년청에서 온 사람들이었다. 그쪽 사람들이 소년의 집에 온 건 처음이 아니었다. 그간 별 소득 없이 계속 들락날락했었다. 그런데 그날은 뭔가 달랐다.

"저 보호소 들어가야 한대요."

소년이 말했다.

어머니가 입가에 담배를 걸치고 튀어나온 눈으로 그를 바라보았다. 수척해져서 핏기가 없는 아버지는 소파 속으로 몸을 깊숙이 밀어 넣고 움푹 팬 두 볼을 씰룩대며 호흡하고 있었다. 까슬까슬한 턱수염에 과자 부스러기를 매단 채로.

"안타깝게도 부모님이 많이 편찮으셔서 널 돌봐주실 수가 없구나. 그건 너도 이해하지, 그렇지?"

청소년청의 여자가 물었다.

그날은 그가 오랫동안 두려워했던, 그러나 곧 닥치리란 걸 알고 있었던 그런 날이었다. 그는 모든 걸 참아왔다. 기나긴 외로운 밤들과 구타, 비명이 폭발하기 전의 침묵과 그리고 무관심까지…… 모든 걸. 그런데도 그의 부모는 자식을 외면했다.

상상 속의 소년은 더 이상 안경 쓴 여자의 눈을 때리지 않고, 무관심하게 저쪽에 앉아있는 아버지의 머리 위로 묵직한 재떨이를 들어 올렸다. 아버지는 아들이 재떨이로 내려치려는 데도 손한 번 들지 않았다. 그 어떤 방어도 하지 않은 채 아들에게 맞아 죽었다. 아버지의 비명에 생지옥이 펼쳐졌다.

"엄마……." 소년이 입을 열었다. "제발, 저 보내지 말아요."

어쨌거나 어머니가 소년을 바라보기는 했다. 그때 처음으로 어머니가 자신을 실재하는 인간으로 인지하고 있다는 느낌을 받았다. 담배를 물고 있는 어머니의 입가가 파르르 떨렸다. 손처럼.

"네가 학교를 안 가서 그런 거잖아." 어머니가 툭 내뱉었다. "내가 수도 없이 말했잖니. 학교에 가야 한다고."

질책이었다. 어머니는 꾸짖는 것 외엔 다른 말은 하지 않았다. 전부 소년의 잘못이라고만 했다. 그랬다. 소년은 주먹질 사건 이

후, 2주간 학교에 못 가고 있었다.

"아이 짐 좀 챙겨주시겠어요?" 안경 쓴 여자가 요청했다.

어머니가 기운 없는 얼굴로 그녀를 쳐다봤다.

"네? 지금요? 며칠 시간 있잖아요!"

배 불룩 남자가 헛기침을 했다.

"죄송합니다만, 그렇지 않습니다. 집안 문제를 잘 해결하라고 저희가 충분한 시간을 드렸는데 아쉽게도 성공하지 못했군요. 저희에겐 아이들의 복지가 무엇보다 중요합니다. 오늘 아이를 데려가도록 하겠습니다." 그가 냉정하게 얘기했다. 소년은 상상 속에서 배 불룩 남자도 줄 세웠다. 재떨이로 내려치려고.

"엄마!"

소년이 어머니와 눈을 맞췄다. 어머니와 눈을 떼고 싶지 않았지만, 어머니는 아들의 눈을 피하고 손가락을 바라보며 손톱을 뜯었다. 담배를 빨면서……

"애야." 배 불룩 남자가 불렀다. "방으로 가서 짐 싸려무나. 네가 챙기고 싶은 거로 챙겨. 나머지는 관청 직원이 챙길 거다."

시간이 멈춘 것 같았다. 공기도 멈추고, 담배 연기도 멈추고, 아무도 숨 쉬지 않고 움직이지 않고 말하지 않는 것 같았다. 그리고 세상이 자신을 다른 사람들로부터 멀리, 구석으로 몰고 있는 것 같았다. 자기 혼자만. 외롭게.

결국 소년이 내면에서 죽었을 때, 스스로를 죽었다고 여겼을 때, 입을 열었다.

"제가 쌀게요."

그렇게 거실을 떠났다. 그날은 거실의 텔레비전이 주변소음용으로 켜져 있지 않았다.

소년은 발을 끌며 좁은 계단을 올라 다락방으로 갔다. 배신감이 들었다. 부모님이 그를 배신하고 팔아넘겼다. 그렇게 끈질기게 부탁했는데도 부모님은 왜 마지막까지 그를 바라보지 않았는지, 그에게 관심을 쓰지 않았는지 도무지 알 수가 없었다. 집을 떠나야 한다니, 소년은 그럴 줄은 꿈에도 몰랐다.

계단 위에서 소년은 숨죽여 딱딱거리기 시작했다.

통제력을 잃지 않기 위해선 자신과의 대화가 필요했다. 자그마한 방에 도착해서 우두커니 서 있었다. 무엇을 챙겨야 할지 몰라서. 뭘 싸야 하지?

분노와 절망이 담긴 눈물이 쏟아져 흘렀다. 눈물을 집어넣으려 온 힘을 다해도 멈추지 않았다. 눈물 때문에 눈앞에 베일이 처져 있는 것 같았다. 촉촉한 베일 너머로, 침대와 벽 사이에 세워진 하늘색 책가방이 보였다.

소년은 책가방을 가져와 가슴에 끌어안았다. 사람을 포옹하듯이 가방의 뻣뻣한 겉면을 쓰다듬고 말 농장 소녀라고 생각하며 냄새를 맡았다.

"애야!" 계단에서 발소리가 들렸다. "얼마나 더 걸리는 거냐?" 관청 남자 직원의 목소리에 화가 담겨 있었다.

"다 됐어요!" 소년이 대답했다.

그러고는 가방을 기울여 내용물을 침대 위에 쏟고 몇 가지 물건들로 가방 속을 다시 채웠다.

2

"다시 한번 말씀해 주시겠어요?" 레베카가 요청했다. "동료들도 들을 수 있게 스피커로 바꿨어요."

레베카의 사무실에 카리나 라이니케와 롤프 하게나가 함께 있었다. 레베카는 헤센 바우나탈의 퇴직한 경관이자 2년 전 베아트릭스 그리스베크 실종 사건을 수사했던 라인홀트 쾨트너 경감과 통화 중이었다.

"베아트릭스 그리스베크와 멜리 베커는 따로 살았습니다." 쾨트너가 말했다. "그래서 베아트릭스의 부모님이 실종신고를 한 후에야 두 사건이 연관이 있다는 걸 알게 됐죠. 멜리의 부모님은 그보다 이틀 전에 딸의 실종 신고를 했습니다. 베아트릭스와 멜리, 이 둘은 연인관계를 가족들에게 비밀로 했답니다. 그래서 우리는 단번에 그 둘이 단순히 집을 나가버린 거라고 판단했어요. 어디 숨어 살면서 새로운 인생을 시작하겠거니 생각했죠. 예를 들면, 외국이나 그런 곳으로 말입니다. 그런데 이상한 점이 몇 가지 있었습니다……. 배달 음식이라던가."

"배달 음식이요?"

퇴직한 경관의 다음 말에 레베카가 카리나와 롤프의 주의를 집중시키기 위해 손가락을 치켜들며 되물었다.

"피자가 있었습니다……. 베아트릭스의 집에요. 배달이 되긴 했는데 먹지 않았더군요. 피자가 배달되자마자 집 밖으로 나간 것 같았어요. 그러니까 실종된 거로 보였습니다. 핸드폰, 지갑, 열쇠는 전부 챙겨갔는데, 겉옷은 안 입고 나갔어요. 집안에 불은 전부 켜져 있었고요."

"그럼 어떤 배달업체가 피자를 배달했나요?"

레베카가 얀 란다우의 필름박스에서 가져온 전단지를 들어 올리며 물었다.

"푸드투유 였습니다. 물론 그 배달원과 업체를 조사했지만, 베아트릭스 그리스베크의 실종에 관여했던 사람은 전혀 없었어요."

"네. 그랬군요. 감사합니다. 정말 큰 도움이 됐어요. 다시 연락드리겠습니다!"

레베카는 괴트너에게 그 사건과 관련된 새로운 소식이 있으면 연락하겠다고 약속했다.

카리나는 입을 벌린 채, 롤프는 돌처럼 굳은 얼굴로 레베카를 쳐다보고 있었다.

"헤센의 바우나탈에서 2년 전에 벌어졌던 일이에요. 그리고 이 푸드투유의 전단지는 얀 란다우의 필름박스에 있었고요. 게다가 얀 란다우는 '내 인생의 빛'으로 시작하는 영화 속 대사를 티셔츠에 인쇄했어요. 또 킴 란다우의 아빠고."

"그리고 지금 도주 중이고!"

롤프가 덧붙였다.

한 시간 전만 해도 검은 옷 루트거의 혐의가 짙었기 때문에 그를 쫓아야 했다. 그러나 입증된 바에 의하면, 루트거 브링크만은 비올라 집에 배달한 후 두 집에 더 배달 갔으니 사실 루트거가 그날 저녁에 비올라를 납치했을 가능성은 없는 셈이었다. 물론 더 늦은 밤에 납치했을 수도 있겠지만, 그러기엔 백화점 감시카메라의 남자와 루트거가 달라도 너무 달랐다. 당연히 그의 민머리를 금발 가발로 감추었을 가능성도 있었다. 그러나 체형이 너무 달랐다. 그런데도 롤프에겐 뭔가 찜찜한 느낌이 어렴하게 남아있었다.

"흠, 걸리는 게 몇 가지 있군." 롤프가 말했다. "얀 란다우에게는 정황 증거가 지나치게 많다는 거야. 자, 킴은 검은 산에서 체포됐어. 얀 란다우의 주소지가 있는 곳이지. 또, 킴은 그가 티셔츠에 인쇄한 문구를 계속 입에 달고 다녔고. 그러고 나서 얀 란다우가 킴 란다우 명의로 산 선불폰으로 비올라 메이에게 전화했다, 이거잖아? 걸리고 싶지 않고서야 어떤 범인이 그런 멍청한 짓을 하겠어?"

"얀 란다우를 용의선상에 올려놓고 싶은 누군가 판을 짠 거 아닐까요?"

카리나가 말했다.

"그렇지만 얀 란다우는 지금 도주 중이잖아." 레베카가 끼어들었다. "팀장님이 그의 집에서 뭘 발견할지 두고 봐야지."

옌스는 레베카를 필름박스에서 경찰서에 데려다주고 얀 란다우의 집을 수색하기 위해 수색 부대와 함께 서둘러 밀히 가로 향했다. 그러나 그는 집에 없었다. 그리하여 수색 부대 전체가 검은 산 숲속에 덩그러니 남아 있는, 또 다른 얀 란다우의 집으로 재빨리 방향을 돌렸다.

롤프가 시계를 봤다.

"곧 도착하겠군. 한 시간 안에 무슨 소식이 더 있겠지. 이렇게 하릴없이 기다리고 앉아있는 건 진짜 별로야."

"만일 팀장님이 얀 란다우의 집에서 최소한 하늘색 가방이라도 발견한다면," 레베카가 의미심장하게 입을 열었다. "우리의 추측이 맞을 가능성이 상당히 높아지는 거예요."

"그런데 범인은 그 가방을 갖고 다니잖아요?" 카리나가 의견을 냈다. "보니까 항상 들고 다니던데요. 내 인생의 빛, 이 문구도 제 생각엔 범인에게 습관이 된 것 같습니다. 자기가 그런 말을 쓰는지도 인식하지 못하는 거죠. 하늘색 가방도 같은 이치일 확률이 높습니다. 가방과 문구, 이 두 가지가 자신을 쫓는 증거가 될 거라고 아예 생각지도 않는 겁니다."

"그럴 수 있겠군. 그러면 선불폰은 뭐지?" 롤프가 말했다.

카리나가 어깨를 으쓱했다.

"의도적 아닐까요? 경찰과 일종의 게임을 하는 거죠…… 아니면 실수일 수도 있고요."

"또는 다른 누군가가 고의적으로 내린 결정에 의한 행동일 수도 있고."

레베카가 상황을 뒤바꿨다.

"다른 누군가 말입니까?"

카리나가 궁금해하며 레베카를 바라봤다.

"잘은 모르겠지만…… 음, 누군가가 뒤에서 조종하고 있다는 느낌을 떨칠 수가 없어."

"대체 누구 말하는 거야?"

"아무래도 배달업체를 한 번 뒤져봐야겠어요. 푸드투유 말이에요. 얀 란다우가 범인이 아닌 게 확실해지면, 옌스 팀장님도 어쨌거나 푸드투유를 조사하려던 참이었어요. 실종된 두 여자의 집에서 푸드투유의 전단지가 나온데다가 푸드투유에서 배달한 음식을 받은 후에 사라졌으니까요."

"옌스 없이?"

롤프가 물었다.

"안될 거 없죠?"

레베카가 간절한 눈으로 그를 바라봤다.

"그…… 그래. 그렇지. 안될 거 없어. 뭐, 가만히 있는 것보단 낫긴 하지."

롤프가 자리에서 일어나 문으로 가자, 카리나가 뒤따랐다.

"저기요!" 레베카가 책상 뒤에서 외쳤다. "날 여기에 두고 가면 안 되죠! 나 여기에 혼자 있으면 죽을지도 모른다고요."

카리나와 롤프가 서로를 바라봤다.

"흠, 그렇다면 그냥 출발하지!"

롤프가 농담하며 문을 잡고 기다렸고, 레베카가 휠체어 바퀴를 굴리며 밖으로 나갔다.

3

엔스는 크게 낙담했다.

그는 확신했었다. 비올라 메이가 그 텅 빈 집에, 클라우스 칼레라는 거대한 멧돼지가 사는 그 저택에 있을 거라고. 하지만 비올라는 없었다.

수색 부대는 수색을 모두 마쳤다. 본관, 별채, 개인 영화관, 지하실, 마구간까지…… 문은 전부 열려 있었고, 강제로든 무력으로든, 벽장이며 가구며 은신처가 될 만한 곳은 죄다 뒤졌다.

그런데 아무것도 없었다!

비올라는 그곳에 없었다. 게다가 4년이란 시간 동안 사람을 가둬 놓을만한 집 같지도 않았다. 감금을 위해서는 그럴만한 공간이 필요할 테니까.

도무지 이해가 가지 않았다. 모든 정황 증거가 이 말 농장에서 교묘하게 빠져나가고 있었다! 너무도 분명한 이 모든 정황 증거들이 처음일 리가 없었다. 얀 란다우는 결국 희대의 살인마가 아니라 그냥 비디오 가게 사장인 것이었다. 그런데도…… 의심이 걷히지 않았다. 그자가 다른 곳에 은신처를 마련한 건 아닐까?

클라우스 칼레는 영 시큰둥했다. 엔스가 돼지우리의 울타리에 기대어 벌써 15분째 골똘히 생각에 빠져 있었는데도 전혀 관심을 보이지 않았다.

저 돼지가 사람이었다면……, 하는 생각이 엔스의 머릿속을 스쳤다. 그때 뒤에서 수색대 지휘관이 다가왔다.

"저 돼지를 총살해서 그쪽 땅을 파 볼까요?"

클라우스 칼레가 머리를 들고 좁고 가느다란 눈 사이로 살기를 드러냈다.

이곳에서 아무것도 발견되지 않았을 때, 옌스도 이미 같은 생각을 했었다. 그러나 저 땅 아래에도 은신처가 없다면, 돼지우리에는 뼈만 남게 될 터였다.

"아니, 일단 둬." 옌스가 대답했다. "땅 밑을 수색하기 위해 돼지를 총살할 필요는 없어. 저 돼지는 그러려고 있는 게 아닐 테니까!"

"그러면 철수 하라는 겁니까?"

지휘관이 신경질적으로 물었다. 몇 가닥 안 남은 그의 머리카락이 땀에 젖어 머리통에 엉겨 붙어 있었다.

"경보 해제 시까지 한 팀만 여기에 남는다. 나머지는 철수하도록."

옌스는 평소와 다르게 수색 부대의 특별 투입에 대한 고마움도 전하지 않은 채 몸을 홱 돌려 레드 레이디 쪽으로 성큼성큼 갔다. 전부 무의미했다. 이제 어디로 가야 할 지, 어디서부터 다시 추적을 시작해야 할 지 가늠하기 어려웠다.

카리나 라이니케와 롤프 하게나가 조금 전 푸드투유 조사에 들어갔다는 소식을 레베카의 전화를 통해 들었다. 혼자서 동시에 다 처리할 수는 없으니 나름 괜찮은 결정이라는 생각이 들었다. 불과 몇 분 전까지만 해도 푸드투유는 얀 란다우보다 혐의가 약했다. 더군다나 옌스는 얀 란다우에 대한 의심을 접고 싶지 않았었다. 그런데 아무래도 잘못 짚은 모양이었다.

푸드투유의 광고 전단지와 이 사건은 무슨 연관이 있는 걸까? 얀 란다우의 가게에 전단지가 있던 건 우연이었을까? 그저 도시 전체에 뿌린 것 중 하나일 뿐일까? 사실 비디오가게의 진열대는 광고 효과가 제법 괜찮다. 사람들은 영화를 보면서 배달 음식을 시켜 먹는 걸 좋아하니까.

옌스는 함부르크로 돌아가서 팀원을 도와주자고 마음먹고 울퉁불퉁한 진입로를 내려갔다. 그런데 생각의 늪에 깊이 빠져 있었는지 왼쪽에서 오는 차를 보지 못했고, 하마터면 그 차와 부딪힐 뻔했다. 다행히 브레이크를 있는 힘껏 밟아서 사고는 면했다. 운전자가 마구 욕을 해대며 마을 방향으로 사라졌다.

옌스는 쿵쾅대는 심장을 부여잡고 운전자가 사라진 쪽을 바라봤다. 순간 킴 란다우 남자친구의 부모님 방문 계획이 번뜩 생각났다. 브레멘에서 교통사고로 숨진 지페르젠 출신의 벤야민 슈나이더 말이다.

함부르크로 돌아가는 대신 방금 사고 날 뻔했던 차가 간 방향으로, 마을의 시내 쪽으로 차를 틀었다. 게르린데 란다우에게 받은 벤야민 슈나이더의 주소가 메모장에 적혀 있었다. 위치는 핸드폰 네비게이션으로 금세 찾을 수 있었다.

전형적인 주거지역에 비슷하게 생긴 소박한 전원주택들이 모인 곳이었다. 집집마다 잣나무와 잔디가 깨끗하게 관리된 평화로운 정원과 나무로 지어진 차고가 있었다. 옌스가 선호하는 스타일은 아니었지만, 한결같고 일정한 모양을 추구하는 사람들의 취향을 이해하지 못하는 건 아니었다.

그 한결같고 일정한 것은 일단 한 번 사라지고 나면, 다시 되찾을 수 없었다.

4

독일 전역에 음식 배달 서비스를 제공하는 배달전문업체의 본사는 레베카의 생각과는 좀 달랐다. 뭔가…… 그저 그랬다.

특별할 것 없는 7층짜리 오피스텔 건물 입구 옆에 있는 허접한 플라스틱 안내도에 푸드투유 상호명이 붙어있었다. 같은 층에 다른 회사들도 입주해 있었다. 변호사 사무실에, 세무사 사무실, 광고 대행사까지. 심지어 한 번도 들어본 적 없는 영화 제작사도 있었다.

건물의 로비는 뭔가 절제된 느낌이었다. 안내데스크는 없으면서 엘리베이터는 네 대나 있었다. 카리나 라이니케가 엘리베이터 쪽으로 향했고, 롤프 하게나가 레베카의 휠체어를 밀었다. 건물의 출입문이 닫히기 전, 레베카는 한 남자의 시선을 느꼈다. 그가 보기에 그들의 모습이 흥미로웠을 것이다. 휠체어에 앉은 여자와 경찰 제복을 입은 험상궂은 덩치 큰 남자, 그리고 사복 차림에 머리를 하나로 단정하게 묶은 늘씬한 여자 경찰, 셋이 심각한 표정으로 있었으니.

엘리베이터 안의 층별 안내도를 보고 4층을 눌렀다. 엘리베이터가 4층에 도착하자 롤프가 레베카를 밀었고, 카리나가 뒤따라 나왔다. 푸드투유는 왼쪽의 널찍한 유리문 안에 있었다.

유리문 안으로 들어가니 확실히 주목을 받기 시작했다. 바로 앞의 둥그스름한 데스크에 예쁜 아가씨가 그들을 맞이했다. 그녀의 뒷벽에 은은한 회사 로고가 빛을 내고 있었다. 입체적이고 둥근 로고 끝에서 손 두 개가 담쟁이덩굴처럼 뻗어나가 파인애플 같은 과일을 잡고 있었다.

"어서 오세요. 푸드투유입니다. 무엇을 도와드릴까요?"

안내원이 형식적인 미소를 지으며 물었다. 카리나가 앞으로 나서며 경찰 신분증을 내밀었다.

"여기 사장님과 이야기를 나누고 싶은데요."

안내원은 잠깐 머뭇하더니 복도 뒤로 사라졌다. 잠시 후 20대 중반 정도로 보이는 남자와 함께 돌아왔다. 레베카가 보기에 그는 은행원이나 보험 판매원 같았다. 몸에 딱 붙는 푸른빛이 도는 정장 차림에, 연보라색 와이셔츠, 넥타이는 하지 않았고, 굽이 높은 값비싼 가죽 구두를 신고 있었다. 그는 자신을 푸드투유의 대표 트레스 베렌스라고 소개하며 작은 회의실로 안내했다. 회의실 중앙에는 책상과 12개의 의자가 가지런히 정돈되어 있었다. 벽에 하리보젤리 같은 군것질거리들이 알록달록하게 그려진 그림이 걸려있었는데, 굉장히 인상적이었다.

"무슨 일 때문에 그러시죠?"

대표가 물었다. 다른 사람들처럼 그도 아직 서 있었다. 레베카는 그를 올려다 봐야했다. 대표에게 권하지 않고 의자를 빼서 먼저 자리에 앉은 사람은 롤프였다. 카리나도 롤프를 따라 했고, 베렌스도 어쩔 수 없이 자리에 앉았다. 그는 탐탁지 않은 듯 다리를 꼬더니 손을 무릎 위에 턱 올렸다.

긴장했네, 레베카가 생각했다. 하늘색 가방의 남자와 헤어스타일과 머리색은 달랐지만 키와 체형은 비슷했다.

카리나는 그에게 푸드투유 전단지가 수사 중에 여러 번 등장했다고 설명하며 회사에 대한 정보를 부탁했다.

"어떤 수사를 하고 계시는데요?"

베렌스가 물었다.

"그건 말씀드릴 수 없어요. 엄중한 사건이고 시간이 없어서요. 그래서 제 질문에 서둘러 답변해주시길 부탁드리는 겁니다."

"변호사를 선임해야 할까요?"

"그럴 필요는 없습니다. 지금은 이 회사에 대한 일반적인 정보만 필요하니까요." 레베카는 카리나의 똑부러지고 강인하고 당당한 모습에 적잖이 놀랐다.

"그러시다면……." 베렌스가 거드름을 피우기 시작했다. "저희는 엄선된 음식만을 개인 고객에게 배달합니다. 그게 다예요. 아시다시피 뭐 대단한 건 아닙니다."

"어떻게 운영하시죠?"

"아주 탄탄한 된 물류시스템을 도입했습니다. 저희 알고리즘은 언제, 어디에서, 어떤 배달원에게, 어느 음식점을 배정할지 정합니다."

"이해가 안 가는군요."

롤프가 말했다.

"이리로 오시죠. 보여드릴게요."

대표는 형사 셋을 데리고 텅텅 빈 복도를 걸었다. 문 하나가 나올 때까지. 문을 열자 커다란 작업실이 나타났다. 책상들이 나란히 줄지어 있고, 어두침침한 조명 아래에 프로그래머들이 키보드를 탁탁 치며 열중하고 있었다. 조용하고 집중된 분위기였다.

트레스 베렌스는 직원들에게 짧게 눈짓을 하고는 다시 문을 닫았다.

"저희와 제휴를 맺은 음식점들을 위해 배달에 발생하는 모든 비용을 저희가 부담합니다. 배달원, 운송, 온라인 결제, 마케팅 비용까지 전부 말입니다. 저희 사업의 주 고객은 무엇보다도 배달서비스를 제공하지 않는 음식점들, 배달로 인해 생기는 추가적인 업무 부담을 원치 않으면서 다양한 고객층을 확보하고자 하는 음식점들입니다." 푸드투유의 대표는 세 경관을 한 명씩 바라보며 그럴싸한 반응을 기대했다.

레베카는 그의 말을 한쪽 귀로만 듣고 있었다. 프로그래머들이 일하고 있는 작업실로 다시 가고 싶었으니까. 좀 전에 작업실의 열린 문틈을 빠르게 훑었는데 프로그래머들 중 자비네 숄츠가 촬영한 그 남자와 상당히 비슷해 보이는 사람이 있는 것 같았다. 뒷모습만 간신히 봤지만.

"음식을 배달받은 고객에 대한 자료는 누가 가지고 있나요?"

카리나가 물었다.

"당연히 저희 소프트웨어 개발자가 가지고 있죠. 제 파트너 파브리지오 팔루아가 소프트웨어 개발자입니다."

"그 파트너는 어디 계십니까?"

"요즘엔 뮌헨에 있어요. 새로운 고객 확보 차원에서요."

"사진 있습니까?"

"사진이요? 왜죠?"

"있어요, 없어요?" 카리나는 물러서지 않았다.

푸드투유 대표의 표정이 굳었다.

"흠, 이제 협조는 할 만큼 한 것 같군요. 나머지 질문은 변호사 동석 하에 받도록 하겠습니다."

레베카가 롤프의 소매를 잡아당겼다. 레베카는 저 콧대 높은 자식은 곧 이 자리에서 벗어날지라도 경관들은 프로그래머 작업실을 보기 전엔 절대 이 회사를 벗어나서는 안 된다고 판단했다. 무슨 수를 써서라도 그 프로그래머의 앞모습을 봐야만 했다. 롤프가 레베카에게 허리를 숙였고, 그녀가 그에게 속삭였다.

"그야 문제없지."

롤프가 그렇게 말하며 성배를 들 듯 작업실의 문을 벌컥 열었다.

"이봐요, 뭐 하시는 겁니까! 그렇게 함부로……."

롤프가 휠체어를 밀며 작업실 안으로 들어가자, 곧바로 카리나가 앞으로 나서서 대표를 막았다.

그가 소란을 피웠고, 몇몇이 얼굴을 들고 레베카 쪽을 바라봤다. 레베카는 오로지 왼쪽 구석에만 집중했기 때문에 그자가 고개를 돌리지 않고 모니터만 보고 있는 모습을 놓치지 않았다.

"어떤 자식이야?"

롤프 하게나가 속삭였다.

"저기 왼쪽 뒤요. 눈치채지 않게 해요. 우리가 노리고 있다는 걸 알아채면 안 돼요."

"알겠어."

롤프가 레베카를 그 남자 쪽으로 바로 밀지 않고 일단 다른 쪽으로 우회했다.

"당신들 그렇게 할 권리 없다고!"

카리나에게 붙들려 있는 대표가 흥분해 소리쳤다.

"죄송하지만 어쩔 수 없습니다." 카리나가 말했다. "제 동료가 장애인용 화장실을 찾고 있어서요. 그걸 반대하는 건 아니시죠?"

"화장실은 여기 복도에 있잖습니까…… 당신들 상사한테 다 말할 거야!"

레베카는 저 번지르르한 놈이 옌스를 만나는 장면을 상상했다. 정말 재밌을 것 같았다.

롤프는 장애물을 피해 스키를 타듯 휠체어를 이리저리 밀며 작업책상 사이사이를 돌아다녔다. 한 스물다섯 명쯤 되는 프로그래머들을 재빠르게 훑어보면서. 대부분은 무척 신경을 쓰는 듯했고, 몇몇은 즐기는 듯했다. 레베카는 정신을 집중하고 모두를 하나씩 하나씩 관찰하며 그 누구에게도 특별한 시선을 보내지 않았다. 왼쪽 구석의 남자에게 가까워질수록 신경이 예민해졌다. 그리고 주변의 모든 것이 서서히 희미해졌다.

이 프로그래머들 가운데 한 명은 푸드투유의 배달이 언제 어디로 이루어지는지 정확하게 알고 있다! 비올라 메이와 베아트릭스 그리스베크 집에 있던 손도 대지 않은 음식의 비밀이 바로 여기에 있단 말이다!

레베카는 롤프가 휠체어를 약간 천천히 밀고 있다는 걸 느꼈다. 그 남자는 이제 레베카의 바로 왼쪽에 위치했다. 여전히 그는 형사들에게도, 주변에서 벌어지고 있는 일에 대해서도 관심이 없었다. 어깨를 올린 채 구부정하게 웅크리고 앉은 모습이 혼자만의 캡슐에 들어가 있는 것 같았다. 자비네 숄츠의 핸드폰에 있던 흐릿한 형체와 정말 비슷했다. 헤어스타일만 달랐다. 그렇지만 바가지머리 가발을 쓴 거라면……

레베카가 근처에 다가갔을 때도 그는 고개를 돌리지 않았다. 그녀는 프로그래머의 의자를 들이받으려고 일부러 휠체어 오른쪽에 있는 브레이크를 급하게 작동시켰다.

그가 움찔하며 고개를 돌렸다. 그러나 찰나일 뿐이었다.

"죄송합니다."

레베카가 바로 내뱉으며 그의 눈을 들여다봤다. 롤프는 볼일 끝났다고 생각하고는 휠체어를 밀고 나갔다. 레베카는 등골이 서늘했다. 거의 도망치듯 푸드투유 사무실을 떠날 때는 대표의 격앙된 꽥꽥거림이 더 이상 들리지 않았다.

엘리베이터에 들어가서야 레베카는 다시 숨을 쉴 수 있었다.

"저 남자 맞아."

레베카가 롤프와 카리나에게 말했다.

"그 프로그래머요?" 카리나가 물었다.

레베카가 고개를 끄덕였다.

"90퍼센트 확실해."

5

27번지 주택의 차고 아래에는 차가 없었다. 점심시간이라 사람들이 일터에 있어서 집에 아무도 없을 가능성이 있었다. 그래도 시도는 해봐야 했다. 벤야민 슈나이더의 집에서 무슨 정보를 얻을 수 있을지 확신할 순 없지만, 옌스는 영 개운치 않은 점이 더러 있었기에 지푸라기라도 잡는 심정으로 그곳까지 갔다.

밖엔 이미 얀 란다우 지명 수배령이 도처에 깔린 상태였다. 옌스는 얀 란다우가 어떤 식으로든 그 사건의 열쇠를 쥐고 있다고 확신했다. 어쩌면 그가 자기의 딸을 감금시키지 않았을 수도 있다. 미친 사람처럼 딸을 죽음으로 내몬 걸지도 모른다. 그렇지만 자비네 숄츠와 비올라 메이, 멜리 베커와 베아트릭스 그리스베크는 뭐란 말인가? 그럼 벤야민 슈나이더는 또 뭘까……?

옌스는 차 문을 벌컥 열고 내려서 뚜렷한 목적을 지닌 발걸음으로 벤야민의 집으로 성큼성큼 다가가 초인종을 눌렀다.

어떤 여자가 문을 열었다. 키가 작고 통통한 단발머리의 중년 여성이었다. 실내화를 신었고, 체크무늬 셔츠 안에 파란색 티를 받쳐 입었다. 호감 가는 인상에, 의심이 전혀 없는 얼굴이었다.

"누구세요?"

옌스가 경찰 신분증을 보여 주며 자기소개를 한 뒤, 킴 란다우에 대해 이야기를 나누고 싶다고 덧붙였다.

"킴이요? 네…… 그래요. 들어오세요."

옌스가 먼지 한 톨 없이 깔끔한 집 안으로 들어갔다. 신발에 얀 란다우의 저택 수색 중에 묻은 지저분한 것들이 덕지덕지 붙어 있어서 광이 나는 새하얀 타일 바닥에 조심스레 발을 내려놓았다.

슈나이더 부인이 먼저 앞으로 갔다.

"무슨 새로운 소식이라도 있나요?"

부인은 그렇게 물으며 옌스를 주방으로 안내했다. 조금 전까지 요리를 하던 중인 것 같았다.

"빵을 굽고 계셨나 보군요?"

"네. 우리 아들 열 번째 생일이라서요. 초코케이크하고 머핀 굽는 중이었어요. 아이들이 참 좋아하죠. 만들면서 이야기 나눠도 될까요? 예니가 3시에 학교에서 오니까 그때까지는 다 해야 해서요."

"그럼요. 괜찮아요. 당연히 계속하셔야죠."

주방 가운데에 있는 커다란 조리대 위에 밀가루 산 하나가 우뚝 세워져 있었다. 옌스는 대화를 나누며 여자를 바라봤다. 그녀는 반죽이 든 짤주머니를 짜서 둥근 빵틀을 갈색 덩어리로 채웠다. 옌스는 말을 걸어도 될지 고민했다. 그러나 벤야민의 사고에 대해 물어보려면 다른 선택지가 없었다.

"킴이 나타났습니다."

옌스가 입을 열었다.

슈나이더 부인이 빵틀을 하나 더 채우더니 짤주머니를 쥐고 있는 손을 덜덜 떨었다. 주머니 끝이 반죽으로 둥글게 부풀었다. 그녀가 옌스를 올려다봤다.

"살아있어요?"

옌스가 머리를 흔들었다.

"죽었어요. 발견되고 얼마 지나지 않아서요."

자세한 부분은 말하지 않는 게 나을 것 같았다.

"얼마 지나지 않았다는 건…… 킴이 4년 동안……."

부인은 문장을 마무리 짓지 못했다. 짤주머니를 한쪽에 놓고 양손을 조리대에 얹고 몸을 기댔다.

"4년 동안 무슨 일이 있었던 건지 저희도 아직 모릅니다. 그래서 오늘 여기에 찾아온 거예요. 바쁘신데 불쑥 찾아와서 죄송합니다만, 급한 일이라서요."

"괜찮아요." 부인이 고개를 저었다. 그녀의 시선이 옌스를 지나쳐 벽으로 향했다. "그런 일이 일어날 거라고는 생각지도 못했어요……."

"부인의 아드님인 벤야민은……."

"모두들 베니라고 불렀어요."

"아, 베니. 당시 교통사고가 어떻게 일어났습니까? 말씀해 주실 수 있을까요?"

"우리 아들 얘기하려고 제가 이렇게 살아있는걸요? 그리고 늘 이야기 해왔고요. 무엇을 알고 싶으세요, 형사님?"

"그때 무슨 일이 있었습니까?"

부인이 어깨를 으쓱하더니 싱크대로 가서 손을 씻고 수건에 물기를 닦고 유리잔에 물을 따라서 한 번에 들이켰다.

"킴과 베니는…… 그 둘은 정말 특별한 사이였어요. 하지만 어려움도 있었죠. 킴의 부모가 둘을 반대했거든요. 특히 킴의 아버지가요. 그들은 자기 딸을 있는 집안 출신의 의사나 변호사에게 소개하고 싶어 했어요. 그런데 벤야민은 고작 자동차 수리공이었고, 아버지는 학교 선생님일 뿐이었죠. 그렇지만 둘은 서로 정말 사랑했어요. 저희 부부는, 둘이 결국엔 킴의 부모의 뜻을 꺾고 저 멀리 떨어져서 브레멘으로 이사한다고 했을 때 기뻐했어요."

"저 멀리 떨어졌다는 게 무슨 뜻이죠?"

"란다우 집안의 영향권에서 벗어났다는 뜻이에요. 특히 얀 란다우에게서요. 아주 독불장군이 따로 없었어요. 가끔 저는 킴이 자기 아빠에게 굉장히 종속되어 있다는 느낌을 받기도 했으니까요."

슈나이더 부인이 빈 유리잔을 쾅 내려놓았다. 작업대에 유리잔이 세게 부딪쳤다.

"교통사고는 어땠습니까?"

옌스가 뒤이어 물었다.

"어떤 놈이 시내에서 차로 그만……. 도무지 그놈을 이해할 수 없었어요. 베니는 늦은 저녁에 조깅하러 밖에 나갔어요. 늘 그랬던 것처럼. 굉장히 운동을 좋아했거든요. 의사가 말하길, 베니가 고통스럽게 죽진 않았을 거래요. 사고 직후 바로 목숨을 잃었다더군요. 정확히 무슨 일이 있었는지 베니도 아마 모를 거예요."

부인이 옌스를 똑바로 바라봤다. 그녀의 목소리에는 분노도 씁쓸함도 담겨 있지 않았다.

"제 남편과 저는 킴을 위로해주려고 했어요. 진심으로요. 그런데 킴은 곧바로 차단했죠. 저희와 자기 부모, 그리고 모든 세상을요. 게다가 제 남편은 몇 년 동안이나 킴의 담임선생님이었고, 사제 관계가 굉장히 좋았거든요. 거의 아버지나 다름없었죠. 그렇게 킴이 사라지고 나서 모두들, 저를 포함해서, 애가 가출했다고 생각했어요. 더 이상 견딜 수 없어서……. 아니면 스스로 몹쓸 짓을 했거나……. 그런데 대체 무슨 일이 있었던 거예요?"

옌스는 슈나이더 부인의 솔직한 대답에 미안한 마음이 들었다.

"킴은 4년간 붙잡혀 있었습니다. 감금 말입니다. 불빛이 없는 곳에서요."

부인의 얼굴이 급격하게 창백해지더니 손으로 입을 틀어막고 머리를 세차게 흔들었다. 눈에서 눈물이 흘렀다.

"얀 란다우는 항상 의붓딸을 자기 마음대로 조종하려고 했어요."

"네?"

옌스의 입에서 튀어나온 말이었다.

"그자는 아주 소유욕이 대단했죠, 말도 마세요……."

"의붓딸이라뇨?" 그가 그녀의 말을 끊었다.

슈나이더 부인이 이마를 찡그렸다.

"형사님은 모르셨나요? 킴은 게르린데와 첫 번째 남편 사이에서 낳은 딸이었어요. 킴의 생부는 오래전에, 킴이 다섯 살인가 여섯 살 때 세상을 떠났어요."

"그걸 어떻게 아셨습니까?"

"킴이 제 남편에게 얘기했어요. 킴이 열다섯 살 때 엄마한테 들었다고 하더라고요. 너무 늦게 말한 거죠. 그래서 그렇게 자기 부모를 싫어한 거였어요. 얀 란다우가 킴에게 알리지 말자고 해서 게르린데도 계속 미룬 거였대요. 게르린데는 얀의 노예나 다름없었거든요. 지금도 그럴걸요?"

"그렇지만 두 분은 이혼한 걸로 아는데요."

"하!" 슈나이더 부인이 기가 막힌다는 표정을 지었다. "서류상으로만 그렇겠죠. 얀의 파산 때문에요. 절대 사실이 아닐 거예요. 게르린데는 결코 그 남자를 떠나지 못해요. 형사님은 게르린데가 정말 혼자 말 농장을 운영해서 그 많은 돈을 벌었다고 생각하세요?"

잠시 후 옌스가 슈나이더 부인의 집을 나설 때는 머릿속에 완전히 새로운 생각이 가득했다. 그리고 이 사건 수사의 화살촉이 다시 얀 란다우를 향하고 있었다.

그는 킴의 의붓아버지였다. 혈연관계가 아니었다.

그리고 소유욕이 대단했다.

자기가 킴의 친부가 아니라는 사실이 알려지길 원치 않았다.

란다우 부인은 그의 노예였다. 그것은 그가 사람들을 짓밟기 좋아한다는 의미.

엔스가 레드 레이디에 오르려는데, 마침 핸드폰이 울렸다. 레베카였다.

"그 남자 찾았어요."

레베카의 목소리가 예사롭지 않았다.

6

어둠.

밧줄보다 더 세게 비올라를 속박하고 있는, 한 치 앞도 보이지 않는 짙고 위협적인 어둠.

비올라는 아직도 그 남자가 닫고 나간 차디찬 철문에 등을 기대고 앉아 있었다. 그가 말했던, 누구도 다른 사람보다 아름다울 수 없는 곳에 갇혀 있었다. 그 의미를 이제야 알게 되었다. 암흑 속에서 아름다움이란 존재하지 않는다는 것을.

한기가 들어 턱이 덜덜 떨리기 시작했다. 그러나 추위에 맞설 시도는 하지 않았다. 그 소리가 반갑게 느껴졌으니까. 숨 막히는 어둠 옆에 자리 잡고 있는 도무지 견딜 수 없는 잔인한 침묵 속의 그 소리가. 비올라는 조금 전 그가 철문을 닫고 나갔을 때 덜커덩하며 부딪혔던 문소리가 공허함 속으로 잦아들었던 걸 기억하고 있었다. 자신의 비명도. 그녀는 고래고래 소리를 질렀었다. 그가 돌아와 다시 내보내 주길 바라며 두 손으로 문을 쾅쾅 두드렸었다. 하지만 아무 일도 일어나지 않았다.

어느 순간 힘이 전부 빠져나갔다. 물론 힘이 충만했던 것도 아니었지만. 두들겨 맞은 온몸 구석구석이 여전히 아팠고, 심장이 뛸 때마다 귀의 상처가 쿡쿡 쑤셨다.

통증이 조금 수그러들었다고 생각할 때쯤 탁탁 부딪치는 치아 소리 사이로 또 다른 소음이 들렸다. 저 멀리 어딘가에서 무언가 움직이는 듯한 소리. 스윽스윽 미는 소리. 짐승이 바닥을 기어 다닐 때 나는 그런 소리 같았다.

아니면 혹시……?

"자비네!"

비올라는 외쳐 부르고 싶었지만 쉰 목소리만 간신히 흘러나올 뿐이었다. 저놈이 사기 친 게 아니었어? 정말 자비네가 아직 살아 있다고? 자비네를 나한테 데리고 오는 거야?

"자비네, 나야 비올라. 내 말 들려?"

비올라는 말 한마디 한마디를 힘겹게 건넸다. 친구를 다시 볼 수 있다는 희망이 느껴지자 혈관 속에서 살고 싶다는 욕구가 요동치기 시작했다. 죽을 것 같은 통증을 견디며 다친 다리로 일어섰다. 앞에 놓인 공허함과 고요, 캄캄한 심연 속으로 두려움을 걷어내고 망설임 없이 걸음을 내디뎠다. 다른 세상에 발을 들인 것 같은 느낌이었다. 추위가 더욱 몸속을 파고들고 온몸에 소름이 돋았다. 사시나무 떨듯 몸이 떨렸다.

"자비네? 내 목소리 들려?"

자비네가 아니라면 여기에 또 누가 갇혀 있는 걸까? 비올라는 공포를 이겨내고 친구를 찾아낼 때까지 어둠 속을 헤집고 싶었다. 누구도 그리고 아무것도 가까이 오지 못 하게 하고 싶었다.

장애물을 제대로 파악하기 위해 한쪽 팔은 앞으로 쭉 뻗고 다른 손으로는 벽을 더듬거리며 앞으로 움직였다. 어둠 속에는 정말이지 아무것도 안 보였다. 그래도 비올라는 두 눈을 크게 뜨고, 무언가에 찔려 죽을 수도 있다는 두려움을 안고 발걸음을 옮겼다. 눈을 지그시 감아 손끝의 감각에 집중했다. 허나 믿을 만하지는 않았다.

바닥이 약간 경사져 있는 느낌이 들었다. 손끝에 닿는 표면이 거칠고 고르지 못 한 걸로 봐서는 바위 또는 콘크리트 같았다.

어둠 속에서 움직이지 않았으면 하는 온당한 육체적 본능과 두려움과 계속 싸우며 천천히 그리고 조심스럽게 한발 한발 내디뎠다. 모든 발걸음에 막대한 극기가 담겨 있었다. 그런데도 비올라는 해냈다. 어디선가 자비네를 만날 수 있다는 희망 덕분에. 어쩌면 많이 다쳤거나 입에 재갈이 물려있어서 대답을 못 하는 것일 수도 있는 자비네를 생각하면서. 비올라는 오직 그 희망만 가슴에 품고 길을 나섰다.

비올라가 잘못 들은 게 아니었다. 스윽스윽 밀리고 긁는 소리. 또다시 온몸에 소름을 돋게 하는 그 소리.

"자비네? 너야?"

대답이 없었다. 의미는 없었지만, 이번엔 헐떡이는 듯한 소리가 또 들렸다.

비올라는 한 발짝 앞으로 나갔다가 바로 멈췄다.

자비네가 아니면 대체 뭐지?

나와 함께 여기에 갇혀 있는, 저 말 못 하는, 짜증나는 저 정체가 대체 뭐냐고!

7

늦은 오후, 팽팽한 긴장감이 도는 폭풍 전야 같은 고요가 경찰서 사무실을 메우고 있었다.

레베카는 한참 동안 옌스를 기다리고 있었다. 옌스는 경찰서 입구에 있는 자판기에서 뽑은 레베카의 커피와 자기 커피를 한 잔씩 들고 들어왔다.

사무실 창밖으로 보이는 함부르크의 하늘에 거대한 먹구름이 몸집을 점점 부풀리고 있었다. 조금 전, 차 라디오에서 들은 일기예보에서 엄청난 폭풍우와 우박을 예고하며 주의를 줬는데, 정말로 하늘이 곧 무너질 것 같았다.

옌스는 레베카에게 커피를 건네고는 하도 오래 써서 그의 체형에 맞게 움푹 팬 회전의자에 털썩 앉아 그녀를 바라봤다.

레베카는 첫사랑을 기다리는 사춘기 소녀처럼 상기되어 있었다. 눈은 촉촉하게 빛나고, 동공은 확장되어 있고, 볼은 불그스레

했다. 옌스에게 전화한 이후 내내 안절부절못하며 그를 기다리고 있었던 것 같았다.

"어디 들어볼까?"

옌스가 레베카에게 제안했다.

"일단 그 남자의 이름은 알아내지 못했어요." 곧바로 그녀의 입에서 말이 튀어나왔다. "개인정보를 열람하려면 푸드투유에 공식적으로 문의해야 하는데, 그건 이제 불가능해졌어요. 대표가 그 문제에 대해 법적인 조처를 취할 테니까요. 그래서 롤프와 카리나가 잠복에 들어갔어요. 그 프로그래머가 회사에서 나오면, 바로 끈질기게 따라붙을 거예요."

"그것도 괜찮은 방법이긴 하네." 옌스가 커피를 홀짝 마셨다. "우리가 따라붙은 걸 그놈이 모른다면, 우리를 비올라가 있는 쪽으로 안내할 가능성도 있겠군. 그가 우리가 찾는 그놈이 맞다면 말이야. 그런데 놈이 확실해?"

레베카가 무릎 위에 아이패드를 올렸다. 아이패드를 켜고 옌스에게 다가갔다. 흐릿한 사진이 화면에 떴다. 자비네 숄츠가 찍은 진열 유리에 비친 하늘색 가방의 남자 사진이었다.

"온종일 이 사진만 들여다보고 있어요. 이 사진도 선명하지 않고 백화점 감시카메라 영상도 마찬가지예요. 그래도 전 90퍼센트 확신할 수 있어요."

"이 남자가 작업실에서 취한 행동이 네 판단에 영향을 미쳤을 수도 있어. 원래 수줍음이 많은 사람일 수도 있고, 프로그래머들이 보통 그런 편이기도 하니까."

"그런 건 저도 인식하고 있어요. 그렇지만 외형이나 자세, 푸드 투유에 배달 주문을 한 고객들의 정보, 그러니까 비올라가 언제 음식을 주문했는지 엿볼 수 있는 능력과 가능성 등이 예사롭지 않았어요. 그리고 또 있어요. 그는 비올라가 음식 배달을 시킬 거란 걸 아주 정확히 알고 있었어요."

"어떻게?"

"비올라의 소극적인 성격과 격리 상황이라는 점으로요. 비올라의 입장에서 생각해 보세요. 몇 주 동안 스토킹을 당하고 있었는데 사태가 점점 심해지고, 갑자기 제일 친한 친구가 실종됐어요. 굉장히 외롭고 예민해졌을 거예요. 그래도 밥은 먹어야 했을 테고요. 그런데 집 앞 슈퍼도 못 나가겠는데 어떻게 하겠어요?"

"음식 배달을 시켰겠지."

옌스가 추론했다.

"맞아요. 그리고 집에 쿠폰이 붙어있는 푸드투유 전단지도 있었고요. 그 프로그래머는 푸드투유 전단지가 언제 어디로 뿌려지는지도 알고 있었을 거라고요."

"그러면 그자가 그런 방법으로 피해자를 찾았단 말인가? 아니면 평상시 어디에선가 본 여자를 탁 찍은 다음, 의도적으로 푸드투유 전단지를 그들의 손에 들어가게 하는 건가?"

레베카가 어깨를 으쓱했다.

"그거야 그자를 체포한 후에 물어보면 되겠죠. 비올라와 베아트릭스 그리고 킴의 공통점, 눈에 띄는 유일한 공통점은 무척 아름답다는 거예요. 셋 전부 모델이라고 해도 손색이 없을 정도잖아요."

옌스가 커피를 마시며 고개를 끄덕이더니 잠시 생각에 빠졌다.

"내가 한 번 곰곰이 생각해 봤는데 말야." 마침내 그가 입을 열었다. "그 프로그래머는 퇴근한 후에, 그러니까 저녁에도 누가, 언제 푸드투유에서 음식을 시키는지 볼 수 있을 것 같아. 그래서 비올라가 주문을 한 걸 알자마자 출발한 거지. 배달 음식이 도착하는 데까지 보통 삼십 분 정도 걸리니까 그자한테는 그 정도의 시간이 있었던 거고. 배달원이 비올라의 집에 올 때까지 숨어서 기다렸다가…… 그런 다음에? 그다음엔 어떻게 했을까?"

레베카가 또 어깨를 으쓱했다.

"글쎄요. 어떤 식으로든 비올라의 집 문을 두드렸을 거예요. 비올라도 그렇고 베아트릭스도 그렇고, 둘 다 무슨 의도가 있었는지 황급히 집을 떠난 모양새였잖아요. 금방 다시 돌아올 것처럼."

옌스와 레베카는 한동안 아무 말 없이 서로를 바라만 봤다.

"그럴 수도 있겠군." 옌스가 먼저 입을 열었다.

레베카가 고개를 끄덕이고 물었다.

"얀 란다우 집 수색은 어떻게 됐어요?"

옌스가 한쪽 어깨만 들썩였다.

"후, 아무것도 찾아내지 못했어. 그건 그렇고 킴 란다우의 사망한 남자친구의 어머니를 만나고 왔어. 얀 란다우가 킴의 의붓아버지라더군."

"네에? 아니 그게 무슨!"

"나 참, 그렇다네. 허튼소리 같겠지만 그렇대. 얀 란다우는 하여간 진짜 특이한 인간이야. 아니, 대체 왜 그렇게 허겁지겁 도망쳤는지 이해가 안 간다니까."

"팀장님은 그래도 그 사람을 의심하는 거예요?"

"나는 나한테서 도망친 인간은 전부 다 의심하지."

레베카가 뭐라고 대꾸하려는데 옌스의 핸드폰이 울렸다.

푸드투유의 프로그래머를 숨어서 지켜보고 있는 롤프 하게나의 전화였다.

"그자가 퇴근했어."

"지금 출발할게."

옌스가 그렇게 말하고 전화를 끊었다.

롤프는 옌스 없이 일을 처리하고 싶었지만, 옌스는 무조건 현장에 가려고 했다. 가만히 앉아서 기다리는 건 그에게 최악의 고문이나 마찬가지였다. 옌스가 벌떡 일어섰다.

"가야 해!"

"저는 안 데리고 갈 거죠, 그렇죠?"

레베카의 눈빛에 옌스는 마음이 무거웠다. 그녀는 가만히 앉아서 기다려야만 했다. 레베카에겐 선택권이 없었다. 옌스처럼.

"이번에는 안 돼. 집으로 가서 좀 쉬어. 새로운 소식 있으면 계속 연락할게. 약속해."

옌스는 레베카가 작별의 키스를 간절히 원한다는 걸 느꼈으면서, 그 느낌을 믿지 않았다. 단지 미소를 지으며 손을 살짝 들어올려 인사만 하고 실망한 레베카를 혼자 남겨둔 채 무거운 마음으로 사무실을 떠났다.

8

엔스와 롤프 하게나는 시내에서 만났다. 롤프는 슈퍼마켓의 건너편 터키인이 운영하는 채소 가게의 파라솔 아래에 숨어 얼굴을 잔뜩 찌푸리고 있었다.

"어때?" 엔스가 인사를 대신했다.

롤프가 알아들을 수 없는 소리를 툭 내뱉고 대답했다.

"나 지금 배고파 죽겠는데 저 새끼가 슈퍼마켓에서 죽어도 안 나와."

엔스가 팔을 활짝 펼쳤다.

"여기에 세상에서 가장 달콤한 과일이 이렇게나 많이 널려 있는데 뭘. 과일이라도 좀 드시게나, 롤프 하게나."

"과일이라니? 이딴 거 말고 씹을 거리. 나 이것 참, 감자튀김이랑 커리 부어스트*가 딱 인데."

"들어간 지 얼마나 됐는데?"

엔스가 턱으로 건너편을 가리켰다.

"삼십 분! 아니 사내새끼가 슈퍼에서 삼십 분 동안 뭘 하는 거냐고!"

"결정 장애가 있거나 아니면 콩으로 만든 요거트 안에 어떤 성분이 들었는지 꼼꼼히 읽어보는 스타일인가 보지. 카리나는 어딨어?"

---

* 독일의 길거리 음식으로 카레 맛이 나는 소시지이다.

"저 건너편 서점 봐봐."

옌스가 고개를 돌렸다. 엽서 꽂이 사이에 있는 카라나가 보였다. 멀리서 보니까 정말로 엽서에 관심이 있는 사람 같았다. 카라나가 고개를 돌려 옌스에게 눈짓을 하기 전까지만. 옌스는 그에 대한 대답으로 눈짓을 보내지 않고 턱만 살짝 내밀었다.

"놈은 뚜벅이더군." 롤프가 옌스에게 설명했다. "푸드투유 건물에서 여기까지 윈도쇼핑을 하면서 걸어왔어. 느릿느릿 걸어가면서 어찌나 주변을 두리번거리던지⋯⋯. 매우 의심스러워."

"놈이 너희 둘을 눈치챘을까?"

"나 엿 먹이는 거야?"

"스카우트 가방을 메고 있진 않았고?"

"어. 꽤 커다란 검은 백팩을 메고 있었어. 비어 있는 것 같더라고. 브랜드는 나도 모르는 거였어."

그것까지 알았으면 일이 너무 쉽게 풀리는 거지, 라고 옌스가 생각했다. 사건이 약간 술술 풀리는 경향이 없지는 않았다. 그의 경험을 미루어 보아도 이렇게 쉽게 해결되는 사건은 보통 없었다. 레베카가, 하필이면 수퍼인식능력을 갖춘 레베카가 카라나, 롤프와 함께 푸드투유 본사에 함께 갔다는 것, 그리고 거기에서 매우 의심스러운 프로그래머를 발견했다는 것. 모든 게 기대했던 것보다 훨씬 쉽게 흘러갔다.

"어떤 놈 같아?"

옌스가 물었다.

사람 보는 눈에 있어서는 롤프를 따라갈 자가 없었다. 숱한 세

월동안 길 위에서 직접 보고 경험하고 느낀 것만큼 정확한 건 없었다.

롤프가 신중히 생각했다.

"나는 레베카를 믿어. 그리고 꽤 쓸만한 나의 사람 보는 눈도. 놈은 분명 무언가를 숨기고 있어. 물론 검은 옷 루트거도 그렇다고 생각했었지. 내가 루트거 뒤를 계속 밟았으면, 분명 그 자식이 피자박스에 마약을 숨기고 파는 게 딱 걸렸을 거라고. 어쨌든 루트거 그 자식 살인자는 아니야."

"그래. 그렇다면 최소한 오늘 밤에는 저 프로그래머 옆에 있어야겠군. 우리끼리 교대하자고. 내일 아침 일찍 바움게르트너 과장님한테 가서 24시간 매복 중이라고 보고 할 테니."

롤프와 옌스는 카리나가 건너편 길가에서 서점으로 다시 들어가는 걸 동시에 알아차렸다.

"저기에 있다."

롤프가 말했다.

옌스가 슈퍼에서 나오는 보통 키에 매우 평범한 남자에게 시선을 고정했다. 그는 몹시 무거워 보이는 둥그스름한 검은색 백팩을 메고 있었다. 청바지는 특별히 좋아 보이지 않았고, 푸른색 티셔츠의 짧은 소매 밖으로 창백하고 가느다란 팔이 튀어나와 덜렁대고 있고, 발에는 오래 신어서 뒤축이 닳은 운동화가 신겨져 있었다. 근육의 긴장도가 부족해서 그런지 살짝 왼쪽으로 기울어진 자세로 걸으며 자기의 길을 찾아가는 게 아니라 다른 행인들을 피해 다녔다. 바닥에 무슨 레이저라도 있는 것처럼 위를 쳐다보지도 않고. 그는 다른 사람들이 못 보고 지나치는, 인파 속에 묻히는, 눈에 잘 띄지 않는 그런 남자였다.

저놈이군. 옌스의 머릿속에 번뜩 스친 생각이었다. 그 남자가 서점 앞을 지나가자, 카리나가 다시 밖으로 나왔다. 찻길을 사이에 두고 카리나와 옌스, 롤프는 서로를 보았고, 카리나가 자신이 먼저 따라가겠다는 신호를 보냈다.

옌스가 왼쪽 손가락을 모두 폈다.

오 분. 그 이상은 안 된다. 그다음은 롤프, 마지막은 옌스 순서였다. 옌스는 그들이 쫓는 그 남자가 대단히 조심성이 많은 사람이라는 인상을 받았다. 저렇게 쭈그리고 다니는 사람은 세상을 살아가면서 무엇 하나 얻지 못할거라고 생각하지만, 천만의 말씀! 오히려 정반대다!

카리나가 고개를 끄덕이고 출발했다. 말꼬리처럼 묶은 그녀의 금발 머리가 걸음에 맞춰 흔들렸다.

롤프가 길을 건넜고, 옌스는 그 자리에 있었다. 둘은 카리나와 충분히 간격을 뒀다.

옌스는 추적수사가 기대되었다. 우연한 행운 덕분에 그날 저녁의 사건이 조금 더 명확해졌을뿐더러, 잘하면 비올라도 구할 수 있을 테니까. 최소한 비올라만큼은. 너무 늦는 바람에 킴과 자비네는 도와주지 못했지만, 다른 여자들에게는, 그 남자가 위협할 수도 있고 다치게 할 수도 있고 심지어 죽일 수도 있는 수많은 다른 여자들에게는 중요한 수사가 될 테니까. 절대로 성급하게 행동해서는 안 되었다. 예를 들어, 갑자기 그를 체포한다거나 경찰서로 데려가 지독하게 취조한다거나. 뭐, 물론 놈이 다 포기하고 비올라의 거처를 발설할 수도 있다. 그런데 생각처럼 안 되면, 그때 어찌해야 할까?

그러니까 당분간은 그를 관찰하는 편이 더 나을 것이다. 그에게 들키지 않고 그가 뭘 하는지, 어디를 가는지 알아내야 했다.

카리나는 맡은 일을 제법 잘 해내고 있었다. 인파 속에서도 그녀는 전혀 눈에 띄지 않았다. 너무 그 남자만 따라가지도 않고 동시에 움직이지 않으면서도 옆에 지나치는 쇼윈도에 눈길 한 번 팔지 않았다.

오 분 후, 카리나가 뒤로 빠졌다. 롤프가 바통을 이어받았다. 옌스는 카리나와 이야기를 나누고 싶었으나 눈에 띌까 봐 짧게 고갯짓만 했다.

옌스는 그와 20m 떨어진 거리까지 성큼 다가갔다. 그의 이름도 알지 못했다. 그는 생필품으로 가득 차 있을 무거운 백팩을 어깨에 멘 채 주머니에 손을 찌르고 계속 구부정하게 걸었다. 갑자기 그가 속도를 약간 늦췄다. 많이는 아니었다. 옌스는 금세 눈치 채고 옆길의 이탈리아식 아이스카페 앞에 모여 있는 사람들 무리로 재빨리 몸을 피했다.

그러고 나자 그가 뒤를 돌아봤다. 몸을 확 돌린 게 아니라 어깨 너머로 시선을 돌려 아래에서 위를 훑었다. 옌스는 그의 눈에 깃든 지나친 경계심과 주변을 감시하는 재빠른 눈길을 읽었다. 그가 서둘러 지하철역으로 발걸음을 옮겼다.

옌스는 다리에 힘이 풀려 주저앉았고, 카리나가 그를 지나쳤다. 모두들 미친 듯이 조심해야 한다.

9

레베카는 오늘 자신의 신체적 장애가 매우 원망스러웠다. 옌스와 롤프, 카리나는 밖에서 그녀가 찾아낸 살인자를 미행하고 있는데, 레베카는 또다시 가만히 앉아서 지켜보기만 하는 역할이었다. 레베카는 추적수사에 갈 수도 없고, 가서도 안 되었다.

절망감에 젖은 레베카는 그녀의 24평 집이 있는 건물의 1층 출입문으로 휠체어 바퀴를 세게 굴렸다. 문이 자동으로 열렸다. 레베카는 이 건물의 자동문을 1층에 장애물이 없는 것에 버금가는 편리성이라고 여겼다. 장애인을 위한 시설과 편리성이 갖춰진 매력적인 집은 많지 않았다. 대부분 실용적이기만 할 뿐, 밋밋해서 마음이 가지 않았다. 생기가 없는 집 같았다. 앙꼬 없는 찐빵처럼.

우편함에 광고 전단지가 또 수북이 쌓여 있었다. 그 중 아직 소득세 신고를 하지 않았다는 국세청의 안내문도 있었다.

레베카는 전부 무릎 위에 올리고 현관을 열고 집 안으로 들어갔다. 집안에 숨쉬기 힘든 후끈한 열기가 들어차 있었다. 벌써 몇 주째 여름의 뜨거운 열기가 수그러들 기미를 보이지 않았다.

레베카는 집에 들어오면 항상 가장 먼저 창문과 겨울 정원의 유리문을 모두 열어 공기가 순환되게 했다. 그다음 화장실로 가서 볼일을 보고 손과 얼굴을 씻고 다시 부엌으로 돌아왔다. 망설이듯 주위를 둘러보며 지금 출출한지 아닌지 확인하기 위해 뱃속의 소리에 귀를 기울였다. 위가 움직이지 않는 걸 보니, 당근 한 개와 물 한 잔 이상은 소화시키지 못할 것 같았다.

핸드폰을 슬쩍 쳐다봤다. 옌스에게서 아무 연락이 없었다. 아직 푸드투유의 금발 프로그래머를 쫓고 있겠지.

레베카가 당근을 썰고 있을 때였다. 무슨 소리가 들렸다. 쾅. 뭔가 부딪치는 소리였다. 겨울정원에 있는 화분이 떨어진 것 같았다. 종종 환기 중에 그런 일이 벌어지긴 했지만, 밖에는 바람 한 점 불지 않았다. 어쩌면 길고양이가 들어왔을 수도 있다. 그것 역시 처음 있는 일은 아니었으니까.

레베카는 과도와 당근을 조리대 위에 내려놓고 거실을 지나 겨울정원으로 이어진 좁다란 진입로로 향했다.

바람도 없고, 고양이도 없었다.

그런데 바닥에 커다란 선인장의 갈색 흙이 여기저기 흩뿌려져 있었다.

이상한 일이었다. 레베카는 의심스러운 눈으로 활짝 열려있는 테라스 문을 빤히 쳐다보았다. 그러고는 자그마한 앞마당으로 걸음을 옮겼다. 앞마당과 집 앞길 사이의 담은 허리 높이까지밖에 안 되어서 누구든 마음만 먹으면 앞마당으로 들어올 수 있었다. 하지만 이 집에 살면서 한 번도 그런 일을 겪어본 적이 없었다.

레베카가 테라스의 문을 닫았다. 그리고 어둠 속에 갇힌 정원을 한동안 관찰했다. 하지만 아무것도, 누구도 발견하지 못했다.

가끔씩 집 앞을 지나가는 차들의 라이트가 마당의 덤불을 비출 뿐이었다.

몇 분 후, 부엌으로 돌아가는데 갑자기 초인종이 울렸다. 레베카는 그 소리에 소스라치게 놀랐다. 인터폰의 수화기를 들었다.

"네, 안녕하세요. 실례합니다만, 장애인 주차구역에 주차된 회색 토요타 주인 되시죠, 맞죠?"

"네."

레베카가 대답했다. 그리고는 장애인증을 차 뒷유리에 놓지 않았다는 것이 문득 떠올라 짜증이 났다. 그녀는 장애인 특별 혜택 같은 것을 잘 챙기지 못하는 편이었다. 몸이 불편한 누군가가 그 주차 자리를 필요로 하는 모양이었다.

"정말 죄송한데요." 남자 목소리였다. "제가 후진하다가 그만…… 어쩌다 이렇게 된 건지 모르겠는데요…… 심하게 긁힌 건 아닌데 조금……."

"정말요? 제 차와 부딪쳤다는 건가요?"

"정말 죄송합니다……."

"지금 나갈게요!"

레베카는 인터폰의 수화기를 쾅 내려놓았다. 나가기 전에 챙겨야 할 것이 있었다.

레베카는 차 키와 핸드폰, 신분증과 자동차보험카드가 들어있는 지갑을 서둘러 챙겼다.

10

함부르크-빌슈테트. 옌스와 롤프, 카리나는 네 시간째 6층짜리 건물 앞에서 푸드투유의 프로그래머를 기다리고 있었다. 프로그래머는 지하철에서 내린 후 한참을 걸어갔다.

그 건물에는 스물두 가구가 살고 있었기 때문에 초인종 판에 이름이 수두룩했다. 프로그래머가 어느 집에 살지, 이름이 뭔지 알아내는 건 불가능했다. 주민센터에 문의해봤으나 별 도움이 되진 않았다. 옌스는 그래도 그가 피해자들을 이 건물 안으로 끌고 간 것 같지는 않아서 최악의 상황이라고 판단하지는 않았다. 주변이 이렇게 밀집된 곳에서 사람을 4년 동안이나 가둔다는 건 말이 안 되는 일이었으니.

세 경관은 오랜 기다림의 지루함을 떨치기 위해 교대하며 건물의 출입문을 지켜보기로 했다. 옌스의 차례. 롤프와 카리나가 지금 막 모퉁이에 있는 작은 술집 안으로 사라졌다.

옌스는 오늘 저녁에는 레베카에게 전화하지 않겠다는 아까의 결심이 무색하게 그녀에게 전화를 걸었다. 늦은 시간에 전화한 이유로 감시 중인 저 건물 거주자들의 이름을 알아봐달라고 하려던 참이었다. 솔직히 옌스는 레베카의 기분이 어떤지 알고 싶었다. 레베카가 이 사건에 대한 생각을 떨쳐버리지도 못하고 그렇다고 뭔가 할 수 있는 것도 없이 혼자 집에 앉아 있을 걸 떠올리니 그녀를 데리고 오지 않은 게 후회됐다.

옌스는 신호가 계속 가도록 그냥 두었다. 그러나 레베카는 전화를 받지 않았다. 벌써 잠들었나? 나한테 화났나?

바로 그때 옌스는 레베카 생각을 멈춰야 했다. 프로그래머가 빵빵한 백팩을 메고 다시 집 밖으로 나왔기 때문이었다!

옌스가 롤프에게 전화를 하려는데, 마침 롤프와 카리나가 모퉁이 술집 밖으로 나오고 있었다. 그런데 늙다리 롤프가 새파랗게 어린 여형사에게 문을 잡아주며 눈을 떼지 못하고 있었다. 프로그래머가 그들 쪽으로 가고 있는데도.

이런 제기랄, 다 망치게 생겼네! 옌스가 속으로 욕했다.

그때 카리나가 롤프의 쪽으로 몸을 돌리더니 아무렇지도 않게, 원래 그렇게 한다는 듯이 롤프에게 팔을 둘러 그를 끌어당기고 거대한 그의 몸 뒤로 숨었다. 카리나의 두 손이 롤프의 등을 어루만졌다. 한 쌍의 커플처럼.

프로그래머는 재빨리 그들을 지나쳐 동쪽으로 향했다. 옌스는 그가 롤프와 카리나 건너편으로 갈 때까지 조금만 더 기다렸다. 그 둘이 다시 떨어졌다. 롤프의 얼굴에 당황한 기색이 역력했다.

"카리나는 너한테 너무 어려. 네 심장 생각도 해야지."

옌스가 비아냥댔다.

"놈의 백팩에 아직 생필품이 들어 있습니다." 카리나가 한 번 더 전문가 포스를 풍겼다. "그 생필품이 그의 것이라면 집에서 다시 가지고 나오진 않았을 겁니다."

"그렇다면 비올라에게 줄 것들이겠군." 옌스가 추측했다. "킴을 4년간 간신히 살려두긴 했지만 정기적으로 장을 보긴 봐야 했을 거야."

"비올라에게 가는 길이겠네."

롤프가 옌스를 보며 커다랗고 단단한 주먹을 꽉 움켜쥐었다.

"우리는 조금 전처럼 하자고." 옌스가 제안했다. "카리나, 먼저 출발해. 그다음에 롤프, 마지막에 내가 갈게."

카리나가 벌써 길을 나섰다. 기운찬 발걸음으로 길 위를 걸어 갔다.

옌스와 롤프는 2분 후, 카리나가 간 쪽으로 움직이기 시작했다. 말 한마디 없이 긴장된 상태로 카리나의 발꿈치에만 시선을 고정하며 그녀가 보일 정도로만 간격을 유지했다. 어둠 속 가로등 불빛 아래에서 카리나의 모습이 나타났다가 사라지길 반복했다. 그럴 때마다 옌스는 마음을 졸였다. 바움게르트너 경정의 결재가 떨어지지 않은 수사 활동 시에는 옌스에게 모든 책임이 있기 때문이었다. 그의 상사는 늘 최근에 일어난 사건만 처리하길 요구했지만, 경찰 일이란 게 그렇게 돌아가는 것이 아니기에 옌스는 크게 신경 쓰지 않았다. 어느 정도의 유연성은 반드시 필요하니까. 그리고 범인들은 절대로 경찰의 제도와 계획에 맞춰 움직이지 않으니까. 바움게르트너는 옌스가 그 수사를 성공시키더라도 그를 견책할 것이다. 옌스는 자신이 징계를 받는 건 상관이 없지만, 경찰 일을 시작한 지 얼마 안 된 어린 후배가 걱정되었다.

시간이 흐를수록 일이 꼬이고 있다는 느낌이 강하게 들었다. 그래서 옌스는 지원 부대 투입 요청을 고심했다. 하지만, 그렇게 하면 용의자가 낌새를 채고 옆길로 빠져나갈 위험이 있었다. 비올라를 산 채로 찾고 싶으면 당장은 용의자에게 의존하는 수밖에 없었다. 쉽게 헤쳐 나올 수 없는 진퇴양난의 상황이었다. 결국 그 자를 미행하는 것 말고는 달리 할 방법이 없었다.

엔스와 롤프, 카리나는 오 분 간격으로 교대하며 삼십 분째 밤 거리를 활보하는 프로그래머를 쫓고 있었다. 엔스는 그가 의도적으로 지그재그로 길을 걸으며 그들을 따돌리고 있다는 느낌을 받았다.

다시 카리나 차례였다. 그자가 슈타인베커 호숫가의 어두운 공원 안으로 빨려 들어갔다. 무슨 일이 벌어지고 있는지 엔스가 알아차리기도 전에 카리나가 용의자를 따라갔고, 그녀의 모습이 더는 보이지 않았다. 롤프가 저 길 건너편에서 용의자를 지켜보고 있었다. 엔스가 서둘러 롤프에게 달려갔다. 롤프가 서 있는 곳에서 공원이 더 잘 보였다.

"카리나가 위험에 처하지 말아야 할 텐데……."

날카로운 비명에 엔스가 말을 멈췄다. 재빨리 주변을 훑었으나 아무것도 보이지 않았다.

엔스가 롤프보다 앞서 튀어 나갔다. 총을 꺼내 들고 어두운 공원 속으로 들어갔다.

저 멀리 어스름한 불빛 아래 구부정한 형체가 보였다. 백팩을 멘 그 남자 같았다. 엔스가 그를 부르려고 할 때였다. 갑자기 그자가 뒤쪽으로 급히 움직이더니 수풀 사이로 들어갔다.

11

"쉿!"

카리나가 옌스에게 속삭였다. 잠시 후 롤프가 수풀 속으로 허겁지겁 들어왔다.

"그자 때문에 한 커플이 놀라서 소리쳤어요."

카리나가 속삭이며 용의자가 사라진 곳을 가리켰다. 옌스는 심장이 터지는 줄 알았다.

"이런 제길, 난 또⋯⋯."

그는 말을 끝맺지 못했다.

"계속 가." 롤프가 말했다. "이러다가 놓치겠어."

그들은 몇 분이 지난 후에야 둥그스름한 돌들이 촘촘하게 박힌 좁은 골목길에서 프로그래머를 다시 발견했다.

"이제부터 간격을 좁게 유지한다."

옌스가 명령했다. 그 길이 뮈멜만스베르크의 아주 위험한 지역으로 이어지기 때문이었다. 늦은 시간임에도 도처에 사람들이 즐비했고, 작은 술집마다 사람들이 꽉꽉 들어차 있었다. 그렇기에 그들이 눈에 띌 확률은 없었지만, 워낙 조직폭력배가 많고 범죄율이 높은 지역이라 미행이 그리 간단하지 않았다. 대체 저 얼간이 같은 프로그래머는 이 동네에서 뭘 찾아다니는 걸까?

그는 경관들을 13층짜리의 복잡한 무늬로 된 높은 건물로 이끌었다. 그 건물은 마치 테트리스 조각으로 쌓아 놓은 듯했다. 그는 아무런 망설임 없이 출입문을 열고 건물 안으로 들어갔다.

"쫓아가!" 옌스가 소리쳤다. "집이 이렇게 많은 건물에서는 까딱 잘못하면 놓친다고!"

이렇게 혼란스러운 지역의 저런 건물에 놈이 피해자를 숨겼을 거라고는 전혀 예상치 못했다. 그러나 안 될 건 또 뭐란 말인가? 모두들 각자의 생활에만 신경 쓰고, 놈이 피해자의 비명이 밖으로 새어 나가지 못하게 처리만 했다면 충분히 가능한 일이었다. 경찰이 덮치기 전에는 그 건물에서도 한평생을 숨어 지낼 수 있을 것이다.

옌스가 출입문을 열었고, 세 경관은 악취가 나는 건물 안으로 들이닥쳤다. 엘리베이터가 막 움직이기 시작했다. 셋은 엘리베이터의 층수를 보여주는 화면에서 눈을 떼지 못했다.

9층에서 멈췄다.

"좋아." 옌스가 내뱉었다. "자, 저놈 잡으러 가자고! 누가 엘리베이터 탈래?"

롤프가 앞으로 나서며 버튼을 눌러 엘리베이터가 1층으로 돌아오게 했다.

"이런 영예는 가장 나이 많은 사람이 누려야지. 출발하게나, 젊은이들!"

옌스와 카리나는 계단으로 올라갔다. 3층까지는 카리나와 속도를 잘 맞추고 올라갔는데 그다음부터 옌스의 심장이 점점 빠르게 뛰고 호흡이 가빠졌다. 제길, 담배가 문제야. 옌스가 속으로 욕을 했다. 더군다나 평소에 달리기 훈련도 규칙적으로 하고 있지 않았다. 물론 '평소'라는 날이 별로 없긴 했지만.

카라나와의 간격은 갈수록 더 벌어졌다. 그녀는 속도를 줄일 생각이 없어 보였다. 옌스가 중간중간 멈췄다가 난간을 잡고 간신히 몸을 끌고 가는 동안, 카라나는 같은 속도를 유지하며 무섭게 계단을 올라갔다. 그가 잘 오고 있는지 뒤를 돌아보지도 않았고 묻지도 않았다. 옌스는 그런 그녀가 고마울 따름이었다.

8층. 헉헉. 옌스는 죽을 것 같았다. 이럴 수가, 젠장, 쪽팔려! 이 사건만 마무리되면 다시는 담배를 만지지도 않겠다고 맹세했다.

9층에 도착하자 롤프와 카라나가 옌스를 기다리고 있었다. 이마에 땀 몇 방울만 송골송골 맺힌 카라나는 아무 말도 하지 않았지만, 롤프가 그냥 넘어갈 리 없었다.

"네가 엘리베이터를 탈 걸 그랬네. 너 죽어봤자 우리한테 아무런 쓸모가 없잖아."

옌스는 뭐라고 반격할 수가 없었다. 자기 뜻대로 움직이지 않는 꼴 보기 싫은 몸뚱아리 때문에 너무 치욕스러웠다.

"집에 네 개 있습니다." 카라나가 목소리를 낮추며 회색 현관문들을 가리켰다. "랑스샤이트, 외츠권, 칼크, 아브라믹. 이렇게 네 집이고, 현관문에 귀를 대 봤는데도 별다른 소리가 들리지 않아요. 랑스샤이트 씨 집은 텔레비전이 켜져 있는 것 같고 나머지는 전부 조용했습니다. 한 집씩 확인해봐야 할 것 같은데요."

옌스가 그 집들을 둘러봤다. 현관문 네 개. 다닥다닥 붙어있는 네 개의 집. 문득 의문이 들었다. 어떻게 이런 곳에 사람을 4년간 가둬놓을 수 있지? 이웃에게 들키지 않고?

"느낌이 안 좋아."

옌스가 말했다.

"그렇지만 그자는 이 건물로 들어왔고 다시 나오지 않았어요."

카리나가 자신의 생각을 꺼냈다.

"그건 별 도움이 되지 않아. 일단 사람들을 깨워야 해."

옌스는 그렇게 말하고는 랑스샤이트라는 문패가 달린 문을 쾅쾅 두드렸다.

런닝 차림의 나이 든 남자가 문을 열었다. 남자의 배가 힘겹게 불룩 튀어나와 있었다. 집안에는 텔레비전이 틀어진 상태였다. 옌스가 자신과 동료들을 소개하였지만, 그 남자는 별 관심을 보이지 않았다.

"이 층에는 어떤 사람들이 삽니까?" 옌스가 물었다.

랑스샤이트가 비듬이 잔뜩 낀 뒤통수를 긁적였다.

"나이 많은 칼크는 말 수도 없고 앞도 잘 보지 못하지만 정신은 멀쩡합니다. 외츠권은 부인과 함께 사는데 아주 조용하고 편한 사람이고요. 또 도로교통 건설청에 다니고 부지런하고 예의바르죠. 아브라믹에 대해선 할 말 없소! 그놈이 정부에서 계속 내 돈을 받아 처먹으니까 아직도 내가 연금을 납부해야하는 거 아니겠소!"

"아브라믹을 왜 그렇게 생각하십니까?"

"도둑놈이잖소! 기다랗고 시커먼 머리에 기름이나 촬촬 바르고 위협적이고 불결해 보이는 턱수염까지! 어휴. 예전에는 이 건물에 그런 놈은 살지도 않았소."

옌스는 그들이 추적하던 프로그래머의 생김새를 설명하고 랑스샤이트에게 건물에서 그런 사람을 본 적이 있는지 물었다.

랑스샤이트가 머리를 긁자 비듬이 바닥으로 떨어졌고, 옌스는 누리끼리한 그의 런닝을 흘긋 쳐다봤다. 툭 튀어나온 배를 따라 런닝이 팽팽하게 당겨져 있었다.

"그렇게 생긴 사람을 한 서너 번 보긴 했소만. 그런데 여기가 아니라 매번 저 아래에서만 봤소. 이 건물에 사는 건 아니오. 나도 잘 모르겠지만. 어쨌거나, 확실한 건 아니니 누가 여기에서 비밀리에 뭘 하는 건지 알고 싶으면, 음…… 그렇다면, 그 남자가 어떨 때는 지하실에서 올라오긴 하더만."

"지하실 말입니까? 확실해요?"

"분명히 그랬소. 한 며칠 전에 그자가 지하실에서 나오는 걸 봤지. 마침 장보고 집에 들어오는 길이었고……."

"감사합니다, 랑스샤이트 씨. 큰 도움이 됐습니다."

옌스가 그의 말을 딱 잘랐다. 옌스는 롤프, 카리나와 어떻게 할지 상의하고 싶었지만, 랑스샤이트가 반쯤 열린 문 앞에 서서 호기심 가득한 눈으로 그들을 가만히 쳐다보고 있었다.

"안으로 다시 들어가 주시겠습니까, 랑스샤이트 씨?"

옌스가 부탁했다.

"왜 그러오?"

"그래야 하니까요!"

옌스가 그에게 과하게 신경질을 냈다. 그러자 나이 든 남자는 곧바로 문을 쾅 닫고 들어갔다. 그러나 그는 반대편에서 문에 귀를 대고 엿듣고 있을 터였다.

옌스는 롤프와 카리나와 함께 한 층 아래로 내려갔다.

"놈이 우릴 엿 먹였어." 옌스가 좌절했다. "놈이 엘리베이터를 타지 않고 빈 엘리베이터를 9층으로 보낸 거야."

"가능성 있는 얘기야."

롤프가 동의했다.

"그 말은 그가 우릴 눈치챘다는 뜻이겠네요."

카리나가 짐작했다.

"무조건은 아니야. 단순히 조심하는 것일지도 모르지. 일단 지하실을 가보자고. 알겠나?"

롤프 하게나와 카리나 라이니케가 고개를 끄덕였다. 그들은 엘리베이터를 타고 지하실로 내려갔다.

12

[어린 시절]

어슴푸레한 어둠이 길마다 골목마다 깔리고, 사람들이 가족이라는 보호 아래 그들의 담과 창문 뒤에 숨으면, 소년은 밖으로 나가고 싶은 충동이 일었다. 그럴 때면 마음이 편안해지고 밤이 가장 친한 친구처럼 느껴졌다. 밤에는 아무도 그를 보지 않았으니까. 그가 원하는 건 뭐든지 할 수 있었으니까.

이틀 전에 도착한 청소년 보호소는 감옥이 아니라 직원들이 청소년을 돌보는 곳이어서 자정에 몰래 빠져나가도 별문제가 되지 않았다. 게다가 소년은 독방을 썼기 때문에 빠져나가기가 훨씬 더 수월했다.

미지근한 밤공기에 날파리들이 가로등 불빛 아래에서 흩날리고 있었고, 늦은 시간인데도 여름을 즐기는 사람들의 목소리가 종종 들렸다. 큰 소리로 기분 좋게 웃는 여자의 웃음소리에 마음이 끌렸다. 그 여자를 보러 가까이 다가가고 싶었으나 시간적 여유가 없었다. 날이 밝기 전에, 누군가 그의 부재를 알아차리기 전에, 서둘러 일 처리를 하고 보호소로 돌아가야 했다.

어제만 해도 소년은 체포되든지 말든지 상관없었다. 그러나 오늘은 생각이 바뀌었다. 무슨 일이 있어도 몰래 빠져나와야 한다. 그래야 말 농장의 소녀를 그의 손안에 넣을 수 있을 테니까. 소년원에 투옥되어 있으면 그런 기회가 오지 않을 테니까.

전에 지도를 탐색해서 찾은 가장 짧은 지름길로 가도, 중간중간 달려보아도, 도보로 꽤 오랜 시간이 걸렸다. 지름길은 소년을 적막함이 감도는 암흑의 숲으로 안내했고, 그곳의 이름이 왜 검은 산인지 이해가 갔다. 손전등도 없어서 어스름한 달빛에만 의존해야 했다. 그래도 두렵지 않았다. 오히려 끝없이 광대한 숲속에서 편안함을 느꼈다. 그곳에는 그를 위협하는 것이 아무것도 없었으니. 그를 몰아세우는 사람도, 무시하는 사람도, 경멸하거나 때리는 사람도, 그리고 원하지 않는 걸 하라고 강요하는 사람도 없었으니.

숲을 걸어가면서 언제부턴가 딱딱 소리를 내고 있었다. 새로운 리듬이었다. 밤공기를 타고 퍼지는 그 리듬에 용기가 넘쳐나고 안전할 거란 믿음이 생겼다. 소년은 그 일을 꼭 해야만 했다.

드디어 다 쓰러져 가는 작은 집에 도착했다. 삭막한 어둠을 배경으로 한 그 집은 죽음과 몰락의 상징물 같았다. 거실 창문 밖으로 텔레비전의 깜빡이는 빛이 새어 나오지 않는 걸 보니 부모님은 잠자리에 든 모양이었다.

집 뒤편에 작은 창고가 있는데 그 안에는 마당 관리에 필요한 잡다한 물건이 들어있었다. 특히 휘발유로 작동하는 예초기가. 그 집으로 이사 온 후 처음에, 아버지가 미친 듯이 열광하는 병적인 단계에 있을 때는 그 예초기로 한 두 세번 잔디를 깎기도 했었다. 아버지가 약물에 빠지기 전에 말이다. 그 이후 마당은 아무도 관심을 쏟지 않는 잡초가 무성한 버려진 곳이 되었다.

창고의 나무 문은 잠겨 있지 않았다. 소년이 문을 열자 경첩에서 끼이익 소리가 났다. 하지만 그는 신경 쓰지 않았다. 어차피 이웃도 없을뿐더러 집안에서는 들리지 않을 테니.

왼손을 더듬어 전등 스위치를 찾았다. 낡은 전구가 어둠을 헤치고 기나긴 행군을 한 소년을 비추었다. 먼지 냄새와 기름, 휘발유 냄새가 났다. 노란색 5리터 양철통이 작업대 아래에 있었다. 소년은 양철통을 꺼내고 반 정도 차 있는 걸 확인한 후, 뚜껑을 돌려서 열고 구멍에 코를 대고 숨을 깊게 들이마셨다.

휘발유 냄새에 소년은 정신을 잃을 뻔했다.

기름보일러를 쓰기 때문에 창고와 집 사이에는 방화문이 있었다. 그는 방화문을 열고 까치발로 조심스레 들어가 거실로 이어지는 문지방에 섰다. 종종 그랬듯 둘 다 텔레비전 앞에서 잠들어 있었다. 낮게 코 고는 소리가 들리는 걸 보니 잠에 푹 빠져있는 듯했다.

거실에서 술 냄새와 니코틴 냄새가 사람 냄새와 섞여 아주 지독하게 풍겼다. 아버지는 기다란 소파에 쭉 뻗어 있고, 어머니는 작은 소파 위에 몸을 웅크린 채로 이불을 덮고 있었는데 그 모습이 몹시 처량해 보였다. 아버지가 웃옷을 가슴팍까지 까고 있어서 어둠 속에서도 희멀건한 배가 훤히 보였다. 부모님 사이의 테이블 위에는 맥주병이며, 재떨이, 담배꽁초, 감자칩 봉지와 먹다 남은 음식까지 즐비했다. 아주 가관이었다. 그 가운데 라이터가 보였다.

소년은 거실로 들어가 테이블 위의 라이터를 집었다.

그리고 어떻게 하면 가장 깔끔하게 처리할 수 있을까, 고민했다. 그들의 몸에 직접 휘발유를 들이붓는 게 가장 효과적일 것 같다는 생각에 소파 바로 앞의 카펫을 밟고 섰다. 이러다가 휘발유 냄새가 너무 독해서 깨면 어쩌지?

뭔 상관이야! 소년은 위험을 감수하기로 했다.

무릎을 꿇고 양철통을 기울여 휘발유를 카펫에 콸콸 부었다. 대략 4분의 1 정도가 흘러나왔다. 소년이 몸을 일으켰을 때, 아버지가 그를 보고 있었다. 막 악몽에서 깬 것처럼 눈을 휘둥그레 뜨고. 소년이 아버지를 응시했다. 아버지는 눈도 깜빡이지 않고 움직이지도 않고 말도 하지 않았다. 휘발유 냄새를 맡았는지 콧구멍만 연신 벌름댔다. 정말 잠에서 깬 걸까, 아니면 약에 취해있는 걸까?

소년이 라이터를 들어 올려 아버지에게 보여줬지만, 아버지는 아무런 반응도 하지 않고 눈만 동그랗게 뜨고 있었다.

"드디어 편안해질 수 있겠네요."

소년은 그렇게 속삭이며 소파 쪽으로 한 걸음 다가가 휘발유에 젖은 카펫에 불을 붙였다.

강렬하고 폭발적인 굉음이 펑 하며 공기 중에 울려 퍼졌고, 소년은 뒤로 몸을 던졌다. 사실은 방화를 은폐하기 위해 양철통을 가지고 나와 도로 창고에 넣어 두려고 했으나, 뜻대로 되지 않았다. 일초도 되지 않아 불이 붙었고 그 열기가 대단했다.

소년은 무릎으로 기어서 겨우 거실 뒤로 빠져나갔다. 복도에 도착했을 때쯤 부모님이 비명을 지르기 시작했다. 먼저 아버지의 비명이 들렸다. 그 비명으로 소년은 부모님이 이제 아들을 잃게 된다는 것과 곧 침묵하게 될 거란 걸 알 수 있었다.

그러나 어머니의 날카로운 비명은 꽤 오랫동안 귓가를 맴돌았다. 소년에게는 낯선 어머니의 비명이었다. 그녀의 비명은 창고에서도, 숲길에서도 계속 쫓아다녔다.

보호소로 돌아가는 길 내내 쫓아왔다. 소년이 아무리 뛰고 달리고 뛰어 봐도 떨쳐지지 않았다. 절대로. 소년의 남은 인생 내내.

13

콘크리트 천장 아래의 차갑고 강한 형광등 불빛이 밋밋한 회색 벽을 타고 흘렀다. 묵직한 방화문으로 분리된 구불구불한 복도에서 케케묵은 먼지 냄새가 풍기고 공기가 무척 탁했다. 천장 아래에 얇고 굵은 공급관들이 계속 이어져 있어서 허리를 숙이고 다녀야만 했다. 공급관 안에서 쏴쏴 거리는 소리와 쾅쾅 부딪치는 소리가 들렸다. 옌스와 롤프, 카라나는 권총을 들고 천천히 전진하면서 지하실 칸을 하나하나 살폈지만 건물의 거주자들이 각자의 칸에 잡다한 물건을 보관하느라 잠가 둔 곳이 많았다. 지금까지는 프로그래머가 지하실에 있다는 단서가 전혀 잡히지 않았다.

옌스의 의심이 꿈틀대기 시작했다. 여기도 잘못 짚은 거라면, 얀 란다우 때처럼 또 소중한 시간을 낭비하고 있는 거라면, 비올라 메이에게 끔찍한 결과가 따를 수도 있었다.

너무나 많은 단서들이 푸드투유의 프로그래머를 범인으로 지목하고 있었고, 딱 몇 가지만 그와 맞지 않았다. 예를 들어, 달링…… 내 인생의 빛. 이 말은 킴 란다우가 끊임없이 반복하던 건데, 옛날 미국 영화에서 나온 대사이고 얀 란다우가 그 문구를 티셔츠에 인쇄해서 판매했었다. 프로그래머가 그 대사와 무슨 연관이 있겠는가? 푸드투유의 프로그래머가 그 대사를 어디서 알았겠는가? 아니면 그는 그 문구를 전혀 모르는데 킴이 어디 다른 데서 들은 걸까? 설마 자기 아빠한테?

그들 앞에 묵직한 방화문이 또 나타났다. 롤프가 방화문을 받치고 섰고, 나머지 둘이 안으로 들어갔다. 저 뒤에 어두침침하고 커다란 공간이 있었다. 그곳은 잘 보이지 않았다. 보일러가 돌아가는 석유 냄새가 나고, 어둠 속 어딘가에서 주택 단지용인 커다란 난방 장치가 둔탁한 소리를 내고 있었다. 롤프가 손을 뻗어 전등 스위치를 찾았다.

옌스가 롤프의 행동을 중단시켰다.

"잠깐." 옌스는 목소리를 낮췄다. "이 문은 왜 잠겨있지 않지? 설비실에 아무나 들어와도 되는 건가?"

롤프가 수긍하고 불을 켜지 않았다. 손전등을 가진 사람이 아무도 없었기에 셋은 비상구 등에 만족해야 할 판이었다. 벽에 철사로 동여맨 반원의 자그마한 전구가 규칙적인 간격으로 달려있었는데, 대부분은 하얀 불이고 몇몇은 빨간 불이었다. 그 정도면 중요한 걸 파악하기엔 충분했다.

좁은 콘크리트 복도를 따라가다 보니 바닥에 철제로 된 격자무늬 덮개가 나왔다.

철제 덮개의 2m 아래에 수직 통로가 있고, 거기에 또 공급관이 있었다. 옌스는 어떻게 해야 그곳에 갈 수 있는지 알 수가 없었다. 철제 덮개의 끝은 반대편 복도까지 이어져 있었다. 그 복도를 따라가면 또 다른 커다란 지하 공간이 나왔다.

전기 설비들의 웅웅 쏴쏴소리 사이로 수상한 소음이 들렸다. 기계소리가 아닌 듯한. 셋은 그 자리에 멈춰 귀 기울였다. 또 그 소리가 났다.

끙끙 앓는 소리였다. 멀지 않은 곳이었다. 셋 모두 착각한 게 아니라면, 아래쪽 공급관이 있는 수직통로에서 나는 게 분명했다. 셋은 눈짓과 손짓으로 신호를 보내며 각자 역할을 맡았다. 롤프와 카리나는 복도를 따라 계속 가고, 옌스는 되돌아가서 수직통로로 내려갈 방법을 찾아보기로 했다. 옌스가 덮개를 열었더니 측면에 얇은 철제사다리가 있었다. 조심스레 아래로 내려갔다. 폭이 2m 정도 되는 통로는 공기가 차고 습했다. 오른쪽과 왼쪽에 팔뚝 굵기의 전깃줄이 매달려 있었다.

반대편은 롤프와 카리나가 맡았다. 그들도 마찬가지로 통로 아래로 내려가고 있었다. 가냘프고 젊은 여자 뒤에 덩치 크고 우락부락한 남자가 살금살금 따라오고 있는 모습을 보고 있자니, 정말 웃기지도 않았다.

갑자기 카리나가 무언가를 뚫어지게 쳐다보며 옌스에게 오른쪽으로 비키라는 신호를 보냈다. 옌스가 자리에서 나와야만 무언가 보이는 모양이었다. 수직통로에는 갈림길이 있었다. 높이 2m와 폭 2m의 터널로 이어진 그 터널에도 철사로 동여맨 작은 전구뿐이어서 빛이 어스름했다. 저쪽에서 그 소리가 들렸다. 그런데 이번엔 끙끙대는 소리가 아니라 하하 웃는 소리였다.

옌스가 먼저 갈림길로 나섰다. 끝에 철문이 보였다. 철문 틈 사이로 한 줄기 빛이 벽으로 쏟아지고 있었다. 문 뒤에서 누군가 뭐라 말하고 있었지만, 알아들을 수가 없었다. 아랍어 같았다.

서둘러 두 걸음을 내디뎠다. 총을 들고 문을 붙잡아 벌컥 열고 크게 소리쳤다.

"경찰이다."

모두들 얼빠진 얼굴로 그들을 응시했다.

그곳은 건물의 전기를 제어하고 관리하는 전기실이었다. 바닥에 두꺼운 매트리스가 몇 개 깔려 있고 그 위에 페트병과 식료품이 담긴 오렌지 박스가 있었다. 책들과 공책, 장난감 등등. 모든 물건이 생각 없이 나뒹굴고 있었다.

놀라서 휘둥그레진 열두 개의 까만 눈동자가, 검은 머리의 청년 여섯 명이 옌스를 바라봤다.

프로그래머의 얼굴에는 다정한 미소가 굳어 있었다.

14

옌스는 다행이다 싶으면서도 실망하고 절망했다. 다행이라 생각한 건, 그 건물에 얀 란다우의 저택에서처럼 수색부대를 투입하지 않아서였다. 이번에 또 실패했으면 옌스는 바움게르트너 경정에게 다시 한번 잘못을 정당화시켜야 할 터였다.

실망한 건, 그자가 분명히 범인이 맞을 거라고 확신했기에 비올라 메이를 비롯한 앞으로의 피해자를 미친 범죄자로부터 구해낼 수 있다고 믿었기 때문이었다.

절망한 건, 단서가 그렇게 많은데도 불구하고 수사 방향을 제대로 잡지 못해서였다.

푸드투유 프로그래머의 이름은 말테 쾨프케. 말테 쾨프케는 그 건물의 전기공인 친구와 함께 몇 주 전부터 여섯 명의 시리아 출신 청년을 지하실 깊숙이 있는 전기실에 숨겨 놓았다. 이유는 그들이 추방됐기 때문. 그래서 주기적으로 그곳에 식료품을 가져다 나르며 수상하게 행동한 것이었다. 쾨프케는 시리아 청년들과 아이들을 추방하지 말아 달라고 눈물을 흘리며 빌어도 보고 간절히 부탁하기도 했다. 시리아로 돌아가면 무기를 들고 전쟁에 나갈 거고 하루살이 인생처럼 금세 목숨을 잃을 거라면서.

엔스와 롤프, 카리나는 대단한 조언이나 상담을 해줄 순 없었다. 대신 프로그래머에게 24시간의 기한을 주고 그 안에 적합하지 않은 그 공간은 모두 정리하고, 아이들은 위탁할만한 다른 곳에 보내라고 했다.

카리나와 롤프는 그 일을 마친 후 집으로 돌아갔다. 둘 다 진이 다 빠져서 단 몇 시간이라도 잠을 청해야 했다. 엔스도 마찬가지로 두들겨 맞은 듯 온몸이 쑤셨지만 먼저 레베카와 이야기를 나누고 싶었다. 깔끔하게 정리된 레베카의 의견을 듣지 않고는 눈을 감을 수 없었다. 피곤함이 왔다가 갈 정도였다.

그러나 레베카는 전화를 받지 않았다. 엔스는 조금 걱정이 되었다. 수사가 어떻게 됐는지 궁금해서 핸드폰 벨 소리를 크게 해놨을 텐데…….

추적 수사에 투입시키지 않고 집으로 보내서 기분이 상했나? 엔스는 레베카가 외부 수사 활동을 얼마나 좋아하는지 익히 알고 있었다. 그러나 그것이 늘 가능한 것은 아니었다. 레베카의 불편한 다리 때문에……. 물론 행정 업무를 처리하는 데는 전혀 문제가 되지 않았다. 옌스가 신경 쓸 필요 없을 만큼.

새벽 한 시가 다 된 시각. 옌스는 레드 레이디를 레베카의 집에서 좀 떨어진 구석진 길가에 주차했다. 그러고는 100m 쯤 되는 거리를 걸어갔다. 밤공기가 그렇게 시원하지는 않았지만, 끝도 모르고 뜨거워지는 한낮보다는 훨씬 나았다. 조용한 주택단지에는 야심한 시간에 돌아다니는 사람이 하나도 없었다.

레베카의 집에 도착한 옌스는 장애인 주차구역에 세워져 있는 그녀의 도요타를 보았다. 불이 켜진 창문이 없었다. 텔레비전의 깜빡이는 빛도 없었다. 아무래도 초인종을 눌러서 레베카를 깨워야 할 것 같았다.

전에도 몇 번 그렇게 한 적이 있었는데, 레베카는 전혀 거리낌이 없었다. 특히 지금처럼 사안이 위중하고, 최소한 레베카가 사건의 전개를 매우 궁금해하는 경우라면, 그럴 땐 잠을 깨우는 걸 기분 나빠하지 않았다. 옌스는 레베카에게 다시 전화를 걸었다. 그러나 받지 않았다.

결국 옌스는 겨울정원의 앞마당으로 조심스럽게 들어가서 레베카가 소파에서 잠들었는지 살폈다. 하지만 거기에도 없었다. 집은 캄캄했고 핸드폰 벨 소리도 들리지 않았다.

그때부터 옌스는 정말 걱정이 되기 시작했다. 초인종을 눌러도 대답이 없었다. 옌스는 레베카 집 건물의 출입문과 현관문 보조열쇠를 가지러 서둘러 그의 차로 갔다. 예전에 레베카가 혹시 자기가 어디에 부딪히거나 집에서 못 나올 경우를 대비해 옌스에게 맡긴 것이었다.

몇 분 후, 옌스가 출입문의 열쇠구멍에 열쇠를 급하게 쑤셔 넣었다. 그런데 문이 잠겨있지 않았다. 그냥 닫혀 있을 뿐. 그 집에 다른 세입자도 살고 있기 때문에 충분히 있을 법한 일이었다.

그런데 현관문도 같은 상태였다. 닫혀 있기만 할 뿐 잠겨있지 않았다.

옌스가 문을 열었다.

"레베카?"

적막. "나야."

답이 없었다.

부엌과 거실, 욕실도 비어있었다. 옌스는 꽉 닫힌 침실 문 앞에 우두커니 섰다. 노크를 하기가 망설여졌지만, 달리할 수 있는 일이 뭐가 있겠는가?

"레베카?"

쾅쾅. 노크를 세게 했는데도 안에서 아무런 인기척이 느껴지지 않았다. 마음을 다잡고 방문을 빼꼼 열었다.

복도의 불빛이 침실로 스며들어 텅 빈 침대를 비추었다. 문을 홱 열어젖혔다. 방에 아무도 없었다. 흔적도 없었다.

"레베카!"

온 집안에 퍼지도록 한 번 더 크게 외쳤다.

점점 커지는 두려움을 품고 어디에도 보이지 않는 그녀를 하염없이 찾아다니다가 다시 복도로 돌아왔는데, 나지막한 흰 테이블이 눈에 들어왔다. 레베카는 늘 집에 돌아오자마자 테이블 위의 평평한 점토 접시에 열쇠 꾸러미와 지갑을 올려놓곤 했다.

접시에 열쇠 꾸러미도 없고 지갑도 없었다. 핸드폰도.

그 충격에 심장이 마비되는 것 같았다. 비틀비틀 뒷걸음질 치며 가슴을 부여잡고 거친 호흡을 내뱉었다.

15

손끝이 아팠다. 가운뎃손가락은 벌써 벗겨졌다. 손끝을 만져보니 미끄덩한 피가 느껴졌다. 그래도 손가락을 대고 벽을 따라가는 걸 멈출 수 없었다. 얼마를 가든지, 얼마나 어둡든지 상관없었다.

너무 추워서 머리털이 하나도 없는 머리통과 손이 얼 것 같았다. 그 소리를 엿들으려고 걸음을 멈췄더니 온몸이 얼어붙었다. 아까의 소리는 조금 전부터 들리지 않았다. 내가 환청을 들은 건가? 여긴 뭐 하는 곳이지? 저놈은 대체 무엇 때문에 날 여기에 가둬 놓는 걸까? 하필이면 왜 나일까?

그 남자는 미쳤다. 그건 확실했다. 납치 이유와 방법에 대한 질문은 더 이상 필요하지 않았다. 중요한 건, 자비네를 찾아내서 함께 탈출하는 것, 그것뿐이었다.

벽에 좁다란 통로들이 있었다. 폭은 문과 비슷한데 문짝은 달려있지 않았다. 여태까지 통로 다섯 개를 발견했지만, 들어가도 될지 확신이 서지 않았다. 차라리 앞에 나 있는 길을 따라 쭉 걷는 게 나았다. 통로로 들어갔다가 길이 막히면, 다시 그 철문으로 돌아가야 할 테니까. 오른손을 더듬더듬대자 통로가 또 만져졌다. 바로 그때, 그 소리가 또 들렸다. 비올라는 통로로 들어가고 싶었다.

그 소리는 긁는 소리도, 문지르는 소리도 아니었다. 어떤 금속이 시끄럽게 덜커덕거리는 소리였다. 그 소리가 벽과 벽 사이로 메아리쳐서 비올라가 있는 데까지 들렸다. 멎을 기미가 보이지 않았다.

그때, 저쪽에서 빛이 보였다!

저 앞, 한 10m 정도 떨어진 곳에서 뿌연 불빛이 오른쪽에서 통로를 따라 번지더니 그녀가 있는 데까지 뻗쳤다. 그러나 눈동자가 새까만 어둠 속에 익숙해져서 빛의 형체를 알아볼 수 없었다.

비올라는 자신을 오른쪽으로 안내해 줄 통로로 서둘러 발을 내디뎠다. 그 끝에 있는 불빛이 너무 강렬해서 빛의 근원이 보이지 않았다.

그때부터 신중하게 그리고 천천히 걸어갔다. 한 걸음 한 걸음 다가갈수록 통로의 끝에 어떤 공간이 불빛으로 채워져 있다는 것이 분명해졌다. 불빛에 도착하기도 전에 목소리가 울렸다.

"비올라, 달링…… 내 인생의 빛……. 여기로 와, 여기로 오면 네가 필요한 걸 다 얻을 수 있어."

저 위 어디에선가 목소리가 들렸다. 목소리는 좁다란 통로와 공간들로 순식간에 흩어지고 좀전의 새된 소리처럼 메아리쳤다.

그의 목소리. 비올라를 괴롭히는 그 남자였다. 비올라는 두려웠지만 계속 앞으로 갔다. 저 불빛 속에 무엇이 있는지 알고 싶었다.

통로의 끝에 커다란 방이 있었는데, 어둠 속에 있어서 방의 끝에 다다를 수가 없었다. 빛을 찾아 고개를 들어보니 한 3m~4m 높이에 네모난 구멍이 있고, 그 구멍에서 바닥으로 빛이 쏟아져 콘크리트 바닥 위에 찌그러진 마름모 모양의 환한 얼룩을 새겼다.

그 환한 얼룩과 주변에는 온갖 쓰레기와 오물 투성이었다. 빈 봉지와 빈 병들, 종이와 비닐 랩. 그런 것들이 갈기갈기 찢겨 사방에 널려 있었다. 야생 동물이 한바탕 난리를 쳐 놓은 것처럼.

비올라가 어떤 생각을 떠올리기도 전에 빛이 쏟아지는 위의 구멍에서 덜커덩 소리가 났다. 잠시 후, 무언가 바닥으로 툭 떨어졌다. 비올라는 자리에서 일어나 고개를 위로 젖혔다. 대체 무슨 일인지 믿을 수가 없었다. 물병과 통조림 캔, 포장된 식료품이 하늘에서 떨어지고 있었다.

그 소란은 한 십 초간 계속됐다. 그러고는 또 아무 일도 일어나지 않더니 덜커덩 소리와 함께 불빛이 사라져 버렸다. 삽시간에 다시 어둠 속에 갇혔다.

얕은 숨을 쉬며 기다렸다. 무슨 일이라도 일어나기를. 그리고 깨달았다. 전부 지나갔다는 것을. 그리고 또다시 들려왔다. 스윽 스윽 밀리고 긁히는 소리가. 무언가 바닥을 기어 다니는 것 같은 그런 소리가.

그러나 그 공간에는 또다시 비올라 혼자였다.

16

여기저기서 민원 전화가 빗발치겠지만, 옌스는 상관없었다. 야간 근무 중인 경관 열 명이 그 거리에 사는 이웃 전부를 전화로 깨워서 저녁에 뭔가 이상하거나 수상한 점이 있었는지 물었다. 롤프 하게나와 카리나 라이니케도 다시 돌아왔다. 막 잠을 자려던 참이었는데도 그들은 단 일초도 망설이지 않았다.

그러는 사이 옌스의 절망은 점점 더 극을 향해 달렸다. 전에 알지 못했던 만큼 절망스러웠다. 화가 나서 속이 부글부글 끓거나 매우 분노하거나 더 이상 어찌할 바를 모를 때면, 보통 그는 침착함을 유지하며 저항하려는 힘과 싸우곤 했지만 이번엔 절대 불가능했다. 레베카가 목숨이 위태로울 정도의 위험에 처했을 거라는 것 말고 다른 건 떠오르지 않았고, 그 생각이 그의 이성을 앗아갔다. 어떻게 이런 일이 일어날 수 있지? 대체 뭘 못 보고 지나친 걸까? 범인이 대체 어디에서 어떻게 레베카를 봤냔 말이야!

정확히 똑같은 질문을 옌스는 비난의 목소리로 롤프와 카리나에게 해댔다. 롤프와 카리나가 레베카를 데리고 푸드투유에 갔기 때문에 그들에게 잘못이 있을 가능성이 있었으니까. 롤프가 당황했다. 카리나는 고심하다가 옌스와 마찬가지로 레베카가 범인에게 납치됐다고 추측한 것 같았다.

"저희는 지금 범인의 범행 동기에 대해서도 알아내지 못했습니다." 카리나가 입을 열었다. "그러나 범인은 자기를 알아볼 수 있는 유일한 사람, 즉 레베카 경관님을 납치했어요. 폭력도 없이 침입도 하지 않고 말입니다. 너무 쉽게요."

"푸드투유의 배달도 없었고."

롤프가 덧붙였다.

"맞아요. 하지만 그렇다고 해서 범인이 푸드투유의 연락망을 사용하지 않았다고 볼 순 없습니다. 어쨌든 모든 단서들을 우연이라고 할 수는 없을 테니까요. 도대체 범인은 피해자를 어떻게 집에서 나오게 하는 걸까요? 피해자들이 범인에게 순순히 다가간 걸로 보이는데, 그 부분이 도무지 이해가 가지 않아요. 레베카 경관님이 쉽게 속을 리가 없잖아요."

옌스는 안절부절못하며 거실을 오르락내리락했다. 가구들을 밟지 않으려면 정신 똑바로 차려야 했다. 뼛속까지 육체적 수사 활동을 강하게 갈망하고 있었기 때문에 옌스는 레베카를 찾으러 밖으로 나가야만 했다. 그녀를 데려간 그 미친 새끼를 죽도록 패 버리고 싶었다.

"지금 그게 다 무슨 소용이야!" 옌스가 버럭 소리를 질렀다. "그 새끼가 누군지 알아내야 한다고! 제길! 놈이 우리를 관찰할 정도로 아주 가까이에 있는데도 우리는 놈을 보지 못하고 있어. 젠장, 잘 생각해 보란 말이야! 푸드투유에 또 누가 있었어?"

"대표와 프로그래머 열댓 명. 그치만 그들을 전부 조사하려면 한참 걸릴 거야."

롤프가 대답했다.

"팀장님과 있을 때는 어땠습니까?"

카리나가 주눅 들지 않고 옌스에게 물었다. 옌스의 호통은 카
리나에게 아무런 영향도 미치지 않았다.

"나랑?"

"네. 한번 잘 생각해 보십시오. 레베카 경관님과 거기 다녀오셨
잖아요. 얀 란다우의 비디오 가게 말입니다. 혹시 그곳에서 범인
이 두 분을 본 건 아닐까요?"

옌스는 재빨리 아니 라고 말하고 싶었으나 그만두기로 하고
기억을 더듬었다. 빨리 그때 상황을 떠올려 보라고!

둘은 다른 사람들 몇몇과 길 건너편에서 횡단보도 신호 대기
중이었다. 그들 앞에 있던 남자 둘이 얀 란다우의 필름박스로 들
어갔고, 어떤 한 남자가 상자가 잔뜩 실린 손수레를 밀고 있길래
옌스가 필름박스의 문을 열고 잡아주었다. 그 손수레 남자가 가
장 먼저 가게에서 나갔다. 옌스가 빅토르 코르카티스와 이야기를
나누고 있을 때, 두 남자 중 하나가 DVD 두 개 값을 지불했다.
그의 얼굴이 정확하게 기억나지는 않지만 금발은 분명 아니었다.
레베카가 내 인생의 빛 어쩌고 하는 티셔츠를 발견해서 이야기하
고 있는 동안, 그리고 옌스가 얀 란다우의 집 주소로 수색 부대
투입 명령을 내리는 동안, 옌스와 레베카보다 먼저 들어간 두 남
자 중 한 남자는 틀림없이 비디오 가게 안에 있었다. 왜냐면 가게
안에서 출입문의 시끄러운 벨 소리를 들었던 기억이 없었으니까.

"내가 레베카랑 횡단보도 신호를 기다리고 있을 때," 옌스가 기억을 되짚었다. "레베카에게 이렇게 말했어. 얀 란다우가 범인이 확실하다면, 절대로 티 내지 말라고. 그때 누군가 우리 근처에 있었던 것 같아. 그리고 비디오 가게에 머물면서 우리 얘기를 전부 엿들은 거지……."

순간 그들 사이로 얼음처럼 차가운 침묵이 확 번졌다. 옌스와 카리나, 롤프는 서로를 뚫어지게 바라봤다. 대책 없는 걱정이 날것의 공포로 변했다. 범인은 수사관이 뒤쫓고 있다는 것에 눈 하나 깜짝하지 않는 소름 끼치도록 지독한 놈이 확실했다!

초인종 소리가 침묵을 깼다. 제복 차림의 경관이 거실로 들어섰다. 옌스는 경관의 얼굴은 알지만 이름은 몰랐다.

"건넛집에 말입니다." 즉시 경관이 보고를 시작했다. "'트루더링'이라는 나이 든 여자가 사는데, 그 사람이 무언가를 봤다고 합니다. 저녁에 어떤 차가 비상등을 켜고 레베카 오스발트 경관님의 차 옆에 한 오분 간 서 있었다고 합니다. 잠시 후 오스발트 경관님이 집에서 휠체어를 타고 나왔고 그 차에 탄 남자와 이야기를 나눴답니다. 트루더링 부인 말로는, 그 남자와 오스발트 경관님, 둘이 아는 사이 같더랍니다. 그래서 트루더링 부인은 관심을 끄고 귄터 야우흐*가 진행하는 텔레비전 프로그램을 봤다고 했습니다."

"그 남자의 생김새는?"

---

* 독일의 유명한 방송 진행자이다.

경관이 고개를 저었다.

"너무 어두워서 두 사람의 그림자만 보였답니다. 하나는 휠체어가 분명했다고 말했습니다."

"그럼 비상등을 켜고 있던 그 차는?"

"배송용 트럭이었고, 하얀색 같다고 했습니다."

"이런 제기랄!" 옌스가 소리치며 싸구려 이케아 의자를 발로 걷어찼다. 의자가 벽 쪽으로 날아갔다. "그딴 건 전혀 도움이 되지 않는다고!"

경찰 제복 차림의 경관이 주눅 들어 몸을 움츠렸다.

"어쩌면 범인이 이렇게 했을 수도 있지 않을까요?" 카리나였다. "레베카 경관님이 배달 음식을 시켰는데, 범인이 어떤 핑계를 대서 음식을 안으로 갖고 갈 수 없다고 하면서 경관님을 밖으로 유인한 거죠."

"말도 안 되는 소리." 옌스가 딱 잘라 말했다. "그게 무슨 말 같지도 않은 이유야? 게다가 레베카가 푸드투유에 음식을 왜 시키겠어?"

"레베카 경관님이 음식을 시키지 않았다면, 범인이 어떻게 밖으로 유인했을까요?" 카리나는 의견을 굽히지 않았다. "흠, 범인의 배송 트럭이 비상등을 켜고 레베카 경관님의 토요타 옆에 있었다……. 무슨 상황이었을까요?"

"접촉사고?"

롤프가 말했다.

"맞습니다!" 카리나가 손가락을 치켜세웠다. "드디어 찾았어요!

범인은 피해자가 피자를 배달하길 기다렸다가 배달오기 직전에, 먼저 초인종을 누르고 배달원이라고 한 다음에 차를 빼다가 피해자의 차를 살짝 긁었다고 얘기한 겁니다. 그러면 피해자는 당연히 밖으로 나올 테니까요. 지갑이며 열쇠, 가능하면 핸드폰까지 들고 말입니다. 교통사고 처리를 하려면 필요한 것들이잖아요. 피해자들 집에 남겨져 있던 손도 대지 않은 배달 음식과 잠깐 앞에 나간 듯한 분위기가 이제야 설명이 되는군요. 레베카 경관님한테도 똑같이 한 겁니다. 배달 음식만 제외하고 말이에요."

옌스가 카리나를 가만히 처다보았다. 맞는 말 같았다.

"설득력이 있군." 옌스가 말했다. "그래도 여전히 의문점이 있어. 범인과 푸드투유의 관계. 놈은 여자들을 막다른 길로 몰고 그들을 격리시켰어. 여자들에게 극한의 공포를 심고 저녁에 집 밖을 나가지 못 하게 한 다음 어느 순간 자발적으로 배달 음식을 시키게 했지. 그리고 나서 범행을 저지른 거야. 그런데 놈은 피해자들이 푸드투유에 배달 음식을 시킬 거란 걸 어떻게 알았을까? 좋아, 그가 피해자들을 몇 주간 몰래 지켜봤다고 치자고. 그렇지만 다른 배달 업체도 많단 말이지. 혹시 어느 배달 업체에 시키든지 그건 상관없는 걸까? 아니야, 그럴 리가 없어. 놈은 한참 전부터 계획했다고. 우연 같은 거 믿는 놈이 아니야. 피해자들이 언제, 그러니까 두려움에 집 안으로 기어들어 가는 시간대와 푸드투유의 전단지, 쿠폰의 상태에 대해 정확하게 파악하고 있었던 거야……."

옌스의 핸드폰이 울렸다. 그의 생각이 뚝 끊겼다. 저장되지 않은 번호였다. 처음 보는 번호. 벤야민 슈나이더의 엄마였다.

흥분한 목소리였다.

17

엔스는 서둘러 레드 레이디에서 내렸다. 유타 슈나이더의 전화를 받은 후, 차 지붕에 비상경광등 올리고 최대 속력으로 지페르젠으로 향했다.

몹시 흥분한 유타 슈나이더는 엔스에게 너무 걱정된다고 털어놓았다. 얀 란다우가 한 시간 전에 그녀의 집에 나타나서 수상한 질문을 했다는 것이다. 푸드투유의 프로그래머가 범인이 아니란 것이 드러난 이후 도주 중인 얀 란다우는 다시 주요 용의자로 내몰렸다. 유타 슈나이더는 전화상으로 엔스의 질문에 제대로 답을 할 수 없는 상태였기에 그는 그녀의 집으로 가야만 했다. 최소한 얀 란다우가 이 사건의 수사에 대해 캐물었다는 것은 확실했다.

엔스가 슈나이더의 집 앞에 도착했을 때는 이미 새벽 한 시를 훌쩍 넘긴 시각이었는데도, 모든 창밖으로 불빛이 비치고 있었다. 지금처럼 긴장되고 떨린 적은 처음이었다. 예전에도 굉장히 급하게 진행되었던 강력 사건들이 많았지만, 개인적인 인간관계가 얽혀 있지는 않았다. 시간은 점점 그와 맞서 싸우려는 야수로 변모해 갔다. 모든 단서가 정황상 맞지 않다고 증명됐는데도, 엔스는 그것을 계속 추적했다. 야속하게도 시간은 흘러 새벽 두 시를 가리켰다. 삶이 사라지고 있었다. 비올라의 삶이. 그리고 레베카의 삶이.

옌스는 레베카가 그놈의 손아귀에 들어갔다는 것에 한 치의 의심도 없었다. 그녀가 그토록 추적하고 싶어 했던 그의 손에. 이것이 그에 대한 결과였다.

이런 젠장! 그때 필름박스에서 배가 싸하게 불편했던 느낌을 믿었어야 했다! 옌스는 필름박스에서 확신했었다. 영화 대사가 찍힌 티셔츠만 봐도 알 수 있었다. 그런 걸 우연이라고 할 순 없었다.

그사이에 나타난 프로그래머 말테 쾨프케의 혐의도 꽤 설득력 있고 명백했다. 게다가 레베카가 비올라 메이의 핸드폰에 있던 흐릿한 사진 속의 남자와 90퍼센트 일치한다고 했으니. 레베카는 자신의 오판 때문에 스스로를 치명적인 상황으로 내몰았다.

그러나 아직 잃은 건 아무것도 없었다. 아직은 레베카를 구할 수 있었다.

집의 대문이 갑자기 홱 열렸다. 유타 슈나이더가 남편과 함께 나타났다. 그는 키가 크고 날씬했고, 잘 어울리는 회색 트레이닝 바지에 깔끔한 파란색 티를 입고 있었다. 잿빛 머리칼은 약간 헝클어져 있고, 테가 없는 안경은 콧등에 걸쳐 있고, 눈은 고단함에 벌겋게 충혈되어 있었다. 둘 다 각성된 상태였다.

부부는 옌스를 거실로 안내했다. 옌스는 부부가 내어준 앉을 자리를 공손하게 거절했다. 단 일초도 앉아있을 수 없었으니까.

"제 동료가 킴과 함부르크의 젊은 여자를 납치한 그 범인에게 잡혀갔습니다. 최대한 빨리 제 동료를 찾지 못한다면⋯⋯." 옌스는 돌려 말하지 않았다. 말을 끝맺지는 못했지만. "얀 란다우가 뭘 원하던가요?"

에크하르트 슈나이더가 대답했다. 그는 부인보다는 조금 더 침착해 보였다.

"그렇게 물어보셨으니 말하자면, 그자는 경찰이 어떤 수사를 하고 있는지 알고 싶어 했습니다."

"더 정확하게 말씀해주시겠습니까? 그자가 뭐라고 했는지?"

옌스는 추정 따위는 듣고 싶지 않았다. 사실을 듣고 싶었다. 그림이야 다 듣고 난 후 혼자서도 그릴 수 있었다.

"그자를 우리 집에 절대로 들이고 싶지 않았어요. 항상 저희에게 건방지고 불손하게 행동했거든요. 킴이 실종된 이후에도 말입니다. 쌀쌀맞고 거만했죠. 그런데 조금 전에 하마터면 그자를 다시 볼 뻔했습니다. 땅바닥으로 추락한 것 같더군요. 전에는 미안했다며 자기의 행동에 대해 사과까지 했으니까요. 저는 얀 란다우가 경찰의 수사 방향에 대해 엄청나게 관심이 많은 줄 알았어요. 깜빡 속을 뻔했습니다. 심지어 얀은 형사님이 저희 집에 오셨던 것도 알고 있었다고요!" 에크하르트 슈나이더가 입을 비죽거렸다. "그자는 경찰 욕을 마구 해대며 이제부터 자기가 직접 나설 거라더군요. 형사님, 제 말 믿으세요. 그거 다 쇼입니다. 그 사람은 저한테 정보를 빼내려고 그런 것뿐이니까요."

"어떤 정보 말입니까?"

"얀은 하늘색 가방에 대해서 알아내려 한 겁니다. 원래 킴의 가방인데, 어느 순간 사라졌다더군요. 제가 킴의 담임이었을 때, 그 하늘색 가방이 언제 어디에서 사라졌는지 알고 싶어했어요. 그리고……."

"잠깐만요!" 옌스가 에크하르트 슈나이더의 말을 막았다. "하늘색 가방에 대해 물었다고요? 어떤 브랜드 가방이었죠?"

"스카우트요. 그건 확실합니다."

"그래서 그 가방이 어디에 있었는지 말씀하셨습니까?"

"아니요. 제가 학생들의 가방을 전부 기억할 순 없으니까요."

"그러니까 그 가방이 킴의 것인지 정확히 모르신다는 겁니까?"

"네. 그건 모릅니다. 그런데 당시에 얀이 그 가방이 없어진 것에 대한 책임을 어떤 남학생에게 떠밀려고 했던 것 같아요."

"정말요? 그게 누구죠?"

"아, 그건 얀 란다우도 모릅니다. 금발머리의 남학생이라는 것밖에는."

"혹시 얀 란다우가 이곳에 어떤 차를 타고 왔는지 아십니까?"

에크하르트 슈나이더가 고개를 끄덕였다.

"박스형 트럭이었어요. 배송 트럭같이 생긴."

18

엔스는 레드 레이디를 숲길에 세우고 길을 걸었다. 지페르젠에서 그곳까지 가는 한 시간 반 동안 얀 란다우 지명 수배령을 다시 내렸다. 얀 란다우는 여전히 도주 중이었다.

어디로 가야 그를 만날 수 있을지 알 것 같았다. 그러나 그곳으로 추가 인력을 투입시키려는 생각은 접었다. 거리가 멀어서라기보다는 혼자 침투하는 게 더 나을 거란 확신이 있었기 때문이었다. 슬그머니, 소란 피우지 않고 누구의 눈에도 띄고 싶지 않았다.

엔스는 숲속의 듬성듬성 있는 키 작은 나무들을 힘겹게 지나 소나무들이 빽빽하게 모인 곳 앞에 도착했다. 너무 빽빽해서 뚫고 지나갈 수가 없었다. 어쩔 수 없이 돌아가야 했다. 반대편 소나무림에 도착하자 덜 빽빽한 너도밤나무 사이로 말 농장의 건물이 보였다.

엔스는 방향을 바꿔 여우구멍과 나뭇가지에 걸려 넘어지지 않으려 조심하며 발걸음을 재촉했다. 십여 분 후, 게르린데 란다우가 살고 있는 저택과 숲을 가르고 있는 철조망 울타리에 도착했다. 땀이 흠뻑 나서 청바지가 다리에 들러붙고, 날파리와 모기가 달려들어 줄기차게 공격해댔다.

2m 높이의 울타리를 뛰어넘기는 도전해보나 마나였다. 엔스는 통로나 정식 출입문이 나올 때까지 울타리를 따라 쭉 걷기로 했다. 그 정도만 해도 기습 방문의 효과는 충분히 있을 터였다.

한없이 펼쳐진 땅을 눈으로 좇으며 사람을 찾았으나 아무도 없었다. 울타리가 건물에 가까워지고 나서야 마구간에서 무언가 움직이고 있다는 걸 감지했다. 그러나 그건 말들이었다. 말들이 각자의 칸 밖으로 옌스를 내다보고 있었다.

말 농장에는 차 세 대가 주차되어 있었다. 하나는 랜드로버 디스커버리, 하나는 볼보 V60, 마지막은 구식 파사트. 옌스는 그 자리에 서서 눈을 부릅뜨고 희미한 조명을 빌려 자동차 번호판을 읽었다. 허나 그리 쉽지는 않았다. 아무래도 조만간 안과에 가봐야 할 것 같았다.

그가 잘못 본 게 아니라면, 구식 파사트는 함부르크 등록 차량인 듯했다. 먼 거리라 정확히 보이진 않았지만 함부르크를 의미하는 HH가 번호판에 분명 있었다.

안타깝게도 울타리가 워낙 꼼꼼하게 잘 지어져 있어서 옌스는 입구까지 가야 했다. 그래도 입구가 열려 있어서 쉽게 안으로 들어갔다. 그 순간 무언가 본관 앞에서 움직였다. 옌스는 재빨리 옆으로 피해 키가 크고 우거진 만병초 사이로 몸을 숨겼다.

게르린데 란다우가 본관 문밖으로 나와 주차된 랜드로버로 서둘러 가더니 트렁크를 열어 가방을 꺼낸 다음 다시 본관으로 들어갔다.

본관 문이 닫혔을 때도 옌스는 만병초 속에서 슬그머니 움직이며 숨죽이고 있다가 아무 일도 일어나지 않을 때 밖으로 나왔다. 그곳에서 본관까지 그리고 불빛이 비치는 창문까지는 몇 걸음밖에 떨어져 있지 않았다.

옌스가 창문 안을 훔쳐봤다. 게르린데 란다우는 식사실의 커다란 식탁에 앉아 종이에 무언가를 적고 있었다. 그녀는 옌스를 등지고 있었기 때문에 그를 볼 수가 없었다.

옌스는 어떻게 들어가야 할지 고민하다가 결국 고풍스런 초인종을 누르기로 했다. 본관으로 가서 초인종을 누르고 기다렸다. 안에서 그의 모습이 보이지 않도록 옆으로 몸을 숨기고서.

게르린데 란다우가 문을 열었다. 문밖으로 나온 그녀는 구석에서 옌스를 발견하고는 소스라치며 놀랐다.

"얀 란다우가 집에 있습니까?"

옌스가 게르린데 란다우를 지나쳐 집 안으로 들어가며 물었다. 권총을 꺼내며 식사실로 향했다.

"뭐 하시는 거예요?"

란다우 부인이 뒤에서 소리쳤다.

커다란 거실과 식사실에는 아무도 없었다. 부엌과 욕실도 비어 있고, 게르린데 란다우의 집이자 말 농장의 본관인 그곳엔 저 여주인 외에 다른 누가 있는 것 같지 않았다. 그런데 테이블 위에 커피잔이 두 잔 올려져 있었다.

"왜 이러시는 거죠?"

란다우 부인이 옌스에게 다가왔다.

"전남편 어딨습니까?"

"그걸 내가 어떻게 알아요!"

그녀가 새침하게 받아치며 도전적인 눈으로 그를 바라봤다.

"좋습니다. 좋을 대로 하시죠. 잠깐 앉으시죠."

란다우 부인은 옌스의 지시를 따랐다. 그녀의 얼굴이 벽처럼 하얗게 질려 벌벌 떨고 있었다. 옌스는 테이블 앞에 서서 총을 권총집에 넣었다.

"얀 란다우가 킴의 의붓아버지란 걸 왜 나한테 숨겼습니까?"

"중요한 게 아니니까요. 킴은 얀의 딸이에요."

게르린데 란다우는 표정을 숨기느라 고군분투하고 있었다.

"이 커피는 누가 마셨습니까?"

그 질문에 부인은 당황했다. 그녀는 커피잔을 바라보며 눈을 서너 번 깜빡였다.

"저요. 집에 커피잔이 엄청 많거든요. 같은 커피잔을 또 쓸 필요가 없거든요."

변명이 너무 얼토당토않아서 하마터면 웃음을 터뜨릴 뻔했다. 하지만 다른 계획이 있었기에 웃지 않았다. 옌스는 그 여자를 마음대로 주무르는 방법을 알고 있었다.

"당신과 얀 란다우가 절대 헤어진 게 아니라고 말하는 증인을 만났습니다."

"뭐라고요? 누가 그래요?"

"맞습니까?"

"당연히 아니죠!"

"그런데 얀 란다우를 여기에서 봤다는군요. 그러니까 속일 생각 마시죠."

옌스가 허풍을 떨었다. 며칠 전 옌스가 이 말 농장을 방문한 후, 게르린데와 얀 란다우가 여기에서 만나 이야기를 나눴다는 확신이 있었기에 당당하게 거짓말을 했다. 당시 옌스는 란다우 부인에게 스카우트 브랜드의 하늘색 책가방에 대해서 물었었다. 그 후 란다우 부인은 얀에게 하늘색 책가방 이야기를 흘렸고, 얀은 벤야민 슈나이더의 집에 가서 그 가방을 언급하는 실수를 저지른 것이었다. 얀 란다우는 자신의 흔적을 지우려고 그 가방을 찾아다니는 걸까?

엔스의 단호한 말투와 허풍은 게르린데 란다우의 무릎을 꿇리기에 충분했다.

"킴이 죽었으니 우리는 서로가 필요한 것뿐이에요."

"그러니까 얀이 여기에 왔습니까?"

눈물이 그렁그렁한 눈으로 게르린데 란다우가 고개를 끄덕였다. 아랫입술이 떨렸다.

"언제요?"

"이틀 전에요."

거짓말이다. 엔스가 생각했다. 그러나 입 밖으로 꺼내진 않았다. 그리고 장담했다. 얀 란다우는 오늘 아침 비디오 가게에서 도망 나오자마자 바로 전 부인에게 왔다는 걸.

"얀 란다우에게 전화해서 당장 여기로 오라고 하십시오."

엔스가 명령했다.

말이 끝나기가 무섭게 그녀의 눈이 휘둥그레졌다.

"왜요?"

"란다우 부인! 지금 당장 얀 란다우에게 전화하지 않으면 업무 방해죄로 체포됩니다. 어떻게 해야 할지 잘 생각하세요. 방조범으로도 감옥에 갈 수 있으니까!"

협박이 통했다. 게르린데 란다우는 테이블에서 핸드폰을 들어 올려 번호를 누르고 신호를 기다렸다.

옌스는 기다리는 동안 테이블을 덮고 있는 서류들을 관찰했다. 그 가운데 사진첩도 있었다.

"전화 안 받아요."

게르린데 란다우가 그렇게 말하고는 전화를 끊었다.

"그러면 조금 있다가 다시 해 보시죠. 저 서류들은 뭡니까?"

란다우 부인이 허둥지둥 종이들을 치우다가 몇 장이 바닥으로 떨어졌다.

"전부 우리 딸 실종에 관련된 자료들이에요. 이게 전부 다예요. 비싼 돈 들여 의뢰했다가 허탕 친 사설탐정의 수사기록까지 전부 있어요. 보고 싶으면 보셔도 돼요."

옌스는 바닥에 떨어진 서류를 집어서 테이블에 올렸다. 그중 사진이 인쇄된 서류 몇 장이 눈에 들어왔다. 킴의 사진이었다. 일반 서류라서 화질이 썩 좋지는 않았지만 관심을 끌기엔 충분했다. 그는 손에 서류를 들고 사진을 손가락으로 톡톡 두드렸다.

"이건 언제입니까?"

"킴이 한 열다섯 살 됐을 때예요." 게르린데 란다우가 대답했다. "왜요?"

"이 하늘색 가방, 킴이 메고 있는 거 말입니다. 아직도 있습니까?"

"무슨 말씀이신지……"

거짓말이다. 옌스의 머릿속을 스친 생각이었다. 또 거짓말을 하는군.

"혹시 집에 창이 없는 창고가 있습니까?" 옌스가 물었다.

게르린데 란다우는 어리둥절한 얼굴로 그를 바라봤다.

"그럼요. 그건 왜요?"

"뭐 증명해드리고 싶은 게 있어서 말입니다. 킴과 관련된 문제이고요. 창고 좀 보여주시죠."

게르린데 란다우가 우물쭈물 의자에서 일어나 앞장섰다.

창고는 2층으로 올라가는 계단 아래에 있었다.

"여기예요."

게르린데 란다우가 나무로 된 묵직한 문을 가리켰다. 열쇠가 바깥쪽 열쇠구멍에 꽂혀 있었다.

"열어주시죠!"

여전히 의심 가득한 눈으로 란다우 부인은 옌스의 지시를 따랐다. 그녀가 무슨 반응을 하기도 전에 옌스가 부인 옆에 붙어서 육중한 몸뚱아리로 그녀를 작은 창고 안으로 밀어 넣었다. 게르린데 란다우는 비명을 지르며 밖으로 나가려고 했지만, 옌스를 물리치기엔 역부족이었다.

옌스는 그녀를 방 깊숙이에 밀어 넣고 문을 쾅 닫아 열쇠로 잠근 다음 그의 청바지 주머니에 넣었다.

옌스는 부인의 비명을 무시하며 거실로 돌아가 게르린데 란다우의 핸드폰을 손에 들고 최근 통화 목록에서 마지막 통화 버튼을 눌렀다.

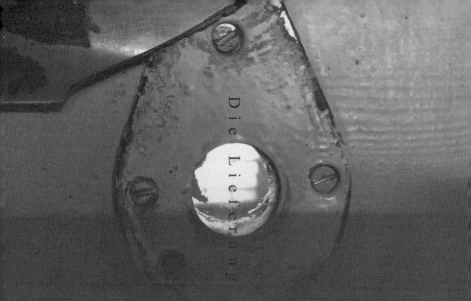

PART 6

1

"누구세요?"

교활하고 경계심 많고 약간은 슬퍼 보이는 두 눈의 남자가 레베카를 바라봤다.

"아무도 아니지." 그가 말했다. "나는 누구였던 적이 없었어."

"당신은 숨 쉬고 생각하잖아요. 그러니까 누구이긴 하겠죠."

"단순한 생물학적 존재라는 정의보다는 더 깊은 뜻이군. 사람들은 남이 나를 봐줘야만, 나를 바라봐 주고 그들 세상의 한 부분으로 인정할 때만 진정 살아있다고 느끼지. 나는 그 어떤 세상에도 속하지 않아."

몇 분 전, 남자가 레베카를 배송 트럭의 화물칸에서 들어서 휠체어에 앉힐 때, 레베카를 함부로 다루지 않았다. 잘못 될까 봐 겁내는 게 똑똑히 느껴졌다. 그 순간만큼은 축축하고 퀴퀴한 냄새가 나는 천으로 그녀의 입과 코를 틀어막고 납치할 때와 전혀 다른 사람이었다.

레베카의 집 앞에서 그는 괴물과 다름없었다. 피도 눈물도 없는, 이루고자 하는 바가 정확한, 평정을 잃지 않는, 매우 결연한 살인자였다. 기습 공격과 의식 불명의 사이 몇 초 동안 레베카는 곧 죽을 거라고 짐작했다.

그런데 아직 살아 있었다. 그의 지배 아래에. 낯선 장소에.

옌스 팀장님이 어떻게 날 찾아낼 수 있을까? 어떻게 날 구할 수 있을까?

레베카는 혼자 덩그러니 남겨졌다. 기회만 된다면, 무슨 일이 있어도 그 남자와 이야기를 나눠야 했다. 대화로 그를 흔들어서 그의 정체와 범행 동기에 대해 알아내야 했다. 모든 범행을 멈추게 하려면 말이다. 그러려면 차가운 이성이 필요했다. 두려움도 극복해야 했다. 그러나 결코 쉽지 않을 터였다.

"사람은 누구나 세상의 일부분이에요." 레베카가 말했다. "당신도 어머니와 아버지가 있잖아요. 가족이라는 울타리 말이에요."

말이 끝나기가 무섭게 그가 휠체어를 세게 잡아끌어 배송 트럭이 주차된 서늘한 차고 밖으로 나와 기다랗고 차가운 복도로 휙 밀었다. 그의 움직임이 거칠어졌다. 좀 전에 레베카가 한 말이 왠지 그를 자극한 것 같았다. 부모님 얘기를 꺼낸 게 실수였나?

"여긴 어디죠?"

어느새 두려움이 레베카를 지배하려 했다.

"나의 세상이지."

그가 뒤에서 말했다.

목덜미에서 느껴지는 그의 숨결이, 휠체어 손잡이를 잡고 있는 그의 손길이 불쾌했다. 그녀를 지배하고 있었으니까.

"어떤 세상이죠?"

"여기서 나는 다시 태어났고 죽었지. 여기서 나는 인간은 인간에게 기회를 주지 않는다는 걸 배웠어. 사람은 한 번 태어나면, 영원히 죽을 때까지 그 사람으로 살아가는 거야. 다른 누군가로 바뀌고 싶어서 애쓰잖아? 그러면 사람들이 널 파괴시키지. 계속 끊임없이."

복도의 끝에 문이 하나 있었다. 그가 문을 열고 을씨년스러운 작은 방으로 휠체어를 밀었다. 그 광경에 레베카는 충격을 받았다. 헐떡대며 숨을 몰아쉬었다.

바닥이 온통 피투성이였다. 중간중간 잘린 머리카락도 있었다. 의자가 넘어져 있고 삼각대에 조명이 설치되어 있었다. 전쟁터가 따로 없었다.

"어떻게 날 알아보지?"

그가 레베카를 방 가운데로 밀며 뒤에서 물었다. 피와 머리카락이 뒤엉킨 한가운데에서.

레베카는 대답할 수가 없다. 바닥을 뚫어지게 쳐다보는데 창백한 여자 킴 란다우가 떠올랐다. 머리에 머리카락이 하나도 없던 그 여자가.

그가 휠체어 뒤에서 앞으로 나와 커다란 작업 책상에 몸을 기대고 가슴 앞으로 팔짱을 끼더니 호기심 있는 눈으로 레베카를 살펴봤다.

"어떻게 날 알아보냐고."

"내 능력이에요." 레베카가 대답했다. "한 번 본 얼굴은 다시 잊지 않아요."

"그러면 진정한 내 모습을 본 게 아니라 겉모습만 본다, 이거네."

레베카는 즉시 알아차렸다. 자기의 대답이 잘못됐다는 걸.

"아니요. 내 눈은 더 깊숙이……." 어떻게든 살릴 수 있는 데까지 살려보려 했다.

그가 고개를 저었다.

"너는 다를 거라고 생각했다. 내가 착각했네. 너 역시 겉모습만 보는 속물이야. 그렇다면 여기에 있을 필요가 없지. 저쪽, 누구도 다른 사람보다 아름다울 수 없는 곳은 두 다리 없이 있을 수가 없거든. 자, 그럼 간단하게 한번 시작해 보자고!"

2

옌스는 국립 범죄 정보 센터에서 받은 GPS 데이터를 한 번 더 확인했다. 정확했다. 그 장소가 맞았다.

얀 란다우 명의로 개통된 공식 핸드폰은 지명 수배령 초반에 이미 점검했다. 함부르크에서 그의 마지막 위치는 필름박스 근처. 그 이후로는 핸드폰 전원이 꺼져 있었다. 그러나 얀 란다우는 비공식 핸드폰이 하나 더 있었고, 그 번호를 옌스는 게르린데 란다우의 통화 목록에서 빼냈다. 그래서 그녀를 계단 아래의 창고에 가둘 수밖에 없었다. 두 부부가 어떤 사이인지, 정말 게르린데가 전 남편에게 종속되어 있는 건지는 알 수 없었지만, 옌스가 게르린데를 그냥 두고 집에서 나왔다면 바로 전 남편에게 전화를 걸어 모든 걸 까발릴 위험성이 다분했다. 어차피 창고 안에서는 게르린데에게 무슨 일이 생길 것도 없고, 지금쯤이면 카리나 라이니케가 도착해서 문을 열어줬을 테니까.

새벽 4시 15분. 옌스는 검은 산의 북서쪽, 빽빽한 숲의 언덕에 있었다. 공허함만 있는, 어떤 생명체도 살지 않는 곳 같았지만, 국립 범죄 정보 센터의 위치기반서비스를 믿어보기로 했다.

신호가 잡히는 걸 보니 얀 란다우가 비공식 핸드폰을 계속 켜놓고 있는 듯했다. 주변 어딘가, 전방 1km 이내에 그가 있었다.

옌스는 수색 부대의 지휘관에게 전화를 걸어 협조를 요청했다. 사실 진작에 협조 요청을 할 수도 있었으나, 관할 구역이 아니라는 이유 때문에 수색대 투입을 엄중히 다뤄야 했고, 까다로운 협의도 거쳐야 했다. 하지만 그까짓 원리, 원칙과 규정은 그에게 아무짝에도 쓸모없었다. 얀 란다우는 옌스의 소중한 사람, 레베카를 납치했다. 이제 그 사건은 옌스의 개인적인 일이 되어 버렸다. 일단 수색대가 도착하기 전에 먼저 처리할 작정이었다. 지극히 개인적인 정의의 신념에 따라서.

옌스는 손전등을 켜고 오는 길에 주유소에서 구매한 도보용 지도를 들여다봤다. 지도는 꽤 정확했다. 건물들도 표시되어 있었다. 캄캄한 어둠 속의 앞쪽 어딘가에 커다란 건물이 한 채 있을 것이다. 이토록 고독한 곳이라면 오랜 시간 사람을 감금할 수 있을 것 같았다.

돌연 뱃속에서 불쾌하면서도 격렬하게 싸한 느낌이 폭풍처럼 몰아쳤다. 옌스는 차에서 내렸다. 총을 꺼내 겨누며 주변을 살피고 자신의 손에 집중했다. 손이 떨리지 않고 침착했다. 오늘은 이 살인 무기를 꺼내는 게 어렵지 않았다. 무슨 일이 일어나든지 간에 모든 책임은 얀 란다우에게 있을 테니.

손전등을 켜지 않고 비탈진 자갈길을 내려갔다. 어둠 속에서도 눅눅한 표면 위의 바퀴 자국이 선명하게 보였다. 그것 말고는 길가에 서 있는 너도밤나무의 줄기만 보일 뿐이었다. 나무 뒤로 우거진 숲이 끝없이 펼쳐져 있었다.

얀 란다우는 은신처 안에 웅크리고 앉아 여기 밖에서 벌어지고 있는 일을 상상도 하지 못할 것이다. 얀 란다우가 어떤 이유에서 이곳을 선택했는지, 개인적으로 관련이 있어서 그런 건지, 아니면 우연히 여기까지 오게 된 건지는 짧은 시간 안에 밝혀낼 수 없는 문제였다. 게다가 지금은 결정적인 사안도 아니었다. 중요한 건 레베카를 무사히 구조하는 것이었다. 물론 비올라 메이도. 아직 살아있다면.

그래도 레베카가 살아있을 거란 확신은 어느 정도 들었다. 얀 란다우가 그녀를 해칠 시간이 충분치 않았을 테니까. 옌스는 또다시 푸드투유의 프로그래머 말테 쾨프케를 추적했던 어제저녁을 회상했다. 그때 얀이 레베카를 납치해서 슈나이더의 집에 갔을 것이다. 그자가 슈나이더 부부를 교묘하게 속여서 옌스가 자신을 뒤쫓고 있다는 사실을 알아내는 동안 레베카는 배송 트럭의 화물칸에 갇혀 있었을 것이다.

얀 란다우는 레베카가 수사 정보를 발설하길 바랐을 수도 있다. 그렇다면 상대를 잘못 골라도 한참 잘못 고른 것이었다. 숨막히는 공포에도 불구하고 그의 요구에 눈 하나 깜짝하지 않았을 레베카의 모습을 상상하니 입가에 쓸쓸한 미소가 번졌다.

그놈을 그렇게 두는 게 아니었다. 옌스의 최대 실수였다. 다시는 그런 실수를 하지 않을 것이다.

밤하늘의 희미한 불빛으로도 너도밤나무 나뭇가지 사이로 보이는 웅장하고 거대한 건물의 담벼락이 훤히 드러났다. 허리 높이의 회색 암석의 토대 위에 회반죽을 바른 담벽이 세워져 있었다. 정원 바닥에는 담벽 안쪽에서 저택까지 진회색의 돌판이 길게 깔려 있어서 세상과 단절된, 음침한 분위기가 풍겼다. 창문 안으로 보이는 실내 역시 삭막하게 어두웠다.

옌스는 몸을 숨기지 않고 건물을 빙 돌아 내리막길로 내려갔다. 거기에 길이 포장된 커다란 뜰이 있었다. 그곳엔 흙, 자갈더미, 벽돌이 켜켜이 쌓인 나무판 등 건축 자재들이 즐비했다.

저 앞에 배송 트럭이 보였다. 하얀색 포드 트랜짓이고 함부르크 소속 차량이었다.

마지막 의심이 날아가 버리는 순간이었다. 얀 란다우는 여기에 있어.

앞뜰에 서자 건물의 크기가 정확하게 와 닿았다. 폭은 8m, 길이는 30m가 넘어 보였다. 4개 층으로 된 건물의 경사진 지붕 위로 작은 창이 툭 튀어나와 있었다. 옌스는 더 많은 출입문을 발견했다. 자동차 진입로 전용인 양 문 출입문도 있었다. 그 뒤쪽에 지하실이 보였다.

건물의 대부분은 깔끔하게 관리된 상태였지만, 군데군데 수백 년도 더 된 곳도 있었다. 얀 란다우가 이걸 전부 다 직접 손 본 걸까? 킴 란다우를 여기에 잡아놨다면 건설업자나 수공업자를 고용할 수 없었을 텐데……. 다른 외부인도 마찬가지고. 베아트릭스 그리스베크는 어디에 있었을까? 멜리 베커는? 옌스는 통증 클리닉 마사지사의 딸인 산드라 도이터는 포함하지 않았다. 레베카가 산드라는 이 사건과 관련이 없다고 했다.

시계를 흘끗 바라봤다. 아직 30분 정도 남아있다. 곧 수색대가 도착할 것이다. 서둘러야 한다!

3

눈 깜짝할 새에 목 뒤로 거친 밧줄이 둘렸다. 레베카가 손을 들어 올리려고 했지만 늦었다. 그가 목덜미에 있는 밧줄을 꽉 묶어서 점점 더 숨통을 조였다. 목구멍과 혈관이 짓눌리고 숨이 막혔다. 목을 부여잡으려고 손을 뻗으려는데 그가 레베카의 얼굴을 할퀴었다. 소용없는 반항이었다. 금세 팔이 천근만근 무거워졌다. 더는 들어 올릴 수가 없었다. 눈앞이 캄캄해졌다.

난 여기서 죽지 않아…… 죽지 않을 거라고…….

계속 같은 말만 뇌리를 스치고 있었다. 감각과 이성이 마비되어가는 중에도 레베카는 그 끈을 놓치 않았다. 모든 게 뿌옜다. 생각, 느낌, 고통, 희망이 한 데 모여 강력한 소용돌이가 되고, 그녀의 인생이 송두리째 시커먼 구멍 속으로 빨려 들어갔다.

그때 어떤 소음이 들렸다. 요란한 굉음이었다. 내면에서 들리는 걸까, 바깥에서 들리는 소리일까? 알 수 없었다. 삶보다 죽음

가까이에 있는 것 같았다. 숨통을 조이고 있는 밧줄이 느슨해지고 다시 폐로 공기가 들어오고 있다는 걸 느꼈던 그 순간에는.

<h1 style="text-align:center">4</h1>

분명 지하 차고에서 들리는 소리였다. 누군가 침투했다. 그런데 몰래 들어온 게 아니라 무차별하게 우당탕거리며 들어섰다. 그는 막 실망의 끝을 보여준 이 다리 불구의 여경을 제거하려던 참이었다.

살인은 잠시 미룰 수 있었다. 어차피 여경은 여기서 도망치지 못 할 테니. 일단 침입자를 먼저 처리해야 했다. 그의 세상에, 신성한 그의 세상에 함부로 쳐들어오는 사람은 쓰디쓴 후회를 맛봐야만 했다. 얼마 전 하수구 아래에 최후의 안식처를 찾아낸 한 부랑자처럼 말이다.

갈고리가 있는 쇠지레를 들고 긴 복도를 따라 걸어갔다. 지하 차고로 이어진 그 복도를. 문 앞에 다다랐을 때, 누군가 안에서 시끄러운 소리를 내고 있었다. 차고에 주차된 차를 둘러보는 것 같았다.

사무실로 가서 감시카메라에 녹화된 영상으로 침입자를 확인할 수도 있었지만 현재로선 그닥 중요한 문제가 아니었다. 덩치가 산만 하고 지독하게 생긴 형사, 옌스 케르너는 확실히 아닐 테니까. 그의 계략을 알아내고 여기까지 찾아오기엔 그 형사는 너무 멀리 떨어진 곳에 있었다.

예전에 건물을 리모델링하던 시기, 가끔씩 망나니들이 몰려와 집을 부수곤 했다. 창문과 문을 새로 설치한 후로 그들이 더는 쳐들어오지 않았지만, 언제든 일어날 수 있는 일이었다.

그러나 지금은 때가 맞지 않았다. 분노가 머리끝까지 치솟았고, 더 이상 참을 수 없었다.

건물의 안전기가 복도의 벽 안에 설치되어 있었다. 그의 바로 옆에. 안전기의 금속 뚜껑을 열고 메인 스위치를 탁 내렸다. 즉시 복도가 어둠에 휩싸였다. 차고에도 어둠이 닥쳤을 것이다.

한 치의 망설임 없이 차고와 연결된 문을 열고 안으로 미끄러지듯 들어갔다. 곧장 낯선 이의 존재가 느껴졌다. 공기 중에 위험과 공격이 도사리고 있었다. 작은 손전등이 탁 켜졌다. 허나 어둠 속의 가느다란 불빛은 다른 쪽을, 물건이 잔뜩 들어찬 선반을 비추었다. 손전등을 들고 있는 형체는 그를 등지고 있었다. 침입자의 얼굴이 보이지 않았다.

그는 재빨리 침입자에게 다가가 쇠지레를 들고 홱 휘둘렀다. 그 순간 침입자가 뒤를 돌아봤고 손전등 불빛이 그의 눈에 직통으로 쏟아졌다. 앞이 보이지 않았다. 의도와는 다르게 침입자의 머리가 아니라 손전등을 들고 있는 팔을 후려쳤다. 침입자는 고통에 몸부림치며 소리를 질러댔고 손전등은 바닥에 떨어져 덜덜거리며 굴러갔다. 가느다란 불빛이 차 아래로 사라졌다.

어스름한 어둠 속에서 침입자는 무릎을 꿇고 앉아 다친 팔을 상반신 앞에 댄 채 꽉 붙들고 있었다. 그리고 멀쩡한 손으로 바닥을 더듬거리며 무언가를 급하게 찾았다.

그는 다시 한번 쇠지레를 들어 올려 침입자에게 다가갔다. 단단한 두개골을 힘껏 내리쳤다. 아주 세게. 쇠지레로 강한 진동이 퍼졌다. 무기를 떨어뜨릴 정도로 강한 진동이었다. 손가락을 펴서 쇠지레를 다시 꽉 붙잡고 머리통이 파편이 될 때까지 사정없이 내려쳤다. 빠지직. 무언가 깨지는 소리. 끔찍한 소리가 들렸다. 피가 사방으로 튀었다. 침입자는 성대 깊숙이 매달려 있던 호흡을 간신히 내뿜고는 철퍼덕 주저앉았다. 그러나 의식은 살아 있었다. 구타가 더 필요했다. 머리통을 더 잘게 깨부숴야 했다. 있는 힘껏 내려쳤다. 털썩. 침입자가 바닥으로 나자빠져 미동도 없이 비스듬히 누워 있었다.

그제야 그는 침입자가 바닥을 더듬어 찾던 걸 보았다. 반자동 소총.

이런 제길! 이 새끼 형사였어!

5

레베카 뇌의 혈액 속에 다시 산소가 천천히 흘러들었다. 일단 상당히 명백한 어떤 생각이 번뜩 떠올랐다. 단 일 초도 무기력하게 앉아 있어선 안 된다는 생각. 그녀를 죽이려는 그 남자를 저

지하지 못한다면 두 번 다시 살아남지 못할 것이다. 그가 돌아오는 순간 그녀의 운명은 종결될 것이다. 그러니까 어떻게 해서든 그에게서 달아나야 한다.

짓눌린 목구멍의 고통이 참혹했다. 하지만 레베카는 애써 신경 쓰지 않았다. 이바르의 바퀴를 꽉 붙잡고 바닥에 눌러 붙은 핏덩이와 엉킨 머리카락을 밟지 않으려 조심하며 문으로 갔다.

누구의 것일까? 비올라의 것일까?

그럴 가능성이 컸지만, 그래도 레베카는 그 젊은 아가씨가 살아 있을 거라고 믿었다. 창백한 여자 킴 란다우도 머리카락이 잘리긴 했어도 생존했었으니까.

조금 전 열고 들어온 그 방문은 잠겨있지 않았다. 레베카는 문을 열고 어두운 복도를 따라 천천히 이바르를 굴렸다.

완전한 암흑은 아니었다. 어느 문 아래의 좁다란 틈으로 약한 불빛이 새어 나오고 있었다. 저쪽에서 무슨 소리도 들렸다.

레베카는 불빛으로 가지 않고 반대쪽으로 갔다. 복도는 길고 썰렁했다. 그 희미한 불빛으로 저 끝에 뭐가 있는지 보기엔 턱없이 부족했다. 복도 끝에 도착했더니 또 다른 문이 나타났다. 그 문도 잠겨있지 않았다.

레베카는 관절이 뻣뻣했기 때문에 문을 열고 이바르를 안으로 욱여넣으려면 무진 애를 써야 했다. 겨우 안으로 들어가서 문이 닫힐 때까지 가만히 기다렸다. 레베카는 자물쇠에 열쇠가 있길 바라며 완전한 어둠 속에서 손을 더듬거렸다. 아무것도 없었다.

아주 작은 소리에 몸이 경직되었다. 뒤쪽의 어딘가에서 들리는 소리였다. 몹시 작은 소리인 걸로 봐서는 레베카가 있었던 큰 방만큼 멀리 떨어진 곳에서 나는 것 같았다.

레베카는 귀를 기울였다.

저기다!

목소리야! 분명 사람 목소리였어! 착각한 게 아니라면 누군가 도움을 요청하는 소리가 확실했다.

레베카는 휠체어를 돌려서 어둠으로 더 깊이 들어갔다. 구조 요청이 다시 들렸다. 그런데 너무 멀게 느껴졌다. 게다가 뭔가 울리는 소리 같기도 했다. 에어컨의 좁은 관을 타고 나오는 것처럼.

"비올라?"

레베카가 불렀지만, 대답이 없었다.

갑자기 천장 등이 번쩍이며 깜빡였다. 물결모양의 각진 전등갓 안의 전구가 별로 크지 않은 방을 밝혔다. 레베카가 있는 곳에서 바닥 위로 튀어나온 허리 높이의 철제 수직 통로까지는 아무것도 없었다. 수직 통로 옆 철제 테이블 위에 갈색 박스가 하나 있었다. 그러나 레베카가 앉은 자세에서는 박스 안이 보이지 않았다. 조금 더 가까이 다가가서 몸을 들어 올리고 안을 들여다봤다.

안에 통조림 캔이 있었다. 콩, 완두콩 수프, 렌틸콩 수프, 라비올리. 혼합 견과류와 초콜릿도 있었다.

먼 곳에서 구조요청 소리가 희미하게 또 들렸다. 레베카는 그 소리의 출처를 이젠 알 것 같았다. 바로 저 철제 수직 통로!

수직 통로에 손잡이 달린 덮개가 놓여 있었다. 레베카가 손잡이를 잡고 덮개를 들어 올렸다. 곧장 차가운 공기가, 어딘가 모르게 상쾌하기도 하고 물기를 머금은 듯한 공기가 불쑥 몰려나왔다.

"비올라?"

레베카가 통로 안에 대고 소리쳤다. 그녀의 목소리가 깊고 넓은 구멍 아래로 사라져 갔다. 삭막한 어둠이 통로 안을 지배하고 있었다.

금세 반응이 있었다.

"저 여기에 있어요. 이런 세상에, 저 좀 도와주세요. 여기요." 아직도 한참 멀리 떨어져 있는 것 같았다. 좀 전보다 목소리가 커지긴 했지만.

그러나 레베카는 대답하지 못했다. 등 뒤에서 문이 벌컥 열리더니 쾅 닫혔다. 너무 놀라 덮개를 손에서 놓치는 바람에 덮개가 우당탕거리며 수직 통로로 떨어졌다.

휠체어를 돌려보니 납치범이 문간에 서 있었다. 격노로 일그러진 얼굴로. 오른손에는 끝이 갈라진 파란 쇠지레가 들려있고, 신발에는 머리카락과 피딱지가 엉겨 붙어 있었다. 그의 모습은 충격적이었다. 그래도 레베카는 물어봐야 했다.

"저 아래에 누가 있는 거죠? 저 통로 아래에 말이에요!"

그가 손가락을 쫙 벌려 쇠몽둥이를 에워싸고 이를 갈았다.

"저 아래에 뭐가 있는지 알고 싶군." 그가 방안으로 한 걸음 더 들어왔다. "사실 저기는 너 같은 여자한테는 어울리지 않는 곳이지만, 그렇게 궁금하다면……."

그가 레베카에게 다가와 피가 덕지덕지 묻어있는 쇠지레를 치켜들었다.

레베카가 이바르의 바퀴를 꽉 움켜잡았다. 다시 물러서지 않으려면 정신 차려야만 했다.

"너에게 그곳을 보여줘야 하는 건가. 그 누구도 다른 사람보다 아름다울 수 없는 곳. 하긴 너도 사람의 내면은 내팽겨치고 겉모습만 보는 인간이니까."

6

비올라 메이는 손끝으로 벽을 더듬거리며 따라갔다. 피부가 까지고 피가 흘러도 아프지 않았다. 어떻게든 입구를 찾아야 했다. 그녀는 돌아가는 길을, 그 나쁜 놈이 자길 밀어 넣은 철문으로 돌아가는 길을 정확히 기억하고 있었다.

비올라는 더 빨리 그곳을 벗어날 수도 있었지만 조금 더 기다려야 했다. 저 위 어딘가에서 누군가 그녀를 구조하러 올 거라며 자신을 타일렀다. 또다시 가느다란 불빛이 어둠을 가르며 쏟아졌다. 그런데 그냥 불빛이 아니었다. 분명 여자 목소리가 들렸다. 자기 이름을 부르는 목소리. 그런데 너무 멀리서 희미하게 들려서 자비네인지 확신이 서지 않았다.

비올라는 울퉁불퉁한 바닥 위에서 비틀거리다가 무릎을 찧었다. 간신히 몸을 일으켜 계속 갔다. 포기하지 마! 스스로를 일깨웠다.

약간 몽롱해진 탓에 쪼그려 앉아 어지러움이 사라지길 기다렸다. 그때 문 바깥쪽에서 무슨 소리가 들리는 것 같았다.

있는 힘을 끌어모아 몸을 일으키고 오른발로 바닥을 더듬으며 그녀의 인생을 구해줄 물건을 찾아다녔다. 날 끝이 부러진 가위가 발끝에 걸렸다. 가위를 끌어당겨서 집게손가락과 가운뎃손가락에 끼고 꽉 잡았다.

문의 맞은편에서 빗장 두 개가 옆으로 밀리는 소리가 들렸다. 문이 열리고 빛이 들어왔다. 차가운 공기가 비올라 옆을 쉬익 지나갔다. 재빨리 문틈의 그림자 속으로 몸을 숨겼다.

"나의 세상에 온 걸 환영한다……."

그가 말했다. 그녀를 납치해서 이곳으로 데려온 그 죽일 새끼가. 비올라는 휠체어가 안으로 들어오는 모습을 봤다.

"이딴 짓 당장 그만둬요." 휠체어에 앉은 여자가 말했다. "당신은 절대로 살아남지 못할 거예요. 내 동료가 당신을 이미 쫓고 있을 테니까."

"이 쇠지레에 묻은 머리카락과 피가 누구의 거라고 생각해?" 그가 대꾸했다. "너의 우직한 동료는 절대 다시는 누구를 쫓을 수 없을 텐데."

"아니야!" 장애가 있는 여자가 절망에 빠져 울부짖었다. "아니야, 아니라고!"

그가 휠체어를 밀며 복도 안쪽으로 들어갔다. 비올라는 휠체어의 양쪽 손잡이 위에 가로로 놓인 쇠지레를 보았다. 구부러진 끝부분에 피딱지가 붙어있었다. 처참한 그 모습에 비올라는 다리에 힘이 풀렸다. 그래도 정신을 똑바로 차려야 했다.

그는 비올라를 보기도 전에 숨죽여 기습 공격하고 있는 그녀를 느꼈다. 하지만 이미 때는 늦었다. 비올라는 손가락 사이로 뾰족한 가위 날을 잡고 튀어나와 그의 왼쪽 눈에 힘껏 때려 박았다.

그가 괴물처럼 포효했다. 휠체어를 밀치고 비틀비틀 뒷걸음질치며 물러났다. 가위 날이 그의 눈알에 꽂혀 매달렸다.

휠체어의 여자가 울퉁불퉁한 바닥 위로 우당탕 넘어졌다. 비올라는 그런 그녀를 그냥 지나칠 수 없었다. 허나 서둘러 문으로 가야 했다. 그가 문을 잠그기 전에. 그가 문을 잠그면 여기에서 빠져나갈 기회를 잃을 테니까. 다행히 그는 문으로 가지 않았다. 아니, 갈 수 없었다. 가위 옆으로 끈적끈적한 액체와 피가 철철 흘렀다. 그는 한 손으로 다친 눈을 감싸고, 다른 손을 뻗어 출구를 찾았다.

비올라가 휠체어로 기어가려는 그 순간, 그의 주먹이 그녀의 얼굴을 강타했다. 무기력하고 비참한 한 방이었는데도 그녀의 몸이 벽으로 발사되었다. 비올라는 뒤통수를 벽에 세게 들이받고 맥없이 아래로 미끄러졌다.

모든 게 다 끝난 것 같았다. 신비한 유령 같은 창백한 형체가 나타나지 않았다면……, 또 그가 승리했을 것이다. 그 창백한 형체는 식료품 포장용기가 놓여있던 방안에서 비올라를 발견했다. 스윽스윽 긁는 소리와 끼익끼익 소리의 정체가 바로 저 여자였다.

누더기 옷을 걸친 뼈쩍 마른 형체가, 머리카락을 좀 먹은 듯한, 눈을 번쩍 뜨고 있는 그 여자가 휠체어와 쓰러진 여경 사이에 놓인 쇠지레 쪽으로 몸을 구부리더니 힘겹게 들어 올렸다. 그것을 들기엔 그리고 내려치기엔 너무나 가냘파 보였지만, 힘은 가히 상상 이상이었다. 그리고 남자가 통증을 깨달았을 때는 이미 일이 다 벌어진 후였다. 쇠지레의 갈고리가 그의 내장을 관통해 등 밖으로 튀어나왔다.

7

옌스 케르너는 눈앞의 광경을 믿을 수 없었다.

비탈길 아래에 지어진 지하실. 그곳에 주차된 배송 트럭 옆에 얀 란다우가 쓰러져 있었다. 두개골이 잔인하게 부서진 채로. 희미한 천장 등이 얀 란다우 주변의 피바다를 비추었다.

조금 전 옌스는 차 진입로의 양 문이 박살나 있는 걸 봤을 때부터 뭔가 석연치 않았다. 그리고 지금은 이 상황이 이해가 가지 않았다.

범인으로 지목된 그자가, 수많은 정황이 가리키는 그자가 대체 왜 지하실 맨바닥에 죽어있는 거냐고!

그때 비명이 들렸다. 아주 멀리서 들리는 소리였다. 소리는 작지만 분명 여자였다.

옌스는 얀 란다우에 대한 생각을 멈추었다. 문을 열어젖히자 횡한 복도가 또 나왔다. 복도에 문 몇 개가 있었다.

옌스는 비명이 한 번 더 들리기를 기다렸지만 아무 소리도 들리지 않았다. 무작정 뛰었다.

복도 가운데의 양옆에 위층으로 가는 오래된 콘크리트 계단이 있었다. 오른쪽 계단에 혈흔이 보였다. 아직 마르지 않은 굵직한 핏방울이 후두둑 떨어져 있었다. 누군가 극심한 부상을 입은 게 분명했다.

옌스는 핏자국을 따라갔다.

계단 끝의 묵직한 방화문은 잠겨 있지 않았다. 방화문을 힘껏 밀자 또 복도가 나왔다. 그곳 바닥은 나무 널판으로 되어 있고, 벽은 짙은 빨간색이었다. 벽에 걸린 조명들은 최신식으로 전부 고급이었다.

혈흔이 복도 따라 왼쪽 아래로 이어졌다. 혈흔을 따라 가는데 수상한 소리가 들렸다. 누군가 자기 연민에 젖어 고통스럽게, 가엾게 흐느끼는 것 같았다. 개가 낑낑대는 것처럼.

총을 정면에 세워 들고 방아쇠에 손가락을 댔다. 근육이 뻣뻣하게 경직됐다. 숨죽여 발을 내디뎠다. 레베카는 부르지 않기로 하고.

옌스는 소리에 가까이 다가갔다. 오른쪽 방에서 나오는 소리였다. 문틈이 약간 벌어져 있었다. 고민할 것도 없이 문을 발로 걸어차고 사방으로 총구를 겨누었다.

눈앞의 광경에 옌스는 나자빠질 뻔했다. 창문이 없는 커다란 방. 적어도 옌스의 눈엔 창문이 보이지 않았다. 가구도 없었다. 대신 벽 전체가 거울로 뒤덮여 있었다. 방 전체가 하나의 거울이나 마찬가지였고, 모든 거울에 방 한가운데의 모습이 반사되었다. 밝고 둥근 카펫 위의 미용실 의자에 어떤 남자가 앉아 있었다. 앞에 스카우트의 하늘색 가방이 놓여 있었다. 헤벌레 열린 가방 밖으로 머리카락 한 묶음이 걸친 채로.

그는 손에 머리카락 한 묶음을 쥐고 엄지손가락으로 만지작거렸다. 앞뒤로 몸을 흔들며 입을 벌리고 목구멍 깊숙이에서 딱딱 소리를 내면서.

중간키에 금발인 그는 평범했다. 특별히 위협적이거나 험상궂게 생기지 않았고 오히려 가여워 보였다. 왼쪽 눈에 날카로운 쇠붙이가 매달려 끔찍하게 짓이겨져 있었다. 등에 난 상처를 타고 피가 뚝뚝 떨어져서 밝고 둥근 카펫을 시뻘겋게 물들였다.

거울로 둘러싸인 방안에 그런 모습의 그가 백 명은 더 앉아있는 것 같았다.

마침내 그가 옌스를 감지하고 고개를 들었다.

돌연 그가 자리에서 일어났다. 윗옷에 숨겨 놓았던 총을 품에서 꺼내면서.

"총 버려!"

즉시 옌스가 소리치며 총을 겨눴다. 그는 정확한 리듬으로 계속 딱딱 소리를 내며 손에 있던 머리카락을 조심스레 하늘색 가방에 집어넣더니 총을 바로 잡았다.

"총 버리라고!"

옌스가 명령했다.

그러나 그는 그렇게 하지 않았다.

대신 총을 들어 올려 사격할 준비를 했다.

탕. 옌스가 먼저 방아쇠를 당겼다. 한 번 더 탕. 상체를 맞혔다. 그가 균형을 잃고 뒤로 넘어지는 그 순간 그의 총에서 한 발이 발사됐다.

거울 하나가 박살 났다. 그를 비추던 그 거울은 그가 바닥에 쓰러지기도 전에 박살 났다.

8

킴 란다우와 벤야민 슈나이더가 다녔던 학교이자 에크하르트 슈나이더가 선생으로 근무했던 학교의 교장은 15년 전 어느 봄날 함부르크 근처의 검은 산으로 이사 온 특이한 소년에 대해 정확하게 기억하고 있었다.

처음부터 소년의 가정사는 잘 알려져 있었다. 소년의 부모인 에다 소스니오크와 칼 소스니오크는 술과 약물에 중독되어 있어서 하나뿐인 아들 미카엘을 돌볼 수 있는 상황이 아니었다. 미카엘은 똑똑한 아이였지만 지독하게 불우한 환경에서 자랐다. 그 때문에 아이는 계속해서 학교에 나오지 않았고, 학교 측에서 경고장을 보내고 경찰이 가정을 방문해도 상황이 개선되지 않았다.

결국 청소년 담당 사회복지 관청 측이 아이를 데리고 가기로 결정했고, 미카엘은 집 근처의 청소년 보호소에서 지내야만 했다.

그 후 얼마 지나지 않아 미카엘의 부모가 사는 집이 모조리 불에 타버리는 사건이 벌어졌다. 그 화재로 부모는 즉사했다. 당시 발화물질이 사용된 걸로 밝혀져 자살로 사건이 종결되었다. 방화 가능성에 대한 수사는 아예 진행되지도 않았다. 미카엘은 그날 밤 보호소에 있었고, 설령 그 방화가 미카엘의 짓이었다고 해도 보호소에서 그의 부재를 눈치챈 사람이 아무도 없었기에 혐의가 적용될 수 없었다.

여기까지가 학교 교장의 기억이었다. 그걸로는 미카엘의 그 후 인생을 파악하는 데 어려움이 있었다.

과거 니더작센 주는 검은 산에 소아 치료 요양소를 운영했다. 그곳은 1905년, 부헨 발트하우스 요양소로 지정되어 규모를 넓히다가 1980년에서 1985년 사이에 빈 건물이 되었다. 함부르크가 교육에 목적을 둔 아동 복지 시설로 리모델링을 기획하면서 요양소 전체를 사들였기 때문이다. 미카엘 소스니오크는 고등학교 졸업 때까지 그 아동 복지 시설에서 지냈다. 그 후 미디어디자인을 전공하고 광고전단지와 광고물품 생산을 전문으로 하는 '소스니오크 인쇄소'를 차렸다.

소스니오크 인쇄소는 큰 성공을 거두었다. 회사의 규모가 빠르게 커지면서 독일의 여러 도시에 직영 사무실과 직원을 두기도 했다. 미카엘 소스니오크는 인터넷을 기반으로 한 스타트업 업체들, 즉 질 좋은 인쇄물과 그에 맞는 캠페인 광고를 필요로 하고 그런 어마어마한 광고에 힘입어 급격하게 성장한 신생 회사들을 찾아내는 탁월한 감이 있었다.

푸드투유는 소스니오크 인쇄소의 협력사 중 하나였다. 미카엘의 인쇄소는 인쇄물 생산과 광고 전단지 배부를 관리했다. 소스니오크는 롤프 하게나가 검은 옷 루트거를 미행하던 날, 광고 전단지가 잔뜩 들어있는 루트거 가방에 적혀 있던 이름이었다.

얀 란다우는 처음에 소스니오크 인쇄소의 함부르크 지사로부터 광고 자료를 받았고, 비디오 체인 사업을 할 때도 그리고 나중에 그린델 구역에 있는 중고 DVD 판매점을 할 때도 그랬다. 광고 포스터와 전단지, 수첩 등은 서비스로 제공되었다. 그런 물건들은 필름박스에 박스 째로 들어왔다. 옌스와 레베카가 필름박스에 갔을 때, 박스를 잔뜩 실은 손수레를 밀고 가게 안으로 들어갔던 그 남자가 하듯이 그렇게. 미카엘 소스니오크는 그날 옌스 바로 옆에 서 있었지만, 옌스는 전혀 눈치채지 못했다.

얀 란다우는 소스니오크 인쇄소에 전단지 뿐만 아니라 티셔츠에도 영화의 명대사를 인쇄해달라는 발주를 넣었다.

〈웬디…… 달링. 내 인생의 빛. 당신을 해치지 않아……. 그냥 머리통을 부숴버리기만 할 거야. 그 머리통을 박살 내 줄 거라고.〉

미카엘은 킴 란다우에게 했던 똑같은 방법으로 그 뒤의 피해자들도 괴롭혔다. 몇 년에 걸쳐 지독하게 피해자들의 이성을 파괴했다.

지하실에서 레베카와 비올라를 구해 준 창백한 여자, 그 젊은 여자는 베아트릭스 그리스베크였다. 2년 전 실종된 후 계속 미카엘 소스니오크의 은신처에 갇혀 있었다.

베아트릭스는 심각하게 부상을 입은 상태였으나 다행히 의지와 이성은 완전히 파괴되어 있지 않았다. 멜리 베커가 어쩌다 사망했는지는 아직 밝혀지지 않았다.

멜리의 나머지 유골은 예전 아동 복지 시설의 하수구에서 어떤 남자의 시신과 함께 발견되었다.

미카엘은 아동 복지 시설을 떠난 후 주소를 네 번이나 옮겼다. 현재는 공식적으로 함부르크에 주소지가 등록되어 있었지만, 5년 전부터 또 다른 부동산을 소유하고 있었다.

그는 자신이 유년 시절을 보낸 그 오래된 보호 시설을 매입했다. 너무 낡아서 각종 유해 물질로 범벅이 된 그 건물을 수리하려면 비용이 많이 들 테니 아무도 사려 들지 않았고, 경매로 나온 그 건물을 딱 한 사람이 입찰에 들어간 것이었다.

그게 바로 미카엘 소스니오크였다.

지하실은 거대한 건물에서 한참 떨어진 곳에 있었다. 미카엘은 오로지 자신의 목적을 위해 낡은 문과 잠금장치를 제거하고 지하통로 시스템을 설치했다. 사람들이 끝없이 방황하며 헤맬 그런 곳을. 그는 수직통로로 피해자들에게 먹을거리를 제공하고 정기적으로 그들의 머리카락을 자르기만 할 뿐, 그 외엔 암흑 속에 가두기만 했다.

증거 확보를 위해 불을 켰을 때야 비로소 그 공간의 끔찍한 광경이 한눈에 들어왔다. 배설물과 쓰레기가 사방에 넘쳐났다. 페트병과 통조림 캔, 포장 용기. 어떤 자그마한 방들에는 담요와 베개, 짚들이 있기도 했다. 그러나 피해자들이 자해를 할 만한 물건은 없었다. 날카롭거나 뾰족한 물건도, 밧줄도, 철사도 없었다.

미카엘 소스니오크는 자신이 왜 젊은 여자들을 납치해서 가두었는지 더 이상 설명할 수 없었다. 허나 그 이유는 밝혀져야만 했다. 당시 미카엘을 상담했던 정신과 의사는, 미카엘은 그 누구도 그의 존재를 인지하지 못하는 것에 무척 괴로워했다고 전했다. 비올라는 그가 자신의 겉모습을 계속 물어봤지만, 전에 그를 봤는데도 대답할 수가 없었다고 증언했다. 비올라는 근무하던 노인 요양원의 인쇄물을 가지러 소스니오크 인쇄소의 함부르크 지사에 갔을 때 우연히 미카엘을 만났다. 그러나 특별할 것 없는 그를 그녀는 기억하지 못했다.

하늘색 가방에 있는 머리카락은 검사에 들어갔다. 네 묶음으로 된 머리카락은 고무줄로 가지런히 묶여 있었다. 검사 결과 킴 란다우와 베아트릭스 그리스베크, 비올라 메이의 머리카락이었다.

네 번째 머리카락의 주인은 경찰도 아직 찾지 못했다. 분명 발견되지 않은 또 다른 피해자의 머리카락일 것이다. 그러나 산드라 도이터의 것은 아닌 걸로 판명 났다. 레베카는 가수를 꿈꿨던 산드라 덕분에 베아트릭스 그리스베크와 멜리 베커의 실종 사건을 알게 됐고, 결국엔 이 사건을 해결할 수 있었다. 하지만 산드라 도이터는 미카엘 소스니오크의 피해자가 아니었다.

9

엔스는 책상 위의 하늘색 가방을 유심히 관찰했다.

그 가방은 사건의 중심점이자 핵심이었다. 처음에 게르린데 란다우가 거짓말만 하지 않았어도 그녀의 전남편은 살아있을 거다. 킴의 엄마는 얀 란다우가 미친 듯이 화를 내며 경찰보다 먼저 범인의 계략을 알아내야 한다며 협박했다고 증언했다. 결국 얀 란다우는 그녀의 거짓말 때문에 죽게 되었다. 레베카와 비올라, 베아트릭스도 더 큰 위험에 처하게 되었고.

사실 엔스는 게르린데 란다우에게 화가 날 줄 알았다.

그러나 그는 비통했다.

>>>>> 2주 후

1

그날도 날씨가 참 좋았다. 이른 아침부터 구름 한 점 없는 하늘을 태양이 환하게 비추고 있었다.

사람들이 비를 그리워했지만, 다른 누군가는 더욱 애타게 비를 그리워할 테지만, 비올라는 햇볕 쨍쨍한 날씨가 너무 반가웠다.

자비네는 아무리 상황이 나빠도 긍정적으로 생각하는 사람이었다. 그런 그녀의 장례식과 쨍한 햇살은 너무도 잘 어울렸다.

비올라는 휠체어 손잡이를 밀며 포장된 길을 따라 장례식이 진행될 예배당으로 갔다. 비올라는 나이 든 여자의 푸석푸석한 뒤통수를 바라보았다. 아까 집에서 나올 때부터 계속 눈물을 흘리고 있는 그 여자를.

비올라는 그날은 눈물을 쏟지 않기로 결심했다. 자비네를 위해서, 특히 자비네의 엄마를 위해 강해져야만 했다. 가장 소중한 친구에게 벌어진 끔찍한 일을 알게 되고 난 후, 일주일 내내 울었으면, 그거면 충분했다. 범인은 비올라를 속였다. 자비네는 그의 은신처에 간 적도 없었다.

검은 옷을 차려입은 사람들이 공동묘지 예배당으로 모여들었다. 비올라는 예배당 문간에 있는 키 큰 경관과 휠체어에 앉은 여자, 범인에게 납치되었던 그녀를 보았다. 그녀의 이름은 레베카.

경찰서에서 근무하는 사람이었다.

"잠깐만." 갑자기 자비네의 엄마가 말했다.

예배당을 20m쯤 앞에 두고서 비올라가 멈췄다.

"괜찮으세요?"

"이리로 와보렴."

비올라가 휠체어 앞으로 가서 무릎을 굽혔다. 자비네의 엄마는 지난 몇 주 새에 부쩍 얼굴이 상했다. 하나 뿐인 딸의 죽음으로 매우 상심한데다가 딸과 싸우고 이별해서 그 슬픔이 더욱 컸다. 자비네 엄마에게 그것이 가장 견디기 힘들었다.

나이 든 자비네 엄마의 눈이 눈물로 채워졌다.

"정말 미안하구나." 자비네 엄마가 속삭였다. 비올라를 겨우 바라보면서. "내가 너에게 했던 모진 말들, 전부 다 미안하구나. 자비네를 참 많이도 아프게 했어. 자비네에겐 이제 더 이상 사과도 하지 못하지만, 너에게만큼은 꼭 용서를 구하고 싶구나. 누가 또 알겠니. 자비네가 저 위에서 보고 날 용서해줄지."

비올라가 살짝 미소 지었다. 그리고 자비네 엄마의 힘없는 손을 꼭 잡아 주었다.

"자비네는 벌써 용서했을 거예요. 오랫동안 꽁해 있는 애가 아니잖아요. 그러니까 당연히 용서했을 거예요. 자비네는 엄마를 정말 사랑했어요. 그리고 엄마가 자기한테 진심으로 그러는 게 아니란 것도 알고 있었고요. 자비네는 엄마의 병이 나빴던 거지 자기 엄마가 나빴다고 생각하지 않았어요."

숄츠 부인의 주름지고 축 처진 볼 위로 눈물이 주르륵 흘렀다.

"자, 이제 자비네에게 마지막 인사하러 가요. 분명히 위에서 보고 있을 거예요. 그리고 우리가 함께 있는 모습을 엄청 기뻐할 거고요."

숄츠 부인은 고개를 끄덕이고 볼에 있는 눈물을 닦았다.

비올라는 다시 휠체어 뒤로 가서 손잡이를 잡고 발걸음을 내디뎠다. 예배당의 문간에서 덩치 큰 경관과 그의 여자친구가 그들을 기다리고 있었다.

그 두 사람이 비올라를 구해 주었다. 두 사람을 껴안으며 인사를 하는데 볼을 타고 뜨거운 눈물이 흘렀다.

2

옌스는 차에서 기다렸다.

그는 두려웠다. 바로 오늘 이 자리가 그녀와 함께하는 마지막일 지도 모르기 때문에.

옌스는 레베카와 함께 들어가려 했지만, 그녀가 거절했다.

"약속을 쉽게 한 사람이 책임을 져야죠. 약속을 지키지 못했으니까요."

레베카가 말했다.

옌스는 레베카의 도덕적 딜레마를 이해했다. 또한 비앙카 도이터에게 도와줄 수 없었던 상황을 메일이나 전화로 설명하지 않고 멀리 떨어진 헤센까지 달려와서 얼굴을 맞대고 사과하려는 레베카의 마음씨에 존경심마저 들었다.

다행이도 옌스는 레베카의 허락 하에 그녀를 헤센까지 데려다 줄 수 있었다. 둘은 차 안에서 한참을 아무 말도 하지 않았다. 덕분에 끔찍하고 지독했던 그 사건을 사상적으로, 감정적으로 정리했다. 옌스는 운전을 하면서, 깊이 사색하고 감정을 조절하면 마음이 편안해진다는 걸 새삼 깨달았다. 거친 세상으로부터 자신을 지키는 보호막을 쓰고 그 어떤 것에도 구속 받지 않는 여행을 떠나는 기분이랄까.

그 보호막 안에 레베카와 함께 있으면 마음이 편했다. 놀라웠다. 전 부인들과는 상상도 못 한 일이었으니.

삼십 분 후, 레베카가 통증클리닉의 정문 밖으로 휠체어를 굴리며 나왔다. 옌스가 다가갔다. 그녀는 울고 있었다.

"밀어줘도 될까?"

옌스가 물었다.

"그럼요. 언제든지요."

옌스가 휠체어 뒤로 가서 손잡이를 잡고 레베카를 주차장으로 천천히 밀었다.

"어떻게 됐어?"

레베카가 시간을 끌었다.

"비앙카가 한 말을 절대 잊을 수 없을 거예요."

마침내 그녀가 입을 열었다. 다시 이야기를 꺼내기까지 몇 분이 더 흘렀다.

"앞으로 우리 딸을 다시 볼 수 없겠지만, 우리 애의 운명이 다른 사람들을 구했다는 걸 늘 생각하며 살 거예요. 그래야 나도 앞으로 살아갈 수 있고 내 삶도 평온해질 테니까요."

레베카의 목소리가 떨렸다.

옌스는 레드 레이디에 도착해서야 간신히 무슨 대꾸라도 할 수 있을 것 같았다. 레베카 앞으로 가서 무릎을 꿇고 앉았다. 다른 건 아무것도 하지 않았다. 레베카에게 물어볼 말을 마음속으로 정하고 나니까 손이 부들부들 떨렸다.

"너는 괜찮겠어?"

"경찰 일 계속할 수 있겠냐고요?"

옌스가 고개를 끄덕였다.

레베카가 옌스의 어깨 너머 저 먼 곳을 바라봤다.

"이번 사건이 저한테 가르쳐 준 게 있어요. 모든 사람을 도와줘선 안 된다는 것. 그래도 저는 또 도와주겠죠. 그러면 또 엄청난 일이 벌어질 거고, 그렇지만 그것이 세상을 한층 더 밝게 해주리라 믿어요. 그것을 위해선 수많은 땀과 눈물, 고통을 감수해야 할 테고요."

"그러면 계속 할 수 있겠군. 나와 함께, 어때?"

레베카가 옌스를 보며 따뜻하고 진솔한 미소를 지었다.

"뭔가가 빠졌어요."

"뭔데?"

"먼저 저를 차에 태워 주세요. 그럼 보여줄게요."

옌스는 그녀가 두 번 말하게 하지 않았다. 그가 레베카를 팔로 안았을 때, 그녀가 둘 사이의 불확실성을 한순간에 없앴다.

엔스는 휠체어를 짐칸에 실은 후, 잠시 레드 레이디의 뒤쪽에 서 있다가 차 뒷유리로 보이는 레베카의 곱슬머리로 시선을 고정했다. 입술에서 그녀의 향기가 느껴졌다. 그 순간 그의 삶에 절대적으로 필요한 존재가 바로 저 차 안에 있다는 사실이 떠올랐다.

〈끝〉

옮긴이의 말

운전석에 오른 옌스가 시동을 걸자 레드레이디가 경쾌한 배기음을 내며 출발을 기다렸다. 함부르크로 돌아가는 길. 레드 레이디의 앞 유리창엔 새파란 하늘과 빨간 보닛 그리고 진한 아스팔트가 멋지게 어우러졌고, 두 사람의 감정은 레드 레이디의 빠른 속도만큼이나 서로를 향해 갔다.

번역 작업을 마무리하고 책장을 덮으니 아쉬운 생각이 들어서 짤막하게나마 이야기를 연결해보았다. 옌스와 레베카의 관계를 응원하는 마음을 담아서……

≪딜리버리≫는 함부르크의 형사 옌스 케르너와 레베카 오스발트가 등장하는 시리즈 중 두 번째 작품이다. 이 시리즈의 1편 ≪쉐어하우스≫와 2편 ≪딜리버리≫ 그리고 얼마 전 외국에서 출간된 3편 ≪운전자≫(국내 미출간)까지 모두 독일 함부르크를 배경으로 한다. 그래서일까. 십여 년 전 함부르크에서 지냈던 때가 떠올라 그 어느 때보다 더 작품 속으로 빠져들어 번역했다. 게다가 짜임새 있는 플롯과 긴장감 넘치는 전개, 예측할 수 없는 스토리 덕분에 즐겁게 작업할 수 있었다.